王力全集　第二十四卷

王力译文集
（四）

王　力译

中华书局

目　　录

沙　弗

[法]都德　著

都德小传

都德（Alphonse Daudet）生于 1840 年，于 1897 年逝世。他是在法国南方尼模（Nimes）地方生长的，所以他对于勃罗旺斯省（Provence）的风俗习惯非常熟悉。他的名著 Tartarin de Tarascon、Tartarin sur les Alpes、Port-Tartascon 都是描写勃罗旺斯省的风俗的，现在我所译的《沙弗》（Sapho）也叙述到勃罗旺斯省的事情。他家是一个衰败的家庭，所以他小的时候很穷，他的小说《小物件》（Le Petit Chose）里头有一部分是他自己的历史。他到巴黎后，靠着他哥哥的帮助，出版了诗集《爱之歌》（Les Amoureuses）及好些短篇小说，因此引起社会上的注意。后来《我的磨坊之信》（Les Lettres de Mon Moulin）与《小物件》发表之后，越发著名。嗣后又陆续发表《礼拜一之故事》（Contes du Lundi）、《杰克》（Jack）、《那巴伯》（Nabab）、《谪居之王》（Les Rois en Exil）、《沙弗》诸杰作。《沙弗》是 1884 年发表的，描写巴黎的淫靡生活的黑暗方面，痛快淋漓。后来由庚与比奈德编成诗剧，至今还在法兰西戏院（comédie Francoise）开演。

都德是自然主义派的文学家，左拉、莫泊三、龚果尔兄弟（Les Gon Court）、惠士门（Huysman）诸人都是他的朋友。他所做的小说——尤其是 1874 年以后的——都像左拉一班人一般地注重于写实。小说须是生活的真确的图像才有价值，所以除了身受的或眼看见的事情之外，都不该放进小说里去。都德在他的小说里便描写自己的生活,这并不是要借此忏悔,却是借此避免捏造。当他不自己描写的时候,便去找社会上的真事迹来做小说的资料。有时候,他也不必如何考究小说的布局,只凭他自己的直觉,自然而然地会审察、会记忆、会保留着很深刻的印象,一写下来便是好小说。据他自己说,他从十岁起便会做人类的观察。他的最大的娱乐却是随便拣定了一个路人,直跟他走到里昂,看那人做什么事,他自己便一一的记着,说是"想要与他的生活同化,想要懂得他的内心的思虑"。这么一来,他搜集了一辈子,得了一箱子很详细的记事册,人家的一举一动、一言一笑,都收在里头。所以他的小说可以说都是写实小说,如果你是个会索隐的人,书中某人是某人的背景,都可以指出来。所以他自己说:"我做小说,完全不靠想象,只照我的记事册抄下来就是了。"

他虽则是个写实的小说家,虽则说他的小说只是从记事册抄下来的,然而他并不是冷酷的旁观者,却是一个最富于感情的人。他曾经喟然叹道:"我一生所见的最美的风景却是在梦中!"真的,他一生不曾见过人间的乐事,处处感受凄凉的景象的刺激,时时刻刻在受痛苦,亦时时刻刻在做梦。依照自然主义,本该用冷静的态度去观察事物,用科学的方法把它"实验",而都德却纯用感情,这一点是与左拉诸人不同的地方。他说:"我原是一具不可思议的、易受感触的机器,尤其是童年时代……我是遇水的干土,我是遇火的熟铁。我的印象、我的情感,都填满了我的书了。"真的,他原先是一个懒汉,后来是一个狂荡不羁的飘泊者。大雨之下,罗奈河边,一个口衔烟斗的都德,衣袋内只剩一小瓶麦酒,过的竟是乞丐的生活。后来做阿来思中学的学监的时候曾受物质上与精神上的困厄,到巴黎后做一个无名诗人的时候,想要拿文章卖两个钱还不能如愿。最后算是成功了,荣耀了,在残酷的疾病之前,总算是享了幸福。然而他仍旧是一具"易受感触的机器",仍旧做他的梦。都德对于社会的真相,绝对不能很冷静地把它当做一件解剖的模型。他不能站在刽子手与被牺牲者之间,抱着袖手旁观的态度。他所以很起劲地描写万恶社会的真相者,无非借此以鸣不平,借此以泄孤愤,借此以与被牺牲者同声一哭。他的经验告诉他,社会是丑恶的。在他所著的书里头,只有《小物件》有了好结果,因这是他自己的历史,而他自己也有了好结果的缘故。此外如那良善的李士赉自缢,杰克病死,约翰被家庭摈斥,诸如此类,没有一个是得了好结果的。怪不得他说"我一生所见的最美的风景却是在梦中"了!

这以上是都德的略传。若要知道详细,须看他自己所著的《一个文人的自述》(Souvenirs d'un homme de lettres),与他的儿子列昂·都德(Léon Daudet)所著的《阿尔封士·都德传》(Alphonse Daudet),及马格利特兄弟(Paul et Victor Marguritte)、奢佛路哀(G. Geffroy)所著关于都德的事迹的文字。

十八年十月十二日
于巴黎大学

第 一 章

"请把脸儿朝着我⋯⋯我看⋯⋯我很喜欢你的眼睛上的颜色⋯⋯请教你的大名。"

"我叫约翰。"

"简单地叫做约翰吗?"

"不,我叫约翰·葛桑。"

"你是南方人,我听得出来⋯⋯几岁?"

"二十一。"

"是不是美术家?"

"不是,夫人。"

"嗳,那么,还好⋯⋯"

6月的一夜,在一个化装跳舞会里,狂呼、大笑、舞曲喧阗的当中,透出这么几句不易了解的谈话。谈话的乃是一个意大利的吹笛乐师的装束的男子,与一个埃及农妇装束的女人,正坐在戴士贵先生的作业室的尽头处,一间棕榈树的花厅里。

那笛师听见了那埃及妇人很殷勤地问他,乐得诚恳地回答。在这几句答语里,他的年纪轻,他的捐舍,他这南方人给人家奚落,许久没有说话的机会,而现在得了安慰的神情都表现出来。自从一个朋友把他带到这里来,眼看周围都是画家与雕刻家,都是面生的人。人家都不理他,给他坐了两个钟头的冷凳子。他的头发鬑得很紧很短,像他衣服上的羊皮。淡黄的脸孔,给太阳晒成赤色,越显得好看;人家都在唧唧喳喳地议论他,他还不很介意。

跳舞的人的肩膊频频地冲撞他,还有些学画的生徒嘲笑他,笑他的风笛斜挂在肩头,笑他那山里人的服装,又笨又重,却在这夏天的夜里穿起来。又有一个日本妇人,眼睛画成市镇的派头,刀一般的一根钢簪插住了一个高髻子,只听她低声唱道:"呀!美呀!美呀!那骑士呀!……"他听了只觉得她啰唆;又见一个西班牙妇人,穿的是白纱,在一个匪首装束的男子的臂膀旁边掠过,把一束白茉莉花放到他的鼻下给他闻。

他对于这些事情,莫名其妙。只自以为在那边太惹人笑话了,所以躲到这边一个回廊里,在清凉的绿荫下面的一张大炕床坐下。即刻就有那一位埃及农妇装束的女人走来坐在他身边。

年纪轻吗? 美吗? 他实在说不出个所以然来……丰满的身材在蓝色的衣服内露出流光,两只臂膀又圆又嫩,裸露直到肩际。纤小的手戴着几个戒指,灰色的眼睛张开很大,奇怪的首饰从额上插下来,眼睛越发显得大了,这种装束,倒很和谐。

这大约是一个女伶。戴士赉先生家里往往有许多女伶来往,他想到这一层,倒不放心起来,因他平日便很怕这一类的女人。……她谈话时,同他距离得很近,肘支着膝,手捧着头,又庄重,又温婉,又有几分疲倦。"南方人吗? 真的吗? ……这一头金黄的头发!……真难得。"

她想晓得他在巴黎住了多久,他所预备的领事考试难不难,他认识的人多不多;他住的是拉丁区,为什么老远的跑到罗马路戴士赉先生家里来参加这一个夜会。

他提起了引他来的那一个学生的名字,说他名叫古纳尔……是一个著作家的亲属……又说她想必认识他……那妇人的面色变了,忽然现出不高兴的样子。但是,他何曾关心到这上头? 当在他这年纪,正可谓眼光闪烁而一无所见。那古纳尔向他说过,等他的堂兄到来的时候,一定把他介绍给他。他很高兴地说:"我很喜欢他的诗……如果能够认识他，真是一件乐事。"

她笑了一笑，意思是说他老实得可怜。她把两肩轻轻地耸了一耸，随手把竹叶分开，看那跳舞场里有没有他所崇拜的大人物。

这一个佳节，到此时正是大放光辉的时候，戴士赉的家里布置得月殿天宫一般。那作业室——该说是客厅，因为他已经不在那里工作了——说高呢，从地面到屋顶那么高；说阔呢，四通八达的那么阔。墙上糊的纸是亮的、轻的、合于夏季的，帘子是细麦秆或茜纱做的，屏风是上漆的，玻璃是五光十色的，黄色的玫瑰点缀着火橱，还有无数的光怪陆离的灯笼，中国式的、日本式的、波斯式的、莫尔斯式的，不一而足。这些灯笼可以分为三种：第一种是用透光的铁做的，雕成橄榄格的花纹，活像回教寺的门；第二种是用种种的颜色纸配成种种的果子的颜色；第三种是展开成为扇形，画的是名花、仙鹤、龙蛇之类。忽然间，微蓝色的电灯一射，起先的千道光芒都黯淡了，舞侣的脸上、赤裸裸的臂上、光怪陆离的服装之上、羽毛上、钿叶上、锦带上，都盖着明月般的冷光。荷兰式的楼梯的大栏杆上，堆着许多锦带；第一层楼的琴师的袖子与音乐班长的热狂的手势都隐约地可以看出来。

那少年坐在原位，从一丛绿色的树枝看过去。开花的利安树环绕着他，他眼睛看迷了，把许多藤条抛到舞厅里，落在一个公主装束的女人的银色的衣裾上，又把特拉斯那树的叶子抛到一个女牧童装束的女人的头上。现在他越看越有趣了，因为那埃及妇人把各人的名字都告诉了他，他知道都是阔人，只不过化了装便不容易认识罢了。于是他越发觉得新奇有趣。

那一个掌狗的仆人，拿着短短的皮鞭，乃是查当；再远些，那一个穿着破旧的圣衣，作乡间神父的装束的，乃是那老伊沙比，他穿的是有扣子的鞋，垫着一些纸牌在里头，越发显得他身材很高了。哥拉那老头子，戴着老兵的打鸟帽，大得不堪的帽檐下露出他的微笑。还有古度儿扮的巨獒、庄德扮的狱卒、夏模扮的岛中鸟，人家都一一指给他看。

此外还有很庄重的历史上的服装,戴着翎冠的苗拉、太子装束的虞仁、还有查理第一,都是青年的画家扮的,在这上头可以看出两代的美术家的不同之点:前一代的都很规矩、很冷静,看去像一个钱庄里的人,心里被金钱扰乱了,额上自然露出皱纹;后一代的都是童心稚气,喧哗胡闹,放荡不羁。

雕刻家高德尔,已经五十五岁了,又得了国家学会的奖章,然而他还高兴扮一个轻骑兵,两臂裸着,露出力士的筋,又把那色料板挂在腿上,算是武士的佩囊,抱着一个骑士作旋风舞。对面又有一个音乐家,名叫菩提,扮一个过节的回教徒,斜戴着卷头巾,玩一个肚子舞,唱着回教歌"阿拉阿拉",声音尖锐得很。

大家围着这一班快活的名人,列坐成一个圆圈子。第一排坐的是主人戴士赉先生,高高的波斯帽底下露出一双小眼睛,鼻子是加尔模克人的鼻子,胡须是斑白的,他看见满座人都快乐,他自己也就很快乐,虽则自己不出场,而他的兴致已经很不浅。

戴士赉先生是一位技师,十余年来,在巴黎很有名望,为人又好又有钱。他对于艺术原是无可无不可的态度,只爱的是跌宕风流。人家不喜欢独身,而他却不怕鳏居;人家怕远游,而他却跑到波斯去做铁路的企业。每年有十个月在那边,夜里在篷帐下睡觉,白天在沙上或水里奔波;剩下两个月乃是倦游归来的时候,他便在这罗马路的一座大房子过暑假。这房子是依照他的计划做的,专预备做个避暑别墅,召集一班名人学者和许多美女子到来,想在这文明的地方,把世间所有甜美丰富的原质,享受他几个礼拜。

每逢罗马路的大房子的窗帘卷起的时候,大家像看见戏院的幕布卷起一般地喜欢,艺术界传遍了新闻,都说:"戴士赉回来了。"这一句"戴士赉回来了"意思是说:佳节到了,我们将有两个月的音乐可听、宴会可赴,还有很热闹的跳舞。在这大热的夏天,大家都到海边�浴去,或到山里避暑去,剩下冷清清的巴黎,好容易得戴士赉回来,闹热一下子。

戴士赉自己,对于这整日整夜闹哄哄的宴会,实在是无谓。他虽则口里笑,眼里看,而他心里却很冷静、很清明。他往往看不起东方人,以为他们太讲道理、太宽宏大度,对着钟情的女人,肯花无数钱。至于他自己便不然了,试看这一班女宾,一个个无非因为羡慕他有钱与这会里的新奇玩意儿才来的,然而哪一个敢夸口说她能够做过他两天的情妇呢?

这些情节,那埃及妇人都告诉了约翰·葛桑,又加上一句批评:"到底他还是一个好人……"说到这里,忽然叫道:

"看! 你那诗人……"

"哪里?"

"在你的前面……扮乡下的新郎的便是……"

葛桑"哦"了一声,很有失望的样子。这就是诗人吗? 原来是一个胖子,亮晶晶的脸孔渍着许多汗,颈上两个尖角的软领,身上簪花的背心,扮出一个滑稽的脚色……于是葛桑的脑海里又现出从前他所著的《爱情之书》,说起这书,葛桑每读一次便感动一次。这时他一面想,一面很机械地吟起那诗人的几句诗来:

> 沙弗啊①,
> 为着要使那高傲的大理石雕刻成的你的身体越加生动,
> 我已经把我全身脉管的血送给你了……

那妇人陡然掉转身来,把她那野蛮的装束弄得擦擦地响,问道:

"你说什么?"

这原来是古尔纳的诗,为什么她不知道? 他觉得很奇怪。

"我不喜欢诗……"她短促地说了一句,站着,皱着眉看人家跳

---

① 沙弗(Sapho)是古时希腊女子,工琴诗,甚多情,后因事失望,投海而死。后世雕刻师往往塑其像。

舞,又把她前面挂着的紫丁香攀弄。然后像勉强打定了主意的样子,说了一声"晚安",便走开了。

可怜的笛师,丧魂失魄地呆站着。

"她为什么走开了?……我说错了什么话了?……"他去找她,结果是找不着,只有回去睡觉之一法了。他无精打采地收拾了乐器,向跳舞厅里走去,要通过大庭广众之中才得走到大门,这么一来,比刚才那埃及妇人走开了那一件事情更难堪了。

一班名流的队里,夹着他这无名小卒,他因此越发胆子小了。此刻跳舞是停止了,剩有几对男女,七零八落地步舞着华尔斯的尾声。高德尔在众人里更是特色,长得很大,很好看,正在用他那赭色的手臂抱着一个织绒女子装束的矮妇人跳舞。

厅后面的玻璃门大开,清晨的爽气侵进来了,棕榈的叶微微地动摇,烛光给风吹斜了。一个纸糊的灯笼已经着了火,还有些烛檠乍乍地响。好些仆人在厅的周围摆列许多小桌子,像咖啡馆的外庑一般。大抵在戴士赉家里的夜宴,总是四人或五人一桌,这时候,各人去找意气相投的人,预备同桌吃饭了。

此刻越发喧嚣了,到处听见不文雅的呼声,还有交头接耳的私谈,又有给男子摸着拉着的妇人口里发出的肉麻的艳笑。

葛桑趁着人家乱闹的当儿,一溜烟跑到了门口,忽然看见他那朋友——那学生也溜了过来,眼睁得球一般圆,每一只臂膀下夹着一个酒瓶,挡住了他的去路,说:"你刚才哪里去了……叫我找得好苦……我占了一张桌子,好几个女人,其中一个便是那穿日本装的,她叫我来叫你,快来吧!"他说完了,又一溜烟跑了。

葛桑本来口里很渴,加之跳舞场在诱惑着他,那小女伶正在远远地向他挤眉眨眼,心里实在按捺不住,然而他耳边又有人很严肃很和婉地规劝他说:

"不要去!"

原来刚才那埃及妇人正在他的身边,把他往外扯,他毫不迟疑地跟她走了。为什么跟她走？她也不见得十分有情趣,他本来正眼也不看她,刚才在桌子旁边向他挤眉眨眼的那高髻日本女子比她强多了。然而他自己也莫名其妙,只觉得有一种剧烈的欲望,觉得那妇人的意志比他强,不能不遵从她。

"好! 不要去!"

于是出来了,他们一气跑到罗马路的步道上。在灰色的晨光里,许多马车等候着。路上几个扫街夫和几个上工的工人,眼望着这一对化装的男女,联想到这一场热闹的盛会,羡慕得很。

"你家里好呢还是我家里好?"她这样问。他不知何故,总觉得自己家里好些,于是把他的地址交给车夫。路虽则很远,他两人说话很少。只她把他的一只手搁在她的双手里,他觉得她的手很小很冷;要不是他觉得身边有一个很冷的女人紧抱着他,他几乎以为她在睡着了,因为看见她头往车后靠着,蓝色的帘子映照着她。

车到查各陌路一间学生旅馆门前停下了。第四层楼,好容易爬得上去! "你要不要我抱你上去?"他笑着这样说,声音很低,怕惊醒了屋里的人。她把眼光射了他许久,带着几分柔情,几分瞧不起的神气。这是一种有经验的眼光,鉴定了葛桑的斤两,分明想要说:"可怜的孩子!"

于是他自告奋勇,不愧是南方人,不愧是个青年,果然把她抱起来。他的皮肤是淡黄色,显得很结实,所以抱她只像抱一个小孩,一口气把她送上了第一层楼,觉得她两只赤裸裸的臂膀揽住他的颈,真令他周身松快。

爬第二层楼的时候便慢些了,没有什么乐趣了。那妇人索性全身倒在他身上,越发重了。她那两个铁做的耳坠子,起先是微微地触着他的皮肤,他倒感觉到一种肉麻的痒;到后来却老实不客气地钻进他的肉里头,未免有点儿难堪。

到了第三层,他不住地喘气,活像一个搬风琴的工人。当他上气不接下气的时候,正是那妇人喝彩的时候,只听她说道:"呀! 我的心肝,好极了,舒服极了!"到了最后的几步楼梯,他简直只能一步一步地爬,这时候,他觉得这竟是一座无穷尽的楼梯,墙呀,梯沿呀,小窗子呀,花花绿绿,看不清楚。此刻他身上已经不是一个女人,只是一件很重的、可怕的怪物,弄得他几乎气绝,他时时刻刻想放开手,生气地往下面一摔,摔碎了便算完事。

到了第四层的小平台了。她睁开眼睛说:"早已到了!"他想要说一句"完了!"但是说不出口,脸色变了,两手抚着胸膛,心在突突地跳。

在清晨的愁人的灰色里,爬上四层楼,这便是他们的整个的历史的开场。

第 二 章

他留她住了两天之后,她去了。剩下给他的印象乃是:皮肤很柔软,内衣很精致。她是什么人,他也莫名其妙,只知道她的姓名、住址,此外还有:"你要我的时候,就叫我来好了,我时常预备好等候你。"这么两句话。

再看那小小的名片,又雅致,又香,上面印的是:

樊尼·勒格朗
阿尔克德路六号

他把这名片摆在镜台上,伴着那外交部跳舞会的请柬,与戴士贽家宴会的节目单——这是他一年中的两件盛事。

那妇人留下来的纪念——轻清芬馥的余香绕着火橱边,待到香气散的时候,他的回忆也就烟消云散了。葛桑为人很规矩、很用功,常怕落入巴黎的迷魂阵里,再没有闲心肠重找那萍水相逢的情人了。

部里的考试是11月举行的,他只剩有三个月好预备了。考试过后,要在领事实习馆里实习三年或四年;以后便更去得远,要跑到外国去了。这种充军式的生涯,他也并不怕,因为葛桑·阿尔曼家传的习惯,乃是长子该继承父业,他看见他的祖父都干过这种生涯,所以他有了榜样,增加了勇气,便不怕了。在葛桑看来,巴黎只是长途航行暂驻的一个海湾,断不能在这里做任何的正经的结合,爱情上、友谊上,都是势所不能。

戴士赍家的跳舞会开过后一两个礼拜，一天晚上，葛桑开了灯，把书安放好在桌子上，正在开始用功，忽听见有人轻轻地敲门。门开了，一个妇人，身上穿得很风雅很淡素，走了进来，面幕一揭，他才认得是从前那一个。

"你看，是我……我又来了……"

她看见他那不放心、不自然的神气，只顾望着他那正在着手的工作，于是说："哦！我不打扰你……我不是不懂事的……"她除了帽子，拿着《周游世界》，坐下不动，外面看来像是专心看书；但是，他每一次抬头，总看见她的眼睛正对着他。

不即刻去搂抱她，实在亏他的心肠还硬。看她周身都是诱惑力，额低，鼻短，动人肉欲的双唇，熟透了的软腰，处处令他垂涎。还有那件巴黎时式的衣服，也不像那埃及装束那么可怕了。

次日一早她便走了，这一礼拜内她来了好几次，一进来便是面青青的，手又冷又温，声音带着情感。

"唉！我分明晓得你讨厌我，我烦扰你了。我应该高傲些才是……然而……你信不信？……我早上走的时候，没有一次不赌咒不再来，但一到了晚上，便神差鬼使般地跑了来，像个疯子了。"

他眼睛怔怔地望着她，又惊奇，又好笑，他瞧不起她，而她偏有这等恒久的爱情。直到现今，他所认识的女人们，或是啤酒店里的，或是跑冰场里的，有年纪轻的，也有漂亮的，而他老是讨厌她们那种蠢笑，那种厨子的手，那种粗蛮的言语举动，恨不得即刻躲开。在他这不懂世故的少年看来，以为世上的女子都不外如此。因此，他这一次觉得樊尼有点新奇，那种和婉的神情，那种高贵妇人的修养——他在他母亲家里看见那些中等人家便没有这么高贵，那种美术的妆扮已经够好了；加之她无所不通，同她谈话又有趣，变化又多，更显得她与别人不同。

再者，她又懂音乐，伴着钢琴的声音唱起来，是一种沙声，稍嫌不很匀称，不很起劲；然而到底是习练过来的，她晓得好些古人的艳曲，以及许多乡间的歌谣，又如伯利、皮加尔布尔冈各处的音乐，她都可以按谱子唱。

葛桑本来爱音乐，当他平日在乡间工作的时候，听见外面的笙歌，便欢喜欲狂，很舒服地休息一下子。如今是樊尼所奏的音乐，越发格外使他快乐。他看见她的音乐这样好，却不进戏院去，很觉得奇怪；后来知道她也曾在里里克戏院里唱过，她说："但是唱的不久……我太不耐烦了……"

真的，她实在配做一个女伶，也不是夸口，也不说谎。但是似乎还有些神秘的生活，这种神秘，虽则到了爱情很浓的时候她也不肯露出来。葛桑也不想要戳穿她的秘密，自己觉得也不妒忌，也不求知道一切，每次她按时到来，便只让她自来，连时钟也不看一看；人家等候一个情人，不知怎样挖耳搔腮，恨不得把时间缩短，而葛桑却完全没有那一回事。

这一年的夏天天气很好，她有巴黎的详明地图，巴黎附近的名胜的地方，她都非常熟悉，于是他们二人不时到郊外去游览。他们在火车站里人群中胡混，在森林边的酒店里吃午饭，或者是水边，只有些太热闹的地方没有去。有一天，他提议到和的赛尼去，她不肯："不，不，那边去不得的，……画家太多……"

他记得，这对于美术家的仇视，正是他们的爱情的先导。他问她是什么理由，她说：

"他们专爱捣乱，专爱歪缠，没有的事他们会捏造来告诉人家……他们有许多地方对我不住……"

他提出抗议，说："你的话未尝不是，然而美术究竟是好……生命有了它便更美、更伟大。"

"我的心肝，你不晓得，天下最美莫若像你这般坦白直道的二十岁的青年，好好地娱乐……"

二十岁！她呢，人家也要说她只二十岁哩！这般活泼，这般清闲，笑口常开，事事如意！

有一天晚上，到了圣克赉，恰巧是节前的一天，找不到房子住。天气晚了，要再走很远才能走到第二个乡村；要是不走呢，这里人家只能给他们一张帆布床，摆在谷仓里许多泥水匠的卧榻的中间，给他们睡。

"就是这里吧……恰好教我想起凄凉的时节来。"她笑着说。

原来她也曾有过凄凉的时节。

于是他们摸进了一间石灰粉刷的大房间，摆着许多有人睡着的床，墙边有一个小窝，一支小烛在那里冒烟。整个夜里他们俩只互相拥抱着，也不再笑了，也不再接吻了，只听见旁边的村夫的鼾声、疲倦的叹息声。还有他们的粗布的衣服，笨重的鞋子，与她这巴黎妇人的绸衣和精致的小鞋，像在那里比赛。

天色朦胧将晓的时候，大门的下面开了一个小孔，一线白光从帆布床上掠过，照在地上，忽听一个哑喉的人叫道："喂！……党会……"于是谷仓里仍旧变为黑暗，房中乱哄哄地闹了一阵，打呵欠呀，伸懒腰呀，咳嗽呀，吐痰呀，不一而足。以后便是一个一个地走出去，懒懒地、一声不响地走光了，绝对想不到夜里曾经伴着一个美女睡了一夜。

他们走完后，她也爬起来，摸到衣服穿好了，匆匆地扭一扭头发，说："你在这里……我去去就来……"果然不久她就回来了，抱着一簇鲜花，是从夜里的露浸透了的田间摘回来的。"现在我们好安睡了……"她说时，把花朵散放在床上，一阵清香，把空气变换过来。她这一朝在田间进来，晨曦里头发蓬松，轻轻飘动，他觉得她从来不曾像这般好看。

又有一次，他们在阿弗莱城的池塘前吃午饭。秋天早晨的浓雾罩住了池水，对面却是树林；饭馆里只有他们二人，一面吃银白鱼，一面接吻。他们的桌子原摆在一棵枫树下，料不到树上还有一所小屋，忽然听见树上有人大声叫道："喂！那两位！你们什么时候才停止亲嘴？……"他们抬头一看，狮子的面，赭色的胡子，原来是雕刻师高德尔,在小茅舍式的小屋门口探头往下张望。

"我真想下去同你们吃中饭……我在树上像个寒鸦,闷得慌……"

樊尼不回答,显然是不好意思遇见他。葛桑巴不得请他同吃,一个著名的美术家同坐吃饭多么风光,而且可以看看名士是什么东西。

高德尔装束得十分风雅,表面看来是懒梳妆,其实他自头至脚都是有计划的:脸色有些红疹,有些皱纹,加上一条中国绸的白领带更衬得好看;身上筋肉凸起,故意穿一件窄狭的上衣。但在葛桑看来,戴士赉家宴会里的高德尔要显得年纪轻些。

然而,有一件事令他惊奇,甚至令他为难,这便是那雕刻师对于他的情妇说话的态度太亲密了。他把她直叫做"樊尼",你你我我的毫不客气。他一面把刀叉摆列在桌布上,一面对她说:

"你晓得吗?我鳏居了十五天了,马里雅跟着莫拉特尔走了。起先我还以为眼不见心不烦,谁料今天早上走进了作业室便丧魂失魄似的,工也做不成了……于是我丢了那一班人,跑到乡下吃中饭……独居的时候,无聊,真无聊……我在小屋里哭了……"

说着,又定睛看葛桑,初生的胡须,鬈鬈的头发,像杯中那梭特纳酒的颜色。又说道:

"青春真好!……像这个,人家丢了他也没危险……还不算数,又有生意好做……她似乎同他一样年纪轻……"

"不要良心的。"她笑着说,这一笑,表示一个女人想爱人,想被人爱,自然有她的诱惑力,不拘年纪老幼。

"奇了,奇了",高德尔喃喃地说着,一面看,一面审视着她,又愁郁,又羡慕。"喂!樊尼,你记得有一次我们在这里吃中饭吗?……唉,好久的事情了……爱沙诺、德如华、你、我,我们队里个个都到……你跌下池塘里去。人家把你捞起来,把渔业巡警的衣服给你穿。扮个男子,倒十分相宜……"

"记不得了……"她冷冷地应了一句。这也不是假话,人类是变动的、偶然的,只有现在的爱情是爱情。过去的,记不清;将来的,顾虑不到。

高德尔却不然,一面喝酒,一面谈他过去的战功、他的爱情。又谈酒场、跳舞会与乡下的娱乐。直说到作业室的成绩。但是他说时把眼向他们看,却见他们不大高兴听他,只顾剥葡萄,互相送到嘴里。

"我说的话很讨厌,是不是?……是的,我烦扰你们了……唉,一个人千万不要年纪老……"

他站起身,丢开饭巾,走向一间饭店去了。看他愁默默地、脚捺着地面走,像是中了不治之症。弯腰走过金色的树叶下,葛桑与樊尼慢慢地跟着他。

"可怜的高德尔……他实在很伤心了……"樊尼很怜惜地叹说,倒使葛桑抱不平了。他以为:马里雅不过是一个女子,一个模特儿,竟使这位美术大家受痛苦,而她所看中的却是一个莫拉特尔,不过是一个小画家,没有天才,有的只是青春,如何能胜过高德尔?樊尼听了他的议论,笑道:"唉!不曾见过世面的小孩子,怪不得你!"于是她双手把他的头放在她的膝上,吮他的眼,嗅他的头发,到处都要闻一闻,像是捧着一簇玫瑰花似的。

这一天晚上,他第一次在他的情妇家里过夜。其实三个月以来樊尼已经屡次要求他了:

"为什么你不肯?"

"我不晓得……我不好意思。"

"我不常对你说过吗?我是独居的,我是自由的。"

这一次亏得乡下这一游,把他弄疲倦了,听凭樊尼拉他到阿尔克德路去,正在火车站的旁边。这是一所市民式的房子,表面像是很规矩,很齐整。她住的是下层楼,家里一个老女仆,戴着乡下人的帽子,露出一副不好惹的神气,听见他们回来了,来给他们开门。

樊尼一见便上前揽住颈叫道：

"这是马淑姆……日安,马淑姆……你知道吗？这是我的爱人,我的王……我带他来了……赶快把所有的灯都开了,弄漂亮这房子……"

约翰独自坐在一间小客厅里,这客厅的窗子是穿隆式的,低的,饰窗的丝布与横炕的丝布一色,还有几件漆器。墙上三四幅风景画,每一幅都有款识,或写"为樊尼·勒格朗作",或写"为樊尼吾爱作"。

火橱上有一个沙弗的大理石像,是高德尔所塑。这石像到处皆有,葛桑小孩子的时候已经看见他父亲的工作室里有这么一个石像。他借着石像座子旁边的烛光,看见这石像的面很熟,原来这美术作品活像他的情妇,只不过嫩了些,细致了些。那身体斜面的曲线,那动作的态度,那箍着双膝的浑圆的两只臂膀,似乎都是他所熟识的东西。一面看,一面回忆前情,他的眼睛睽睽,忍不住饱看一顿。

樊尼来了,看见他在石像前发呆,从容地问他道："有好些像我的地方,是不是？……高德尔的模特儿原有些像我。"于是她即刻把他引到卧房里来,马淑姆正在一肚子不好气地把食具摆在一张独脚桌子上,一切的灯光都点亮了,甚至于柜子旁边的小灯也亮了。火橱下生了火,暖烘烘的,真像一个预备穿衣服去跳舞的女人的寝室。

"我早预备在这儿吃夜饭……好快一点儿上床。"她笑着说。

约翰真不曾看见过这样时髦的陈设。他母亲的寝室的陈设,用的是洋纱,何尝比得这里用的是棉絮打底,粗绢作面,木器上面都用软缎铺着。床,只是一张大些的沙发椅,摆些皮货在上面。

在乡间奔波了半天,天下雨,凹凸不平的路上满载污泥,好容易回到这一个安乐窝,艳丽的灯光,明镜的反映,都给他一种愉快。恨只恨一个人,不任他细嚼此间风味,这便是那不好惹的老女仆,她的怀疑的眼光不住地盯着他,直至樊尼叫她走,说:"马淑姆,你去吧……我们自己照料吃饭好了……"她才走了。她把门带上了之后,樊尼对他说:"你不必计较她,她怪我太溺爱你了……她说我的生活从此完了……乡下人,只晓得贪吃……看,她做的菜倒不错,比她自己好得多……你尝一尝这盘兔子肉好不好!"

她把肉馒头切开,把香槟酒瓶打开,自己忘了吃,只望着他吃。她在家的时候,常穿一件白的软的羊毛呢衣,袖子很阔,每一动手,便把袖子升到肩际。因此她令他回忆到戴士赍家里的第一次遇见,于是他们拥抱着,同坐一张椅子,同用一只碟子,一面吃,一面谈最初那一晚的事情。她说:

"唉!说我吗?我一见你进了门来,即刻想要你……想马上把你带走,生怕别人拉了去……你呢,当你看见我的时候,你有什么感想?"

他承认他起初怕她,渐渐觉得她可信,终于成为知己了。又说:"我不曾问过你……为什么那天晚上你生气?……是不是为的那古尔纳的两句诗?……"

她听了,仍旧像在跳舞会里一般皱了皱眉,摇一摇头说:"这不过是笑话罢了……我们不必提起。"说到这里,两手揽着他说:"那天晚上我也有几分怕……我很想要走开,想要弹压自己……但是,我不能,永远不能。"

"唉!永远不能!"

"以后你看好了。"

他只管微笑,她那一句"以后你看好了",说得很多情,又有几分恫吓,他也不管,只是笑。这女人的搂抱,这般温柔,这般和顺,他很相信只消一挣扎,马上可以脱身……

挣脱了,又有什么好处?他在这春情荡漾的寝室里享受多情的抚爱,眼皮给一张小口暖烘烘地吹,这一双眼睛,在乡间看了半天,看了许许多多的山林景致,此刻疲倦了,想睡了,还有人来替他吹……

第二天早上,他给马淑姆闹醒了,吓得一跳。只听得她在床边毫不掩饰地叫道:"他在外面……要同你说话……"

"什么? 他要? 我不是在我的家里吗? …… 你就让他进来了? ……"

樊尼很生气地跳起来,寝衣露开,身体半裸,直向寝室外跑。"我的心肝,不要动……我就回来……"他哪里肯等她回来? 哪里还睡得舒服? 于是又轮到他爬起来,穿好衣服和鞋子。

房门紧闭着,一盏小灯还照着夜饭的残肴。他一面收拾衣服,一面侧耳静听。只听得外面争闹得非常激烈。一个男子的声音,起初怒气冲冲的,后来变为哀求;来势汹汹,变为怯弱的哭泣。另一个女人的声音,他一时听不出是谁,那声音又粗又硬,所说的尽是卑鄙的话头,与啤酒店里的女子一般无二。

一切华丽的陈设,到此都失了价值,都脏了,洁净的锦绣上溅了污点;连那妇人也污秽不堪,与他从前所轻视的女子同在一个水平线上。

她气喘喘地回来了,用一种很好看的姿势把披散的头发盘了一盘,说:"堂堂大丈夫还哭,像个什么样子? ……"转眼看见他起身了,衣服穿好了,便很发怒地喝道:"你起来吗? ……再睡去! 快睡! 我要你睡!"忽然间,她又变和婉了,搂着他说:"不,不,不要去吧……你不能这样就走……而且我晓得你一定不会再来了……"

"哪里会不再来呢? 为什么?"

"赌个咒吧! 说你不生气,说你一定再来……唉,我如今认识你!"

他随她要赌什么咒便赌什么咒,只不肯再睡,她一味地哀求。说这是她的家,她的生活自由,行动自由,没人干涉,他一概不听。后来她绝望了,看他走了,直把他送到门口,再也不动气了,倒反十分谦卑,意思是要求原谅。

在外厅里,因为别意缠绵,两人又滞留着。

"那么……什么时候?……"她双泪欲流地问。他此刻只想出了门口便好,预备说假话,但是当他正要答话的时候,忽然有人按铃,又住了嘴。马淑姆从厨房里出来,樊尼摇摇手说:"不……不要开……"于是他们三人滞留在一起,动也不动,口也不开。

只听得门外有叹息之声,一封信从门底下溜进来,脚步的声音慢慢地下楼去了。

"我原说我是自由的……拿去看……"她把信打开看了,递给他。这是一封爱情信,这信好不卑贱,好没志气,这是在咖啡馆的桌子上用铅笔匆匆忙忙地写的,那可怜的男子在这封信里哀求她宽恕他刚才的胡闹,自知对于她毫无权利——除非她给他他才有。如今他合掌只求她不要把他充军永无归期,如今他愿一切承受,一切退让……只要她不丢了他。天啊,只要她不丢了他就好!

"你相信吗?……"她恶意地笑了一笑,本想借此收买约翰的心,不料他的心却因此加上一重障碍。他以为她太残忍了。原来他不晓得,大凡一个女人爱上一个男子的时候,就只对于他一人有良心,什么仁爱、什么美意、什么慈悲、什么忠诚,无非为一人的利益而发。

"你不理,实在不该……这信实在写得好,写得伤心……"他说到这里,握着她的双手,放浊了声音,低低地说:"你想想……为什么赶了他呢?……"

"我不愿意了……我不爱他。"

"然而,这是你的情人……你从前与现在享受的繁华,都是他给你的。你的需要,都是他供给你。"

"我的心肝",她诚恳地说,"当我不曾认识你时,我原觉得事事如意……现在呢,只觉得疲倦,只觉得可耻,心里总觉得讨厌……唉!我知道你并不认真,并不爱我……但是,我还是这样做……你肯也罢,不肯也罢,我总要强迫你爱我。"

他也不答话,只承认了次日的约会,赏给马淑姆几个路易——这是学生的大款子——算是夜里的菜账,于是他便走了。他这一次算是一走了事,自思有什么权利去搅乱这女人的生活?她为他牺牲的一切,他有什么给她做代价呢?

他当天便按着这意思写信给她,尽量地写得很委婉,很诚恳。只一层心事不肯直说:他心中以为从这种结合挣扎脱身,直像脱了强烈的羁勒,离了污秽的旋涡。他回忆那爱情之夜,那戴绿帽子的情人的痛哭,与那泼妇式的咒骂与冷笑,真教他不敢再想了。

葛桑生于南国的荒村,受父亲遗传的只是一些粗鲁的脾气,受母亲遗传的却不少,一切的细心、一切的热诚,都与母亲是一类。他还有一个叔父,风流浪荡,散了一半家产,辱没了家声,他有了这个榜样,越发不敢尽情娱乐了。

假设你向葛桑提起他叔父西萨尔的名字与其行为,借此儆诫他,你要他牺牲什么娱乐都可以。何况这一个无谓的女人?然而要脱离情网,何尝是他意想中那么容易呢?

门是关了,人是辞绝了;然而他辞只管辞,她来只管来。"我没有负心……"她写信这样说。

门是关了,但是不能不出去吃饭喝咖啡。她料定他吃饭的时候,到饭馆里找他;有时候,他正在咖啡馆里看报纸,她已经在门口等着,哭也不哭,叫也不叫。如果有人伴着他,她只悄悄地跟着他走,跟到只剩有他独自一人为止。

"今儿晚上,你要我不?……不要?……那么,下次吧。"

于是她安心任命地去了,让他自问良心,该不该如此心硬,该不该老是说谎。

原来他编的谎是:

"考试快到了,……没有时间……迟几天吧……"

其实他心里在想:考试一完,即刻跑到南方去住一个月的假期,这么一来,她会把他忘记了。

天不从人愿,考试是过了,而约翰却病了。这是在部里感受的喉炎症,起初不很介意,渐渐地发作了。他在巴黎不认识什么人,只有几个同乡,又因自与樊尼结合之后,渐渐与他们疏远,不知道去向了。再者,病的时候,也并非寻常的同乡能够尽力。于是樊尼来了,坐在他的床边,六昼夜不离开,一心地调理他,也不疲倦,也不讨厌,也不害怕。她的伶俐轻妙的手段,好比一个看护妇。当约翰发热的时候,受她那温柔的抚循,使他联想到孩子时代的病况,不知不觉地把她当做叔母薁蘩,当樊尼把手抹他额上的汗的时候,他说:"谢谢你,薁蘩。"

"不是薁蘩……是我……我守着你哩……"

她出钱调理他,门房里制水药,寝室里生火,事事尽心。约翰料不到她这种懒惰的女人忽然会这般活泼、这般苦耐、这般勤快,每天晚上她只在一张沙发椅上打盹。

有一天,他问她道:

"我的可怜的樊尼,你不回家去吗?……此刻我的病好些了……你应该回去,好教马淑姆放心。"

她不觉失笑。马淑姆早已走了,房子也完了。人家什么都卖掉,家具没有了,衣服没有了,甚至被褥也没有了,只剩她身上穿的一套衣裳和那女仆替她保留的几件内衣……此刻如果他赶她走,简直无家可归了。

第 三 章

"这一次我可找到了……安斯特丹路,正对火车站……三个房间,一排很阔的外栏杆……如果你愿意,等你部里事干完了之后,我们去看……很高,在第五层楼……但是不要紧,你可以抱我上去。好极了,你记得吗?……"

她回忆前情,一时高兴,又揽住他的颈,要他抱。

此时他们二人住的旅馆,有许多破衣破鞋的女子在楼梯上上下下,纸壁隔开了房间,另有其他的家眷住在隔壁。钥匙呀、烛盘呀,靴子呀,七零八乱的到处皆是,这自然是难堪的生活了。然而她不要紧,有了约翰,住屋顶也好,住地窨子也好,住污水沟也未尝不好。只有约翰本人太多心,许多事情看不过眼。眼看那些一夜的结合的男女常到这里同居一个旅馆,未免不好意思,未免玷辱了自己这一对。于是联想到植物园内的猿猴的笼子,看它们作人类爱情的表示,是一样的令人讨厌。还有饭馆里也讨厌得很,每天要到两次圣米歇路一间许多学生的大饭堂里,里头非但是学生,还有美术学校的生徒及许多画家、建筑师。他在那里吃饭一年了,人家虽则不知道他是谁,人人都觉得他面熟。

他一推门进来,所有屋里的眼睛都集中于樊尼,他面红了——年纪很轻的男子陪一个妇人入饭馆,免不了脸上红一红,而他又怕遇着部里的司长,或遇着同乡。

此外便是经济问题。樊尼每次拿着菜单,总不免批评几句:

"贵极了……如果我们在家里做，这个价钱可以支持三天。"

"那么我们找地方自己做饭好了，谁来阻挡我们？……"

于是他们开始找地方。

这是一个陷阱，大家——极好的、极老实的——都被陷进去了。大家都喜欢有一个家，都高兴尝一尝炉灶的风味。

安斯特丹路的房子即刻租定了。厨房与饭堂正对着一个发霉的后院子，下面一间英国酒店冲上来好些脏水的气味，寝室朝着斜的大路，闹得很，塌车呀，大车呀，单轮车呀，马车呀，不分昼夜，把房子摇得几乎倒下来。西火车站的喧哗，车开车到的汽笛，远远地送到耳边。这是未尝没有好处，门前便是火车，圣克鲁呀，阿菲莱城呀，圣日耳曼呀，赛纳河边的车站都可以在平台上看见。原来他们有一个平台，很阔，很便当，多蒙从前的住客的好意，留下了一个帐篷，冬天的寒雨滴沥，虽则令人生愁，而夏天在那上面露天吃饭，倒像个避暑山庄哩。

此刻最紧要是购置家具了。约翰早已通知家里说要自己布置一所房子，于是他叔母薨蘩——他家的女管家——依数寄给他钱，信内还说下次船开的时候，一定给他寄一个高柜、一个横柜、一张芦苇制的大椅子。这几件家具乃是从风室里抽出来寄给约翰的。

他还记得这一间风室，是在他家的走廊的尽头。没有人住了，窗门紧闭，窗棂外加上横关。北风吹来，屋顶窄窄地响。房里只放些旧东西，每一代添置了些新东西，便把旧的堆到风室里。

唉！薨蘩哪里晓得这大椅子，会有人在这上面睡奇怪的中觉；又哪里晓得这横柜的抽屉里，会放着女人的裙子和裤子？……葛桑觉得过意不去，然而有了新居之乐，也就管不得许多了。

部里的事干完了之后，两人夹着臂膀，走到城边去挑选饭堂的家具，有趣得很。他们买的是一个什物橱、一张桌子、六张椅子，还买些花布预备做窗帘与铺床。葛桑闭着眼睛，什么都说好好；樊尼一双眼睛要当做两双用，试坐一坐椅子，把桌子磕一磕，处处显她是个内行。

她又晓得什么地方去买厨房用具，为小家庭用的一套，只照批发价出售。她要四个铁锅子，又一个涂釉药的，预备早上做巧古力糖；千万不要买铜的，铜的洗起来，要花时间多。六副刀叉，连同调羹，两打又坚又漂亮的英国瓷器碟子———一切都算过，捆好，像小孩子玩的做饭一般。关于买被单、饭巾、抹布之类，她认识一个某大工厂的司账，去那边买，每月付若干便可以了。处处看机会，每经过一间铺面，一定留心看一看。打听什么地方有东西拍卖，什么地方有沉船的剩货。后来她到克里希路买到一张廉价的大床，九成新，很漂亮，阔极了，七姑仙女可以睡得下。

他也学学样，每天办公回来，试出去寻找寻找；但他什么都看不中，又不晓得说"不要"，觉得空手走开未免不好意思。他走进一间杂货店，原是她差他来买一个旧油瓶架子，恰巧油瓶架子卖完了，他不肯空手走开，到底买了一个悬挂的大彩灯笼。——这有什么用处？他们又没有客厅。樊尼怕他惭愧，故意安慰他说：

"不要紧，有用处，我们把它挂在走廊里……"

要陈设家具了，东也量一量，西也量一量，他说放在这里好，她说放在那里好。虽则单子列得很长，以为应有尽有，什么都预备好了，谁知总还有些东西漏了没有买，于是哈哈大笑，——这是陈设家庭的快乐。

还有糖钳子不曾买，一家中没有一个糖钳子，岂不是笑话？……

后来什么都买齐了，安置好了，帘子挂起了，新灯的灯芯装上了，陈设完成，这一夜好不快活！在未睡觉以前，先在三个房间仔细再赏鉴一下。葛桑出去关门，樊尼拿着灯照他出去："再关一重，再关……好好地关……我们在我们的家里该住得舒服才是。"

新的甜美的生活来了。他每天离开了他的工作，连忙赶回来，恨不得即刻到家，换过拖鞋子，在火炉边坐下。当他在泥泞的路上的时候,想着卧房里的灯亮了,火生了,衬着那几件祖传的家具,格外古香古色。尤其是那高柜子,镶着路易十六式的珍珠,版上画着伯罗方省的一个大节气,许多牧人穿着绣花的短衫,在箫鼓喧阗中跳舞。他从小便熟识这些古董,现在点缀他的新居,越发使他回忆故乡了。

他只把门铃一按,樊尼即刻出来,打扮的很齐整,很风流。她的黑毛布的衣服,虽则纯黑,倒很时髦,显得是一个善于装饰的老手。袖子卷起,围裙子穿起;原来她自己做饭,只用一个收拾房间的娘姨,很粗的功夫,恐怕她的手弄糙了的时候,才用得着那娘姨。

她倒会做饭得很,什么菜都会弄,南方的、北方的,变化无穷。她的民歌也变化无穷,每逢晚饭吃完之后,把围裙子向厨房的门后一搭,便鼓动她的沙声唱起歌来,又伤心,又缠绵。

楼下的路上闹得凶,像牛叫,像瀑布流。还有冷雨叮咚,滴在走廊的屋顶上。葛桑坐在椅子上,双脚烘着火,远望对面火车站的职员,弯着腰坐在灯光下写字。

他舒服极了,像小儿躺在摇篮里让人家摇。他有了爱情吗?不,然而人家用爱情包裹着他,情意缠绵,恒久不变,他未尝不知感激。回想从前许多时候,何苦自己规规矩矩地不敢乱来呢?怕什么诱惑?怕什么妨碍?此时他转笑从前傻了。从前他东找一个女子,西找一个女子,把身体的健康去赌运气,那种生活,还比不上这种生活干净些哩。

再说后日,也毫不危险。三年之后,他走时,情丝不割自断,毫不费力。葛桑明白地预先向樊尼声明,他们常常谈起,都当做一件命定的事情,譬如死,终久免不了。此刻只有一件事可虑:如果他家的人知道他不是独居,他们便要惹烦恼了,他父亲的脾气不是好惹的。

但是家里人怎么会知道呢?葛桑在巴黎,不同一个人来往。他父亲——本地方人所谓领事——周年只在家里看管他的产业,他的葡萄常被虫灾,他常要同虫打仗,哪里有闲工夫来巴黎?他母亲残废了,除非有人扶助,否则一步不能行,一事不能做。她因生了一对双生的女儿——马尔德与马利,而精力尽丧,致成残废,这两女孩交给黄蘗照料。至于那叔父西萨尔乃是一个大孩子,人家不让他独自旅行的。

现在樊尼对于他的家庭都很明了了。每逢他收到一封家信,信后有那两个双生女孩的几行附笔——小手指写的大字——樊尼便走来,从他的肩旁看下去,跟着他看,跟着他感动。至于她的家世如何,葛桑却一概不知,也一概不根究。他对于他的青春,不知不觉地存着自私心,也不妒忌,也不挂虑。他把他的生活随处流露出来,而她却不肯开口。

这般的一天又一天,一礼拜又一礼拜,他们很平安很快乐地过日子。忽然来了一件事情,两人都很感动——却是不同样的感动。原来樊尼自以为怀孕了,欢天喜地地告诉葛桑。葛桑见她如此快活,不得不装作眉开眼笑。而他心里却在害怕。这年纪便有一个孩子吗?……怎么办?……该不该承认?……从此他与她之间有了抵押品了,前途岂不多生枝节!

忽然间,他觉得身上加上了很重的链条。夜里他睡不着,她也睡不着。并排躺在大床上,各把双眼张开,各人想入非非,而两人所想的相隔非常之远。

算是运气好,这到底只是一场虚惊,于是他们又过安静的生活了。不久冬天完了,真的太阳重来了,他们的屋子增加了光辉,有屋顶平台及篷帐好用,显得宽展了许多。晚上他们在屋顶用晚饭,仰看双飞燕子,斜掠着蔚蓝的天空。

大路上的热气,邻居的喧哗,都送到屋顶来;然而到底总有几阵微风,他们促膝坐着,忘记了时间,也不觉得下面的喧哗与热气了。约翰联想到罗奈河边,曾有几夜与此相像;又推想将来在一个很热的国家的领事馆里,先要坐海船去,那海船的帐篷上北风呼呼

地吹,也与此刻的光景有些相像。忽然耳边听樊尼娇声问道:"你
爱我吗?……"他从梦中惊醒般地答道:"是的,我爱你……"唉!
拣情郎莫拣青年,青年的想头太多了!

同一的外栏杆上,有一排铁栏隔开,另一边却有另一对男女在
那里唱歌。这是何特玛夫妇,胖得很,人家听见他们接吻的时候以
为是打耳光。他们真是天生地配的一对儿,年龄同,嗜好同,笨重
的风度也同。看他们年纪不轻了,还倚着栏杆低唱情歌,令人听见
有些感动。只听得唱道:

> 我听见他在暗处长吁;
> 这是一场好梦,
> 唉,让我睡吧。

樊尼很喜欢他们,要同他们认识。有时候,隔着黑色的栏杆,
樊尼与那女邻居往往交换一种多情而快活的微笑。到底男人不像
女子,他们两个男的便各不相顾。总之,他们不曾交谈。

一天的下午,约翰从奥尔赛堤回来,经过洛雅尔路的转角,忽
听得人家叫他。这一天,天气很好,巴黎显得格外风光,斜阳照到
路角,实是少有的好天气。

"好少年,坐下来喝些什么吧……我眼看着你倒有趣。"

两只大臂膀把他一拉,他只得坐下。这是一间咖啡馆,门前张
起布幕,把步道占了三排桌子的地位。他周围有的是外省人,外国
人,穿的螺纹短衫,戴的圆帽子,唧唧喳喳地正在暗说高德尔;他正
奉陪着这位名人,好不风光!

雕刻师高德尔面前摆着一瓶苦酒,衬着他那军人的身体与勋
章,倒很相宜。身边坐的是技师戴士赉,头一天才到巴黎的,面有
风尘之色,颧骨凸起,眼神和蔼,仰着知味的鼻子像要闻一闻巴黎
的气味。葛桑才坐下,高德尔便很滑稽地指着他向戴士赉道:

"你看,这孩子好看不好看?……我从前也有过这样青春,也
烫的这样好头发……唉! 青春! 青春!"

"老是这样吗?"戴士赉说时,微笑地向葛桑点头。

"好朋友,不要笑……我所有的勋章勋位,与国家学院的位置,一切都愿拿来换取这好看的头发与太阳色的面容……"说到这里,转向葛桑,突然问道:

"沙弗呢? 你把她怎么样了? ……我们看不到她了。"

葛桑圆睁着眼睛,听不懂。

"那么,你已经不同她一块儿了吗?"高德尔说到这里,见他还摸不着头脑,于是性急起来,说:"沙弗,嗳呀,还不懂! ……樊尼·勒格朗……阿弗莱城……"

葛桑悟过来,说道:

"哦! ……完了,早已不在一块儿了……"

为什么他要说谎? 因他听见人家把沙弗这名字加到他的情妇身上,感到一种不快意,一种羞耻;再者,对别的男人谈起她,到底不好意思;也许还因为想要逗引人家纵谈沙弗,所以故意不说出真情。

"奇了,沙弗……还出头吗?"戴士赉不经心地问,眼睛只管望着玛玳琏教堂的石级,望着花市——两排的花丛陈列在很长的大路。

"你这样说,你记不得去年她还到过你的家里吗? ……她打扮得像一个埃及妇人,很漂亮……今年的秋天,我在阿弗莱城遇着她同这位美少年在吃中饭,假使你看见,你会说她只是嫁了十五天的新嫁娘哩。"

"现在她有多少年纪了? ……自我们认识她以来……"

高德尔昂起头想一想道:"几岁? ……几岁? ……我看:1853年是十七岁,做我的模特儿……现在是 1873 年,照此算去吧。"忽然间,眼神眒眒地说:"二十年前,可惜你不曾看见……长、嫩、弓般的嘴,结实的额头……臂膊与肩膊还瘦些,然而正合着那火伤的沙弗……妻子,情妇! ……艳丽的肉,精美的石,完整的古琴……古尔纳所谓整个的丽儿了……"

约翰面色大变，问道："古尔纳是不是做过她的情人？……"

"古尔纳吗？……岂有不是的道理？我对此事未免伤心……我们一块儿住了四年，俨然夫妇。四年中，我赡养她，尽我的所有，随她的所好……歌师、琴师、骑师，数不清！……当初我在辣嘉斯跳舞会门前遇见她，收留她，用精美的大理石替她塑像，教导她彬彬有礼，很费了不少的心血；一旦间，古尔纳来了，好一个诗人，每礼拜日都到我家来坐的诗人，竟在好朋友的手里夺了她去！"

"好！他这卑劣的行为也没有好结果，三年的同居，竟成地狱！讨好的诗人竟是个古怪脾气的坏人。他们早晚打架，真好看！……当人家拜访他的时候，看见他眼角一幅绷带，脸上许多耳光的伤痕……还有最好看的时候，乃是他想要丢了她。于是她拼命跟着他，在门前鞋垫子上躺着等候他。有一天夜里，很冷的冬天，他们一群人到法尔斯家，上楼去了，她竟在下面等候了五个钟头……可怜……那诗人始终不肯和解，到底靠警察局的力量才得摆脱。呀！好一个诗人……亏得这位美女有她的青春、她的聪明、她的肉体，他却拿来做一卷怀恨的诗、诅咒的诗、痛哭的诗，名叫《爱情之书》，算是他的杰作……"

葛桑呆听着，动也不动，挺着背，用一根芦管把桌子上的冰水慢慢地嘬。这哪里是冰水？简直是毒药水要捣毁他的肝肠！

在大好的天气里，他觉得寒战，眼里看见许多阴影前进后退；当时有一个洒水的桶子摆在玛玳琏教室的门前，许多车辆往来悄悄地在地上滚，像有棉花铺在地面似的。巴黎忽然静寂了，除了席上的谈话之外简直没有其他的声音。现在是戴士赟说话了——又轮到他来下毒药水了。

"这种断绝恩情，太狠了！……"说时很沉静，带着和婉、怜惜与讥笑的神情……"同居了几年，身挨身地睡，梦也相连，汗也相混。什么话都说，什么东西都给。习惯、风度、言行、举动，互相模仿。从头到脚,处处挨近……总之,是胶住了!……忽然说是要分离,要解脱,怎么有这勇气?……要是我吗,断断不能……哪怕她同别人睡,哪怕她怎样污辱我,至于她哭着求我,叫我不要走的时候,我一定忍不得走开……所以我不敢作茧自缚,每次我要一个的时候,顶多只一夜……不曾有过第二天……再不然,还是规规矩矩地结婚好。这样,直截了当,而且干净些。"

"不曾有过第二天……不曾有过第二天吗?说得真随便。有些女子,不能只留她一夜……譬如那一个……"

"那一个吗?我也不肯多赏她一分钟……"戴士贵说时,恬静地微笑,葛桑觉得他可恨透了。

"依你说,那么,一定是她看不中你,否则……她真的爱你的时候,她便钩住了不放手……她高兴做小家庭。然而,她的小家庭都不顺利。先是搭上那小说家德若华,他却死了……再搭上伊沙诺,他不久又结了婚……后来轮到那美貌的福拉孟,这是一个雕刻匠,原是一个模特儿——因为她不是爱才,便是爱貌——你晓得的,她因此闹出惊人的事件来……"

"什么事件?……"葛桑哽着喉咙问。又低头嗫那芦管的冰水,一曲谛听他叙述数年前轰动巴黎的爱情惨剧。

原来那福拉孟很穷,却又为情颠倒。因怕樊尼丢了他,拼命想要装阔绰。于是制造好些假钞票。不久便被发觉,一对男女都给人家捉了去,他被判了十年的徒刑,她被看押了六个月——在圣拉赛尔。因她实在不知情,所以处分轻些。

戴士贵原去看过这一场公案,于是高德尔与他重提旧事。她在圣拉赛尔,戴着犯人的小帽子听审,越发好看。她很倔强,毫不嗟叹,对于她的情郎忠心到底……对法官说话,慷慨激昂;一个远吻,从警兵们的三角帽子上面透过去;加上很多情的几句话,铁石心肠到此也要软了:"我的心肝,不要愁……好日子在后头,将来我们仍旧相爱哩!"话虽如此,可怜的樊尼,她不免因此有些讨厌小家庭了。

"自此以后,她受了阔人的捧场,得了许多情郎,也有一个月的,也有一个礼拜的,但绝对不要美术家……唉,美术家,她害怕了……我想只有我一人,她仍旧来往……不时到我的作业室里来吸香烟,后来渐疏渐远,好几个月没有听见人家提起她,直至有一天,我遇见她正在同这一个漂亮孩子吃中饭,凑着他的嘴边吃葡萄。我自说道:我捏的沙弗原来在这里。"

约翰不能再听下去了。毒药水越喝越觉得就要死。刚才的寒战过了,此刻是胸部发烧,耳边呼呼地响。信步走到路的中间去,一颠一簸地走,许多车辆给他挡住了,车夫们嚷起来。他心内在想:"这些傻瓜,他们嚷什么呢?"

经过玛玳琏的花市,闻到向日花的香气。这是他的情妇最爱的花,他因此又生感触,三步并作两步地避开了。此刻他非常动气,心肠寸裂,想道:"我的情妇!……原来是个脏货……沙弗,沙弗……亏我同这个东西混了一年!……"他反复地只念沙弗这名字,记得在好些报纸上看见过许多女子的绰号,里头便有沙弗。

心里一念到"沙弗"两字,那妇人的一生都映到眼帘来了……高德尔的作业室,古尔纳的顿足大怒,诗人门前的久候……往后便是那美貌的雕刻匠,那假钞票,那法庭……那显得越发好看的小帽子,那遥送给她的情郎的甜吻:"我的心肝,不要愁!……"我的心肝,对他不也是一样的称呼吗?不是一样的抚爱吗?……这是多么可耻的事!……唉!你的心肝吗?他要洗一洗这污点了!苍茫的夜色,正像向日花的颜色,于是他鼻子里的向日花香味还是跟着他。

忽然间,他觉得他还是在花市转来转去,竟像在海船的甲板上,走来走去终不出圈子之外。于是他转向前面走,不停脚地走到了安斯特丹路,打定了主意,要把那贱妇人驱出家门,推下楼梯,也不必加以说明,一口痰向她背后吐,此后不再辱没他的好声名……

主意是打定了,到了门口又迟疑、反省,在门外踱来踱去。这么一来,她一定咆哮、啼泣,像泼妇骂街般地放粗鄙的话头,与从前在阿尔克德路一样……

然则,写信吗?……是了,写信好多了,只要四个残酷的字,旧账都一笔勾销。于是他走进一间英国酒店,店里沉寂得很,在煤气灯下一人独坐,越显得凄清;旁边有一个唯一的顾客,却是颓唐得要死的女子,在吃一碟熏鱼,也不喝酒。他向酒保要了一杯麦酒,也不喝,开始写他的信。但是他头脑里装的字太多了,同时都要即刻出来;而那凝结而变色的墨水,却从容不迫地不肯写快。

他起了一个头,又撕了,重新又起头,如此两三次,结果没有写,起身要走,忽然身边那女子张开馋嘴,忸怩地问道:"你不喝酒吗?……我可以?……"他点点头。于是她把杯子举起,一口喝干。可见这倒霉的女子,她衣袋里只够买东西充饥,连一杯麦酒也喝不着。忽然他心里起了怜悯的念头,澄心细想女人的生计之难,于是他知道该从人道着眼去批判女人,又开始细想一想他的命运。

总之,樊尼并不曾向他说过假话。他所以不知道她的身世者,只因他从来不曾虑及。现在要指摘她哪一点?……说她在圣拉赛尔的时候吗?……毕竟他已经开释了,还像得了风光哩……此外还有什么?说比他占先的那一班男人吗?……他何尝不早已知道?……她的旧情人,没有一个不很著名,他可以遇得着,可以与他们谈话,许多店面还有他们的肖像,哪一点辱没了他?她爱这一班人,他能不能替她定一个罪名?

他心里忽然起了一种下等的自负心,以为他能与一班美术大家分享美人,亲耳听见人家赞她美。像他这样小小年纪,美的观念还不很准。爱一个女人,只是讲爱情,而没有经验。所以一个少年情郎往往拿他的情妇的相片找人家赏鉴,博取人家的赞美然后安心。自从葛桑知道沙弗给高德尔塑像,给古尔纳吟咏之后,似乎她格外伟大了。

但他忽然又动气了,他原在外面的大路上,6月的晚上的小儿喧哗声与饶舌妇人的谈话声中,一张凳子上坐着。忽然离开了凳子,重新走路,高声地喃喃自语……沙弗的像,美……这是做生意,到处皆有,竟成了流行的货品了。清白的沙弗,经过了几个世纪,竟给人家附会,替她编了污秽的传记,好好的黛爱思,变了疾病的标记……天呀,一切都多么令人可恼?……

他如此的走去,时而恬静,时而发狂,相反的情绪相代而起。大路渐暗,行人渐少,一种辛辣气混杂在热空气中,他认得这里乃是大墓田的门口。记得前年,他曾到这里参加高德尔的塑像落成礼。那像塑的是拉丁区的小说家德若华——《桑得利奈》的作者。德若华、高德尔,最近两个钟头以来,这两个名字似有异样的声调!他似乎觉得她曾说谎话,说什么女学生,说什么小家庭,现在他识透了内幕,从戴士贲口里得悉街头巷角的婚姻了。

墓田的旁边暗得很,他觉得害怕,重向原路走回。身边轻掠着工人的衣服与贫妇的裙子,宛似夜神之翼。短屋的破门衬着路上的大灯笼,好几对男女走过,互相接吻……什么时候了?……他觉得周身劳瘁,像一个日暮途远的老兵。他的痛苦自头降至脚,几乎一步难移……唉,去睡吧!……第二天醒来,只消冷冷地、毫不动气地向那妇人说:“我晓得你是什么人了……这不是你的错,也不是我的错;但我们不能一块儿生活了,大家分手吧!……”也不愁她追寻,尽可以回家与母亲、妹子团聚,跑到罗奈河边,借一阵北风,把污点与恐怖吹得干干净净。

她等得不耐烦,已先睡了。灯光未熄,一本书展开放在床上她的面前,竟睡着了。他走近前去,她也不惊醒。他站在床前,定睛只管凝视,像是一个新来的女人,他从来不曾相识似的。

美,唉,美!……臂、颈、肩,像一块又坚又细的琥珀,也没有斑点,也没有裂痕。但是,在那变红的眼皮上——也许因为看小说,也许因为等候担心——在那休息时的懈弛的态度上,不复显得出那多情的妇人的热望,这分明是厌倦的表示了。她的年龄、她的历史、她的嗜好、她的交结,以及圣拉赛尔,打架呀,流泪呀,恐怖呀,一切的一切,都呈露出来。因娱乐与失眠,面上现出疲劳之色;上唇有一道折痕,皮肤渐渐皱了,显得老境将至了。

约翰要睡也睡不着,死神的沉寂弥漫全室,黑暗里似乎有些模糊的影子晃动,忽然间,他想要哭起来。

第 四 章

他们的晚饭吃完了，窗子开着，燕子翩翩，向斜阳施礼。约翰不说话，但终预备要说，自从遇着高德尔之后，那些残酷的事件终日在他的神经里缠绕，连樊尼也给他连累得不好过。她看见他的眼睛放低了，现出一种假装没事人儿的神情，她早已猜透了，说：

"你听我说，我知道你预备说什么话了……我劝你不必计较吧……一切的一切都成过去，从前种种都死了，我只爱你，全世界没有别人，只有你……"

他怔怔地望着她那一双屡屡变色的美目，说："如果依你的话，一切都成过去，都死了，为什么你还存留着许多使你回忆前情的东西呢？……看那柜子里……"

她的灰色眼皮忽变暗色了，说：

"你竟知道了吗？"

当此境地，所有一切爱情的信件、相片，几经丧乱还保存着的东西，一旦要放弃了。

"此后，至少，你会相信我了。"

约翰听了她的话，很不相信地笑了笑，只见她果然去找出她的小漆匣子来，匣子原放在她的内衣堆里，锁得好好的，最近以来，她的情郎早已疑心了。

"烧了也行，撕了也行……任凭你……"

他并不忙扭转那小钥匙，却先看匣子面上用云母壳雕的樱桃树,还有几个仙鹤飞翔。忽然他把钥匙一扭,匣子一揭,则见许多册子、笺纸,纸张或大或小,字形或粗或细,不一而足。金色的题字,变黄了的条子,折叠处已经破了。还有日记簿拆下来的纸,用铅笔乱涂的草字,又有一堆名片,乱七八糟的摆着,像在一个抽屉里天天被人家搜检似的。现在他只管把颤着的手插到匣子里去……

"递给我,让我当着你的面烧了就完了。"

她热狂地只管说,蹲跪在火橱的前面,旁边一支蜡灯点着了。

"给我……"

但是,他说:"不,等一等……"又把声音放低,像有几分惭愧:"我想要看……"

"为什么?你想还要多受痛苦吗?……"

她只怕他受痛苦,并不想到把这些爱情的秘密——这些爱过她的男人们的床头供状——尽情泄露是一件不合理的事情。

她跪着慢慢地移行到他跟前,与他同时读下去,一面丢一个眼角侦探他的神色。

十页信笺,签着古尔纳的名字,是 1861 年写的,写得很长,很殷勤。古尔纳被派到阿尔奢里去,为皇帝及皇后歌颂他们的旅行,于是他把许多荣耀的盛会描写给他的情妇看:

> 阿尔奢里的都城阿尔奢,像《天方夜谭》的巴格德城一般热闹,全非洲的人都奔赴此城,十分拥挤。结队的黑人,载树胶的骆驼,毛的篷帐,海边的露天宿所,绕着火堆的跳舞,千奇百怪,令人耳目一新。国王来的时候,排着东方的仪仗,奏着不中音节的音乐,芦制的箫,嘎声的鼓,乱闹一场。后面有许多兵士,牵着许多马,马身上穿着丝织的马衣,每走一步,铃子响一响……

这些情节,经过那诗人的描写,越发生动,如在眼前;纸上的字像宝石般放光。唉,一个诗人把这样金玉似的文章抛到一个女人的膝上,她该是多么骄傲呵!推想那时节,她一定很受宠爱,因此在这般热闹的大盛会里,那诗人还心心念念不忘她,只恨不得见她的面:

> 唉!记得昨天夜里,阿尔克德路的一张大沙发椅上,你我同在一块儿。你衣服脱得精光了,疯狂了。我抚循着你,你快活地欢呼起来。我忽然惊醒,原来只在屋顶上平台上一张毯上辗转反侧。繁星满天,仰着叹息而已。一个回教徒爬上了教堂尖塔上,塔上的灯光,与其说是庄严,不如说是引人的情欲,我梦醒之后,还呆呆地等候你哩!……

他妒心发作,嘴唇变白,手指颤动,还一味读下去,像有人催着他似的。樊尼想要很委婉地把信抢回,但是他一定要读到尾,完了一封又一封,很冷淡地、很轻视地,陆续丢到火橱里去。可怜那诗人费尽心思,而今付之一炬,他连看也不看。大约因为非洲的气候的缘故,使那诗人的笔变淫亵了,比之他那一部《爱情的书》的清白无疵,如出两人手笔。假使他的《爱情的书》的女读者,读到他这些信,要十分诧异,要替他害羞哩。

约翰好不痛心!尤其是读到那几页秽语,使他忽然住口,脸色一变,身子一跳,他自己却不觉得。他还有勇气去冷笑那诗人描写埃骚亚的节气的信。信后附了几句话说:"我重读我这信,里头很有些地方写得不错……请你搁起来,我有用处……"

"这位先生,一点儿不肯放过!"

他说了,又另看一封,这一封的字迹相同,语气已变冰冷,古尔纳问她讨回一部阿剌伯歌谣集,一双稻秆制的拖鞋子,算是算清了爱情的账了。唉!他倒晓得一走了事,硬得很。

这是一沟秽水,葛桑不住地想要屏干。天色黑了,他在桌子上点着蜡烛,继续地看那些很短的条子,条子的字写得很清楚,像是那写字的人的粗大的手指拿着一把锥子,当欲望的时候,或发怒的时候,恨不得把纸戳穿。这都是高德尔的信札。在结合的初期,有约会,有夜宴,有乡间的娱乐;后来伤了感情,有的只是哭泣与哀求,信内用的都是可笑的字眼;在绝交的时候,堂堂美术大家的弱点都暴露出来了。

这些条子又到火里去了。天才的高德尔的血泪都葬在火里,但是樊尼何曾介意? 她有了少年的情郎在跟前,便热狂得了不得,没有工夫去管那些旧交了。条子烧了之后,葛桑又找出一个照片来,照片的下面签着嘉华义的名字,还有几句艳语:"此赠爱友樊尼,时在当丕耶的旅店,冷雨之夜。"葛桑看那照片:脸上现出聪明而多愁的样子,眼睛凹进去,一看便知道是个尝试过痛苦的滋味的人。

"这是谁?"

"这是德若华……我从他的签字认出来的……"

他勉强说了一回"保留着它,这是你的自由",但那不快乐的神情,已给樊尼看透了,于是她把照片撕碎,又投入火里。他又拿到那小说家的信读下去。原来小说家德若华害了病,到海边养病去,正在身心都不安的时候,所以他写的信,一方面讲爱情,一方面问她要些药品,要些药单子。可怜的小说家,医生禁止他想女人,他睡里梦里还只想着沙弗的很美的身体。

葛桑看得发狂了,天真烂漫地嚷道:

"他们都喝了什么迷魂汤? 都为的是你……"

他看了这些悲哀的信,只好以此自解。这种光荣的生活,少年男女所羡慕的生活,到头来,只落得一场忏悔……是的,她给他们喝了什么迷魂汤了? ……他此刻像一个被绑着的男人,看见他所爱的女人被人凌辱,心中痛苦难堪;然而他终不能闭着眼睛把匣子一倒而空。

现在轮到那雕刻匠的信札了。一个穷苦的无名小卒,除了在《审判日报》上出过风头之外,再没有别的声名,假使人家不是对他有伟大的爱情,这宝匣里断没有他的一席位置。依他那些信札看来,他是一个很笨的人,一个没有见过世面的下流种子。他的情话,只像一个兵士写给他的女同乡的话一般。然而,在许多鄙俚的情话里头,却显出一片热烈的忠诚。他尊重那妇人而忘记了自己,这一点是特异于众的地方。他在信内说他因太爱她以致犯了罪,以致法庭对审,这是该请罪的;而他被判决之后,得悉她得了自由,又替她快活了。他并不自嗟自怨,因为已经在她身边享了两年的艳福,现在的甜蜜的回忆尽可以充满他的生机,可以抵偿他的倒运了。最后又拜托樊尼一桩事:

> 你是晓得的,我有一个孩子在家乡,他的母亲早已去世了。他住在一个女亲戚的家里。那边这样偏僻的地方,他们断不会知道我这一次的事情。我剩下的几个钱,已经寄给他们去了,我说我要到很远的地方旅行,特此寄些钱回去安家。我的好樊尼,我把这事拜托你,请你不时打听这可怜的孩子的消息,写信报告我⋯⋯

樊尼一定替他照料得很周到了,因为后来还有一封道谢的信,最近又来一封,还不曾有六个月之久。信内说:"唉!你真是个好人,竟来看我⋯⋯你多么美!多么香!在我这犯人的短衣相形之下,我只有惭愧了⋯⋯"约翰住了口不读,怒气冲冲地问道:

"依他这样说,你还继续地去看望他了?"

"渐渐地疏远了,这只是一种慈悲心。"

"甚至于我们在一块儿之后还去吗?⋯⋯"

"是的,只一次,仅仅一次,在会客室里⋯⋯人家只许在那里会客。"

"唉!你原来是个好心的女子⋯⋯"

他心里想:当他们二人要好的时期内,她还去拜访那罪犯,真是天下第一可恨的事情,他太自负了,还不肯说她;但他翻到最后一束的信札,用蓝色彩结缚着,里面的字迹很细很斜,显然是妇人手笔,他一看,越发动气了。

赛车完了之后,我换去了古装……你到我的化妆室来吧……

"不,不……不要看这个……"

她跳到他身上,把纸包儿一抢,撩在火里。他还莫名其妙,只见她蹲跪在火的前面,把脸映得通红,很羞惭地自己供认道:

"那时节,我年纪很轻,只怪高德尔……那疯子……我随他要怎样做便怎样做。"

于是他毕竟懂得了,面色变惨白了,说:

"呀!是了……沙弗……整个的丽儿……"说到这里,把脚踢开她,把她当做污秽的东西。"不要挨着我!……讨厌的东西……"

忽然来了一阵震天动地的声音,同时红光满室,他也没工夫再吵了……火!火!……她魂飞魄散地从地上爬起来,很机械地拿起桌上的水晶瓶子,往纸堆里泼;冬天的烟煤,一时哪里能熄?她又拿桶里及瓮里的水都泼完了,火焰直烧到房的中间,她知道自己是不能救的了,连忙跑到阳台上,喊道:"救火呀!救火呀!"

首先是何特玛夫妇,其次是门房,再其次是警察,都来了。大家嚷道:

"把板子放低……上屋顶去吧!……拿水,拿水!……不,一张被单……"

他们二人垂头丧气,眼看好好的屋子给烧得肮脏了。停一会子,火灭了,一场失慎告了结束,楼下街灯照着的黑压压的一班看热闹的人散了,邻居的人也放了心,回家去了。剩下一双情人,眼看着一堆脏水、一团湿达达的烟煤,以及七零八乱的家具,使他们心中作呕,大家无精打采的,也没有气力再吵嘴,也没有闲心肠收拾房间了。他们的生活里,受了一个大打击;他们原先是嫌旅馆不好的,但是这一晚却没法子想,只好跑到一间旅馆里睡觉去。

樊尼这一次牺牲毫无用处。信虽烧了,而信内的话永存在这情郎的心里，不时在脑海中作祟。像是读了一部不好的书，终久有不良的印象。

说起她从前的情郎，差不多没有一个不是鼎鼎大名的。死了的不算了，至于生的呢，到处看得见他们的照片，往往有人在他跟前提起他们，每一次他总觉得难为情。

他有了痛苦之后，心窍越发玲珑，眼光越发敏锐，樊尼所受从前的情郎的影响竟给他辨认得清清楚楚。她说话里的一字一句，她的意见，她所保存的习惯，都有线索可寻。譬如她说话的时候，常把拇指一翘，口里先说"你看……"的话引子，这便是雕刻师高德尔的习惯；至于小说家德若华，他曾经印行一部民歌集，到处传诵，所以她也有民歌的嗜好；至于诗人古尔纳高兴很严格地批评近代文学，说话的神气很骄傲，瞧不起人家，她也染了这种脾气。

她与这班人都同化了，不调和的习惯积叠在她一人身上，好像地球里面的地层的现象，可以辨得出时代的变迁。也许她不像他先前意想中那么聪明，但到底还不能算是蠢：看她虽则又糊涂又鄙俚，又比他老了十余岁，还借着过去的力量，与一种卑贱的妒忌心，把他束缚住了。他此刻也忍耐不住，于是每逢谈起从前那班人的时候，他一定动气，一定说他们的坏话。

他说：德若华的小说没有销路了，千百部堆在堤岸上，只卖几个铜子一部。高德尔不要脸，临老还要讲爱情……"你晓得吗？他没有牙齿了……我在阿弗莱城看得很清楚……他只用两个门牙啮东西，像一个啮草的山羊……"末了又谈到他的技能，说他最后一次在沙龙里展览的维纳丝，算是一种失败的作品！她也跟着说："这实在不行了……"当他攻击从前那一班情敌的时候，樊尼总是随声附和以博他的欢心。实则一个不懂艺术与生命的少年，与一个从美术大家的口里拾得余唾的妇人，高谈阔论批评艺术作品，岂不令人笑煞！

葛桑的劲敌却是那雕刻匠福拉孟。他知道福拉孟很美貌，像他一般地有金黄的头发,像他一般地得受"我的心肝"的称呼,又知道她往往暗地里去看他,已经很妒忌他了。及至他想像骂高德尔一般地骂福拉孟,叫他做"多情的罪犯"的时候,樊尼便把头扭过去,一句话不说了。他怪樊尼对于那贼子这般宽宏大度,她很委婉地分辩,话虽委婉,却很固执,不肯随声附和了:

"约翰,你该晓得,现在我爱上了你,已经不爱他了……我再也不到那边去,再也不回他的信,你还不满意吗?……只一层,人家爱我爱到发狂,爱到犯罪,你不该再说人家的坏话了……"她这一段真情的话,算是她的好处,约翰不好意思驳她;但他的妒忌心更甚了,因妒生虑,往往在白天特地跑回安斯特丹路来侦探,生怕她去看福拉孟。

然而他每次侦探的结果,觉得她倒像一个东方的女人,不离家门一步,有时却是教那胖邻居——何特玛夫人学钢琴。自从那一次失火之后,他们与何特玛夫妇却有了交情。

何特玛先生是枪炮陈列所的图案师,平常是把他的工作品拿回家里来做的。每逢每天晚上——礼拜日是整天,人家便看见他伏在一张四脚桌上,又出汗,又气喘,只把袖子摆动生风,自胡须到眼眉都给吹动了。他的老婆虽则整天不做事,晚上也穿着大袖短襟的衣服,在他的旁边喘气。也许因为他们想要凉一凉他们的血的缘故,不时把他们所爱的歌同声唱起来。

这两家的感情,很快地到了知己的程度了。

何特玛与葛桑的办公处相隔很近,所以他们常常一块儿走路。每天早上将近十点钟的时候,只听得何特玛粗大的声音在门前叫道:"葛桑,你在不在家?"

那胖子比他的少年伴侣低了几层的流品,很粗鄙,很鲁钝,所以他们走路的时候,胖子说话很少,活像他的胡子塞满了嘴似的。但他到底像个好人,约翰此刻道德上的糊涂,正该要这种交际来矫正他哩。他又觉得:樊尼现在寂寞得很,外面的交际断绝了,无聊的时候，会勾起许多回忆与懊恼；而今有何特玛夫人给她做个榜样就好了，何特玛夫人一天到晚只照料她的男人，做好菜给他吃，唱新歌给他听，樊尼得与这等人结交，真可以学忠实、学规矩了。

但是，等到感情很好、两家互相邀请的时候，约翰又有所顾虑了。他以为那一对夫妇一定猜想他们二人是结了婚的，实则他自问不曾结过婚，不愿人家冤枉他，于是要樊尼向他们解释，以免误会。樊尼一听这话，不觉失笑——可怜的小孩，只有他这般不曾见过世面。"他们何曾有过一分钟猜想我们是结了婚的呢？……他们哪里管这些？……你还不知道他在什么地方得到他的老婆哩！……我所做过的事，还算是规规矩矩的……他之娶她，不过为的是要独占着她，你看，他何尝觉得过去的事难为情呢？"

他想不出所以然来。说那胖女人也是此中的过来人吗？看她的眼很清明，皮肤很软，笑时像个小孩，村气十足。她所唱的歌也不见得十分多情，说的话也不漂亮。至于那胖男子却很恬静，对于爱情很适意。当他们一同走路的时候，只见那胖子口衔着烟管，露出非常有福分的神气，而他自己呢，时时刻刻想入非非，往往生气。

樊尼猜透他的心理，往往安慰他道："我的心肝，再过些时候你便会忘记了的……"当他们二人相对的时候，樊尼一味安慰他，很温柔，很可爱，还像当初一样，但是终有几分留恋过去的样子，约翰也猜不中她的心。

她的过去的生活，伤风败俗、奇诡狂妄的生活，约翰从来不曾问过她。到了此时，大家更熟了，更自由放纵了，她便推心置腹地谈过去的事情了。现在她不复戒烟，手指常常夹着一支雪茄，纵谈生活的问题，说男子的不名誉，说女人的放荡，都是一套非常猥亵的话头。她说了这种话之后，跟着来了一阵放荡的淫笑。

说到他们的恋爱的表情，也就变了。当初她还不深知他，以为他年纪轻，对他的举动该庄重些；此时她觉得把过去的那些风流放荡的事情发露了之后，看他倒像觉得津津有味，于是她便无所顾忌了。许久以来,口里蕴蓄着的淫言浪语,手里保留着的轻举妄动,到此时都尽情放泄出来。才显得出一个程度很高的多情名妓,一个大名鼎鼎的沙弗。

廉耻吗?涵养吗?有什么好处?世上的男子都是一样的,都不爱正经,这一个哪里能够成为例外?他们爱不正经,便把不正经的举动去钓他们,倒是使他们上钩的一个好法子。她在别人处学来的伤风败俗的事情,拿来传授给约翰,约翰也会跟着传授给别人。这么一来,毒气弥漫了全世界,人类的肉体与灵魂,哪有不受伤的道理呢?

第　五　章

在他们的卧房里，某大画家替樊尼画的肖像——青春的艳姿——的旁边，有一幅南方的风景，是一位照相家在乡间太阳底下照的。

在这一幅风景里：许多葡萄田绕着河边，河边许多岩石，再高一点，却有许多柏树，当着北风，倚向一丛松林，映着河水的反照。其间有一所白屋，一半像田庄，一半像府第。很阔的石级，意大利式的屋顶，赭色的墙，一看便像勃罗旺斯省的人家。还有孔雀所栖的架子，喂羊的槽。在厂屋的黑漆漆的门口，许多犁锹之类，在那里放光。万里无云的蔚蓝天下，剩下一个古城楼的废址。这便是葛桑的故乡。

葛桑·阿尔曼一家很有钱，他们的葡萄园远近驰名，父子相传，不分家产。然而到底是次子该理家，因为照祖传的习惯，长子是要送到领事馆去的。可惜次子不一定贤能，譬如那西萨尔·葛桑，在廿四岁上接理产业竟负不起这重大的责任。

西萨尔是一个浪子，娼寮赌馆，无处不到。人家替他起个绰号，叫做"和利央"，意思是说他不长进。可惜家教谨严的阿尔曼家，却生了这一个无赖。

他理家数年之后，一则因为疏忽，二则因为浪费，三则因为赌钱，以致园地抵押给了人家，库藏空空如也，葡萄还不曾熟，葡萄钱已经用光。有一天，欠人家的账太多了，如果不清楚，第二天人家便要捉他,于是他不得已模仿他的哥哥的手笔,写了三张汇票——票上写明在上海领事馆里交款。原以为暂时押一押,在汇票未到期以前一定能够设法清偿;谁料事与愿违,这三张汇票终于寄到哥哥的手里,还附带一封恳切的信,承认他的败家与造假票子的不应该。于是他的哥哥老远地跑回家来设法补救,幸亏那领事先生身上有几个钱,加上了他的夫人的食资,终于转危为安。但他看见他的弟弟这样不中用,只好把堂皇的领事头衔抛弃了,回家来做个葡萄园主人。

这真是阿尔曼家的嫡传!这位领事,事事学祖宗的成法,甚至于祖宗的性癖也是他传受了正统。他的性情很剧烈,同时又很安静,像一个熄了火的火山,还有爆发的威势。他为人又勤劳,而且懂得耕种。幸亏他的努力,阿尔曼家从此昌盛起来,所管领的田产直扩充到罗奈河畔。一个人走了红运便喜事重重,他同时还生了一个儿子——约翰。这时候,西萨尔只巡守着家门,自知罪过,不敢昂头望他的哥哥那一副鄙薄弟弟的脸孔。无聊的时候,只好从事于钓鱼和打猎。此外还做些傻瓜的事情:捉了许多蜗牛,削了许多藤杖,还在荒地上烧着橄榄树枝,烤几个小麻雀吃。晚上归家,兄弟同桌吃晚饭的时候,他一句话不说;虽则他的嫂嫂很贤惠,可怜他,常常背着她的丈夫给他钱用;而他的哥哥却待他很严,不但因为他过去的行为,还提防他将来的再犯。果不出他的哥哥所料,从前的胡闹刚刚完了,又有新的事情发生了。

一个少女,每礼拜到阿尔曼做三天缝纫的工作。这是一个渔翁的女儿,名叫黄蘗,在罗奈河边的柳园里生长的,长的很好看,袅娜娉婷,恰似河边杨柳。头上戴着西班牙帽子,颈如凝脂,与面部同带着三分灰色,自颈至肩,都非常细腻可爱,令人联想到山丘上的王宫旧址,昔日的美丽侍姬。

西萨尔脑筋很简单,没有理想,也不读书,自然不知道拿王府的侍姬来相比拟;但他是一个小小身材的人,高兴要高大的女子,所以第一天看见黄縈便着了迷了。他很熟悉在乡下勾引女子的手段：礼拜天的跳舞是一个机会，送野兽肉又是一个机会；或者，在河边的田野间相遇，出其不意地把她向草上一推，推她迎卧地上便得了。然而黄縈却不是这么容易的：她从来不到跳舞会，他送给她的野兽肉，她仍旧送回他家的厨房里，河边也不成功。她恰似河边的白杨，很白，很软，却很结实，西萨尔刚想下手，她早已把他推到十步之外，在地上乱滚。自此之后，她腰里常挂着一把很快的剪刀，令他不敢近身。于是他越发着狂了，没法子，只好拜托嫂嫂规规矩矩地去求婚。原来黄縈自小便与他的嫂嫂认识，他的嫂嫂很知道她为人很正经，很精细，深以为如果娶了她来，虽则是门户不很相当，也许是这浪子的救星。领事先生的意见却不然，他以为阿尔曼家娶一个渔家女子，岂不辱没了家声？"如果西萨尔真的这样干，我不愿与他再见面了……"后来西萨尔果然这样干，领事先生果然实行他的宣言。

西萨尔结了婚，离开了他的家，到罗奈河边他的岳丈家里住去，他的哥哥规定每年供给他多少钱，他的好嫂嫂每月送钱给他。那小约翰常常跟着他的母亲去，看见黄縈家的屋子，倒觉得很好。这是一所圆顶屋子，被火烟熏得很黑，北风吹来的时候，这屋便飘摇欲倒，幸亏屋中间有一架梁，从地面直达屋顶，像一根桅杆，把全间屋支撑住了。门是开的，对面是河坝，河坝上晒着好些渔网，还有许多贝壳在那里放光。缆系着的几张大船，给波浪冲得沙沙地响，还有那厉害的北风，把这阔大而光明的河水吹到一片绿色的小岛上。约翰自小不曾看见过海，这一次到了这渔家，便发生了航海的兴味，愿意作长途的旅行。

西萨尔这种充军的生活延长至二三年之久，假使家中没有事变，恐怕他永远不得归家了。当约翰的妹妹马尔德与马利出世的时候，他的母亲因同时生了两个孩子，竟害了病。于是领事先生允许西萨尔夫妇回家来看望她。兄弟到底是同血脉的，他们不期然而然地重归于好了,西萨尔夫妇搬到家里来住了。那嫂嫂害了贫血症,后来又夹杂了风痛,以致于瘫了,一切家政都交给黄蘩,小孩子的饮食也是由她照料。虽则那病人时时刻刻需要她调护,她每礼拜还到阿维让中学校去看望两次约翰。

黄蘩虽不曾受过好教育,幸亏她有天生的聪明,有农家的耐劳的习惯,她那被征服的丈夫到底还有些学问传给她,所以她办事很有条理。领事先生把一切家中的用度都交给她管理。当时消费一年一年地增加,入息一年一年地减少,黄蘩的负担更重了。入息减少的原因是葡萄被虫灾,平原一带都给虫吃光了,还剩下园里的不曾被灾,领事先生十分操虑,天天研究治虫的方法,要救他的葡萄。

黄蘩天天戴着做工的帽子,带着一大串钥匙,老老实实地做一个管家人。这样荒歉的年冬,管理这入不敷出的家庭,病人的医药费仍旧一样贵,两个小女孩渐渐大了,费用未免增加;还有约翰的学费——起初是进中学,其后是入爱克斯学校习法科,末了是到巴黎继续他的学业——处处要钱用,好不难为了她!

究竟靠什么灵异的法子支持家务,非但人家不知道,连她自己也不知道。然而,每次约翰想起家中的时候,昂头看见那反光的风景照片的时候,心中第一个幻象,口里第一个名字,一定是黄蘩。他似乎觉得他家那绅士第宅后面躲着这一位好心的农妇,他一心一意要把她的位置提高。但是,数日以来,自从他知道他的情妇是什么人之后,他再也不在她跟前提起黄蘩的名字,非但黄蘩,无论家中任何人的名字都不提起了。每次看到那照片也难为情,索性把它移到沙弗的床上的墙壁内藏起来。

有一天,他回家吃中饭的时候,陡吃一惊,平常是两人用饭,却见桌子上摆了三副刀叉;又见樊尼正在同一个矮男子打牌。起初他还想不起那人是谁,后来看见他掉过脸来,现出他那一双山羊的眼睛,很大的鼻子,带风尘色的脸孔,没头发的脑盖,同盟党的胡子,原来便是约翰的叔父西萨尔。当约翰欢呼"叔父"的时候,他也不放下牌来,只说:"你看,我倒不寂寞,有我的侄妇同我打牌呢。"

唉!他的侄妇!

约翰非常小心地守秘密,不让一个人知道,而今他的叔父却叫起侄妇来。他心里何等难受!当樊尼去做晚饭的当儿,西萨尔还低声对他说道:"恭喜恭喜,我的孩子……你看,眼睛、手臂……哪一样不好?……"到吃晚饭的时候更倒霉,他把家里的各种事情及他来巴黎的原因,不打自招地全盘托出。

他这一次来巴黎,表面上的理由是取钱,从前他曾借过八千法郎给他的朋友谷伯拜师,他已经不望他还了,忽然接到某律师一封信,说谷伯拜师死了,遗嘱说要奉还他八千法郎。但是,钱是可以寄去的,也不一定要来巴黎领取,所以取钱还不成为来巴黎的理由,最大的原因还是因为约翰的母亲病重。西萨尔说:"我的可怜的侄儿,我这一次来巴黎,为的是你的老母……近来她身子越发弱了,有时她的头脑发昏,一切都忘记了,甚至两个女儿的名字都记不清了。有一天晚上,你的父亲在她的房间走出去,她问黄蘩:'这位先生是谁,为什么常常来看望我?'她这病情,现在只有黄蘩一人知道。黄蘩所以告诉我者,只因要催我来找从前医过她的病的那布士洛先生。"

"你家里曾经出过疯人没有?"樊尼问时,现出很庄重而根据学理的神气——诗人古尔纳的神气。

"从来不曾有过……"西萨尔答时,忽想到从前自己曾经有点儿疯狂,于是眉头皱一皱,很滑稽地笑道:"我虽则也曾有过疯狂的时候,但女人们都不曾讨厌我,而且,人家也不曾把我关起来。"

约翰眼怔怔地望着他们,心里十分伤心。非但那不好的消息使他难受,还看见那妇人肘支着桌布上,手指夹着香烟,现出有经验的高贵妇女的神气,用那无所顾忌的话头,纵谈他母亲的病,越发使他不舒服。再听那多嘴的叔父,毫无掩饰地把家中的秘密都泄露出来:

唉！葡萄！倒运的葡萄！……连园里的也保留不久，一半的葡萄苗已经被虫吃光了，不知托赖谁的鸿福，才剩下一半，这一半还靠着许多很贵的治虫药，又靠着许多人工，每一团葡萄都要细心看过，才没有危险。还有更不得了的事，乃是：那领事先生固执地要把那些着了虫的葡萄栽种，以致许多好田地都盖着生癞而黄色的葡萄苗；人家劝他改种橄榄与白花菜，他偏不肯。

幸亏西萨尔自己有几亩地在罗奈河边，他放水浸葡萄苗，竟救了许多——这种新发明，只适宜于近水的卑湿的地土。后来他做得很好的葡萄酒，增加了不少的勇气；但西萨尔也是一个固执的人，这一次，他竟想拿谷伯拜师所还的八千法郎去买丕波来德一小岛……

"你晓得吗？这是罗奈河第一个岛，正在蓂縈的娘家的下游……但是这事情，此刻不该让家中任何人知道。……"

"叔父，连蓂縈也不知道吗？"樊尼笑着问。

说到他的妻子，他的眼皮湿了，说：

"唉，蓂縈吗？我无论什么事都少不得她。再者，她也很信仰我。阿尔曼家快衰败了，我如果能再兴家，她不晓得多么快乐哩。"

约翰打了一个寒战，心里想："他要尽量地把他的旧事供出来吗？连那假汇票的事情也想告诉她吗？"但是，西萨尔说到了蓂縈，想起她的爱情，便专谈论到她身上了。说她长得很美，身材很好看，他有了她，非常地享福：

"我的侄妇，你是个女人，也不用我多说了。"

他在他的小皮夹里抽出一张小相片——朝夕不离身的照片，递给樊尼。

樊尼听见约翰说到他的叔母的时候，那种亲热的表情，又看见她所写的母亲的教训似的许多字，又仔细审视那一副好看的面孔，纹线很清，与那小白幅子配着，越发显明；三十五岁的妇人，身体这样袅娜，这样文雅，真令她一时着了迷了。

"很美,真的很美……!"她咬着嘴唇说,神情古怪得很。

"身材也还不错!"西萨尔说。

后来大家移到外栏杆去了。天气热了一天,走廊上的锌板热得发烧了,忽然下了一场洒花雨,空气为之一新。屋顶上的雨声叮咚,走道上的泥水迸溅,巴黎在这一阵骤雨中笑了,车马喧阗,把西萨尔闹得心猿意马,一味摇头,在回忆三十年前在他的朋友谷伯拜师家里住的三个月的好日子。

那时节,多么快活的日子!……他与谷伯拜师走进勃罗多跳舞场,谷伯拜师扮一个希加尔,他的情妇模儿那扮一个卖曲本的女人——这种扮法,倒令她走了红运,后来在咖啡音乐馆里很享盛名。西萨尔自己却搂着一块烂布裹着的女子,名叫丕丽古尔……

他叙述到这里,快活极了,笑得嘴唇裂开直到耳边,口里咿唔着跳舞的曲子,揽住他的侄妇的腰便跳起舞来。

到了半夜,当他与他们分别,要回到古查士旅馆——他在巴黎所认识的唯一的旅馆——去的时候,在楼梯上还大声唱歌,樊尼拿灯照他走,他给她递了一个远吻,又向约翰嚷道:

"你知道吗?当心才是!……"

西萨尔刚走了,樊尼的额上露出挂虑的折痕,急急地跑到梳妆室里梳妆,隔着半开的房门,向约翰胡乱地问道:"喂,你的叔母长得倒很美……怪不得你天天说她……可怜的西萨尔,你们背着他不知怎样捣鬼,他还在醉里梦里呢!……"

他听了她的话,老大不高兴,拼命地分辩……蔑蔡吗?可以说是他的第二母亲,他很小便承她照料,替他穿衣……病得要死的时候还是靠她救活……他还敢起什么念头?岂不是一件丑事?

他辩只管辩,樊尼却只管咬着簪子,尖声地嚷道:

"算了吧!随你说得天花乱坠,我也不相信。那么美的眼睛,那么标致的身材,身边伴着像你这么一个金黄的头发、少女的皮肤的青年,她能够不动心吗?……天下老鸦一般黑,罗奈河边与别处没有两样,我们女人的心理都差不多……"

她斩钉截铁地说,以为他什么嗜好都容易沾染,人家想要他,一手便可以拿住。他听了这种话,口里自然替自己辩护,但是,给她这么一提,不免回忆前情,反省自问:当时那种清白的抚循,有没有几分危险?虽则找不到什么痕迹,心里总不免忐忐忑忑的,好像一块洁白无瑕的美玉,划上了一线伤痕。忽听樊尼叫道:

"喂!……看吧!……你的故乡的帽子……"

她果然把两根很长的带子拢着头发,把一幅围巾用扣针扣好,颇像西班牙帽——菓蘩少女时代的装束。于是她直挺挺地站在他面前,身裹着乳白的寝衣,两眼眅眅地问道:

"我像不像菓蘩?"

唉!菓蘩吗?一点儿不像!倒像她自己在圣拉赛尔的时候,戴着那犯人的小帽,在公案前遥送给那贼子一个别离的远吻,说:"我的心肝,不要愁……好日子在后头……"

他联想到这里,心里十分难受,巴不得他的情妇睡到床上去,即刻把灯吹熄,不愿再看她。

第二天一早,西萨尔已经挂着手杖,囊囊地敲上楼来,叫道:"喂,孩儿们!"这种叫法是从前谷伯拜师用的。当他拥抱着那丕丽古尔睡着的时候,谷伯拜师来找他,也叫"喂,孩儿们"。西萨尔这一天早上比头一晚更高兴了,大约是因为在古查士路住了一夜,又有八千法郎叠在小皮夹里的缘故。这是买丕波来德岛的钱吗?……自然是的,但他到底还有权利花费几个路易,请他的侄妇到乡间去吃一顿中饭!……

他的侄儿却不肯,一则因为还要去看望布士洛医生,二则因为他在部里办事,不能一连两天离开巴黎。于是大家商量,结果是决定在霜邪利斯吃中饭,饭后,他们两个男的便到布士洛家里去。

西萨尔本想载着满车的香槟酒,到圣克鲁开宴;而今虽不得如愿,而霜邪利斯的饭馆也就很过得去了。许多豆球花树攀在饭馆的前面,旁边有一间咖啡音乐馆,歌声透过饭馆里来。西萨尔很多嘴,很会博女人的欢心,这一次在这位巴黎妇人跟前越发卖力。他一面同听差啰唆,一面赞叹鲦鱼做得好。樊尼一味痴笑,他们二人从约翰的头上传递亲热的神情,恰似在一间特别房间里,约翰心里十分难受。

人家会说他们都只有二十岁!西萨尔加上了几分酒意,越发纵谈家世,谈蓁蓁之后,又谈到小约翰。他说他知道约翰有她在一块儿,实在欢喜得很:有一个正经的女人在身边,便不能到外面乱逛了。说到这里,眼睛湿了,舌头粗了,转谈到约翰的性情是多疑的,要怎样怎样才能够抓住他,活像教导一个新嫁娘,随说随把手轻轻地拍她的臂膀。

西萨尔到了布士洛医生家里便醉醒了。那医生的家在王多梦广场,他们在第一层楼的客厅里等了两个钟头。屋很高,很冷,许多人在那里愁眉不展地静候,恰似一个愁苦的地狱,他们从这地狱穿过去,转弯抹角地走到了那大名鼎鼎的医学博士的医室里。

布士洛在十年以前,葛桑老太太初害病的时候,曾经到她家看过病,而今算是他的记性好极了,他还记得很清楚那病是怎样的,于是再问一问这病有什么变象,看一看从前的药方,即刻告诉他们二人,说这是脑病初发,他给些药医治就可保无忧。只见他静静地坐着,一双尖眼睛像搜寻些什么,一双粗黑的眼眉低低的,正在那里写一封信给阿维让一个会友。西萨尔与约翰只好在旁边听他的鼻息,听那羽笔落纸时的沙沙的声音,好像全巴黎的喧嚣都给这羽笔的声音遮盖了似的,新时代的万能的医生摆架子的时候,真可以令人敬畏哩。……

西萨尔从医生处出来之后,严肃正气地说:

"我要回旅馆去收拾行李了。巴黎的空气不适宜于我,你知道不?……如果我在这里耽搁,一定免不了鬼混一下子……我坐今天晚上七点钟的火车,你替我向佟妇说声对不住吧!啊?"

约翰看见他刚才吃中饭时那种轻佻的样子,实在不愿留他再住巴黎。第二天约翰醒来的时候,以为他早已到家伴着他的黄蘂了,正自庆幸的当儿,忽然见他进来了,垂头丧气,衣服不整,把约翰吓得大叫道:

"天呀!……叔父,你怎么样了?"

西萨尔一屁股压在椅子上,动也不动,一声也不响;久而久之,才唤起精神来叙述他的事情。原来他遇着从前谷伯拜师的一班朋友,大家吃了一顿很痛快的晚饭,饭后又进赌场,于是八千法郎都输光了……一个铜子也没有了!……怎么回家去呢?有何面目告诉黄蘂呢?……丕波来德岛买不成了……他想到这里,忽然发狂,两手放在眼上,一会儿又把拇指塞住了双耳,呜呜咽咽地哭,忽然又发脾气,自己骂自己,把一生的事都数出来,表示忏悔:他是辱没家声的子弟,他是败家的孽障,他家出了这样一个子弟,早该给人家赶出去了。假使不是哥哥宽宏大度,他现在不晓得怎样了……也许已经在监狱里同强盗或造假钞票的在一块儿了。

"叔父!叔父!……"约翰心里十分难受,这样叫了两声,希望他停了嘴。

但是西萨尔故意装聋装肓,要把一生的罪过一点儿不漏地向大众宣布,樊尼怔怔地望着他,有几分可怜,却带着几分赞叹。她想:这男子至少是个真性情的人,正是她所爱的破釜沉舟的好汉。想到这里,心肠越发软了,要想法子救他。但是,找谁去呢?一年以来,她不同一个人来往了。约翰也不同谁交际……忽然间,她的脑海里涌现出一个名字来:戴士赉!……这时节他该已回巴黎来了,他为人倒很慷慨。

"但是,我同他只是一面相识罢了……"约翰说。

"让我去吧……"

"什么,你要去?……"

"怎么不去呢?"

　　他们俩的眼睛对射了半晌，大家都会意了。戴士赉也曾做过她的情人，只一夜的情人，她几乎记不得了。至于戴士赉呢，他的情妇虽多，一个个排列在脑筋里，恰似日历上排列的圣诞，不曾忘记了一个。

　　"如果你不高兴……"樊尼说。

　　西萨尔听了他们二人的辩论，便住了嘴不哭，只愁眉不展地掉转头来望他们，现出失望而哀求的样子，约翰看见他这般可怜，只好让步，含含糊糊地答应了……

　　樊尼去后，叔侄二人倚着外栏杆探望她归来，各有无限的愁怀，大家不肯说出口。

　　"戴士赉的家，大约是离这儿很远了？……"

　　"哪里很远？在罗马路……不过几步路。"约翰答时，心里动气，也觉樊尼去得太久了。他努力想排解自己，记起戴士赉的爱情格言"不曾有过第二天"的话，又记起他谈论樊尼时那种轻视她的神情，料想这次该没有什么危险了。但是，这般设想，岂不把她的价值压低，连自己的身份也低了？于是他宁愿戴士赉还觉得她美，还觉得她值得垂涎。唉！都只为这一个老而不死的浪子西萨尔，以致他旧日的心里的伤痕重新发作！

　　毕竟樊尼的披肩在路角上出现了。她回来了，面上很光彩地说：

　　"事情妥当了……我有钱了。"

　　西萨尔看见八千法郎摆在他的面前，欢喜得要哭，自己愿意写一张收据，写明还钱的日期，并且言明利息。

　　"不必，叔父……我不曾提起你的名字……人家只借钱给我，你可算是欠我的债，随便什么时候还我都可以。"

　　"我的孩子，你这般好心，我永远不会忘记你！"西萨尔非常感激地说。

　　约翰把他一直送到车站——想要晓得他这次真的回去了，才可以放心。他还满眶眼泪地说:"何等好的女人,何等丰富的宝库啊! ……应该使她快乐才是,晓得吗? ……"

约翰自从遇着这件意外的事情之后,心中着实不安。觉得身上的链条已经很重,还渐渐地收紧。他平日把家庭的事情与恋爱的事情的界线分得很清楚,而今却混合了。西萨尔已经把他的工作、他的种植以及家中大小事情都告诉了樊尼,于是樊尼便时常批评领事先生对于种葡萄的固执不通,或谈论约翰的母亲的病,时而替他担心,时而向他进忠告,使他越发动气了。幸亏她不曾指东说西地夸奖她借钱的功劳,对于西萨尔的旧事——阿尔曼家的污点,也绝口不提。有一天,她也给约翰得了把柄了,遇着这么一件事:

他们从戏院里出来,天下雨,他们在停车处坐上了一辆马车。这是一辆坏马车——半夜才用得着的,等了许久,车还不动,原来车夫正在打盹,那牲口正在摇动粮袋。他们二人正在车篷下面避雨的时候,前面有一个车夫在整理他的鞭子的绳子,看见了樊尼便悄悄地走近车门来,口咬着鞭绳,吐出很臭的酒气,向樊尼很粗声地说道:

"晚安……好吧? ……"

"呀? 是你吗?"

她吓得轻轻地一跳,即刻镇静了,低声向她的情人说:"这是我父亲!"

她父亲穿着古代仆人的衣服,像个偷东西的,满身是泥。在路灯下,看见他那肿胀的面孔,大约是多喝酒的缘故。一双大眼,却很像樊尼。他不管有人在他的女儿身边,只当不曾看见约翰似的,把家中的新闻一一地告诉樊尼:"那老的已经到奈开十五天了,她只披着一件旧棉衣……你该去看看她,无论哪一个礼拜四都可以……好教她有些勇气……我呢,还好,幸亏我的钱袋还结实,鞭子还硬,绳子还新,只生意不很好……如果你要雇请一个论月的车夫,倒是我的一宗好买卖……不要吗? 也就没法……那么,再会吧！"

"你信不信？呀？"樊尼问了这么一句之后，便索性畅谈她的家世——因为太卑贱了，太丑了，所以从来不肯说起；但是，现在大家很熟了，犯不着守秘密了。

她原是在郊外英吉利磨坊村生长的。父亲从前是一个骑兵，后来在巴黎夏提阳一带赶车；母亲是一间客栈的佣妇，在铺柜边供呼唤的。

她母亲遭难产死了，所以她不认识她的母亲。幸亏车行老板们是好心人，逼着她父亲承认他的女儿，并且要他支给奶妈的月钱。他因欠车行的钱太多，所以不敢不遵从老板的话。樊尼四岁的时候，她父亲把她像小狗般地放在货车的车盖上，拉着车走。她在车上倒还有趣，看那车子在路上打滚，看路灯像走马灯般地经过眼前，闻着马背的气味，北风呼呼的黑夜里，在车上打盹，耳边听见马铃子的声音。

但是，这种父亲的负担，压在勒格朗老头子的肩上，不久便使他疲倦起来。这一个流鼻涕的小冤家，虽则花不了多少钱，到底要给她穿衣，给她吃饭。再者，他想要结婚，小冤家也是一个障碍物。原来他每天赶车经过一个菜园里，园里有甜瓜，有白菜，他早想打主意了。恰好园主人是个寡妇，不久便给他认识，不久便同他结婚。当时樊尼自料她父亲一定把她丢了！醉汉的意思，只求脱了累就好；幸亏那寡妇马淑姆有良心，保护着她……

"说起马淑姆，你曾经认识她，不是吗？"樊尼说。

"什么？从前我在你家里看见的那娘姨，就是她吗？"

"这就是我的后娘……我小的时候，多蒙她照料；后来我父亲把她的产业吃光了之后，天天只赶着她打，要她服侍他那新交的贱妇人，我可怜她受苦，所以叫她到我家里来……可怜的马淑姆，她知道要一个男人须出什么代价了！……还不醒悟……当我同她分手的时候，我千言万语的叮嘱她，她偏不信，仍旧去找他，好，现在只好进养济院去了。你看那无赖,他丢了她却像没有那么一回事!你看他肮脏不肮脏?活像个叫花子!天下只有他的鞭子好……你不是看见他把鞭子拿得很直吗?……无论醉到七颠八倒,他还捧着鞭子像教堂里的大蜡烛;在寝室里,鞭子还不离身。他的东西,只有鞭子还算干净……天天说好鞭子,好绳子,这就是他的好字眼!"

　　她毫不着意地说,好像在谈论一个路人,也不害羞,也不难过。而约翰听了,却惊得目定口呆。这样的父亲!……这样的母亲!……陪衬着那领事先生的庄严的面孔与那葛桑太太的天使般的倩笑!……樊尼看见她的情人默默不语,猜中了他的心思无非是为着这些卑污的事情而难堪,于是学着哲学家的口吻说:"总之,这种事情,每一家都有些,也不能说是谁该负责……我呢,我有我的父亲勒格朗;你呢,你也有你的叔父西萨尔。"

第 六 章

　　我亲爱的侄儿，我们刚才有了一件大事情发生，我今写信给你，我的手还颤着哩。你那一双妹妹竟失踪了，离开了家，昨天一昼夜不曾回来，今天上午也不曾回来！……

　　这是礼拜日那一天，大家吃中饭的时候，发觉缺少了两个女孩子。这一天，领事先生本该领她们去赴八点钟的弥撒会，我特地替她们打扮得齐齐整整。后来我却没工夫去照管她们，因为你母亲的病忽然加重，神经越发错乱，好像觉得祸事就在目前似的。你还不知道呢，自从她得病以来，往往有先知未来的灵验。看她动弹不得，然而她的头脑倒做些工夫哩。

　　你的母亲还算好，静静地在房间里，我们却都在客厅里等候孩子们，起初是派人在篱笆外叫唤，那牧童拿着唤羊的角螺在大吹特吹；后来西萨尔一路，我一路，鲁斯林、达尔地夫，大家分头去找，各处都踏遍了。每次我们互相遇见的时候，一个问："怎样了？"一个答："影儿也不见。"到末了我们简直不敢再问，大家心头突突地跳，去找井里，又去找仓房那很高的窗子的下面……唉！这一天的日子好不难过！……我又要时时刻刻跑回来看你的母亲，勉强装着坦荡荡笑嘻嘻的样子，向她解释孩子们失踪的缘故，说原是我把她们送到模里别墅她们的姑母家里过礼拜去了。她起初似乎相信，及至天色已晚，我守候她的时候，只见她隔着玻璃窗子远望平原的灯火，在寻觅她的女儿们,又听得她在床上轻轻地哭泣,我问她为什么?她说:"我哭,因为有些事情人家不让我知道,但我到底猜着了……"说时的声音,像一个女孩子——大约是受病的影响。于是我们不说话了,各自担心,各自伤感,只不说出口来……

我亲爱的侄儿,幸亏这件悲惨的事延长得不久,礼拜一的上午,一班工人竟把小孩们送来了。这是岛里你叔父所管辖的工人们,他们在一堆葡萄蔓上找到了她们。她们在水边露天睡了一夜,又冷又饿,弄得面如土色了。她们天真烂漫地告诉我们说她们失踪的缘故。原来她们名叫马尔德和马利,又读过古时女圣人马尔德和马利的历史,听说那两位圣人驾着一张无帆无桨的小船,也不带食粮,竟给天风吹送到第一河岸去传布福音,于是俩孩子念念不忘这件事,许久就想要学样了。礼拜天做过了弥撒之后,她们跑到捕鱼处把一张小船的缆解开,在船底跪着,在学那两位女圣人。河水虽则很深,又刮北风,然而她们的小船却给流水慢慢地推移,搁在丕波来德岛的芦苇上。唉!幸亏上帝保佑她们,仍旧把她们送还,只她们的礼拜帽旧了些,瞻礼衣破了些,其他都没有损伤。我们再也没有气力骂她们,只张开双臂给她们许多狂吻。然而我们经过了这一场大惊之后,大家都觉得病了似的。

最令人感动的,乃是你的母亲。我们什么都不曾告诉她,她却说她觉得有死神从阿尔曼家经过。她平日是何等快活、何等安静的人!而今虽则你的父亲、我、大家紧紧地围着她,她还是愁容惨淡……我的约翰,莫怪我说,她天天担心,瘦损腰围,无非为的是想你。她不敢向你父亲直说,因你父亲要让你在巴黎工作;但是,你说过考试完就回家,为什么又不回呢?今年的圣诞节,希望你能够回来,非但你母亲眉开眼笑,连我们也喜出望外了。你还不知道呢,老人家去世之后,人们往往后悔,说不曾多给他们一些快乐的时间哩。

　　冷雾之下,冬天的懒惰的日光浸透窗纱,约翰手里拿着他的叔母这一封信站在窗前,一面看信,一面嗅着野花的香气,日光的回忆,爱情的回忆,都到心上来了。

　　"什么东西?……给我看!……"

　　帘帷映着的黄光里,樊尼醒来了。睡眼惺忪,很机械地伸长了手向桌子上一摸,一盒香烟到了手。约翰听她说要看信,心里正在打稿,分明晓得"黄鳖"二字已经够惹她生气了。但是,信笺是什么形式、什么地方来的,她已经一目了然,怎好瞒过她呢?

　　起初读到两个女孩失踪,她倒十分感动。她把颈及两臂都伸出被面,挺卧在枕头上,一堆棕色的乱发承着她的头。她一面读,一面吸烟;读到后幅却大大地动气,把信扯得粉碎,丢在地板上。说:"我偏要把你胶住了不放……什么女圣人! 都是些捏造的话头,无非要你回去……她缺少了一个标致的侄儿了……那……"

　　约翰晓得她那一个"那"字之后,一定有一个粗鄙的名称,跟着还有许多不好听的秽语,所以他想要拦住她,不许她说出口。这一次她像吃了臭蒜似的,满口臭话,从来不曾听她说过的。颈筋膨胀了,嘴唇松弛了,一切粗俗的土谈,都任意乱说了。

　　她以为约翰家里的人打什么主意都瞒不过她:先是西萨尔告诉了大家,后来大家定计把他们的恩情打断,把那身材标致的黄鳖做个甘饵,诱他回到乡下去。

　　"你晓得吗? 如果你走了,我一定写信给你,那女乌龟……我先此声明……不要后悔……"她说话的时候,恨恨地在床上蜷曲着,面色变青了,两腮凹下去了,眉目口鼻都似乎大了许多,恰像一个凶猛的野兽,在预备跳起来似的。

　　葛桑记得在阿尔克德路曾经有过一次是这样的,但那时候是同别人生气的,此刻却是同他生气了。他看见那床头狮子,恨不得趴在它的身上打它一顿。大抵肉欲的爱情,起初互相亲爱的时候,还有互相尊重的意思;后来到了互相不尊重的时候,非但因生气可以发生野蛮的举动,有时候正在互相抚爱,立刻可以成仇。约翰此刻却怕自己闹什么事,于是连忙到部里办公去了。走路的时候,他自怪先前不该陷入这漩涡里。如今她这样放刁,何不索性求个解脱?……这么一个妇人,真坏透了!可恨透了!……谁没有母亲?谁没有姊妹?……为什么自己的亲骨肉,竟没权利回去看望一下吗?他并不是在监狱里,为什么要走不能走呢?于是他回忆他们结合的历史,想起化装跳舞会之夜,那埃及妇人那一双赤裸裸的雪藕般的手臂箍住了他的颈,直箍到今日,休说亲友隔绝,连家庭也隔绝了,真是岂有此理!因此他打定了主意,无论如何,当天晚上一定动身,回家看母亲去。

他把部里重要的几件事情赶着办妥了。告了假,趁早归来,预备一场大闹,甚至于从此绝交亦所不惜。不料一到了门口,樊尼迎出来娇声道了日安,眼睛哭得肿了,脸给眼泪浸透了,倒教他一肚子气都烟消云散了。

"今天晚上我就动身了……"他很坚定地说。

"我的心肝,你有道理……本该看望你的母亲去。尤其是……"她说到这里,很娇媚地把身子靠近约翰……"千万不要把我刚才同你瞎闹的事记恨在心,只因为我太爱你了,这是我的古怪脾气……"

她像是悔过的样子,很小心地替他收拾行李,仍旧像从前他们初结合的时候一样温和,也许想要借此留他。她一面收拾行李,一面还劝他:"不要走,好不好?"及至最后五分钟,看见没有挽回的希望了,于是努力给他一个好印象,希望他在路上,在离别的期间内,都惦念着她。当她接吻道别的时候,还只唠唠叨叨地问道:"嗳,约翰,你不恨我吧?……"

第二天早上,约翰在他那童子时代住过的房间里醒来了。唉!这时候又是另一种心情了。初到家时的狂喜,拥抱父母时的热情,还在心里停留着。眼看着他的狭小的床上的蚊帐,与光溜溜的床栏,正是当年他的旧物。旧梦重温,乐趣盎然。雀架上的孔雀的鸣声,井上的滑车的轫声,与群羊拥挤急走的脚步声,都到耳边来了。及至他把百叶窗一开,则见池上美丽的水光,射进屋里。极目远望,可以看见斜坡上的葡萄苗、扁柏、橄榄树、松林直到罗奈河边为止。这时虽是清晨,却没有一点儿雾;黛绿的天空,下与水光相接。一夜的北风,非但把云吹得干干净净,那广寞的山谷里还有呼呼的余声哩。

约翰回忆在巴黎时的早起,仰头所看到的只是昧昧的天空,抚心所想到的只是暧昧的爱情;自觉此时真自由多了,快活多了。他悄悄地下楼去了。晨曦映成白色的屋子还在睡着,一切的窗还闭着,一切的眼睛也还闭着。他此刻自喜幽独,觉得他的精神上的病势初退,正该这般休养,才能够恢复元气。

他在假山上走了几步,转向花园里的小路走上去。这虽叫做花园,只是崎岖山路上的一带松林,其间有大小不等的小径,小径上的松针干了,弄得地上滑溜溜的。他有一只又老又跛的狗,名叫灵儿,在狗窠里钻出来,静悄悄地跟着他走。唉!回想当年,每逢清晨散步,不是常常有灵儿跟着吗?

不觉到了葡萄园的门口了。当篱笆用的扁柏树的尖顶给灵儿看见了,它很踌躇地不敢就进。原来那领事先生又想出一种治虫的新法子,试把一层很厚的沙铺在泥土上面,灵儿晓得这一层沙比之假山上的石级是一样的难走——尤其是它的老脚,所以不敢进去了。后面终因不肯失了跟随主人的快乐,决定还是进去好。可怜的灵儿,每遇一个障碍,它便十分吃力,发出害怕的吠声,像一个岩上的螃蟹,很笨地走一走歇一歇。约翰也不看那狗,只管注意那些新种的葡萄,因他父亲在昨晚他回来的时候便同他谈了许久这葡萄,所以他非常留心。看见那些葡萄的新芽从光泽而细密的沙上露出来,倒像很靠得住的样子。毕竟这位可怜的领事先生苦心孤诣地研究了许久,大约是有好报应的了。南方的葡萄田,没有一处不被虫灾,他家的如果真能得救,还不算是领事先生之功吗?

忽然间,一个戴小白帽的人到了他跟前,原来就是黄蘩——一家人就只有她起得早。她手里拿着一张小镰刀,还抛了些什么东西在地上。她的脸平常是没有光彩的,此刻忽然飞红了。说:"约翰,原来是你,你倒吓我一跳……我以为是你的父亲……"说到这里,脸色照常了,问道:"晚上睡得好吗?"

"很好,叔母……为什么你怕我父亲来呢?"

"你问我为什么吗?……"

她把刚才拔起来的葡萄根捡起,给约翰看:

"领事先生同你说,以为这一次包管成功,是不是?……好!看吧,这不是虫是什么?"

约翰低头一看,却是一堆针口般大的黄色小虫,镶在葡萄茎里,看它幺小不堪的样子,而渐生渐广,可以把许多省的葡萄吃光。清晨的爽朗的太阳光底下,看这最小不过的微虫,竟是能破坏而不受破坏的神物,真所谓造化小儿恶作剧了。

"这就是一个起点……三个月之内,全园都吃得干干净净了。然而你的父亲既然夸过口,一定重新又种。又是新的葡萄种子,又是新的治虫方法,直至有一天……"

说到这里,不好再说下去,只用一种灰心的表情来补足她不曾说完的话。

"真的吗?我们到这地步了吗?"

"唉!你是晓得你的父亲的……他什么话都不说,照常地每月支钱给我;但我看得出他非常挂虑,他往往跑到阿维让或奥朗蜀去,无非是去找钱……"

"西萨尔呢?他放水灌溉的事情怎么样?"约翰很愁闷地问。

承上帝的恩典,那边水田的事情倒十分顺利。最近一次的收获,他们竟做得五十桶葡萄酒。本年的收获,恐怕还要加倍哩。领事先生看见有这样的成绩,只好把平原的葡萄田一概让给他的弟弟。这些葡萄田停耕已久,死了许久的葡萄树,一行一行的排列着,恰像一处墓地。如今西萨尔放水灌溉三个月了……

黄蘗将此情节告诉了约翰,觉得自己的男人有这样的成绩,心里着实有好几分骄傲。当时他们正站在高处,远望许多池塘,像盐田般地用石灰的堤壅塞着。黄蘗一一指示给她的侄儿看。

"二年之后,这些葡萄种都可以有收成了,丕波来德岛也一样。你叔父又不曾告诉人家便去买受了一个辣摩特岛,两年内也可以有成绩……到那时候我们可以发财了……但我们应该同心合力,牺牲自己,挨到那时候才好。"

她兴高采烈地谈论妇人该如何牺牲,约翰受了她的诱导,便不假思索地跟着说道:"是的,大家牺牲,黄蘗……"

当日他便写信给樊尼,说他家里不能继续供给他的膳宿费,只剩下部里的薪水,两个人的生活是过不去的了。他原说三四年后才分手,料不到此时便不能不割绝恩情。希望她赞成他的大道理,原谅他的苦衷,成全他的义务。

这真是一种牺牲吗?自从他归家之后,赏自然的美景,得天伦之乐趣,所接触的尽是纯洁的感情;回想巴黎的生活,似乎觉得很卑污、很可恨,所以趁此机会脱身,哪里是什么牺牲?……当他写信的时候,也不伤心,也不勉强。虽则他料定她的回信是何等动气,何等狂妄,而且一定加以恫吓;然而他凭恃着家庭的热烈真实的爱情,尤其是他父亲的庄严高傲,妹妹们的天真的微笑,尽敌得过她了。他像是在卑湿的地方染了寒热病,一旦医治好了,而今有晴朗的天空、清幽的山谷,替换了耳边的粗言野语、眼前的浪态淫情,正该心神舒畅,怎么会伤心呢?

这一次大发动之后,五六天还是静悄悄的没有回音。约翰每天早晚两次跑到邮政局里去,却是空手归来,心中志忑,莫名其妙。她做什么呢?她打什么主意呢?无论打什么主意,总该回信,为什么只字不见呢?他时时刻刻只想着这件事。到了夜里,长廊透过的风声把全家催眠了,剩下约翰同西萨尔两人,在一间小寝室里谈话。

“她一定是自己来了!……”西萨尔说到这里,越发担心。他在约翰的绝交书内夹寄了两张借票——一张是一年期的,一张是六月期的,把利息写明,表示不骗她的钱。但是将来怎样付她的钱呢? 怎样向芙蘩解释呢?……他越想越寒心,转怪约翰不是。但是,谈到末了的时候,他敲敲他的烟管,捏捏他的鼻子,很愁闷地向约翰说道:“晚安,约翰……无论如何,你这样干去总是很好的。”

毕竟她有了回信了。劈头第一页便是:“我的亲爱的男人,我所以不早写信给你者,因光是说话没有什么用处,我想要做一件事,使你知道我何等了解你,何等爱你……”约翰停止了嘴不念,像是一个怕听战鼓的人忽然听见合奏曲,诧异得很。于是赶快翻到最后一页念道:“……此生此世只是你的小狗,你尽管打它,它只是爱你,很热烈地抚循你……”

这样看来,她是不曾收到他的信了! 然而一行一行地重新读去,忍不住眼泪双流。唉! 这原来就是她的回信。她说许久以来就料到一定有这一封信,料定阿尔曼家的穷困的境地,免不了要使他们二人分离。所以她努力找一个位置,以期不用他的赡养。现在她已经在布兰林路一间旅馆里找到掌柜之职,老板是一个很有钱的妇人。月薪一百法郎,供给膳宿,礼拜日可以自由……

“我的男人,你听我说,每礼拜我们有一个整天可以相爱;我想你一定还是很愿意的,是不是? 这一次我十分勉强,干这彻日彻夜的守家奴。我平日非常爱自由,而今要何等地低声下气! 这是我有生以来第一次做工,你总该给我报酬吧?……我为你的爱情而辛苦,虽苦犹甘;因为我受你的恩德不浅,你曾经引导我向正大光明的路走,从来不曾有人像你这样教我许多良言。唉! 假使我们早年相逢,岂不是好?……但是,你不曾学走的时候,我已经在许多男人的怀抱里翻身了。说起那一班男人,没有一个能使我下大决心,始终拿住不放;至于你,我何等看得起你!……现在呢,你要什么时候来,就什么时候来,房间在空着等你。我把我的东西都收拾去了,在检点抽屉的时候免不得触物伤情。如今房间里只剩得一张我的肖像,这肖像用不着你供给什么,只求你不时看一看就是了。唉!我的心肝,我的心肝……但愿你肯礼拜日会一会我,你的颈上还给我的位置——这是我的位置,你该晓得……"在这些热情的字眼上面,有她的手抚的汗痕,母猫舐儿般的舌痕,约翰忍不住把脸贴在光滑的纸面,似乎她的香痕还停留着哩。

"她不说起我的借票吗?"西萨尔胆怯地问。

"她寄还给你了……说等到你有钱的时候再还她就是……"

西萨尔吁了一声,周身松快。额角皱了一皱,现出喜欢的样子,用他那南方人的口气,学着老学究的腔调说:

"约翰,你信我说吗?……这妇人真是一个女圣人。"

说到这里,意思又转一个方向了,他原是没记性而不讲道理的人,只凭着他那可笑的天性,胡说八道。他说:

"我的孩儿,你看,她何等多情,何等热烈!我记得从前我读模儿那给谷伯拜师的信的时候,我口里的津涎都干了,现在读她的信也是一样……"

他又是那一套话了。丕丽古尔与古查士旅馆——他第一次游巴黎的回忆,该使约翰伤心。然而这个约翰却不听见他的话,肘靠着窗沿只管发呆。一轮明月,浴着无声的静夜,雄鸡们以为是天亮了,像朝着太阳般地啼起来。

诗人所谓爱情可以救人,该是不错的。约翰细思,樊尼所爱过的一班名流,非但不能把她引入正途,倒反带她向邪路走。他呢,只凭着一片正直的心怀,也许能把她的坏处永远更改了。想到这里,倒有几分自负。

这一次的半绝交,竟使她这素性懒惰的人,忽然改变习惯,去做很难的工作,约翰真感谢她的好意。于是他在第二天学着父亲教儿子的话头,用老学究的口吻,写了一封信去奖励她一番。说她这一次的大变动,实在可嘉;只不知她所管的是怎样的一间旅馆,来往的又是什么人。她平日是太宽宏大度了,往往很轻易地说:"事情是这样了,你还要怎么样?……"在这一点,约翰却信她不过。

后来樊尼的信一封一封寄递来了,把旅馆详细说明,几乎是给他列了一张旅客表。原来这旅馆里住的都是外国人的家庭——真的家庭。第一层楼住的是秘鲁人,两夫妇及孩子们,还有许多奴仆;第二层楼却是几个俄国人,还有一个荷兰人——是个珊瑚商。第三层住的是两个赛马的骑士——是两个英国人,非常正经。还有兄妹二人,女的叫做美娜姑娘,是一个德国的琴师;男的叫做黎奥,是一个害肺痨病的。他因为害病,以致不能在巴黎音乐院肄业了,幸亏有个好姊姊,特地来这里调护他。二人的用度也没有什么来源,只靠美娜姑娘在音乐会里奏乐挣的几个钱,付他们的膳宿费。

"我的亲爱的男人,你看,这算是最令人感动,而且最名誉的家庭了。至于我自己呢,人家把我当做一个寡妇,对我表示种种敬意。敬意不敬意,在我是无所谓的;但我既然是你的女人,便应该受人尊重才好,我说我是你的女人,你该好好地了解我的话。我分明晓得你终有走的一天,我终有失你的一天,但是,此后断断没有别人了。此生此世我只是你的,你传授给我的性情与嗜好,我将永远地保存着……唉!贞节的沙弗,倒是一桩奇事,是不是?……是的,没有你在一块儿的时候,我便贞节;至于在你的跟前,我仍旧像从前你所爱的沙弗,狂荡无度的了。约翰啊约翰,我只深深地爱你……"

忽然间,约翰的心非常地烦闷起来。大凡一个浪子归家,初时倒很快活,吃的是肥腻的牛肉,感受的是柔和的情绪;但不久又像一个游牧的人,吃的是苦味的橡子,牧的是懒惰的群羊,一切好景象都变坏了。勃罗旺斯省冬天的清晨,在他看来,已经不像前几天那般可爱。河堤边猎紫獭,黄蘩的父亲家的门前打野鸭子,都不发生兴趣了。风太厉害了,水也不好喝了。至于同叔父西萨尔在水浸着的葡萄田上散步,他只管夸说他的治虫方法好。这种生活,未免太单调了。

起初的几天,他看见乡村的风景很好;而今觉得农家的小板屋,处处现出衰颓的气象。当他到邮政局去的时候,一定遇见许多弯腰的老头子,与许多戴着很紧的帽子、下巴像黄杨一般黄的老妇人。他们不是说葡萄被灾,便是说桑树有病。千灾百难,把好好的一省的地方都糟蹋了。约翰想避开他们,特地从小路回家。这些小路正在教皇的第宅的旁边,虽则是废址荒丘,还令人想见当年的盛况哩。

他遇着神父马拉珊正做完了弥撒回来。只见他匆匆忙忙地走,两手撩起他的圣衣,怕给荆棘钩破了。他停了脚步,在喃喃地咒骂那些不虔心的农夫与不名誉的地方自治会。说他们不来行祈祷式,每逢丧葬又不用行圣礼。说他们医病只用磁气学或灵魂说,竟想减省了神父与医生。

“是的,先生,什么灵魂说!请看这些农家所得的报应……怎教葡萄不被虫灾呢?”

约翰正打开了樊尼的一封信放在衣袋子里,耳边虽听见那神父在那里说法,却是心神不贯注,听而不闻。匆匆地回到自己的村里,在一个岩洞里躲住了。太阳照进洞里,旋风在四面吹来,这倒是一个安全的地方了。

他特地拣了这一处最偏僻的地方,坐在橡树与荆棘环绕着的洞口,开始读樊尼的信。一行一行的读下去,信内的清香喷出来了,字里的柔情露出来了,昔日的景况现出来了,于是他感受一种肉欲的麻醉,他的脉因此跳动得更厉害了,忽然间,他觉得此间的风景都成了无用的点缀。那长江,那小岛,那高山,那深谷,那冷风,那暖日,他都不闻不见。他觉得自在巴黎了:灰色的屋顶的火车站前,他们的卧房里,热狂的抚爱,蚂蟥附身般的搂抱。

忽然间小路上来了一阵脚步声,有人笑着叫道:"他在这里了!"只见他的两个妹妹,远远地,赤着腿,踏着香草,由灵儿引导来了。那灵儿很自负它找得着主人的踪迹,摇摆着尾巴,表示胜利;料不到它的主人今天的脾气不好,一脚把它踢开了。妹妹们很胆怯地要求他捉迷藏,他也不肯。但是,妹妹们对于这离家很久的哥哥,实在爱极了。这一次回来,她们常常要他一同游玩。他实在也爱妹妹们,所以勉强学着小孩,逗着她们玩。这两个妹妹,虽说是双生的,长得大不相同。一个身很长,头发是棕色的,成波纹的,性情荒唐而执拗;她读了神父马拉珊的书之后,首先发起坐小船去传布福音。她名叫马利。还有马尔德却是金黄的头发,身体柔软,性情和婉,像她的母亲与哥哥。

在平日,他带着这俩不相像的双生儿出去玩,倒很有趣;但是,他今天看见她们来,倒觉得碍事而可恨了。他正在重寻旧梦的时候,给这俩女孩到来一搅扰,他的情妇的信的香气都给她们搅散了。所以当他的妹妹天真烂漫地抚循着他的时候,他生气地说:"不,不要搅扰我……我要做我的工夫。"于是他预备回家去关门独坐,不料走到半路,他父亲又叫道:

"约翰,原来是你……你听我说……"

送信的时间到了,邮差送来了许多外国的消息,领事先生越发不胜今昔之感。"当我在香港做领事的时候……"那一套话又来了;停一会又读报纸,随读随加以批评。约翰耳听着他说话,眼睛却望着火橱上高德尔所塑的沙弗。看见她的双臂揽着膝头,丽儿琴放在身边——诗人古尔纳所谓整个的丽儿。这是二十年前,他家陈设房屋的时候买下来的,原不过是一种商品,他在巴黎的市面上看见的时候心里十分难受;此刻他在吊影自怜的时候,心中的感想便不同了,恨不得上前去吻她的肩头,把她那冷而有光的双臂扳开,说:"你的沙弗……约翰啊,沙弗只是你的!"

他出来了,那惑人的影像竟跟他出来,他走,它也跟着走,那壮丽的楼梯上俨然有二人走路的声音。老钟楼的钟鸣了,在高呼着沙弗的名字;走廊里的风来了,在低唤着沙弗的名字。他跑到书房里,把小儿时代夹放面包片的红皮书打开一看,每一本书里都有沙弗的名字。直到他走到了母亲的房间的时候,那惑人的影像才不跟他了。只见蒪蘩正在替病人梳头。一头白发,盖着玫瑰色的面庞;虽则久病缠绵,而她的容貌还很安静哩。

"呀! 我们的约翰来了。"他的母亲说。

他细看他的叔母:光光的颈,小小的帽子,袖子撩起来替病人梳妆。这种情景,又使他想起他的情妇,早起伸手在桌子上摸着第一支香烟吞云吐雾的时候,正是他的叔母这样打扮。他自己怪自己,不该在这房间里还念念不忘情妇! 但是,有什么法子可以避免呢?

"妹妹你看,我们的约翰不是从前那一个约翰了,不晓得他究竟有什么心事?"葛桑老太太很愁闷地说。于是她们共同猜想。

蒪蘩原是个直心肠的人,没有什么理解力,所以屡次想要当面质问约翰。但是,约翰现在走避她了,不肯同她单独地在一起了。

有一次,给她侦探着约翰的去处了,突然到那岩洞里找他,则见他正在如痴似醉地读着许多书信。他看见了叔母才站起来,两眼无光地想要走开。……她把他拉住了,靠着他在温热的石头上坐下说:"你不爱我了吗? ……从前你有什么痛苦都告诉我,现在我不是从前你那蒪蘩了吗?"

"哪里话? 哪里话? ……"约翰吃吃地回答。看见她那多情的态度,倒给她扰乱了心。赶快把脸扭过去,怕她因看见他的眼色,会猜着他所读的信是爱情的召唤,是惑溺的呼声,是千里相思的呓语。

"你怎么样了? ……为什么发愁? ……"蒪蘩问时的声音,与

抚循约翰时的神情,活像母亲之于儿子。他虽则是成年的人,在茣
蘩看来,只当他是十岁的小孩。

他呢,已经给刚才那些书信烧热了心,眼看着这标致的身材紧
靠着自己,越发动心了。她因跑了路的缘故,越显得粉面樱唇;风
把她的头发吹乱了,却恰巧成了巴黎时髦的烫发。约翰记起沙弗
的格言了:“天下的女人都是一样的……她们遇见了男子的时候,
脑筋里仅仅只有一个念头……”想到这里,觉得拉住他问话的手,
朝着他很快活的微笑,都含有诱惑的意思。

忽然间,他觉得心里起了一种坏主意;他越想自己镇压,身子
越加发抖。茣蘩看见他面色变青,牙齿打震,吓得叫道:“唉! 可
怜……他发寒热病了!”她也不及细想,赶快把自己身上的大围巾
拿下搭在他的颈上,这时的手势,越发显得千种柔情。她忽然觉得
身子给人扳着了,抱住了;热狂的吻,暖烘烘的手,到了她的颈窝
上、肩上……总之,太阳光照得像明星灿烂的全身的肌肤上……她
没有工夫叫喊,也没有工夫抗拒,也许甚至于不知道这是真的呢还
是梦的哩。

“呀! 我疯了……我疯了……”他说着,连忙跑了,早跑到很远
的荒地上,觉到脚下的石子沙沙地响,似乎报告不吉的兆头哩。

当天中饭的时候,约翰说部里有信来召唤他,他即晚就要到巴
黎去了。

“又要去吗? 就去? ……你说过的……回来不再去了……”于
是大家哭泣呀,哀求呀,乱了一阵。

但是,他再也不能同他们在一块儿了,因为受了沙弗的传染,
变了一个不正经、不安本分的人,竟把家庭的爱情看坏了,不走怎
么得了? 再者,他不是已经牺牲了吗? 不是已经放弃了他们俩的
同居的生活了吗? 现在到巴黎去,只是不时见面而已。至于完全
绝交,不久也可以实现,到那时再回来讲家庭之爱,不羞惭,不难为
情,正正经经地同家中的好人们接吻,才是乐事哩。

　　夜深了,家里的人睡了,灯熄了,西萨尔才送了侄儿到车站回来。他把稻草送到马厩去,又仔细审察了一会儿天色——靠耕种吃饭的人,不得不学会天文——之后,正要进门,忽见假山的凳子上有一个白色的影像,不觉叫道:"是你吗,黄蘗?"

　　"是的,我在等你……"

　　原来黄蘗整天做工,没有时间同她亲爱的丈夫聚会,所以往往是晚上在假山上候他,大家谈谈心,散散步。但是今天却稍为有点儿两样了。不知是因为看见那可怜的母亲悄悄地哭,以致受了感动的缘故呢,还是因为想起日间与约翰那一幕短剧,越想越明白了的缘故?她说话的声音变了,原是一个平静而忠实的农妇,忽然担心起来。问西萨尔道:"你知道一点儿根底吗?为什么他这样匆匆地离开我们了?"她不信部里有什么信来,只疑心巴黎有什么坏东西把他勾引了去。巴黎是个令人堕落的地方,他在那边免不了有什么不良的遭遇,危险得很。

　　西萨尔不晓得隐瞒,老实地承认说约翰的生活里的确有一个女子;但这是一个好人,断不至于引坏了他。于是他叙述她为人如何忠心,与她所写的信如何多情,尤其是夸奖她这一次鼓动勇气,下了决心去工作。做惯了农工的黄蘗觉得并不稀奇,说:"要谋生,自然要工作啦!"

　　"这种女人却不然……"西萨尔说。

　　"依你说,她竟是一个浪荡的妇人了!约翰竟同她一块儿生活!……你也到那里头去过,是不是?……"

　　"黄蘗,我若说半句假话便不是个人!自从她认识他之后,再没有一个女人比她更贞洁、更忠实了……爱情已经把她的名誉恢复了。"

　　但是西萨尔的话太玄妙了,黄蘗不能了解。她只晓得这妇人是伤风败俗的女子,想到她的侄儿约翰竟成了这么一个女人的战利品,直气得心中起火。唉!假使领事先生知道,这还了得!

西萨尔努力要缓和她的怒气,和颜悦色地劝她,说青年的男人是少不得女子的,也不必太责备他。黄縠听了,很自信地说道:"胡说!给他讨一个老婆就是了。"

"到底他们现在已经不是住在一块儿了……常是这个……"

她听了,很严肃地说:"西萨尔,你听我说……我们县里的俗话说得好:'不幸的本身,比之引起不幸的东西更延长得久些。'就算你所叙述的话是真的,就算约翰已经把这妇人从污泥里拖了出来,他自己岂不是弄脏了身体?说他把她感化了,自然是可能的事,然而她的坏习惯就不会到我们的孩子的身上来吗?"

他们仍旧走向假山上去。深夜无人,幽谷清寂,耳边但有江声,眼底但有月色。他们向静空呼气,觉得身与万境隔绝。忽然有一乘上行的火车,经过罗奈河边,汽笛嘟嘟地响。

"唉!巴黎!"黄縠说时,捏着拳头向巴黎,好像替全省人抱不平似的。"这巴黎!……人家给它的是什么?而它报答人家的又是什么啊!"

第 七 章

雾气重重的巴黎还加上了冷气,下午四点钟天色已经暗了,霜邪利斯路上,许多车辆在那里静静地走,像是地面垫着棉絮似的。约翰到了一个小园前面。园边的铁栅的门开着,约翰站在门前,抬头看见上面有几个金字,高高的现出在二层楼的外边。这一座房子,在外看起来,很华丽,却很平静,像一所别墅。因天色已晚的缘故,约翰很小心才辨认得出那几个金字:"房子出租,兼包月饭。"又见靠着步道上停着一辆马车在那里候人。

约翰把办公室的门一推,他所找的女人即刻给他看见了。只见她在窗前日光里坐着,正在翻检一本很大的账簿。对面是另一个妇人,很高大,很雅致,手里拿着一块手帕,另有一个钱庄里用的小提包。

"先生来这里有什么贵干?"那高大的妇人问。

樊尼认得是他,惊喜交集,站起身,走过那妇人的面前低声地说:"这是那小……"那妇人不慌不忙地把约翰从头至脚看了一会,有一种很识货的、经验很够的神情。然后毫不难为情地大声嚷道:"我的孩子们,接吻吧!我不看你们。"于是她在樊尼刚才的座位上坐下,继续地算她的账。

他们二人手拉手,唧唧喳喳地说了好些呆话:"近来好吗?——还好,谢谢你!——你是昨天晚上动身的,是不是?……"话虽平常,而说话的声音却变得很厉害,表现出言外的真意了。于是他们同坐在沙发椅上,神色恢复了些。樊尼低声说:"你不认得我的老板娘了吗?你却还看见过一次……在戴士赉的跳舞会里,扮西班牙的新嫁娘的……新嫁娘,现在没有那么新鲜了。"

"那么,这是……"

"这是洛沙丽荷,菩提的妻子。"

这个洛沙丽荷,简称洛沙,各处的半夜饭馆的镜台上都有她的名字,名字之下还有许多淫秽的话头。她原来是伊波特蓝的一个赶车的姑娘,在花酒场中以风骚著名。俱乐部中的男人,都受她的鞭策。

她是西班牙人氏。妙龄时,真是不妆自美,现在看她一双深灰色的眼睛,紧锁的双眉,还想象得到当年的姿色。但是,到底是五十岁的人了,面部很平、很硬,皮肤很松、很黄——像他故乡的柠檬,虽在天色已晚的时候,还看得出她的老态。她做了许多年樊尼的知己朋友,曾经在花酒场中替她捧场,此时约翰一听了她的名字便害怕得不得了。

樊尼觉得他的手臂颤动,知道他害怕的意思,努力想要自己辩解。请他设身处地,叫她到谁家去找一个位置好?她非常想要找工作,一时找不着,正不知怎样为难!再者,洛沙现在很规矩了,有钱,很有钱,住在维利耶路她的府第里,有时住到安港她的别墅去。虽则不时招待几个朋友,却只有一个情郎——是一个音乐家,常是那一个。

"菩提吗?"约翰问,"我以为他是结了婚的。"

"是的……结过婚,有了几个孩子,似乎他的妻子还很好看……到底禁不住他来看望他的旧人……你还不曾看见她怎样同他说话,怎样对待他哩!唉!他真给她钩住了……"说时,紧握着约翰的手,表示多情的埋怨。那妇人此刻不查账了,走过来拿她的小提包。说:

"不必起动,樊尼!……"

　　一会儿,摆起老板的架子,像命令地说:

　　"赶快给我一块糖,我要给卑尔陀吃。"

　　樊尼站起身,拿了一块糖给她,她拿到一个木笼旁边,给她的卑尔陀吃,同时像小孩般说了许多恭维的话……樊尼指着木笼向她的情郎说道:"你看那畜牲……"原来卑尔陀是蜥蜴类的动物,皮肤像谷粒般粗,有冠,有齿,头像一顶风帽。这是人家从阿尔奢里送来给洛沙的。当此巴黎的冷天气,洛沙很小心地调护它,给它取暖。她爱它比爱哪一个男人都更甚。约翰自思:他也是樊尼的卑尔陀!

　　那妇人关了账簿,预备出去,还吩咐樊尼:

　　"这半个月总算还好……只一层,要当心蜡烛。"

　　她放出老板的神气来,东张西望,看见客厅的陈设齐整了,家具拂拭干净了,还不满意,又在桌子上的瑜珈花上面吹去了一些尘埃,又细看窗纱的裂痕。事事周到了,回头向一双男女吩咐了几句有经验的话,说:"我的孩子们,你们该晓得,切莫在这里闹什么玩意儿……这是一间很规矩的旅馆……"她出了门口,早有一辆车等候着,于是她坐车到树林里兜圈子去了。

　　"你看,厉害不厉害!……"樊尼说,"每礼拜两次,她或她的母亲,一定来监督我。她的母亲越发厉害,越发死要钱……我因为爱你,不得不在这一间屋里受罪……毕竟你来了,我还不曾失了你!……我生怕从此完了!……"于是她站着把他搂抱,嘴唇合嘴唇的弄了许多,凭着无数的甜吻,然后深信约翰还完全是她的人了。但是走廊里人来客往,总该顾忌一下子。所以等到人家送灯来的时候,她便坐在常坐的位置,拿着一件手工在做;他也靠着她的身边坐下,像一个来拜访的客人。

　　"我的容貌改变了没有?呀?……变的不多吧?……"

　　她微笑地一面说,一面做手工。看她拿针的笨样子,恰像一个初学针线的小女孩。从前她恨煞针线工,书、钢琴、香烟,才算是她心爱的东西,此外除非是想要弄一两样特别菜,才卷起袖子去做一做,再没有别的事干了。而今在这里,叫她做什么好? 客厅里的钢琴,她不能整天去弄,因为时时刻刻要坐在柜台边。至于看小说吗? 小说里头的故事还比不上她所知道的故事多哩!掌柜的时候不许吸烟,她没事干,只好学学绣花,指头上有了工作,心头上便少了许多胡思乱想了。现在她才知道从前不该轻视针线工,原来做针线工的女人们也有她们的道理。

当她很没有经验地、很笨地做她的针线工的时候,约翰怔怔地望着她。则见她穿的是朴素的衣服,直的小领子,头发很平的,盘起一个旧派的髻子,面貌显出很忠实、很规矩的样子。再看马路上,华丽的车子里高高地坐着的姑娘小姐们,很风光地在热闹的巴黎闯来闯去。这种繁华的生活,樊尼要享受并非难事,而她偏为着他而轻视繁华。只要他肯不时来看一看她,她甘心过这仰人鼻息的生活,却还觉得有趣哩。

旅馆里所有的住客都十分爱她。那些从外国来的妇人,不知道时髦的妆扮,要买化妆品的时候,常来请教于她。那秘鲁人的长女,每天早上要她教唱歌。她又指点那些男人们读什么好书,看什么好戏。那些男人们对她都很和气、很恭敬,尤其是二层楼的荷兰人更献殷勤。据樊尼说:"他坐在你坐的地方,呆呆地望着我,直到我说'基伯,你在这里坐,我有点儿不耐烦了'的时候,他才应了一声'是,是',然后去了……这一枚珊瑚针是他送给我的……你晓得吗? 这已经值得五个法郎了。我领受了他的,免得他啰唆。"

一个男仆进来,手里捧着一个托盘,安放在桌子的角儿上,又把那一瓶瑜珈花稍为移一移。她对约翰说:"我自己在这儿吃饭,比房客们早了一个钟头。"旅馆里的菜单颇长,色样也颇多,而这掌柜的只有点两个菜一个汤的权利。"这个洛沙丽荷,叫她变个狗才好! ……然而我倒高兴在这儿吃饭;我没有谈话的需要,我有你的许多信伴着我,趁没人的时候正好拿出来重读哩。"

　　她一时还不得吃饭，一张桌布和几块饭巾还不曾送来。而且，时时刻刻有人搅扰她，时而是仆人们来请示，时而是房客们来要什么，时而要开一开柜子，闹得几乎没有工夫吃饭。约翰心里想：若不早走，越发阻碍她的事情了。正想着，则见晚饭摆好了。唉！小气得很！看那小小的一碗汤，已经令人叹息。两人同时回忆到从前并肩坐着吃饭的时节，真是不胜今昔之感了。

　　"礼拜天再见……礼拜天再见……"樊尼送他走时低声地说。

　　一则因是服务的时候，二则因怕房客们下楼来撞见，所以两人不便接吻。樊尼握着他的手，放在心胸上很久很久，想要他的手抚慰她的心。

　　早上，夜里，他无时不想她。想到她在那贱妇人跟前——又在那蜥蜴跟前——低首下心，真真令人可恼。后来想到那荷兰人，心里也十分难受。在未到礼拜天以前，真是无以自聊。虽说这一次半绝交是将来永远绝交的张本，却好比人家把树枝伐去了，树越发茂盛起来。他们差不多每天都通信，在潦草的字迹里表示他们不堪久待的心情。或者是当她做针线工的时候，约翰从部里出来，到她的办公室里，多情缱绻地谈一回天。

　　她在旅馆里提起他的时候，只说："这是我的一门亲戚……"靠着这种含混的称呼，约翰有时还可以在晚上到客厅里来相会。因此他认识了秘鲁人的一家。这一家养了许多小姐们，穿着不齐整的、颜色不匀的衣服，排列在客厅里，恰像许多鹦鹉排列在鹦鹉架上。他又听见过美娜姑娘的竖琴，看见过她的弟弟。那弟弟病得失音了，听见了琴调，不住地点头表示拍子，手指却装着吹笛的样儿——只有笛子他还可以吹。至于那荷兰人却像一个傻瓜，头光了，相貌也不堂皇。他说全世界的海洋都给他旅行过了。他刚才从澳大利亚住了几个月回来，人家问他澳大利亚的风土，他连眨着眼睛答道："你们猜猜看，澳大利亚的马铃薯卖多少钱？……"无论到哪一国,他别的印象都没有,只留心到马铃薯的贵贱。

樊尼是夜会里的主脑,谈天呀,唱歌呀,显出她是一个经过繁华、谙练世故的巴黎妇人。她过流荡的生活时留下的习惯,他们外国人倒不觉得;至于她过繁华的生活时留下的风度,便够他们羡慕了。她说起从前同她来往的人不是美术家便是文学家,都是很有名的人物,大家听了都肃然起敬。里头有一个俄国妇人,很爱读德若华的小说,她便同她谈德若华的轶事。说那小说家写字是怎样写的,每天夜里要喝多少杯咖啡,又说他那一部著名的《桑得利奈》卖得多少钱。原来他所得的稿费很少很少,而卖他的《桑得利奈》的书店都因此发了财。约翰听说他的情妇曾经这样光荣,快活得忘记吃醋了。假使有人怀疑,他还愿替她证明哩!

在约翰看来,旅馆的客厅里的樊尼,与礼拜天他家里的樊尼,大不相同。在肃静的客厅里,很大的罩灯底下,樊尼倒茶给房客们喝。小姐们唱歌时,她也陪着唱,像一个姊姊教导妹妹们似的。但是,到了礼拜天早上的樊尼便不同了。她一早跑到约翰家里来,衣服湿了,身子冷得发抖了,火橱里特别为她生的火,她却不去取暖,只匆匆忙忙地脱衣裳,滚到大床上同她的情人搂抱。一个礼拜不曾亲近,两人都如饥似渴地相思,而今要补偿一礼拜的损失,该如何紧抱,该如何做长时间的温存,也就可想而知了。

一点钟一点钟地过去了,直到晚上,他们俩还不曾离开床前一步。只有床上好,别的地方都引不起他们的兴趣。娱乐的地方,他们不愿去,也不须拜访什么人。何特玛夫妇因要省钱,已经搬到乡下住去了,所以连这一对夫妇也不必拜访了。早饭预备好了,摆在旁边。他们二人静听着礼拜天的闹声:路上踏着泥水行走声,火车的汽笛声,马车的转轮声。还有阳台上的锌板,给很大的雨点滴得叮咚地响,同时他们的心头也跳动得很厉害,恰像互相唱和。他们也记不得钟点,直到入夜了,才想起快要分离了。

他家对面的路灯点着了,一道黯淡的灯光照到墙上。樊尼应该在七点钟回旅馆,此刻不得不起来了。房间渐暗了,她心中的愁闷也渐增加了,有气无力地穿了那一双泥水浸透了的鞋子——因她是走路来的,又把掌柜妇人所穿的裙子、长衫都穿起来——这一套黑色的衣裳,乃是穷人的装束,她现在也算是穷人了。

最能增她烦恼的,是从前过好日子的时候买下的家具,及她那梳妆室。一切她所心爱的东西,都不得不捐舍了……她顿一顿脚,恨恨地自己催促一声"去吧……",约翰想要多见她几分钟,特地送她出去。他们互相夹着臂膀,紧靠着,懒洋洋地向霜邪利斯路走上去。则见四面的灯台一行一行地排列着,在拱卫那高高的凯旋门;还有两三颗疏星,缀着青天的一角。二人走到了北歌来思路口,离那旅馆很近了,樊尼撩起面幕,给约翰一个最后的接吻,很忍心地走进旅馆去了。剩下那彷徨歧路的约翰,心怯空房,不忍归去,在诅咒他命里的灾星。起初他原是要为家庭而勉强牺牲,而今他差不多连家里的人都怪起来了。

他们过了两三个月这样的生活,结果是绝对地忍耐不住了。因为旅馆里的仆人说闲话,以致约翰迫不得已,减少了拜访樊尼的次数;樊尼又因洛沙母女二人太悭吝了,渐渐地有不能相安的情势。她觉得约翰也不耐烦了,于是她心里打算仍旧组织一个小家庭,却要等候约翰先开口。

4月的一个礼拜天,樊尼来时,打扮得比平日更出色些。帽子是圆的,衣服是预备春天穿的,朴素得很——穷了的缘故——然而,很合她的身材,倒显得别有风韵。

"快起来!我们到乡下吃中饭去……"

"乡下吗?……"

"是的,到安港洛沙家里去……她请我们两人一起……"起初他不肯,后来当不起她催,说:"如果我们不去,洛沙一定不能原谅的……你看我的情面,答应了吧……我为你不知做了多少不愿意的事哩!"于是约翰只好同她去了。

席设安港的湖边，一间宽敞的别墅里。屋子的粉饰与家具的陈设，都非常地讲究。天花板与镜屏映照着荡漾的湖水，还有花园里的开着的紫丁香、迎春的芳草，都给镜屏摄进屋子里。屋子的前面是一片如茵的草地，直达湖岸。岸上系着几张小船，在水面一高一低地飘摇着。各处的走道上打扫得干干净净，显得是奴仆很勤，尤其显得是主人们——洛沙与他的老母亲丕拉——监督得周到。

他们到的时候，人家已经就席了；因为他们问错了路，从花园里两边高墙夹着的小路走进来，把湖绕了一周，所以迟到了。约翰初到就碰钉子，则因为主人等候得生气了，冷冷地招待他；二则因为洛沙把他介绍给那些恶魔般的妇人，其中许多是一望就令人生畏的，所以他的举动都失了礼仪了。有三个"体面的女人"——据她们互相标榜的称呼——在内，第一个叫做歌霸，第二个叫做桑朴洛思，第三个叫做玳珏，都是第二帝国时代得宠的贵人，与大诗人及大元帅们是一样大的名气。

若说体面，她们三人永远是体面的。穿的是时髦的装束，衣服是春天的颜色，自颈上的颈圈子以至脚下的鞋子，都是很漂亮、很细致的东西；然而，容貌到底是枯槁的了，拼命地搽粉，想用人工来弥补天然！桑朴洛思的嘴唇歪了，眼眉没有了，眼睛花了，在桌子上摸索她的碟子、杯子与刀叉。玳珏长得很高很大，脸上发疹了，一个盛着热水的球儿放在脚边。她那些可怜的手指，因风痛之后屈曲了，还戴着许多亮晶晶的戒指，摆在桌布上展览。歌霸长的瘦长身材，单看她的腰部倒像个妙龄女郎，可惜她的头部像个小丑，相形之下，越发显得丑陋。她的家财用完，穷困不堪的时候，曾到蒙特加罗去，算是最后一次出马，结果一个钱弄不到，还演了一出恋爱的悲剧才回来。原来她那边又看中了一个美貌少年，是个赌场的掌柜；那少年偏不爱她，只落得带了一肚子气跑回巴黎。洛沙收容她，给她吃饭，以为这是一件荣耀的事情。

所有在座的妇人都认识，都对她施礼，道了日安，很可怜地问：

"近来好吗?"实在也难怪人家可怜,她身上只有三个法郎一米的布做的衣服,除了那荷兰人送给她的珊瑚针之外,简直没有别的珠宝。她的周围都是些满身珠玉的妇人,衬着纸醉金迷的屋子;湖光与天色交映着的餐室,还有许多春花的香气从门口透进来,越发显得繁华无比。樊尼置身其间,实在像个可怜的穷骨头了。

还有那老歪拉,越发丑陋不堪了。皮肤松弛而粗糙,常常眨眼扭嘴,做出像煞有介事的样子。灰色的头发垂到耳朵上,是个少年男子的装束。至于她的黑色缎子的衣服,加上蓝色的大领子,却像个舟子。

洛沙把座间的宾客都介绍过之后,说:"我还给诸位介绍卑尔陀先生……"说时,指着那蜥蜴给约翰看,原来那畜牲正在桌子上的棉絮里冷得发抖哩。

"好好! 我呢? 人家不介绍我。"

说话的是一个高大的壮年男子,灰色的胡子,浅色的衣服,直立的领子,打扮得很齐整。说话时,带着勉强装做快活的神情。

"真的……还有达达夫呢?"大家笑着说了。于是洛沙只好随随便便地把他的名字介绍一下子。

原来达达夫便是她的情郎菩提。菩提是个音乐大家,是著名的《克罗狄亚》与《沙和拿洛尔》的作者。约翰在戴士贲家的跳舞会里只看见过他一眼,此刻仔细看他的举止,却不像一个天才的艺术家。他的脸像木头做的,很硬,很呆板,他那无光的眼睛显出他的不可救药的痴情。他因为是个情痴,所以同妻子分离,到这里来迁就这个轻薄妇人;他在戏院里挣下来的许多财产都在这间屋子里用光了,而人家只把他当做一个仆人,很不客气地对待他。有时候,他正想要叙述些什么事情,洛沙即刻沉着脸现出讨厌的样子,用貌视的语气来压制他,不许他发言。歪拉看见她女儿如此,越发推波助澜,很响亮地说道:

"菩提,让我们的耳朵静一静吧!"

约翰正坐在丕拉的旁边,看她吃东西活像一个老牛反刍似的,还喃喃地在骂人,在把眼睛盯着碟子,像一个审判官。这种态度,已经使约翰不舒服,又听洛沙与樊尼谈起旅馆里的夜会,打趣她,说那些外国人糊里糊涂,竟相信她是一个良家的妇女,现在穷了,才到旅馆来做个掌柜;这一番话,越发令约翰难堪了。洛沙脸上的油腻很多,像是很脏似的,只靠着那些五六千法郎一个的耳坠子点缀一下。她看见樊尼受了美貌而年轻的情郎的感通,竟能保存她的妙龄的姿色,似乎十分羡慕。樊尼并不觉得不舒服,倒反说了许多好笑的话,引的一座皆欢。她在讥笑旅馆里那些房客,说那秘鲁的男人向她说他想要一个漂亮的姑娘,又说那荷兰人常常来勾引她,却是不肯明说,只在她的椅子后面喘气似的说道:"你猜猜看,马来的马铃薯卖多少钱?"

约翰笑的很少,丕拉也不笑。她只照管着她女儿的银器。有时候她看见她前面的碟子上或身边的宾客的袖子上有一个苍蝇,她便突然把身子向前或向左右一靠,一掌把那苍蝇扑着,送给那蜥蜴吃,说了许多人家不懂的话:"吃呀,咪亚尔麻;吃呀,咪哥拉桑。"此时那蜥蜴的色彩变了,蜷曲在桌布上;看它那粗糙的身子,正像玳珧的手指一样难看。

有时候,所有的苍蝇都退走了,她偶然看见碗橱上或门上有一个,连忙站起来,跑去把它一掌扑着,现出很胜利的神情。这一天的上午,洛沙正在发脾气的时候,看见她的母亲走来走去不止一次,忍不住嚷道:

"不要时时刻刻走来走去! 太辛苦了!"

她母亲夹用着阿维让的土话回答道:"你们都大吃特吃,波士奥特罗……为什么你不许他吃呢?"

"你要吃饭便不许动,要动便不许吃饭! ……我们就讨厌你……"

她母亲不服气,于是母女二人用西班牙语相骂起来,骂的都是

街头巷尾的粗言野语,而且是她们家乡的土话:

"希查得尔特模鸟。"①

"古尔诺德沙打拿。"②

"布达!……"③

"咪吗特尔!"④

约翰吓得目瞪口呆,怔怔地望着她们;其他的宾客看惯了这种事情,只静悄悄地各自吃饭。菩提见有生客在座,只得出来调停,说:

"嗳呀!不要争吧!"

洛沙正在生气,看见菩提出头干涉,便索性拿他出气。说:"谁要你强出头?……好规矩!……我没有说话的自由吗?……那么,你回到你的老婆家里去好了!……看你的眼睛像煎透了的鳕鱼,头上剩不下三根头发,谁稀罕要你在这里?……快回去安慰你的黄脸婆,现在是时候了!……"菩提赔着笑,面色变了些,嘴里喃喃自语道:

"这么样生活下去吗?……"

"这样生活,很值得……"洛沙说时,全身向桌子靠去,"门开在那里,滚!快给我滚!"

"嗳呀!洛沙……"菩提用那无光的眼睛望着洛沙恳求。

丕拉却仍旧吃饭,毫不在意地说:

"菩提,让我们的耳朵静一静吧……"

丕拉说的这般滑稽,惹得大家都笑了,洛沙也笑,菩提也笑着上前和她接吻,她嘴里还喃喃地骂。菩提为要博她的欢心,特地去捉了一个苍蝇,两指尖尖地捏着那苍蝇的翅膀,送给卑尔陀吃。

---

① 像中国人骂"小贱人"或"小娼妇"。

② 译云:"我的母亲!"

③ 意谓魔鬼之女。

④ 魔鬼之意。

菩提并不是一个无名小卒,他享盛名的乐谱家,法兰西学会还叨他的光哩!那洛沙不过是一个品行不端的半老徐娘,粗鄙不堪。她的母亲越发像个泼妇。看她母亲现在这般丑陋,二十年后的她自然也是一样的。由此看来,她到底有什么妖术,竟羁縻住了菩提呢?

饭后,大家到湖边的石洞里喝咖啡。洞内是用浅色的绸子裱的,映着外面的湖水的波纹,格外悦目。这是 18 世纪的寓言里所谓接吻之巢。天花板下面明镜高悬,沙发椅上躺着的一班老妖精都给明镜照出原形来了。洛沙那搽着脂粉的脸忽然奕奕地发光,伸了一伸腰,顺势把两臂向后扳着菩提的肩膊,说:

"唉!我的达达夫,……我的达达夫……"

这种热烈的柔情,不久也就完了。宾客中有一个忽然想要划船游湖,洛沙便差菩提去预备小艇。

"你听清楚了没有?我们要你去预备小艇,你不要又去支使那挪威女人。"

"我想去叫德西莱……"

"德西莱在吃中饭。"

"那小船里满装着水,须要戽干,很费工夫……"

樊尼看见他们又要吵嘴了,因说道:

"菩提,不要紧,约翰同你一块儿去做……"

于是菩提与约翰同去了。二人坐在小艇上,每人坐着一张小凳子,跨开了两腿,大家不说话,你不看我我不看你地只管拼命戽水。好像是两只戽斗戽水的声音很好听,把他们迷住了似的。他们身边有一株大树,树荫遮蔽着日光,下与湖光辉映,还有些香气送到鼻孔里来。

"你同樊尼一块儿很久了吗?"菩提忽然停止了工作,这么问了一句。

约翰听了,觉得有点儿奇怪,答道:"两年……"

"只两年！……那么，你看见今天的事情，也许给你一个好教训。我呢，我同洛沙在一块儿二十年了！二十年前，我在意大利住了三年，得了罗马奖金归来，到伊波特蓝去走一趟。有一天晚上，我看见她坐在她的车子上，绕过跑马场的隅角，手里扬着鞭子，戴着盔兜，穿着锁子甲，紧紧地束着身子，直到大腿为止。唉！假使人家向我说过……"

他仍旧屏水，一面叙述他家里的人起初知道他们二人的结合的时候，不过付之一笑；后来他的父母看见不是小事情，便拼命地设法要他们俩分离。洛沙因为钱的缘故走了两三次，他仍旧把她追回来。他的母亲说："你出外游历试试看……"他果然出外游历，但是游历归来之后仍旧去找她。他家的人以为只有结婚可以救他了，他也愿意，于是结了婚。新娘是一个美丽的少女，嫁奁很丰富……但是，不到三个月，他又丢开了新家庭，去重寻旧好了……他叙述到这里，连声叹道："唉！少年人，少年人！……"

他很冷静地谈他过去的生活，面上也不露筋，硬挣挣的像他那上桨的领子那么硬。当时有许多小船经过他们的旁边，船上满载着许多学生们与小姐们，唱歌呀，欢笑呀，极尽青春的乐趣。唉，这一班不曾见过世面的少年里头，有多少应该停船细听菩提的惊人的教训啊！……

这时亭子里那些"体面的女人"正在批评樊尼，好像要她与约翰绝交似的说着："她那男人，长得果然好看，但是没有钱……将来怎样是好？"

"既然我爱他，也管不了许多！"樊尼说。

洛沙耸着肩说："让她去罢……我已经看见她放过了许多好机会，现在这个荷兰人，她也要放过了……她自从福拉孟闹了事之后，已经努力想要变为讲究实用的人，谁料她现在越发糊涂了……"

"唉！维拉加……"丕拉说。

　　那像小丑般的英国妇人——歌霸,用她那可怕的娇声——这声音曾经得了许多场胜利——说:

　　"我的孩子,你听我说,为爱情而恋爱固然是很好……但你应该同时也爱万能的金钱……看我吧,假使我还有钱,我那赌场的掌柜不至于说我丑陋了,你相信不相信?"说到这里,生气地跳一跳,把声音变尖锐了说:"唉! 说起来好不伤心! ……想当初,四海闻名,好比一座名山,好比一处古迹……随便你叫一个车夫,说要到歌霸家里去,他即刻就晓得是什么地方……脚底下踏着许多王子,至于说到国王们,当我吐痰的时候,他们还说我吐痰的姿势很好看! ……现在呢,那忘八竟说我貌丑,不要我了;我连付他一夜的钱的能力都没有了!"

　　说到人家以为她貌丑,越发气愤不过,突然把衣服撩开,说:

　　"若论脸孔,yes,我认输了;但是,颈呢? 肩呢? ……白不白,硬不硬?"

　　她不顾廉耻地把她那妖妇般的肌肤展览,说也奇怪,过了三十年的苦生活之后,她的肌肤还像一个妙龄女子;只是自颈以上便像残花败柳了。

　　"夫人们,船预备好了! ……"菩提这么一喊,歌霸把衣服穿好,盖住了那妙龄女子的肌肤,又伤心又滑稽地说:

　　"我到底不能赤裸裸地跑到船里去呀! ……"

　　新绿的春色,映着那雅致的别墅的白色墙壁;假山与草畦环绕着太阳晒得像鱼鳞般的湖水,老了的歌霸,瞎了的桑朴洛思,瘫了的玳珠,跛了的西黛,亏她们好容易爬得上船! 她们的面上三寸厚的脂粉,要把湖水染香了!

　　约翰弯着腰,拿着桨,很害羞,很烦闷,生怕人家看见他,猜他在这船里做下贱的职务。幸亏对面坐的是樊尼,眼光为之一新,精神为之一振。原来菩提在掌舵,樊尼便坐在舵边。约翰看她微笑的芳容,从来没有这般显得娇嫩,大约是因为有了比较的缘故。

"樊尼,给我们唱一唱吧……"玳珗给春光迷醉了,这样的要求樊尼。于是樊尼用她那深沉而显露的声音,唱那菩提所编的《克罗狄亚》。菩提听见了,回忆他的作品的成功,忍不住闭着嘴学那乐师打抑扬顿挫的拍子。在这时候,在这景色里,真是妙不可言。旁边的假山上有人喝彩。约翰一面荡桨,一面望着他的情妇的嘴,听她歌喉婉转地唱着,恨不得即刻去亲一亲她的嘴,又恨不得在太阳底下仰天痛饮一场!

忽然间,洛沙听得不耐烦了,打断了歌声,说:"喂,你们要在那里学鹧鸪叫多久?……你们以为我们喜欢听这出殡的歌吗?……我们听够了……再者天时已晚,樊尼也该回旅馆去……"

说着,恶狠狠地把手向下一站的停舟处一指,对她的情郎说:"就在这里停了吧……好教他们到火车站近些……"

这种送客的态度未免太野蛮了,但是,这是赶车姑娘的习惯,谁也不敢批驳她。于是樊尼与约翰被她赶上岸了。她向约翰说了几句冷淡的客套话,又用吹风般的声音吩咐樊尼旅馆里的事情。那小船离岸去了,远远听见船中的争论的声音,还有哈哈的笑声传到他们俩的耳鼓。樊尼气得脸色变了,说:

"你听见吗?你听见吗?他们在嘲笑我们哩!……"

于是她把一切忍气吞声的积恨,都一一地告诉了约翰,有许多事情是她隐藏着不说的,而今都说出来了。说洛沙老是想她同他疏远,总想给她与别人勾搭的机会。"她无论说什么,无非要我顺从了那荷兰人……刚才他们一致地煽惑我……你晓得吗?我太爱你了,她当然不满意。她自己坏,不肯让清白的人在旁边形容她。她无论什么人都可以勾搭,哪怕他怎样卑污、怎样下贱……我再也不愿意了……"

她停了嘴,看见他的面色变得很厉害,嘴唇颤动,恰像从前火烧书信的一夜。

"唉,不要怕!"她说,"你的爱情已经把我从火坑里救出来了……她与她的蜥蜴,一样地惹我讨厌。"

"我不愿意你仍旧在那旅馆做事了",约翰听了她叙述那些卑污的事情,妒忌得发狂似的说,"你吃的面包太脏,还是回到我那里去吧,我们终有法子生活下去。"

这几句话正是她期望了许久的话。天天希望他先开口,及至他说了,她倒游移起来。她以为约翰在部里的薪水只有三百法郎。真不容易过共同的生活,如果将来再要分离,更不妙了……又说:"我前次离开了我们的家的时候,已经够伤心了!……"

路旁的电线上有许多燕子,好些绣球花树攀绕着,下面铺着几张残叶。他们为谈话便利起见,都坐在残叶上,臂膀夹着臂膀,两人都非常地感动。

"三百法郎一个月还不够吗?"约翰说,"何特玛夫妇只有二百五十法郎,他们是怎样做的?……"

"他们在乡下住,整年只在沙威尔。"

"好!我们也这么办吧,我不想住巴黎。"

"真的吗?……你愿意吗?……唉!我的心肝,我的心肝!……"

路上有人走动,许多驴子在搬运结婚用过的家具。他们俩个便接吻,只站着不动,紧紧地互相靠着,在幻想夏天的晚上的田野的幽趣,轻骑兵的枪声与郊外的赛会里的风琴声伴着静和的景物,是多么可爱啊!

第 八 章

他们住到沙威尔去了。在高低两村之间，有一条树林的大路，名叫巡警公路，路中有一处是古时打猎集会之所，正在树林的出口，这便是他们俩所住的地方。屋子里只有三间房子，也不见得比城里他们原住的地方阔了多少。他们的小家庭的用具，像那芦苇制的靠背椅子，与那有图画的高柜子之类，都仍旧搬来。卧房里绿纸糊的墙很不雅观，只好姑且把樊尼的肖像挂起来点缀点缀。至于他家的风景照片却因搬家时碰破了镜柜子，而且在屋顶下安放久了，已经褪色了，所以不能挂起。

自从叔父与侄妇停止通信之后，大家总不大高兴谈起阿尔曼家了。她想起西萨尔曾经帮约翰的忙，使他同她绝交，便恨恨地骂了几声"好没良心！"只有那两个双生妹妹还报告哥哥许多消息，但是，芗繁却不写信来了。也许她对于她的侄儿还记恨在心；或者，她猜想樊尼这坏妇人会开读她的信，会批评她那些母亲口吻的书信写得笔画很粗，像个庄家的女人。

间或有些时候，他们还觉得似乎是在从前住过的安斯特丹路，因为何特玛夫妇仍旧是他们的邻居，仍旧唱那些艳情曲；路的另一边也有火车的汽笛声，从公园的树枝丛中看过去还可以看见火车哩。但是，再也看不见西火车站那白色的玻璃窗，也不见窗内隐约露出的办事人埋头伏案的影像，又不听见斜路上的车子辚辚的声音，只能饱看他们的小果子园以外的幽静的景物。园的周围是其他的园子及树林中的小房子,那些小房子直到山脚还有。

每天早上,约翰未出门以前,在他们的小饭厅里用早点。十字窗开着,窗外便是青草侵啮的石路,路旁有白色而苦味的荆棘。约翰从这路走,沿着鸟语碟碟的树林走去,需要十分钟才走到火车站。当他晚上归来的时候,斜阳把绿苔染红了,树荫移到路上,尘嚣渐息,树林深处几个鹧鸪在呼唤"姑姑",常春藤上几个黄莺在用她们的娇柔的腔调相唱和,真是天然的乐趣了。

但是,他们的房子陈设好了,乡间的风景,起初觉得是一服清凉散,而今也不稀奇了,于是约翰的妒忌心又生,时时刻刻在猜测樊尼的秘密。樊尼与洛沙不和,离开了旅馆,洛沙竟能谅解她,这里头未必没有黑幕。他越想越疑,越疑越不放心。每天出门之后,在车室里遥望他们那低小的房子——他们住的是楼下,楼上有一个圆的天窗——眼向墙壁内搜寻,自语道:"谁晓得?"直到了部里,这念头还丢不开。

他每日归来,一定要她报告这一天的事情,一举一动以及她的心思都非报告不可。她想的无非平常的不关痛痒的事,而他看见她想,便问道:"你想什么?……快说!……"虽则她每次谈起她过去的事情,都很坦白地说出来,但他终怕她留恋些什么事或什么人。

当他们只能在礼拜天见面的时候,大家如饥似渴地想见面,他没有工夫对于她的道德寻根究底。现在大家在一块儿仍旧过共同的生活了,哪怕是互相抚爱,互相很亲热地拥抱的时候,总会突然起了一种烦恼,两人间的痛苦的心情是不可救药的了。他呢,想要把这萎靡不振的爱情变为她所不曾知道的一种非常振作的爱情;她呢,拼命地要把一种快乐——不曾给与别人的快乐——给他,达不到目的,只好为能力薄弱而伤心了。

后来他们的心又宽了些。也许是因为与自然的美景融和了的缘故,更简单些说,却是有了何特玛夫妇做榜样的缘故。巴黎郊外的居民,也许没有一家比得上何特玛夫妇的无拘无束。他们很高兴戴着树皮的帽子,穿着破旧的衣服——夫人不用抹胸,先生只穿一双麦秆底的鞋子,便到外面游玩去了。每餐吃剩的面包碎片便去喂鸭子,剩下来的菜便拿去喂兔子,还有刈草呀,接木呀,浇花呀,种种有趣的事情。

唉!浇花……

何特玛先生每天归来,即刻把办公时所穿的衣服脱掉,换了鲁滨孙的短衣,夫妇俩又去做他们的雅事了。晚饭后再做一次。天黑了许久,湿地里升腾着清新的水汽,在暗不见人的小花园里,还可以听见唧水筒的声音,和那很大的喷水壶与他物相触的声音。每一个花畦都有他们二人的喘气声经过,跟着便是洒水的声音——这声音却像从洒花的人的额上流下来似的。不时还听见他们很得意地叫道:

"我已经浇了三十二壶在那些豌豆苗上面了!……"

"我却浇了四十壶在那些凤仙花上面!……"

有些人,自己快乐还不满足,爱看人家快乐,所以自己尝了幸福的滋味,还喜欢给人家尝一尝。尤其是男人。试看何特玛所叙述他们俩在冬天的乐事:

"现在这个不算什么,你们还不曾看见我们的 12 月哩!……我从巴黎归来的时候,满身泥水,巴黎一切的烦恼都压在背上了;却喜屋子里灯亮了,火炉暖了,羹汤热腾腾地在那里等候着,桌子底下还有一双充满稻草的靴子。我们吃了一盘白菜、一盘腊肠与一块新烘热的乳酪,再喝一瓶酒之后,把靠背椅子拉近火炉边去,一面烧着烟斗,一面喝一杯糖酒和着的咖啡。两人对面坐,抚弄着一只小狗,雨声滴沥,落在玻璃瓦上,……唉!一只很小很小的狗儿,抚弄着消磨时间等候肚子里消化……往后,我画了几张画,她收拾桌子,去做了一些小事情,铺床叠被呀,拿暖床炉子呀,忙了一下子。不久,她先睡了,被窝里暖了,我将身倒在又厚又软的床上,周身温暖,恰像钻进了那一双充满了稻草的靴子一般……你说快活不快活?……"

他这多毛的大汉子,平日不大敢说话,未开口,脸先红,一开口又是吞吞吐吐的;而今却很有口才了。

他那伟大的身材,漆黑的胡须,与他的怯人的胆子适成反比例。正因他是这样的人,所以才结了婚,很安静地过日子。他二十五岁的时候,身子强壮得无处发泄了,他却不晓得世间有女人与恋爱。有一天,在那维尔一个聚餐会里,他吃得半醉了,朋友们把他拉拉扯扯,到了一间妓馆里,硬要他拣人。他出来之后,心绪从此乱了,再回去,仍旧拣原来那一个,永不换人。后来替她付清了债务,带她走了。还怕人家在他手里夺了去,下次另找人倒麻烦了。结果是同她结了婚,才得放心。

"我爱,你听我说,这是规规矩矩的小家庭",樊尼很得意地说,约翰愕然地听,"以我所认识的而论,他们算是最清白、最正直的了。"

她见约翰不懂,于是说了许多她所深知的所谓规矩的家庭,都值不得好批评。要说真呢,何特玛夫妇是一样的真;要说假呢,普大卜的都假。

何特玛夫妇是约翰的好邻居,性情很和平。约翰家里有事情,只要是不十分起动的,他们夫妇来帮忙。他们又怕见吵闹,因一吵闹起来,他们不知道帮哪一边说话好。——总之,他们以为吃饱了饭之后,该让它消化,一切障碍消化的事情都不该做,吵闹更不相宜了。何特玛夫妇想要教樊尼养鸡养兔子,又说浇花很快乐,又合卫生。樊尼哪里肯干这些事情呢?

约翰的情妇原是雕刻师的作业室中人,她爱乡间,不过是因为乡间可以狂呼,可以乱滚,可以拥抱着情郎乱来。至于吃力的工作,她便很讨厌了。做了六个月的旅馆掌柜,已经丧失了几分活泼,而今好容易到乡间来,沉醉于自然的美景之中,正是身心舒泰的时候,差不多连衣服也懒穿,头发也懒梳,甚至于钢琴也懒弹,还说要做别的工作吗?

　　一切收拾房间的事情,她都交给一个本村的女佣人。到了晚上,该把一天的事情叙述给约翰听的时候,她想不出做了什么工作,不过是去看望一次何特玛夫人,在铁篱上涂了些铅粉,还有那些香烟残屑弄脏了火橱上的大理石,须得弄干净一下子。好! 已经十点钟了! ……时间仅仅够她穿一件长衫,在马褂上插了一朵花,从绿色的石路去迎接他。

　　但是,秋天雨多雾重,天色黑得很早,她越发有所借口,不肯出门了。往往是他回来的时候,见她还只穿着早上所穿的那一件白羊毛的寝衣,头发还是像他出门的时候一般,不曾梳过。他觉得她这样不加装扮,倒很动人。颈窝儿很嫩,肌肤很能令人销魂。大有一切预备好了,专候驾临的样子。这种温柔,倒使他心中不快,像遇了危险似的。

　　他因不愿要家中的款子接济,而自己的钱又不够用,于是想出一个挣钱的法子。帮何特玛画图案——大炮、辎重车、步枪,种种图案皆有——算在何特玛的账内,拿到钱来再分派。当他很辛苦地做了工作之后,觉得乡村的风景与寂寞的环境忽然给他一种坏影响。本来这种坏影响是无论如何强硬、如何活泼的人都免不了的,何况他从小便在偏僻的地方过生活,养成了不活泼的习惯,更何能免得了呢?

　　何特玛夫妇在他们家里出入惯了,这一对胖夫妇的言论——论道德上或食品上的问题——渐渐地传给他们一对情人,于是约翰与樊尼也往往辩论吃饭问题及睡眠的时间问题了。西萨尔寄了一桶葡萄酒来,他们花了礼拜天一天的工夫,把酒装入许多瓶子里,安放到他们那小小的地窖子去。地窖子的门开了,冬天的太阳照进去,蔚蓝的天空滚着玫瑰色的云,快到用温暖的稻草填塞靴子、两人傍着火炉对坐的时候了。正在冬天无聊的时候,却喜有一件事情给他们散散心。

一天晚上,他归来看见她像为了什么事情十分感动似的。原来是何特玛夫人来谈起一个可怜的小孩,她因此伤心了。"这小孩是受他的祖母抚养的,他的父母在巴黎做木商,有好几个月不通信,也不付钱作那小孩的用费了。那祖母因急病死了,有些航海的人可怜那小孩,把他带到巴黎来找他的父母。不料那木店已经关了门,母亲跟一个情郎逃走了,父亲是酒鬼,败了家,不见踪迹了……听吧!这原是规矩的婚姻,结果好不好!……可怜的小孩,只六岁,没有人爱他,没有面包吃,没有衣服穿,在路上等死!……"

她越说越感动,至于流泪,突然问约翰道:

"我想我们收容他……你愿意吗?"

"你不疯了?"

"为什么?……"她说时,身靠着他很近,抚着他,"你晓得我何等希望有一个你的儿子,我们把这小孩养大了,给他受教育。须知我们收养这样的小孩,不久我们不知不觉地就很爱他,像我们亲生的一般了。"

她又说她天天无聊,胡思乱想,如果有个孩子,倒给她散散心,免致做出些坏事情来。后来看见他怕钱不够用,便说:"说到钱,更不成问题了……你想想看,只六岁!……把你的旧衣服给他穿……何特玛夫人很赞成,她说我们甚至于不会觉得添了一个人。"

"那么,为什么她不要?"约翰说时,显出他的坏脾气——本来懦弱的男人一时振作的坏脾气。他总想要抵抗她,拿出他的论据,说:"到我将来不在这儿的时候又怎么样呢?……"这一句话,平日他不肯说出口,恐怕樊尼伤心;但是,他日夜只这样想,想起这小家庭的危险,又记起菩提那一番推心置腹的话,不由得他不寒心了。"将来这小孩麻烦得很,你将来的负担也很重……"

樊尼双眼乜斜地说：

"我的心肝，你错了。我有了这孩子，好同他谈起你，他便是我的安慰者。再者，我因此也有了责任心，有勇气做工作，感觉到生活的乐趣……"

他思忖了半晌，看见房间空空的，只有她孑然一身，只得问道：

"在什么地方，那小孩？"

"在巴摩东一个航海者的家里，那人只收容他几天……往后便要到公共救济所去了。"

"好吧，既然你执意要收容他，你就去找他来吧！……"

她双手揽着约翰的颈，像小孩般地手舞足蹈。整个晚上只是唱歌弹琴，满面春风，第二天，约翰在火车上同何特玛谈起那小孩的事情，何特玛似乎很知道内幕，只不愿意多管闲事似的。他坐在火车的角儿上，在低头看报纸，吞吞吐吐地说：

"是的，我知道……这是她们女人的事……和我没有关系……"说到这里，抬头向约翰说："你的女人未免荒唐。"

荒唐也好，不荒唐也好，晚上那小孩已经进了门了。樊尼现出很心疼的样子，蹲跪在小孩跟前，手捧着一碗汤，努力想要弄驯他。那孩子站着，现出退缩的样子，低着那粗大的头——满载着苎麻般的头发的头，硬不肯说话，也不肯吃饭，连面孔也不许人家看见，只反复地说两句很单调的话：

"看米宁去，看米宁去。"

"我想米宁一定是他的祖母的名字……他来了两个钟头了，我不能引诱他说一句别的话。"

约翰也想弄他喝一点儿汤，却不成功。于是他们俩都跪下了——只与那小孩一样高——一个捧着碗子，一个拿着调羹，活像喂一只病了的山羊。鼓励他，哄他，叫他乖乖，无非希望他肯喝几口。

"我们自己吃饭去吧，也许是因为他见了我们害羞；如果我们不看见他,他自然会吃饭的……"

但是,那小孩仍旧昏头打脑地站着不动,像野兔般只一味嚷着"看米宁去",嚷得他们俩都伤心了。停一会儿,他忽然不嚷了,原来已经靠定那碗橱睡着。睡得正浓,他们俩悄悄地把他的衣服脱了,把向邻居借来的大摇篮给他躺下去,他也并不张一张眼睛。

"你看,他多么美啊!……"樊尼自庆获得一个小孩,很骄傲地说;又迫着约翰赞美那固执的额,太阳晒黑了的农家子的脸,很细致的耳目口鼻,伟壮的腰,圆满的臂,长而有茸茸小毛的腿。樊尼目不转睛地在看这个美孩儿,连自己也忘了。

"快把被盖上,不要冷坏了他……"约翰这么一说,才把樊尼从梦中唤醒,把被轻轻地盖上。那小孩长吁一声,还带着呜咽。虽则睡着,还辗转反侧的,像是很失望的样子。

夜里,他自言自语说:

"格尔洛特米……米宁……"

"听呀,他在说什么!"

他想要人家"格尔洛特",他,但是这一句土话是什么意思呢?约翰偶然伸长手臂,把那很重的摇篮摇了一摇,那小孩即刻安静了,伸出他那凹凸不平的小手把约翰的手握着,当做他那死了十五天的米宁的手,于是又睡着了。

从此以后,屋子里像添了一只野猫,爬呀,咬呀,偷吃东西呀,闹个不了;他吃东西的时候,人家走近他,他便"唔唔"地叫起来。有时候,他们诱得他说了几句话,却是摩尔汪的樵夫的土话,除了与他同乡的何特玛夫妇之外,没人可以懂得。然而因为照料殷勤及抚爱备至的缘故,那小孩毕竟驯了许多。他初来的几天,不肯换去他那破旧的衣服,当人家把洁净而温暖的衣服拿给他穿的时候,他像一个豪狗不愿穿母狗的服装似的,硬不肯穿;而今他却肯了。他学会在桌子上吃饭,学会拿调羹与叉子。人家问他的名字的时候,他晓得回答说:"我叫做左赛夫。"

至于说要给他初步的教育，真是还谈不到。他原是在树林中一间开煤矿用的小茅屋里生下来的。他的大头颅给开矿的声音闹昏了，再也不能把别的事情放进他的脑筋里。哪怕是天气最坏的时候，要把他拘留在屋子里是不可能的。冬天雨雪纷纷，剥了皮的树上霜繁露重，他悄悄地溜出了屋子去，攀折荆棘，探寻巢穴，像黄鼠狼一般凶残、一般灵巧。当他肚子饿了归来的时候，荆棘刺破了的上衣的袋子里，或泥水弄脏了的裤子的夹袋里，一定有几只田鼠、几只鸟或几只虫——半死的或已死的，否则便是从田间偷来的甜萝卜或马铃薯。

他这种打猎与偷窃的习惯，再没有法子可以制治。他还学会了田舍翁藏宝的手段，屋子里所有亮晶晶的东西，譬如铜纽子、黑玉首饰、巧古力糖的锡制的封面，都给他搜罗去埋藏了。他把这些东西叫做"商品"，无论人家打他也好，教训他也好，他的"商品"总是要的。

只有何特玛夫妇能够制治他。当他看见何特玛先生的桌子上有一个罗盘，有几支颜色的铅笔，正预备下手偷窃的时候，何特玛先生拿起一条打狗的鞭子往他的腿上痛打一顿，他再也不敢下手了。至于在约翰与樊尼跟前便不同了。他对于他们的抚爱毫不感动，好像是米宁临死时已经把他的感情带走了似的。他只一味顽皮，他们也不能学何特玛那般威吓他。他同他们老是不亲热。樊尼还好，他说"她身上很香"，所以她有时候还能够抱他在膝上坐一会子；至于约翰，虽则很和气地对待他，他只当他是一个凶猛的野兽，不敢近他。

约翰看见那小孩本能地一味同他疏远，又看他病人般的眉毛，鼠般的眼睛，先就有几分不快；后来又想他们的生活里忽然来了一个漠不相关的人，而樊尼很盲目地、很快地同他十分亲热，越发引起他的疑心了。这也许是她自己的孩子，交给一个奶妈乳养大了的，或者就是她的后母抚养。马淑姆的死耗恰巧在这时候传来，似乎越发有了证据了。有时候,他握着那小孩的手——当左赛夫打瞌睡的时候,总以为这是米宁的手——心里暗暗地问他:"你从哪里来的?你是什么人?"希望借着那小孩身上的热度的感通,猜中了他出世的秘密。

但是,当她的父亲勒格朗来请他帮助一笔款子,以便埋葬马淑姆的时候,一句话把他的疑团打破了。因为那老头子一眼看见他女儿房里有一个摇篮,篮里躺着左赛夫,便嚷道:

"奇了!一个小团团!……你应该是很欢喜的了!……你一辈子不曾生出一个来!"

约翰听了这话,高兴得不得了,也不问他款子的用途,马上把钱给他,还留他吃中饭。

那老车夫,现在是从巴黎到凡尔赛的电车里的佣人了。虽则中了酒毒,气色还是很好。头戴着皮制的帽子,帽边加上缎带,恰像一个扛尸的人。这一天,他看见他女儿的男人款待他很好,非常高兴,从此不时到来,同他们吃晚饭。左赛夫看见他的丑角般的白头发,脸皮臃肿,脸毛剃光了,时时现出醉鬼的神气,只对于他的鞭子很恭敬,很小心地把它安置在妥当的地方。这些举止都给左赛夫一个好印象。于是他们一老一幼,不久便成了知己。有一天,他们刚刚吃了晚饭,何特玛夫妇到来撞见了,何特玛夫人作媚态地说:

"呀,对不起,你们是家庭的聚会哩!……"

唉!家庭!……家庭这字眼,真教约翰难受。这找得来的小孩,在桌布上打瞌睡的小孩,是他家的人吗?这一个海贼般的老车夫,嘴含着烟斗,歪唇歪舌地,不止一百次地,说他那两个铜子买来的鞭子可以用六个月,又说二十年来,他的袖子可以不换,这样一个人,是他家的人吗?……唉,家庭,真是胡说!……就说樊尼,也不是他的妻子。老了,衰弱了,吸香烟的时候软软地靠着他的肘,这样一个妇人,是他的妻子吗?……一年之后,所有这里的一切都烟消云散。这不过是萍水相逢的同桌吃饭的宾客而已,什么家庭!

但是,他的意志薄弱,虽则靠着一年后出国为口实,而有些时候,他却觉得这事非但不能安慰他,倒反受了千重的束缚。因为他这一走,不止是一处分离,而是许多处分离。那夜里握着他的手的左赛夫,将来分离时也就难舍了。还有笼中的黄鸟芭绿,像狱中的红衣主教困守了许久,他常常可怜它的笼子太窄,替它另换一个。这鸟也占着了他的心窝,将来离开它的时候,也要为它而痛苦哩!

然而这不可避免的别离,一天比一天近了。6月里的良辰美景,姹紫嫣红,也许明年不能一块儿共享了。不知是因此之故呢,还是因为左赛夫不会念书之故,樊尼的脾气一天凶似一天。原来那左赛夫受了樊尼很热心的教导,竟还不肯念书。许多方字摆在他跟前,他不看,也不念,额上起了一道很深的皱痕。樊尼从此往往吵闹,天天有新的题目,嚷呀,哭呀,闹个不了。约翰勉强装做宽宏大度,然而樊尼骂得太凶了,骂及他的少年时代,骂及他所受的教育,骂及他的家庭,专会用一针见血的手段,弄得约翰忍不住了,也就回骂起来。

毕竟约翰是一个受过教育的男子,凡事总能涵养些,太凶的话骂不出口;樊尼却把泼妇的脾气放出来,不负责任,不讲廉耻,什么都可以当做她吵嘴的利器;一面窥探着他的面色,见他伤心到不得了的时候,于是她便快活了——残忍的快活,忽然扑进他的怀里,请他恕罪。

这一类的吵闹,差不多都是在吃饭的时候开场。汤锅子揭开了盖的当儿,或刀子切肉的当儿,都有吵嘴的机会。何特玛夫妇在他们吃饭的桌子上面互相丢颜色,那副滑稽的神情,真值得把它画出来。猜想他们能够安然地吃饱呢,还是盘中的羊腿要飞到园子里去呢?

他们两家每次聚会的时候,何特玛夫妇一定说:"首先不要吵嘴才好!……"有一天,是约翰与樊尼请何特玛夫妇同去树林里游玩的日子,樊尼忽然把一件礼衣从墙上抛到何特玛家里去,只听那边嚷道:"啊!今天千万不要吵嘴,天气好极了!……"于是樊尼走回房里给左赛夫穿衣服,装食物筐子。

一切预备好了,大家正出了门口,一个邮差送来一封挂号信,约翰要签字取信,所以走得落后了。直到树林的入口,才赶上了他们,向樊尼低声说:

"这是叔父的信……他快活极了……收成很好,而且即刻有了销路。他把从前所借戴士赍的八千法郎寄了来,还说了许多恭维与感谢他的侄妇的话。"

"是的,他的侄妇……瞎吹牛,不要脸……老不死的……"樊尼不管叔父不叔父,先骂了一顿。然后很快活地说:

"应该想法子安置这钱才好……"

他很惊骇地望着她。他平日看她对于金银绝对不肯乱要,为什么忽然变了?于是问她:

"安置吗?但这并不是你的钱……"

"嗳呀!真的,我还不曾告诉你呢……"她说时,面红了,说到稍为不很真实的地方的时候,眼神黯淡起来……她告诉约翰,说戴士赍为人真好,听说他们收养一个小孩,便写信给她,说这钱可以留下来帮助他们抚养这孩子。她叙述到这里,又说:"如果你讨厌的话,这八千法郎可以即日送还给他,此刻他在巴黎……"

何特玛夫妇见他们在说私语,故意先走了,走到前面很远。他们俩忽听见树林里传出那一对夫妇的声音来:

"向右呢,向左呢?……"

"向右,向右……向池塘边走……"樊尼高声叫了之后,回头向约翰说:"嗳呀!你不要为些无谓的事情着恼……我们已经是老相好了……"

她看他的嘴唇又白又颤,他怔怔地望着左赛夫,自头至脚都察看过,她晓得他的心事了。但是,他此刻的妒忌,比先前轻减了许多。一则因成了习惯而松懈,二则因求暂时相安,所以不愿十分根究。他心里想:"寻根究底,徒然自己伤心,何苦呢?……就算这孩子是她的吧,她隐瞒着真情把他收养在家,而我天天质问她,同她吵嘴,她也就很苦了……倒不如随她去,真也好,假也好,我们只剩有几个月了,何不安安静静地过几天快活的日子呢?……"

他沿着树林中的小路走,手里提着一个很重的、白布裱的筐子,筐子里装的是中饭的食品。他现在忍气吞声,心如槁木,腰背伛偻地像一个老园丁。他的前头,却是子母二人并排着走。左赛夫穿起拜尔查地涅公司所做的礼拜衣,因为穿不惯的缘故,笨得很,要快跑也跑不了。樊尼穿的是浅色的梳妆衣,不戴帽子,露出雪白的颈,头上一把日本的遮阳伞盖着。于是,身子臃肿了,懒洋洋地走路。她那螺纹的美发里露出一根白色的压发来,她也懒得检点了。

前面再低一点儿,斜下的小路里,却是何特玛夫妇。他们戴的是很大的草帽子,活像士亚尔克的骑士所戴的一般,穿的是红色的薄绒布。何特玛先生带着食粮与渔具——如网子与捕虾机之类。他的夫人为要减轻他的负担,雄赳赳地带着猎笛在她的胸膛上。原来这位图案家游树林时是少不了这猎笛的。他们一面走,一面唱:

　　　我爱听
　　　斜阳里,桨打浪的声音;
　　　又爱听
　　　牡鹿的悲鸣……

何特玛夫人的马路上爱情艳曲,真是层出不穷。回想当年,在一间闭着窗子的暗室里,学会了这种艳曲,唱给多少先生们听过!而今有她的丈夫陪着唱,却很体面,很光明正大了。从前华特尔洛的武士说的"他们是太……"一句话①拿来赠给何特玛先生这样达

---

① 　华特尔洛(Waterloo)是比利时的一个名镇,至于那一句话的出处,待考。

观的人，真是适当极了。

满怀心事的约翰，眼看那一对胖夫妇向山坳里去了，他也跟着走下去。忽然耳边来了一阵辚辚的车声，接着便是一阵大笑声——是儿童般的憨笑。一会儿，车子到了眼前了。原来是一辆英吉利式的小车，一匹小驴子拉着，上面坐的是一班小女孩，每一个头上的金发上的彩结都随风轻扬。里头有一个少女，年纪稍为大些，控着辔头，在崎岖的路上走。

约翰的魂灵儿飞到那小车子上去了，大家都看得出来。那时候，一班小女孩看见这一群异装的人——尤其是那腰间挂着猎笛的胖妇人，都觉得有趣得很，越发哄然大笑。那少女弹压着小女孩们，才静默了一会儿，大家再看那士亚尔克的大草帽，忍不住又大笑起来。车子在约翰面前经过的时候，约翰避在一旁，那少女说了一声"对不住"，向他笑了一笑，像有几分难为情。她看见这一位老园丁却有这样嫩的面孔，又觉得奇怪。

约翰很害羞地施了一个礼，却自己不知道为什么害羞。车子在半山里的十字路口停止了，只听得那小孩们的声音，在高声读那些雨淋得模糊了的、指示路途的木牌上的字："池塘路，猎人的橡树，维利西路……"约翰忍不住停了脚，回头眈眈地望。太阳光从树上照下来，在绿苔铺着的小路上印成星形，那小车子便在绿草上碾过去，渐渐地看不见了。树林下的笑声，春天的颜色的小车上的金发女郎的倩影，都足使约翰销魂。

何特玛把猎笛一吹，吹出似乎发怒的声音，把约翰从梦里忽然唤醒。他们到了池边坐下，正在把食品的包裹打开。约翰远远地看见白色的桌布铺在浅草的上面，水光与桌布的白色相映。还有他们所穿的红色的布衣，在绿色的草地上越发显得鲜明，像管猎狗的仆人的短衣一般。

"你来吧……这个海蟹给你吃。"何特玛先生嚷了这么两句；樊尼接着很生气地说道：

"你在半路上停了脚步,为的是那布士洛的女儿吗?……"

约翰听见布士洛的名字,心头忽然一跳,回忆到阿尔曼家,觉得自己似乎在久病的母亲的床前坐着。

"怎么不是呢?"何特玛手提着筐子说,"……御车的那一个少女,是布士洛医生的侄女儿……他从他兄弟家里要了来,夏天便住在维利西……她长得很标致……"

"唉!标致!……尤其是不要脸……"樊尼一面说,一面切面包,又放眼偷看他的情郎,见他的眼神不贯注的样子,很不放心。

何特玛夫人正在解开火腿的包裹,听了这一场谈话,便很严肃地责备布士洛的不是,说他不该让一班少女在树林里自由地乱跑。"你们会说这是英国的规矩,他那侄女儿原是在伦敦生长的……然而,还不是一样吗?真的,太不合礼了。"

"虽则不很合礼,却容易有些奇遇!"樊尼说。

"唉!樊尼……"约翰说。

"对不起,我忘记了……葛桑先生相信人家是天真烂漫的……"樊尼说。

"嗳呀!人家正在预备吃中饭……"何特玛听他们俩吵嘴,吓怕了,这么劝他们一句。但是,樊尼晓得的少女的历史太多了,她非尽情泄露出来不可。她以为教养院里的少女才算是干净的,然而从教养院里出来的女子,呆板了,颓唐了,讨厌男子了,甚至于不能生孩子。"于是你们就信天下的少女都是好的!……说什么情窦未开的女子!……天下间有情窦未开的少女吗?……良家也好,非良家也好,少女们谁是不解事的?……先说我吧,我十二岁的时候,什么都用不着人家指教了……何特玛夫人,你也一样的,是不是?"

"自然啦……"何特玛夫人耸着肩说,心里生怕中饭吃不成。因为她看见约翰也动气了,他在辩驳说少女们里头有坏的,但也有好的,在好些家庭内可以找得出来……樊尼听了,很藐视地说:

"是的,家庭,我们就论家庭吧;尤其是先说你的家庭。"

"住口!……我不许你说!……"

"村夫!"

"贱妇!……幸亏快要完了……我没有许多日子同你过生活了……"

"好,好,滚吧!倒是我喜欢呢!……"

他们俩板起面孔只管相骂,左赛夫仰卧在草地上,很好奇地听着。忽然猎笛响了,加上池塘对面的回声,从层叠着的木料堆上传过来,越发响亮,把他们吵闹的声音都盖住了。原来是何特玛先生找不到别的法子弹压他们,因此故意吹的。

"你们觉得够了没有?……还要不要?"何特玛先生吹得面色通红,颈筋胀露,还把笛口靠近唇边,专候他们再吵。

第 九 章

在平日，他们赌气的时间一定不久，樊尼的一曲钢琴或几句媚语便把他的脾气溶化了。这一次却大不相同，他当真地怪她，额上的皱痕几天不展开，恨恨地只是不说话，吃了饭便跑去画图案去了。她要同他到什么地方去，他都不肯。

自从遇见那少女之后，他忽然觉得自己过的是下贱的生活，起了羞愧之心。时时刻刻幻想着那少女的微笑，生怕再遇着那爬上半山的小车子。久而久之，幻梦消灭了，月殿天宫的幻景渐变了，那少女的影像渐渐隐没在树林的深处，他再也看不见了。只他的心里还剩有愁根，樊尼猜中了原因，决定了主意。有一天，她很快活地说：

"事情妥当了……我去见过戴士赍……钱还给他了……他也像你一样的意见，说这样更合理些；我自问为什么……毕竟好了……不久以后，我孑然一身的时节，他会念及这小孩……你满意了吧？……不恨我了吧？……"

于是她向他叙述罗马路戴士赍家的情形。说她一进门便觉得奇怪。原来从前的花天酒地、狂歌艳舞的地方，竟变了村夫的屋子，闲杂的人不许进去了。大宴会没有了，化装跳舞也没有了。不知是哪一个食客，给人家辞退了之后，生气了，用铅笔在那作业室的小门上题了"现因裱工，暂时关门"几个字，算是这场变化的解释。

"至于真实的原因呢,我爱,你听我说……戴士赉遇见了一个跑冰的女子,名叫阿丽丝,一见便着了迷,带到家里已经住了一个月,组织小家庭,真的小家庭……这是一个性情很好的女子,温和的像一个小羊……他们俩几乎可以说不曾吵过嘴……我已经说过我们要去看看他们,我们的猎笛听厌了,舟子歌也听厌了,正该换一换新花样……喂,你看,好一个哲学家,吹的好哲理!……说什么不曾有过第二天,说什么不让女人钩住,……我着实地嘲笑了他一场!……"

约翰自从在玛玳琏会见戴士赉之后,不曾再见,这一天,却任凭樊尼把他领到戴士赉家去了。戴士赉原是约翰的情妇的旧交,为人这般淫荡,这般瞧不起人家,这一天约翰居然去拜访他,差不多变为好友,毫无厌恶之心,真是令人诧异。第一次拜访的时候,连约翰自己也觉得奇怪,非但不厌恶他,倒觉得心中泰然,毫无芥蒂。只见那戴士赉留了两撇俄国兵的胡子,小孩般地用笑靥迎人,很有和蔼可亲的样子。他因患了肝病,面色变坏了,然而他的气质还很好。

怪不得他对于阿丽丝这样缠绵,原来阿丽丝长得很不错。长而白的柔软的手,金黄的头发——非但头发是金的,眼珠子也是金的,照耀着眉毛,辉映着肌肤,直到指甲尖儿还是一般灿烂。

阿丽丝在跑冰场的时候,人家对待她很粗蛮,很无礼,忽然遇着一位戴士赉先生带她回家去,很有礼貌地对待她,真令她惊奇,令她感动。她原是供人欢乐的鸟兽,忽然间仍旧是一个女人,真是万分感激。到了第二天早上,戴士赉要根据平日的哲理把她打发出去,给她吃一顿很丰富的中饭,赏她几个路易。她的心裂了,连声哀求:"再留我住下吧!"哀求得那般热烈、那般和婉,他觉得竟没有拒绝的勇气了。自此之后,一半是因为存着人类的同情心,一半是因为懒得再找,他竟把他那布置精美的避暑别墅的门关了,过他的意料之外的蜜月。他们俩过的都是美满的生活:她呢,从来不曾遇见一个这样多情而有敬意的男人;他呢,给一个可怜的女人的幸福,得到她的真挚的感激,已经够快乐了,而且,他从来不曾同女人深交过,不曾发现共同生活的妙处,而今第一次享受温柔乡的风味,便不知不觉地着了迷了。

约翰自己觉得住的是假的小家庭,过的是小职员的生活,常在那卑贱的环境之中,忽然得到罗马路的作业室里与一位美术家谈天,倒可以换一换空气。戴士赍先生有艺术的欣赏能力,同时又是哲学家,他的哲理是"轻、松",恰像他所穿的那波斯衣一样。他每次谈起他游历的见闻,都能用很简单的语句叙述得很畅快。约翰到他家,非但可以领略他的议论风采,而且他的屋子的陈设也就够使约翰舒服了。墙上饰的是东方的裱纸,有镀金的佛,有古铜的妖精,总之,这一间大厅里尽是异国的奇宝。玻璃窗外射进来的日光,正是园中的美景:尖而长的竹叶,福奢树间杂着的棕榈,还有斯特灵树、费洛登树,都把绿荫映进屋子里来,摇撼着日光,使地板上起了些轻微的波浪。

尤其是礼拜天,阔大的窗子朝着巴黎的夏天的没有行人的马路,树叶随风轻扬,绿苔布满的地上放出清新的土气,这与沙威尔的乡间与林下的风景并没有什么不同,只缺少了何特玛夫妇与他们的猎笛罢了。戴士赍家里不曾有别人来过,但是,有一天,约翰与樊尼来吃晚饭,刚进门便听见有许多人闹哄哄地说话,太阳快下山了,凉榭里有人在喝拉基酒,约翰似乎听见他们辩论得很厉害:

"我呢,我觉得同玛萨一块儿五年,名誉丧失了,生活颓废了,疯狂的热爱的代价真不小! ……戴士赍,我如今赞成你的哲理了! ……"

樊尼听了,吓得一跳,向约翰低声地说:"这是高德尔……"

又听得一个人冷淡地回答,不赞成高德尔的意见说:"至于我呢,我不赞成,我同这鄙夫的意见全不一致……"

"现在是古尔纳了",樊尼说着,揽住约翰嚷道,"我们走吧,如果你不高兴看见他们……"

"为什么呢？我没有一点儿不高兴……"约翰说。

他也不计较到处身在那些人的跟前的时候他该得到什么感想，他看见这正是一场试验，不该退缩。也许他还想晓得他的妒忌心——苦恼的爱情所从出的妒忌心，现在到了什么程度了。

"进去吧！"约翰说着，同樊尼进凉榭里去了。斜阳把玫瑰色的光辉，照在戴士贲的朋友们的斑白胡须与无发的脑盖之上。他们这一班老汉都坐在沙发椅上，环绕着东方式的桌子，桌子上有五六只杯子，杯子里的香酒还在波动，阿丽丝正在斟酒哩。樊尼上前与阿丽丝接吻。戴士贲在靠背椅上摇摆着，问约翰说："葛桑，你认识这一班先生们吗？"

唉！还问他认识不认识！……市面上的名人肖像里头，他们的尊容，早被约翰朝夕凝视，面熟得了不得了。为了他们，约翰不知怎样伤心、怎样痛恨，当他在路上遇见他们的时候，恨不得跳到他们的身上，吃他们的肉！……但是，樊尼从前说得好："过些时候便会忘记了的。"真不错，现在他看见了他们的面，只当他们是熟人，是疏远的亲戚了。

"这小哥儿依然很美！……"高德尔说着，把长大的身子挺直在沙发椅上，拿着一块护目巾遮住了太阳光。"樊尼怎样了？让我看！……"说到这里，肘倚着沙发椅，坐起来，半眨着眼。仔细审察了一番说："脸孔还行，只身材差了些，你得束一束腰才好……不要紧，我的朋友，古尔纳比你还胖呢，我劝你聊以自慰吧。"

诗人古尔纳紧闭双唇，做出瞧不起人的样子。他坐在一叠垫子上，像一个土耳其人——自从他游阿尔奢里归来之后，便说不能作别的坐法了——此时他的身子胖得厉害，没有什么地方可以显得他的聪明，只有一堆白发下的结实的额头，与贩卖黑奴的商人一般的残忍的眼神。他对于樊尼却很有礼貌，很有涵养，像要给高德尔一个教训似的。

这一个小集会里,除了高德尔与古尔纳之外,还有两个风景画家。面色给太阳晒黑了,像两个乡下人。他们也都认识约翰的情妇,其中年纪较轻的那一个上前同她握手,说:

"戴士赍已经把那小孩的事情告诉我们了,我亲爱的朋友,你为人真好,肯这般仗义。"

"是的",高德尔向约翰说,"是的,一个义子,倒很时髦……全不像个外省人了。"

樊尼听了这类的颂扬话,像有几分难为情。忽然黑暗的作业室里的一件家具被一个人轻轻敲着,问道:"没人在家吗?"

戴士赍说:"这是伊沙诺来了。"

这一个,约翰却不曾见过。但他晓得他当年是个四海为家的浪子,而今很端方了,结了婚了,升了美术院的首席。他记起当年大烧书信时,伊沙诺的多情而动人的书札,可以证明他在樊尼的生活里占过什么位置。只见他的脸孔干枯,步伐板滞,上前来远远地伸手同人家施礼,还是美术院的首席的架子。他看见了樊尼,很觉得奇怪,尤其是看见她经过了几十度春秋,还是这般美丽,越发诧异得很,叫道:

"奇了!……沙弗在这儿……"说时,脸蛋儿隐隐地红起来。

沙弗的名字一提起,惹得大家想起当年,满屋子都是她的旧交,大家免不了有几分难为情。

"是阿尔曼先生带她来的……"戴士赍赶快关照了伊沙诺一句。于是伊沙诺同约翰施礼,大家继续谈话。樊尼见约翰这一天大方得很,倒也放心;又觉得在这一班美术家——识货的人的跟前,显出她的情郎长得美,年纪又轻,真令她非常地自负,所以这一天她特别兴高采烈了。她此刻心里只有一个情郎,从前这一班名人的爱情早已烟消云散。她与他们同居了多年,传受了他们的习惯与性癖,譬如她爱吸左伯香烟与马利朗香烟,及她吸烟的姿势,都从伊沙诺学了来,而今她再也不念前情了。

这种事情,在昔日尽够约翰难受;而今他却毫不动心地旁观。他觉得自己如此镇静,像一个囚犯已经锉断了链条,只消稍为挣扎一下,即刻可以脱身。想到这一层,心中暗喜。

"喂,樊尼",高德尔指着各人,嘲笑地说,"废物,废物!……他们都老了,都颓唐不堪了!……你看,只剩下我们二人,还结实。"

樊尼忍不住笑道:"对不起,大佐",——因为他的胡子像大佐的胡子,所以人家有时候叫他大佐——"你的话有些不伦不类……我与你并不是同科同榜的人。"

"高德尔老是忘了他是一个老祖宗。"古尔纳说。看见高德尔的神情,知道他动气了,越发故意惹他,说:"他在 1840 年得了勋章,我的好友,我记得很清楚的……"

他们两个老友中间常存有挑拨的语气,互相记恨在心,虽则不至于绝交,但是在他们的眼神与言语之间,往往流露他们的仇念。皆因那诗人在雕刻家的手里夺去了沙弗,以致反目成仇,至于今日。他们此时各人另有快乐的目标,大家不把樊尼放在心上了;但是他们的仇念仍旧存在,而且一年深似一年。

"请你们诸位仔细地看我们二人,老实地批评,究竟我是老祖宗呢,还是他是老祖宗?……"高德尔说着,站起来,挺着身,上衣紧贴着皮肤,露出一身筋胳,胸成弓形,把头上发光的头发频摇,找不出一根白发。说:

"在 1840 年得了勋章……再过三个月便五十八岁了……然而,这算得什么标准?年纪大了便算老了吗?……天下只有法兰西戏院及国立音乐院里的文人易老,不到六十岁便说话不清楚,摇头摆脑的,背驼了,腿软了,百病丛生了。有许多人到了六十岁比三十岁的人做事更直道,因为晓得自己检点的缘故。只要你的心还嫩,还热,把你全身的枯骨振作起来,女人们还愿意尝一尝你的滋味……"

"你相信吗?"古尔纳说时,望着樊尼一笑。戴士赉陪着笑说道：

"但你不是说过天下只有少年人好吗？现在却打自己的嘴巴了。"

"这因为我那小姑息娜把我的思想变更了……姑息娜是我新用的模特儿……十八岁，周身是圆的，笑靥满面……她母亲是个卖鸡鸭的妇人，所以她很娇憨，有平民的风格，接吻的时候，说了许多傻里傻气的话……有一天，在作业室里，她看见德若华的一部小说，题目叫做《田丽丝》，她把那书一抛，说：'假使题目是《可怜的田丽丝》，我便要读它一夜……'我听了这种稚憨的话，真着了迷了，你们信不信？"

"一会儿又是一个小家庭！……六个月后又是一次绝交，流眼泪，无心工作，生气至于想要杀人……"

高德尔面色变了黯淡，说：

"真的，都不久……离了一个，又找一个，又离……"

"那么，何苦要她呢？"

"说得好！你呢？你同阿丽丝能够在一块儿过一辈子吗？"

"唉！我们并不是小家庭……阿丽丝，是不是？"

"自然不是的。"阿丽丝回答时，声音很和婉，心思不很集中，因为她正在爬上椅子，采些藤蔓，预备供在桌子上。戴士赉续继说道：

"我们将来无所谓绝交，连别离也几乎说不上……我们订了两个月的共同生活的租约；到了最后一天，自然而然地撩开手，没有什么失望，也没有什么诧异……两个月后，我回波斯去——我已经在那边定下了我的住所——她呢，丛树路的房子还不曾退租，她仍旧可以回去。"

"是的，丛树路的房子在第四层楼，要跳窗子倒便当得很！"

阿丽丝说着只是微笑，斜阳把她的脸孔映成赭色，宛如碧玉生辉，一束很重的鲜花握在手里——但她的声音很沉重，很严肃，大家都不回答她。凉风入户,一室清爽,对面的房屋都像高了许多。

"我们吃饭去吧",高德尔说,"该说些玩笑的话才好。"

"是的,不错。……趁我们年纪轻的时候娱乐一下子,是不是,大佐?……"古尔纳说时,冷笑一声。

数天之后,约翰重新经过罗马路,看见作业室关着,窗帷垂挂着,自地室至天台,只剩有凄凉的静寂。原来,阿丽丝的租期满了,戴士赉按照规定的时间走了。约翰自思道:"一个人把自己的理性与良心制驭着,要做什么便做什么,真真痛快!……我有没有这勇气呢?……"

忽然肩上有一只手攀住:

"日安,葛桑!……"

约翰回头一看,原来是戴士赉。脸色比平日黄了许多,愁眉不展地现出疲倦的样子。他告诉约翰,说他还有事干,不能就离开巴黎;只因一件惨事发生,他不忍再住在作业室里,特地搬到大旅馆去住了。

"什么惨事?"约翰问。

"真的,你还不曾知道呢……阿丽丝死了……她自杀了……你在这儿等一等我,我去看有没有信。"

他进去不久就出来,一面很生气地把报纸随手乱翻,一面向约翰谈论阿丽丝的事情。约翰在他身边走,他也不望着约翰说,只像个走着路做梦的人。

"她自杀了,几天前你们在这儿的时候,她说要跳窗子,后来果然跳窗子了……有什么法子想呢?……事前我并不知道,做梦也想不到……我走的那一天,她很镇静地对我说:'戴士赉,带我去吧,不要让我孤零零的在巴黎……我少了你便活不成了……'我听了不觉失笑。葛桑,你想想看,波斯的地方,有的是沙漠、寒热病,并且我住的是露天的帐幕,哪里可以携带一个女人去的?……然而,吃晚饭的时候,她还说:'我决不累赘你,将来你看,我到那边还更识事体哩……'后来她看见我心里难受,她便不再纠缠了……我们吃了饭,跑到变化戏院去坐包厢……所有一切,都是预先订了约的……她似乎很快活,常常握着我的手,说:'我很舒服……'我预备在夜里走的,先同她坐车,把她送回她家去;我们二人都愁闷,一句话不说。我把一小包东西——可以做一两年的用度——溜进她的袋子里,她也不道谢。到了丛树路,她要求我上去,我不肯。她说:'我哀求你,只陪我到房子门口就是了……'我陪她到了房子门口,硬着心肠,不肯进去。因为火车的位置已经定下了,行李已经收拾好了,而且我三番两次说过我要走,再也不好改口……下楼的时候,心里有点儿痛,似乎听见她嚷道:'我比你还快呢……'我还不懂她的话,及至下了楼来,到了马路上,懂得时已经迟了,唉!……"

他停了脚步,眼睛紧紧地望着地下,此刻的步道上,似乎有一团漆黑而不动的东西,他每走一步,那东西便上前一步。

"两个钟头后她才死了,但是,她没有一句话,不曾怨恨我一声,只把金黄色的眼珠儿盯着我。她痛苦不痛苦?她还认得我不认得我?我都不知道。我们把她抬到她的床上去,拿一块花纱把她的头的一边包裹着,以免看见她的脑盖的伤痕。她的太阳穴上有些鲜血,面色变得很黄,还很美很娇……但是,她的血还不住地流。当我低头揩血的时候,她的眼神似乎露出愤恨的样子,可怕得很……唉!可怜的女子,给我一种无言的诅咒!……其实她这人什么都过得去,并不累赘,我便带她走,又有什么妨碍?否则在巴黎多住几时,也何尝不可?……都只因我太骄傲了,说过的话,很固执地硬要实行……好!我不肯让步,她毕竟死了,我到底爱她,而她竟为我而死了!……"

他越说越兴奋起来,不知不觉地高声说话。他走向安斯特丹路去的时候,两肘把路上的行人乱撞,人家都诧异地目送着他。约

翰到了安斯特丹路,看见他从前的住宅。紧紧地望着窗前的阳台,
忽然想起樊尼,想起他们自己的历史,觉得不寒而栗。只听得戴士
赍继续地说道:

"我把她送到蒙巴拿斯。她也没有亲属,也没有朋友……我愿
独自料理她……自此之后,我的脑海里老是一个念头,总不能决定
离开巴黎;却又怕见我的房子,因为我同她在里头过了两个月的快
活日子,……我在外面奔走,专找些事情消遣消遣,想要避开她那
鲜血模糊、怨恨不平的死眼睛的视线。……"

他又停了脚步,为着良心不安,眼眶里流下两颗大泪珠,溜在
他的小而扁的鼻子上,说:

"我的朋友,你听我说,我到底不是狠心人……但是,我这一回
做的事,未免太过了些!……"

约翰努力想要安慰他,一切归之于天命,归之于气运。但是戴
士赍只管摇头,咬着牙说:

"不,不,……我断不肯饶恕我自己的罪……我想要自己惩
戒……"

赎罪的念头,不住地在戴士赍的脑里作祟,他对无论哪一个朋
友都说起。约翰刚才从办公处出来,他一手拉住他,又说这话。

高德尔及其他的朋友看见他常说他不是狠心人,常存赎罪的
念头,生怕他有什么意外,劝他道:

"戴士赍,我劝你离开巴黎吧!……旅行与工作,都可以使你
宽心。"

有一天晚上,也不知是他因为在未走以前,要看一看他的作业
室的缘故呢,还是他打定了主意,要解脱苦恼的缘故,他竟回到他
的家里去了。第二天早上,许多工人们从郊外进城来做工,在他的
门前的步道上收拾得一具死尸,脑盖打成两片。像阿丽丝一样地
跳窗子,一样地因失望而自杀,一样的砰訇碎骨声,一样地伤心
惨目。

　　清晨的作业室里,来了许多美术家、模特儿、女伶,以及最近参与戴士赍家里的盛会的人们,黑压压地塞了一屋子。耳语声、脚步声,恰像大蜡烛的短火焰下面的教堂的闹声一般。人们从花叶纷纭的藤蔓下看过去,则见尸体正摆在作业室中间。身子裹着金色花纹的绸缎,一块土耳其式的头巾裹着头上的伤痕,看他直挺挺地躺着,两只白手直伸着,表示他的捐舍,表示他的解脱,而载着他的尸体的横炕,上面扁柏遮荫着,却正是当年化装跳舞之夜,约翰与樊尼初次认识,促膝谈心的地方哩。

第 十 章

由阿丽丝的事件看来,人们有时候可以为绝交而死!……所以现在约翰胆子小了,当他们俩吵嘴的时候,他再也不敢以一走了事恫吓她,再也不敢气愤愤地说:"幸亏快要完了。"因为他怕此言一出,樊尼便只回答说:"好!好!你去吧……我呢,我自杀,我学阿丽丝的法子……"他因为存了这心,便觉得她的眼神常是脉脉含愁,她所唱的歌都是悲哀的调子,她静默的时候却像想入非非,使他胆怕心惊,放心不下。

但是,部里的实习期满了,考派领事的随员,约翰也考过了。他的差事很好,人家要派他一个清闲的位置。所以他们俩的共同生活,只有几天或儿礼拜了!……秋风瑟瑟,日子一天短似一天,一切风景也都急急地变成冬天的气象。一天早上,樊尼打开窗子,朝着第一次的浓雾嚷道:

"唉!燕子去了!……"

乡下的房子,一家一家的把百叶窗关上了。凡尔赛的路上,许多搬家的车子络绎地往来,公共马车上载着许多包裹,车子的月台上堆着许多草木。秋风吹来,树上的叶子坠地乱滚,天上的云儿也在空中乱滚。收获过后的田间,剩有高高的稻草架子。果子园的果子摘完了,绿色全无,园子显得小了。园后的茅屋的门关了,红色的晾衣平台表现出愁惨的景象。还有屋子旁边的铁路,光滑滑的沿着灰色的树林,呈出旅行的一道黑线。

让她独自愁对凄凉的景物,是何等残忍的心肠啊! 他想到这里,心先软了,自料没有勇气与她告别。她呢,也正计算着这上头,专候末日来临。直到现在还是很镇静,一句话也不提起。因为这是早已料到的别离,她已经说过不阻碍他的前程,所以只好守着。有一天,约翰回来报告一个消息:

"我受了委任了……"

"唉! ……委到哪里去? ……"

她仔细问时,勉强装作漠不关心的神气,然而眼睛变色了,面部处处现出愁容,约翰心中不忍,连忙说道:"不,不,……还不曾……我已经把我的位置与爱都安交换了……我们至少还可以多住六个月。"

樊尼泪流满面,转为狂笑,热烈地接吻,说:"多谢! 多谢! ……现在我该同你过很好的生活才是! ……你看,我近来所以脾气不好者,无非因你要走之故……"

她将从此改了坏脾气,渐渐地凡事忍耐些。再者,六个月以后,已经不是秋天,大家都不会记起自杀的事情了。

她果然说得出便做得出,从此不动气了,不吵嘴了。甚至于怕左赛夫在家惹起他们二人间的恶感,索性把他送到凡尔赛的膳宿学校去。他只有礼拜天得出校门,其余的日子都在学校里。他的顽梗不化的性质,纵使不因此而改变,至少可以使他学些表面的规矩,每天的晚饭,与何特玛夫妇同吃,听不见吵嘴的声音;钢琴也重新揭开,奏出心爱的曲谱。他们的生活安静得多了。然而约翰越发踌躇,越发心纷意乱,自问他的薄弱的意志不知要把他弄到什么地步,有时候竟想不做领事的随员,只在部里办办事便算了。在巴黎的小家庭的契约,不住地展期;然而他的少年的壮志消沉了,家中的人也要因此失望了。他这次放弃了他的位置,如果他父亲知道,一定非常不满意,尤其是知道他不走的原因,越发不得了!

为的是谁? ……只为的一个色衰的半老徐娘,而且他已经不爱她,上次许多她的旧情郎排列在他跟前,他毫不觉得难为情,便是不爱她的一个铁证……那么,这种共同的生活,究竟有什么魔鬼从中维持呢?

10月底的一天早上,他走进火车的时候,一个少女先在车里,抬头把眼睛瞟他一眼。他忽然想起这便是数月以来他所念念不忘的、在树林里遇见的满面春风的少女。当时树枝下的太阳的光辉照着的浅色的长衣,依旧在她身上,只加上了一件旅行的大外套。她身边几本书,一个小皮夹,一束芦苇与几朵鲜花,一看便知她是在乡间过暑假回到巴黎来的。她也似曾相识,眼眶里一泓秋水,半笑不笑地凝视着约翰正在出神。在一秒钟里,两人的心绪相同,只欠一言表达而已。

"阿尔曼先生,你母亲的病好了吗?"

约翰正在瞻仰着那少女的芳容,忽然耳边有人问了这么两句话。他回头一看,原来是同排的一个角儿上坐的布士洛医生,低头看报,黄色的脸孔躲住了,所以约翰初进来的时候不曾看见。

约翰见问,便告诉了些母亲的病况。同时觉得人家对于他,对于他的家庭,这样关心,令他非常感动;尤其是那少女问起他的双生妹妹,说她们曾经写了一封信给她的叔父,谢他医治她们的母亲,约翰听了,越发动心。原来她还认识他的妹妹们!……想到这里,满心欢喜。忽又听说他们回到巴黎之后,布士洛要到医科学校去授课,此后恐怕没有再见她的机会了,想到这里,忽又愁闷起来。这一天早上,他的神经格外敏锐了。车子从田边走过,刚才他从窗外看见的悦目的美景,忽然变了惨目的气象,恰像被蚀的日光照着大地似的。

火车嘟嘟地响,到了车站了。他施了礼,大家分手,但是,在车站门口又互相遇着。布士洛一面在人丛里挤着,一面向约翰说:从下一个礼拜四起,他在王多梦广场他的家里;如果约翰喜欢的话,可以到他家喝一杯茶……那少女把臂膀夹着她叔父的臂膀走了。

约翰似乎觉得,不是布士洛请他,却是她请他,虽则一言不发,而她希望他去的意思更热烈哩。

好几次他已经打定了主意要到布士洛家里去,后来却又决定不去——因为去了徒然惹得一场懊恼归来,何苦呢?……——但是,他已经对樊尼说过,说部里不久将有一个盛会,他非去参加不可。于是樊尼替他检点衣服,把白色的领带熨过了;到了礼拜四晚上,他忽然又没有意思要去了,但樊尼却劝着他,以为这是非去不可的;又说都是她自己不好,把他迷住了,太自私自利了。说着,很和婉地替他穿衣,把他的领结仔细打好了,又把他的头发的皱纹弄好看些。她一面替他打扮,一面吸香烟,时而把香烟放在火橱上,时而拿在手里,把指尖熏得许多香烟的气味,这气味传染到他的头发上,晚上跳舞时,同他跳舞的女人不知怎么向他装鬼脸哩。约翰看见她这般快活,这般好情好意,真个情愿在家里陪伴着她。却是樊尼催迫他说:"我要你去……非去不可。"也不顾夜色苍茫,竟把他轻轻地推出门去了。

他回家时,已经夜深了;樊尼睡着了,灯光映着那疲倦的面庞,令他想起三年以前,人家把樊尼的根底告诉了他之后,他回家看见她睡着了,那一夜的情景,与今夜的情景正同。当时他真是一个脓包!应该把链条摆脱的时候,倒反把它缚紧些,错误到了什么地步啊!……想到这里,心中作呕。房间呀,床呀,那女人呀,一样地令他难堪。他把灯拿起,悄悄地送到隔壁的房间去。他想要独自一人,静思他所遇的事……唉!什么事都没有,差不多可以说是没有!……

他爱上了人了。

我们平常用的字眼,里头藏着一根发条,忽然把字眼的内部撑开,我们可以得到一种特别的意义。一会子,那字眼收敛起来,仍成平常的形式,照习惯上的用法,没有什么意义了。"爱情"便是这类字眼之一;爱情的发条伸张过一次的人们,自然会懂得这一个钟头以来,约翰有的是何等美妙而带闲愁的情绪。他也不晓得自己感受到了什么情绪,只觉得妙不可言。

在那边,王多梦广场布士洛家的客厅内,他们聚谈了许久,他所感受到的只是一种舒服,觉得一种动人的情趣包裹了全身。

才出了布士洛家的门口,约翰感受到了一种非常的愉快,忽又觉得身子疲弱,血管张开,自问道:"天呀! 我怎么样了? ……"归途上,他似乎觉得他所经过的巴黎变新了,变大了,灿烂辉煌,不复是平时的景象了。

唉,他原是沙弗的情郎,在巴黎所识所知,无非伤风败俗的事,所看见的只是黄色的路灯底下的污秽的水沟;而今天晚上,那少女从跳舞会归来,穿着缟素的衣裳,在星光下低唱华尔斯舞曲,终令他认识了清白的巴黎,觉得全城浴在皎皎的月光里,许多白璧无瑕般的素心正在与碧霄辉映哩! ……及至他走上了火车站的阶段的时候,忽然想起此身又将回到不洁的地方去,同时又想起那少女,不知不觉地高声自语道:"我爱她……我爱她……"

"约翰,你在那里吗? ……你做什么? ……"
樊尼忽然从梦中惊醒,觉得他不在身边,很吃惊地问。
约翰本该走去同她接吻,哄她说:部里的盛会有什么华丽的装束,说他同谁跳过舞。但是他此时心中只有一个少女,不愿受她的审问,尤其是怕她的亲热的抚循,于是故意推托,说何特玛的图案等着画好,没工夫过房里来。
"火炉的火熄了,仔细受了凉!"
"不会,不会……"
"至少请你让房门开着,好教我看见你的灯光……"
约翰既撒了谎,索性假到底,把桌子收拾好,把图案画拿出来。然而他坐下去之后,动也不动,气也不喘,只管追念晚上的事情,叙述在一封很长的信里,预备寄给西萨尔。北风撼树,但有树枝摆动的声音,树叶已经落尽了,再听不见落叶萧萧的声音了。火车一辆一辆的经过,远远地传来汽笛的声音。还有那鹦鹉芭绿,为月色所惊,在笼子里站不定了,东跳一跳,西跳一跳,很迟疑地发出啼声。

他在信里一切都叙述明白:先叙林中相遇,再叙车上重逢,末了又叙及布士洛的客厅,说前次他去替母亲请诊的时候,看见客厅里大家愁容相对,门边有人叽叽喳喳地说私话,使他觉得是令人纳闷的地方。不料这一天晚上的景象忽变了,他一进门便觉得有特别不同的感想;看见贯珠般的明灯高悬,心下非常愉快。布士洛先生是个铁面孔、黑眼睛、麻屑般的眉毛的人,平日待人没有和蔼可亲的样子;而这一天晚上却把恶狠狠的面容收敛了,变了个好好先生,任凭人们在他家娱乐。

　　忽然间,她走向我跟前来,我看不见什么东西了……叔父,她名叫苡兰,很美,很和气,头上那带金色的棕色头发,像个英国女人;还有小孩般的嘴,时时刻刻预备着笑……唉!世上许多妇女,心里不快乐,嘴里只管笑,人家只讨厌她们啰唆。苡兰的笑,却不是这一类:她的笑乃是青春的表现,幸福的显露……她是在伦敦生长的,但她的父亲是法国人;她的法国话绝对不带英国腔——有些字,她念歪了些,倒很好听。布士洛因为他哥哥家里人口太多,把她带在身边,以期减轻哥哥的负担。她的姊姊原先也住在他家里,两年前已经嫁给他的医馆里的主任,所以他要了她来替代她的姊姊。但是,她呢,医生们都同她不很合得来……她同我说笑话,说那少年医生同她的姊姊订婚时,要同时订约,将来他们俩死后的遗体,要赠给人类学会!……她乃是一个旅行的小鸟。她爱船,爱海;看见桅杆一转,便乐趣盎然。……她毫不拘束地同我谈论这些,把我当做一个熟朋友;她虽有的是巴黎女子的风度,而她的举止却很有 Miss 的韵致。我侧耳静听她说,她的声音,她的笑貌,令我心醉。我觉得我们的嗜好完全相符合,我一生的幸福的确到了我的手里,我只消把她一手拿住,携她高飞远走就是了。我将来的事业是航海远行的冒险事业,而她却爱航海远行,岂不是天生一对配偶吗?……

"我的心肝,来睡吧!……"

他吓了一跳,停了笔,把他正在写的信,本能地藏起来说:"我再等一会儿再睡……你先睡吧,睡吧!……"

他一肚子不好气地回答,把背向后靠,静听樊尼的鼾声再发。虽然他们相隔近极了,然而……他们相隔远极了!

约翰把信拿出来,继续地写下去:

无论如何,这一次的遭遇,这一次的爱情,总算是一个解放。我的生活,你是知道的;虽则我们从前不曾谈起,你总该懂得,我的生活与昔日相同,我不能超越一步。然而,有一层你不知道,这便是:我陷入这不可避免的坏习惯的漩涡里,一天深似一天,将来的事业,几乎没有希望了。幸我今已发现了生命的发条、生命的支柱,再也不任我的弱点发作。我已发过誓,一定要快刀斩乱麻般地觅得自由,然后回家去……准备明天就要脱身……

明天……后天……还是脱身不得!谈何容易。要脱身,先要有所借口,譬如吵闹了一场之后,说声"我走了",才可以不再回来。然而此时的樊尼却非常温和、非常快活,好像当年同居的初期一样地满面春风,真教约翰无从下手。

想要写一封信,信里说一句"完了",并不加以说明吗?……但是,像樊尼这样厉害的人,决不甘心从此罢手,一定拼命跟着他,直跟到他的办公处或他的旅馆门前,越发不妙。倒不如当面说明,说这一次绝交是不可挽回的;也不用生气,也不用慈悲,只从容不迫地把原因说明,使她心服,才是上策。

反复筹划了许久,忽然想起阿丽丝的事情,又害怕起来。他们的屋子的前面,石路的旁边,是一条斜下的小路直通铁道,路旁一道木栅子拦着。邻居们每逢有急事要赶火车的时候,往往从这小路沿着铁轨走向车站去。约翰悬想他宣布了绝交,吵过了嘴之后,他出了门,坐上了火车;他的情妇便从屋子里溜了出来,走到铁道的枕木上躺下,让火车碾碎了。他想到这一层,看看常春藤蒙着的两边墙壁,中间一道木栅子,觉得很不放心,于是他久想要对樊尼说明的话又耽搁下来了。

再者,假使他有一个好朋友帮他看守着她,以免意外,岂不是好?然而他们久住乡间,好像深居寡出的地鼠,除了何特玛夫妇之外,他们再也不认识一人。何特玛夫妇为人自私自利,脂肪浸透了全身,到了冬天将近,越发忙碌得不可开交,将来樊尼失望的时候,也不能希望他们来救的。

然而绝交终是免不了的,越快越好。约翰自己打定了主意不再到布士洛家里去,毕竟忍不住,又去了两三次,渐渐地着了迷。那老布士洛非常地欢迎,那小苡兰表面上虽则很有涵养,实则已有温柔的表情与谅解的态度了。约翰对于那一方面专候佳音;对于这方面,越发想要从速了结。因为他觉得天天捏造假话,一面要与樊尼敷衍,一面要向苡兰献殷勤,连一句响亮的情话也不敢说,实在不是正当的办法。

第十一章

约翰正在左右为难的时候，有一天，他到部里办事，在桌子上看见一张名片，上面写着：

西萨尔·葛桑·阿尔曼
　　罗奈谷灌溉事务会会长
　　葡萄种植保护方法研究委员会委员
　　罗奈省代表
　　…………

"有一位先生在上午来看望你，已经来过两次了。"部里的听差向约翰说时，很有几分尊敬之意，因为他看见名片上头衔很多。

原来叔父西萨尔到巴黎来了！……一个浪子，竟做起省代表，做起什么委员会的委员来！……约翰正在发呆，则见西萨尔已经到来了，头发仍旧像松子般的紫红色，眼睛仍旧现出疯狂的样子，笑时的嘴仍旧开到耳边，胡须仍旧是神圣同盟时代的胡须，但是，从前那一套棉布的短衣不穿了，却披了一件厚呢的新礼服，虽则短短的身材，已经俨然是个堂堂的会长了。

为什么他跑到巴黎来呢？依他说，有两件事情：第一，因为要买一具起重机，为灌溉葡萄田之用；第二，因为他的同事们要求他做一个他的半身雕刻像，为点缀会所之用，所以他要来巴黎请雕刻师给他塑像。他叙述到这里，装着很谦卑的样子对约翰说：

"他们已经举我做了会长……南方一带都传遍我的灌溉主义

了……哈！料不到我一个浪子，正在救活法国的葡萄树哩！……你看，世上只有疯头疯脑的人能做一两件事情！……"

但是，他到巴黎，除了上面所述的两个原因之外，还有一个主要的目的，便是因为约翰与樊尼绝交的事情。他晓得事情不是一两天可以了结的，所以特地来助他的侄儿一臂之力。

"你想，我什么都很内行……当谷伯拜师丢了他的情妇以便结婚的时候……"说到这里，暂时停止，解开他的礼服，从里头掏出一个小皮夹，皮夹鼓起来像个猪脖子。只听他说：

"你先把钱拿了再说……这是地租……你……"

他看见约翰摆手不要，误会了意思，以为约翰不好意思受他的钱，因说道："拿去吧！拿去吧！……我哥哥从前对我的好处，我今日能够报答在他的儿子身上，正是我应该自负的……再者，这原是羡蘩的主意。她很识事务，并且听说你想要结婚，不久可以脱了'鼻钩子'，她替你欢喜！"

约翰觉得自己的情妇曾经对西萨尔做了大大的人情，而今他的嘴里竟说出这样话来，把她比做"鼻钩子"，未免有几分不合理。于是带着几分愁容回答道：

"叔父，请你把你的皮夹收起来吧！……樊尼不把金钱的问题放在心上，你是比谁都知道得的确些……"

"是的，她是一个好女人……"西萨尔说着，把眼睛眨了一眨，继续地说：

"你到底把钱收起来才好……我经不得巴黎的种种诱惑，钱在你的手里比之在我的手里好些……再者，绝交固然要用钱，决斗也不免要用钱……"

说到这里，他站起来，叫肚子饿，说刀叉在手的时候，这重大的问题较为容易讨论些。看他商量女人的事情的时候，还是昔日那种轻狂的态度哩。

他们到了布尔干路的一间饭馆里吃饭。西萨尔非常开怀，把饭巾承住了下巴,大吃特吃;约翰却觉得肚子满了,像老鼠般地慢慢地啮。西萨尔说:"在我们二人中间,什么话都可以说……我觉得你把事情看得太悲惨了。我未尝不晓得,下手第一着很不容易,要同她说明,一定惹起许多麻烦。但是,如果你觉得向她说明是一件困难的事,那么,你可以学谷伯拜师一样,一句话不说。谷伯拜师结婚的那一天早上,他的情妇模儿那还在醉里梦里呢。到了晚上,谷伯拜师从他的新人的家里出来之后,还到咖啡音乐馆去找模儿那,把她送回她家去哩。你会说他为人不光明磊落,也不忠实。但是,他因为不高兴大闹一场,尤其是模儿那这般厉害的女人,如果同她闹,还了得!……他在这棕色女人跟前老是颤巍巍的,将近十年之久。像他这样怕她,假使不用诡计,休想能够脱身!……"西萨尔说到这里,便叙述他怎样替谷伯拜师做事:

谷伯拜师结婚的前一天,正是 8 月 15 日——圣母升天瞻礼节,西萨尔向模儿那提议,要同她到伊凡德河钓鱼,以便做油煎鱼过节。谷伯拜师假说到晚上才来伊凡德河同吃晚饭,第二天晚上三人同回巴黎;那时,巴黎的火箭烧过了,车尘停息了,他们回来才有趣呢!好!果然西萨尔与模儿那先走了。二人躺在伊凡德河边的草地上,水光溪漾,照耀着两旁的低岸,叶子浓密的杨柳,绿草离离的牧场,都与水光相得益彰。鱼钓过了之后,便是洗澡。模儿那与西萨尔早有友谊,今天的共同游泳,并不算是第一次了;然而今天的模儿那又特别不同,臂膀与两腿都赤裸着,浴衣窄窄,把身子箍成一个模型,着了水之后,越发把全身的凹凸处印出来了。……也许她以为谷伯拜师有意放纵她……唉,她还在快活呢!……她掉转身,眼睛凝视着西萨尔说:

"西萨尔,你听我说,不要再来吧!"

西萨尔怕把事情弄僵了,所以不敢固执,自思道:"吃过晚饭后还不迟。"

他们的晚饭吃得很快活。席设在一间客店的楼上木栏杆前,两旁有两面国旗,因为今天是 8 月 15,所以店主人悬旗庆祝圣母升天。天气很热,稻草的气味传来,觉得很香。鼓声呀,爆竹声呀,街上音乐队所奏的音乐呀,断断续续地传到耳朵里。

"好一个谷伯拜师,要明天才来,你说扫兴不扫兴?"模儿那说时,眼睛为酒气所熏,醉迷迷地望着西萨尔,又把两臂伸了一伸,腰挺了一挺,再说:"今天晚上我倒很想要消遣消遣呢!"

"我呢,何尝不是?"

他趁势走到她身边,倚在太阳晒热了的栏杆上,轻手轻脚地、得寸进尺地、悄悄地伸着两臂把她的腰一搂,叫道:"模儿那,模儿那……"这一次,模儿那不生气了,却哈哈大笑,笑得那么厉害,笑得那么尽情,连西萨尔也不免跟着大笑一场。到了晚上,他们跳过了舞,抽了杏仁饼,回到客店里来,西萨尔一样地去调戏她,她一样地以哈哈大笑为拒绝的方法。他们的卧房是相连的,夜里她隔着薄薄的板壁唱道:"你太小了,你太小了……"唱了许多得罪他的话,凡是他所不及谷伯拜师的地方都唱出来。弄得他咬牙切齿,恨不得回骂她两句,叫她做"寡妇模儿那";但是,时候太早,只好忍耐着。到了第二天,一顿丰盛的中饭摆好了,他们正在就席,模儿那等谷伯拜师,等得不耐烦。后来看见她的男人始终不到,越发担心起来;西萨尔把表掏出来一看,心里暗喜,于是很严肃正气地说道:

"午时了,事情妥当了……"

"什么事情?"

"他结了婚了。"

"谁?"

"谷伯拜师。"

噼噼啪啪!西萨尔脸上一顿耳光!

"唉!我的侄儿,多么凶的耳光啊!……风流事儿我也经过不少,妇人赏的耳光我也受过,却不曾像那么凶!……她马上就要回巴黎去,但是,四点钟前没有火车……当是时,那负心汉——谷伯拜师——已经携带他的新娘子在巴黎上了火车，到意大利去了。于是她非常着恼，拳打爪抓，把我来泄她的怒气。——恰好我把我们二人都关在房里，我只好由她打由她抓。——后来她又迁怒于碗碟刀叉，乱抓乱摔。结果是神经错乱了，像个疯妇。我叫了五个人进来抬她到床上去，弹压住她；我呢，皮破血流，活像从荆棘丛中冲出来的一般，还跑到外面，去请医生来医治她……做这类的事情，犹如决斗，非有一个医生在身边不可……你想想看，那一天我不曾吃饭，竟在太阳底下走了许多路！……当我把医生请了来的时候，天已经黑了……我走近客店的时候，忽然听得人声嘈杂，看见窗子底下黑压压地围着许多人……唉！天呀！她自杀了吗？或者，她杀了人了吗？模儿那这女人，杀人比自杀更可能些……我赶紧上前去看，唉，你猜猜看，我所看见的是什么情形？原来阳台上挂着许多彩灯，模儿那站在那里非但不愁闷了，倒还十分风光，把一面国旗卷在身上，朝着民众高唱《马赛女人》，借此庆祝圣诞，窗子底下的民众正在同声喝彩哩。

“我的侄儿，你看，谷伯拜师与模儿那的交情是这样结束了的。我说所有一切都在一次内可以做完；十年的情网，一时不易冲破，总不免要顾虑周到些。总之，最厉害的反动却是我替他受了；如果你愿意的话，我可以一样地替你担当患难。”

“唉！叔父，她不是那一类的女人啊！”

“干下去吧！”西萨尔说时，拆开一包雪茄，放到耳边摇几摇，听一听是不是干了的，再说：“丢她的人，你并不是第一个……”

“这话倒是真的……”

约翰平日听说他的情妇有许多旧人的时候，心里非常难受；这一次他听西萨尔说“丢她的人，你并不是第一个”的时候，却毫不在意。他觉得已经脱了情网了，心中暗喜西萨尔这一段滑稽的历史，实在令他放心了些；但他所不赞成者乃是数月以来的诳语。他已经迁延太久了，还终于不能决定主意哩。

"那么,你想怎样办呢?"

约翰正因犹豫未决的时候,西萨尔将了捋胡须,勉强装作微笑,学一个会长的架子。然后毫不着意地问:

"他住的地方,离这里很远吗?"

"谁呀?"

"我问的是那美术家,刚才我同你谈起塑肖像,你说该找高德尔……趁我们在一块儿的时候,我们该去问一问价钱……"

高德尔虽很著名,却是很要钱,他初次成功的作业室在阿沙路,而今他还住在那路。西萨尔一路询问高德尔的艺术的价值,说他的同事们要求第一流的作品,价钱贵些倒还愿意。

"唉!叔父,不要操心,如果高德尔愿意担任的话,是再好没有的了……"约翰顺便把这雕刻家的头衔数给他听,说高德尔是国家学会的会员,得了勋级会的奖章,外国也赐给他许多头衔。西萨尔听了,张大了眼睛说:

"你同他是朋友,是不是?"

"是的,很要好的朋友。"

"在巴黎,谁不是好朋友!……唉,在巴黎真好,可以认识好些名流!"

约翰到底还有几分羞耻的心理,不肯直白地说高德尔是他的情妇的一个旧情郎,而且他所以认识他,也全靠她介绍。约翰虽不说,西萨尔似乎已经猜中了。只听他说道:

"我们家里的沙弗肖像便是他塑的,是不是?……那么,他应该认识你的情妇,也许他能够助你与她绝交。国家学会与勋级会的头衔往往令女人注意。"

约翰默然不答,说不定他已在想利用她的第一情郎。

"我不曾向你说起,沙弗的铜像已经不在你父亲的房里了……都是我不好,我向黄蘩说过,说这是樊尼的肖像,她知道了之后,便不肯把它放在你父亲房里了……你想,领事先生的古怪脾气,要把他的东西移动一下子也很困难；何况这一次毫不讲理由，硬把沙弗的肖像搬走了，真亏黄蘩有本领！……唉！女人真厉害！……不知她怎样哄领事先生，竟把田耶尔先生的铜像陈列在火橱上替代了沙弗，把沙弗丢在风室里，周身灰尘，与一堆陈旧的器具为伍。在移动的时候，竟碰破了颈后一处，手上的古琴也碰脱了。这大概是黄蘩怀恨所致，将来恐怕会有祸事哩。"

他们到了阿沙路了。这是许多美术家聚居的地方，在外面看来，很寒碜，不像名流的住宅，一间一间的作业室的门户都编有号码，两边是长方的天井，尽头处是一所县立学校，建筑得并不出色，里面传出来一阵一阵的读书声。西萨尔看见了这种情形，越发怀疑高德尔的艺术，以为这么平凡的住宅里恐怕没有什么大人物。但他一进了高德尔家的门，便知道他是名不虚传的了。

高德尔一听约翰提起塑像的一回事，即刻嚷道："也不要十万法郎，也不要百万法郎……"他说时，原先躺在沙发椅渐渐把他那粗大的身躯抬起来，朝向他那零乱的作业室说："一个半身像吗？……好！是的……但是请你们两位看看那边，许多石膏都打碎了在那里。……这是我的肖像，预备放在沙龙里陈列的，已给我一槌打得粉碎了……你看，我现在对于雕刻的兴致如何，可想而知了。虽则我很愿意替先生……"

西萨尔听见高德尔提起他，顺势自己介绍道：

"西萨尔·葛桑·阿尔曼，罗奈谷灌溉事务会会长……葡萄……"

他想把所有的头衔都说了出来，可惜太多了，高德尔听得不耐烦，打断了他的话头，回头向约翰问道：

"葛桑，你眼眈眈地望着我……你觉得我变老了吗？"

真的，在黄昏的时候，高德尔真显得老了。淫佚过度的老汉，颧骨露了，脸皱了，头上像狮子的鬣毛般的头发已变了破毡一样难看。他的腮已经很软很凹，原来金黄色的胡子，他现在也懒得弄鬈懒得染黄……那小模特儿姑息娜已经走了,还装饰头面有什么用处呢?……"是的,好朋友,你听我说,我的姑息娜很顽皮,很野蛮,但她只二十岁?"

听他说话的神气,很愤怒,却又带嘲笑的样子。只见他在作业室里大踏步地走来走去,偶然碰着一张凳子,他一脚把它踢翻。忽然间,在沙发椅上的一面铜框子的镜台前面停了脚步,照着他的脸孔,把嘴一歪说道:"我老了?我貌丑了?脸上一根一根的绳子,像牛喉下的皱皮一般了!……"说着,自己捏着颈背说,"到了明年,我又觉得今年这副脸孔不可复得了,真是不堪设想啊!"说时,果然像个老大伤悲的美男子,声音变凄怆了,却带几分滑稽。

西萨尔听了高德尔的话,惊讶不已。料不到一个名流,竟也老实不客气把他的不高尚的爱情也向人宣露。由此看来,到处都有疯头疯脑的人,甚至于国家学会也免不了。他想起自己的弱点,正与这位名流意气相投,因此把他崇拜名流的心,灰冷了一半。

"樊尼近来好吗?……你们还是住在沙威尔吗?……"高德尔忽然镇静了,走到约翰身旁坐下,手拍着他的肩头,很亲热地问。

"呀!可怜的樊尼!我们同居的时间快完了。"约翰答。

"你要走了吗?"

"是的,不久就要走了……我要结婚,须先……我不得不同她分手……"

高德尔很残酷地笑了一笑,说:

"好!好!我很喜欢……我的孩子,这一班浪妇害得我们好苦,你替我们报仇吧。抛弃了她们吧,另找别人吧。随她们哭去,害人的浪妇们!哪怕你怎么毒对待她们,还赶不上她们对待别人更毒哩。"

西萨尔听见高德尔也这样说,于是越发得意,接着说道:

"约翰,你看,高德尔先生不像你把事情看得太悲惨……高德尔先生,你猜我这不曾见过世面的侄儿是什么意思?……原来他所以不敢走者,无非怕她自杀。"

约翰很坦白地承认,自从阿丽丝一死,他胆子便小了,常常顾虑到她自杀。

"但是,这不可以相提并论",高德尔连忙地说,"阿丽丝原是个多愁的女子,软弱得了不得……乃是一个玩偶,缺少了它的……她死,只为的是生活的厌倦;戴士赉却误以为她为他而死……至于说到沙弗,自杀吗? 笑话! ……她太高兴讲恋爱了,我料她老当益壮,还要坚持到底哩……她好像戏台上的旦角,天天只演的是爱情的戏剧,直至牙齿没有了,眉毛没有了,只要能够登台,演的还是恋爱的戏剧……你看我便知道了,我会不会自杀? ……我虽则无限伤心,但我自己料定这个走了之后,我免不了再找一个,我终久少不了女人……你的情妇,当你走了之后,她一定像我一样做,我像她从前一样做……只一层,她年纪不轻了,比较地难些。"

西萨尔越发得了胜利,向约翰说:"你放心了吧? 啊?"

约翰默然不答;心中实则给他们说服了,已经打定了主意,再也不怀疑。当他们正要走的时候,高德尔又把他们叫转来,在布满了尘埃的桌子上拿起一张相片,用袖子的里子拭干净了,递给他们看,说:"看吧,这就是姑息娜……这浪妇,美不美? ……跪在……看吧,这两条腿,这一条颈,什么地方不是很美的?"约翰看见老气横秋的高德尔,声音与眼都带着热烈的情绪,钉耙般的老手颤巍巍地拿着那小模特儿姑息娜的相片,觉得笑靥微凹、容颜绝代的佳人,落在老头子之手,可叹之至。

第十二章

"原来是你!……你来得真早啊!……"

樊尼从园子里来,衣服满兜着许多坠地的苹果,看见他的情郎今天似乎很难为情,又像打定了什么主意的样子,放心不下,所以三步并作两步地跑上了阶台。

"有什么事呀?"

"没有什么,没有什么……只因为天气很好,冬日可爱……我想趁此残冬的佳日与你同到树林里兜一个圈子,你愿意不愿意?"

樊尼听了,不觉欢呼了一声,活像马路上的小孩喜欢的时候的呼声一般。——每逢她喜欢的时候,忘了形骸,便不知不觉地这样欢呼了:

"呀! 好运气!……"

他们有一个多月不曾出游了,11 月的冷风雨把他们困在屋里……可见人们住在乡间也不常常觉得有趣……樊尼听说今天要出游,先在家里吩咐女仆做菜,预备何特玛夫妇到来吃晚饭。约翰先到门外等她,站在巡警路上,呆看着自己的小房子,深秋的暖日晒热了屋顶,屋旁的石路满布着绿苔。眼巴巴地看这屋子就要与他分离,新愁旧恨都涌上心头,真真叫他难受。

客厅的窗子大开,笼中黄鸟的清脆悦耳的歌声与樊尼吩咐女仆做菜的声音,透出屋子外面:"六点半钟就要吃饭,千万不要忘记……先吃火鸡……唉! 我还要给你拿衣服去洗……"这一天,樊

尼的声音特别响亮，特别清楚，还有厨房里碗碟的响亮与黄鸟朝着
太阳的歌声伴着，越发热闹。约翰晓得他们还只有两个钟头的共
同生活，却看见樊尼如此兴高采烈在预备盛筵，令他心如刀割了。

　　他很想再进去，什么都尽情告诉她，却又怕她痛哭大闹，闹得
邻居们听见了，全村都来看热闹，更加不妙。他晓得她的脾气，假
使惹她动了气，她便一切不顾了，所以他忍耐着，仍旧决意把她送
到树林里去。

　　"好，我来了……"

　　樊尼这么说了一句，很轻狂地夹着他的臂膀，教他轻轻地说
话，悄悄地走路，以免走到何特玛家的门前的时候被他们听见；因
为他们若听见了，一定要求同去，岂不杀风景吗？直至走过了石
路，越过了铁道，向左转入树林，樊尼方才放心，晓得他们不会闻声
赶来了。

　　这一天的天气很晴和，太阳当空，下映着一层银色的薄雾，缭
绕着树林，树上的黄叶还未落尽，高高地露出许多鸟巢与许多寄生
植物。啄木鸟啄树的声音活像锉刀锉物，与樵夫伐木的声音遥遥
相应。

　　他们慢慢地走，秋雨淋湿了的路上的新泥印出二人的脚迹。
樊尼因为走得太快了，觉得很热，眼发烧了，腮红了，停了脚步，把
她的头巾除下来。这巾乃是洛沙的赠品，樊尼出门时拿来护头的，
算是很贵很不经用的东西，也就是过去的风光的遗痕了。至于她
的长衫却是黑丝制的，很朴实，很旧，他看见她穿了三年了，现在她
的手臂擦着那衫已经簌簌地响。他们经过一个小泥水窝的时候，
她把长衫撩起，在他的前面走，他看见她的鞋跟已经动摇了。

　　人们看见她穷苦，她自己却很快活。她也不嗟叹，也不懊恼。
她只要有了他，便什么都觉得舒服了；每天抱着手轻倚着他，便是
她的幸福。约翰看见她因今天有太阳，又得同游树林，便变了少女
般的快乐的心怀；他自问：为什么她已经经过了许多痛苦的生活，

哭也哭够了,泪也流的不少了,还是这样快活?她的面上虽则露出艰苦备尝的样子,但只要有小小的乐事到来,她便心花大放。她专会忘记,专会谅解,所以不至于为旧事而伤心,常是无忧无虑,真令约翰诧异了。

"这是一个香菇,你听我说,这是一个香菇。"

她走进了林下,直钻入落叶堆里,再出来的时候,头发被荆棘钩乱了,衣服也被钩破了,只见了把一个香菇采在手里,表示她会辨别香菇与毒菌,说:"你看,这是香菇,香菇才有网哩……"说罢,现出很得意的样子。

约翰有事在心,也不听见她说什么,只自问道:"是时候了?……该不该?……"到底他还没有勇气,一则因她笑容满面,二则因地方不很适宜;于是他把她引去远些,又远些,活像一个谋财害命的凶手,要拣地方下手似的。

他正要打定主意的时候,拐过一个路角,恰好遇着一个人打搅他们。原来这是一个地方巡警,名叫何士哥纳,他们平时也遇见过几次。这巡警真可怜,国家特许他住在林中池塘边的一间小屋,他有两个孩子,先后死去了。最后他的妻子也死了,都害的是危险的寒热病。当他的第一个孩子死了的时候,医生说他的住宅不合卫生,因为太近池塘,污水的浊气会使人染病。他虽则是个巡警,到底没有法子搬家,再住两三年,眼巴巴望着全家人都死绝了,只剩下一个小女孩。幸亏他搬到树林的出口处一间屋子里住去,才把这小女孩救活了。

何士哥纳生成固执的相貌,眼神清明,现出有勇气的样子。巡警帽子下面露出他的斜下的额,一看便知道他很忠心于他的巡哨的事情。左肩荷着一枝枪,右肩搭着他那小女孩的头,原来那女孩正在睡觉,在他手里抱着。

"她的身子好吧?"樊尼问着,朝着那四岁的女孩微笑。那被寒热病缠瘦了的女孩醒了,张开一双大眼睛。只听那巡警答道:

"不好……我徒然把她抱着,处处不离身……她已经不吃东西了,无论什么到她嘴里都没有口味。我相信她已经在池边染了病,现在虽则换了地方,换了空气,到底太迟了。夫人,你看,她轻得很,我疑心是一片树叶落在我的肩上哩……再过几天,她难免又像她的母亲哥哥们到坟墓里去了,唉!天呀!……"

"天呀"二字说的很低,他反抗万恶社会的呼声不过如此而已。

"她身子颤动,像是怕冷。"樊尼说。

"不,夫人,这是寒热病。"

"等一等,我给她取暖……"她说着,把臂膊上搭着的头巾取下来,包在那女孩的头上,说:"她实在是怕冷,你就让这头巾裹着她吧……将来这一幅头巾便算是她结婚时的首帕了。"

那巡警痛苦地笑了一笑,摇撼着那女孩的小手。原来那女孩又正在打瞌睡,那首帕里露出黄瘦的脸孔,恰像一个死人,那巡警摇撼着她,叫她向樊尼说了一声"谢谢",自己又"天呀"的长叹一声,脚踏着地下的残枝,欷歔欷歔地去了。

樊尼此刻不快活了,紧紧地拥抱着约翰——女人们的习惯,凡遇快乐或愁苦,往往是很温柔地偎傍着她们所爱的男人。——约翰自思:"她是何等好心肠的女人啊!……"但是,他的主意非但不变,倒反坚决了些,因为他走到了斜上的小路,正是昔日遇着苡兰的地点,想起当时那少女的微笑,真令他一见神驰,等不到后来深深地认识她的慧心,已经心醉了。他心里想着,以为最后的期限到了……今天又是礼拜四……"好!应该干下去!"看见前面有一片圆形的广陌,他便决意以此为终点。

原来这广陌是林中的隙地,因为树木被斫伐了,所以一望辽阔,地上许多树木横放着,周围堆着许多刨花,还有许多树皮,许多柴把,许多炭窑。放眼向低一点望去,则见一口池塘,升上许多白色的浊气,池边一所没人居住的屋子,屋顶坍倒了,窗子破了,朝外开着,这正是从前何士哥纳的住宅——一处验疫所。再远一点,却

是维利西的一带森林,在赭色的小山上……约翰忽然停了脚步,说:

"我们休息一会子好不好?"

于是他们坐在一件木料之上——这是一株橡树,树枝被斧斫伤了。他们坐的地方颇温暖,淡淡的日光与堇花的香气都足以增加游兴。

"天气真好啊!……"她说着,懒懒地倚着他的肩,在他的颈后找一个接吻的地方。他将身往后略退,握着她的手。她忽然看见他的颜色与语气都变了,吓得急问道:

"什么?有什么事呀?"

"我的可怜的爱人,有一个不好的消息报告你……从前我说过的那个代替我的位置的爱都安……"他说话时,一句一句地很难说得出口,声音重浊,连他自己也诧异起来;然而他既然预先捏造了一段事实,不得不说到底……于是说爱都安到任之后,忽然病了,部里命他即日去接任……他觉得这么捏造的话容易说出口些,不像吐露真情那么残忍。樊尼侧耳静听,自始至终,不曾打断他的话头。脸色变黄了,眼睛定了,挣脱了手,不让他握着,然后问他说:

"你什么时候走呢?"

"今天晚上,夜里……"约翰说着,叹了一口气又说:"我打算回家耽搁廿四小时,便到马赛搭船了……"

"够了,不必再撒谎了",她嚷着,暴躁得站起来,"不必再撒谎了,你不知道!……实际上乃是你结婚……你家里的人久已想法子播弄你了……他们都怕我缠住你,不让你到东方去染受黄热病与窒扶斯症……毕竟他们可以心满意足了……我相信那位小姐一定很合你的脾胃……唉,我想起每逢礼拜四都给你仔细地打领结!……我傻不傻,唉?"

她很痛苦地笑了一笑,笑得嘴也歪了,露出嘴里左边的一枚断齿。她的牙齿本来像云母壳一般白,他平日不曾看见她有断齿,这大约是最近才断了的。此刻的约翰对着凶恶的脸、凹陷的腮、断折的齿，真令他心里十分难受。

"你听我说"，他一面说，一面仍握着她的手，勉强把她按下，靠着自己坐着，"好吧，你既然知道了，我便直说，我要结婚了……你分明晓得我父亲坐定要我结婚，但是，既然我不得不走，结婚不结婚，与你有什么关系呢？"

她仍旧挣脱了身，不肯消了怒气，说：

"因为这件事，你才把我带出来，在树林里辛辛苦苦地兜了一个大圈子……你以为：'如果她大哭大嚷，人家也不会听见'……不，你看吧，嚷一声，流一点眼泪，便不算好汉。先说像你这样的男子，我早已讨厌了……你尽管走好了，我断不至于请你回来……好，你便携带你的妻子逃到小岛上去吧……那小贱人，想是干净的了……只不要像猢狲般丑，又不要怀了孕，未入门先成了大肚婆子……替你挑选妻子的人没眼睛，你自己也甘心受骗。"

她再也不讲涵养，尽情地辱骂，骂到末了，只能叽里咕噜地反复念着几个字"脓包……撒谎鬼……脓包……"分明向约翰挑战，只不曾摩拳擦掌而已。

此刻又轮到约翰侧耳静听，一言不发，也不阻她发言。他宁愿看见这样的沙弗：很下贱，很无礼，才是车夫勒格朗的女儿的本色。这么一来，他与她分离之后还可以少几分留恋……然而，也许她还懂得这道理吧？忽然间，她停嘴不骂了，将身倒在她的情郎的膝上，头与上身向前靠，呜呜咽咽地哭，哭得全身震动，断断续续地说："原谅我吧，饶了我的不是吧……我爱你，我有的只是你……我爱呀，我的命根呀，不要这样做吧！……你去了，我不知变成怎样了！"

约翰毕竟为情所动了……唉，他最怕的还是这种柔情……此刻她的眼泪引出了他的眼泪，他昂着头以免盈眶的泪珠双流，努力要欢慰她，说了许多很笨的话，只执定一个理由，说："既然我不得不走……"

她站起身,把她的希望尽情泄露出来,说:

"唉!你还是不走吧!等一等,让我再爱你几时……你相信你能够再遇着一个女人像我这样爱你吗?……你年纪这样轻,怕没有日子结婚吗?……我呢,我不久就完了……我不久便无能为力了,于是我们很自然地撒开手,岂不是好?"

他想要站起来,鼓起勇气,想要说无论她怎样做作都没有用处。然而她攀住了他,也不顾山坳的泥水,竟跪行着把他按下仍旧坐着。把她的嘴唇吻他的脸,眼睛贴他的腮,手掌抚他的额,指头掠他的发、摸他的嘴,种种小儿般的抚循,无非希望他们的爱情死灰复燃。又低声地细说他们同居的乐趣,追叙从前的礼拜天的下午,他们两体交融,睡起无力的妙处。说这都还不算什么,她还晓得许多接吻法,与许多令人陶醉的妙事,如果他肯不走,她还要发明许多新法与他享乐哩……

他叽叽喳喳地说了许多秘诀,活像街头巷尾的妇人拉着男人们说的话一样。说时,泪如泉涌,像个临终的病人,自己挣扎了一会,如梦如痴地嚷道:"唉,这事不成才好……说吧,说你要离开我的话不是真的吧……"说着,呜呜咽咽地哭,时而长叹,时而叫救命,好像看见他手拿着刀要杀她似的。

刽子手并不比被杀的犯人更勇。约翰觉得她的愤怒并不比她的抚爱更可怕。他对于这失望的妇人,取不抵抗主义;怨声充满了森林,自有那黯淡的斜阳照耀着的疫气熏蒸的死水把它埋没了……他未免伤心,却伤心不到这地步。然而,幸亏有新的爱情在他的眼前滉漾着,否则也免不了举起双手说"我不走了,不要哭,我不走了"哩。

他们二人都没有什么好说了,相持了许多时间……快下山的太阳,只在天边露出一道赤痕,池水变了青石般的颜色,像是要把它的秽气弥漫了全林,直冲到对面的小山为止。黄昏到了,他再也看不见别的东西,只见她那黄色的脸庞朝着他,张着嘴,不断地发出怨声。一会儿,天黑了,哭嚷的声音也停了。此刻但有流泪的声音,像一阵大雨,许久不曾止息。不时听见一个"唉",这"唉"的声音很深长,很微弱,好像她跟前来了什么可怕的东西,她赶走了又再出现似的。

又一会儿,什么都听不见了。完了,猛虎已经死了……一阵北风吹来,把树枝摇动,还带来了远远的钟声。

"喂,来吧,不要停留在这里了。"

约翰说时,把她轻轻扶起,觉得手里好像扶着一件很软的东西,她好像一个柔顺的小女孩,不住地长吁,任凭约翰扶她走了。似乎她这次很着惊,料不到有一个这样的硬汉,倒使她把男人看重。她在他身边走,有时却踏着他的脚迹走,但是胆怯了,不敢把手臂夹着约翰的手臂。他们靠着黄土的反光,认定小路走去,步步蹒跚,垂头丧气。假使有人看见,会说他们是一对农家夫妇,在田野间工作疲倦了,正在林中取道归家哩。

到了树林边,则见何士哥纳家的门开着,放出一道微弱的灯光,照见两个胖人的影子。只听有人问道:"葛桑,是你们吗?"原来是何特玛先生的声音。他同那巡警都迎上前来。他们因见约翰与樊尼许久不归,放心不下;又听见树林里有哭嚷的声音,越发怀疑了。何士哥纳正想要荷起枪来,走到林中打听动静,忽然看见他们俩回来了,便说:

"晚安,先生,夫人……这小女儿得了夫人的首帕,喜欢得了不得……睡觉也不肯让它离身。"

对于这女孩的慈爱,乃是约翰与樊尼的最后的一致行动,他们的手,最后一次连合在那将死的小身体的周围。

"再会,再会,何士哥纳老伯伯。"

他们三人与何士哥纳告别了,急急忙忙地赶回家去。何特玛自从听见树林里的噪声之后,至今还放心不下,说:"这声音忽升忽降,恰像一条牛或一只猪被人屠杀似的……为什么你们都不曾听见一些声息呢?"

约翰、樊尼都默然不答。

到了巡警路的转角,约翰踌躇不前。樊尼低声地哀求说:

"且先在家吃晚饭吧……你的火车已经过了……你坐九点钟的车好了。"

约翰跟着他们进了门。他现在还怕什么?闹了半天也闹够了,不会再闹第二次。乐得多给她几分钟的小安慰。

饭厅里生了火了,上了灯了,他们进门的脚步的声音已经提醒了他们的女仆,桌子上的肴馔摆好了。

"毕竟你们来了……"何特玛夫人这么嚷了一声。原来她早已就席,饭巾遮住了胸膛。她刚把汤锅的盖揭开,陡然看见樊尼的脸色,惊得停止了舀汤,叫道:"天啊!我的亲爱的女友!……"

脸色苍白,看去老了十岁,眼皮肿了,眼眶红了,衣服满沾着污泥,直至头发里已给泥水溅透了,像一个给巡警追赶的偷儿,身上没有一样东西是齐整的——这就是樊尼。她呼了几口气,在灯光下半闭着红肿的眼睛。这小屋子的暖气与桌子上的盛馔都令她追想当初的好日子,泪珠重新滚下腮来,说:

"他要离开我了……他要结婚了……"

何特玛先生、何特玛夫人与摆饭的女仆,六只眼睛紧紧望着约翰。何特玛先生似乎有几分生气,说:"毕竟饭总是要吃的。"于是他们开始喝汤,樊尼却过隔壁的房间洗脸。洗脸的水声与调羹舀汤的声音相应。一会儿,她到席间来了,脸上搽了脂粉,身上穿了白色的羊毛的梳妆衣。何特玛夫妇愁眉不展地窥探着她,料她还要哭嚷;谁知竟出他们意料之外,她一句话不说,狼吞虎咽地只管吃菜,像一个船上遭难的人。她把火鸡呀、马铃薯呀、白菜呀、面包呀……不分好歹,都拿来填满那哭饿了的肚子、愁空了的肠胃。她吃,她只管大吃特吃……

　　大家起初很勉强地谈话，后来渐渐地自由了。何特玛夫妇的话，无非说的是平常的事情，无非是物质上的问题。不是说放果子酱在扁面饼上该怎样放才方便些，便是说马鬣做的枕头比鸟毛做的方便于睡觉。直到喝咖啡的时候，大家都平平顺顺地过去。只见那胖夫妇肘据着桌子，正在把一块嘉拉咪糖放进咖啡里，细尝它的滋味哩。

　　这一对胖夫妇四目对视，现出很安静、很信任的样子。他们断没有分离的念头。约翰一则因看见他们这样，二则因看见饭厅里处处都是令人留恋的东西，心里不知是甘是苦，是疲倦是舒服。樊尼时时刻刻察看他的态度，轻轻地把她的椅子移近他，腿夹着他的腿，臂夹着他的臂，只听他陡然说道：

　　"樊尼，你听我说……九点钟快到了……快！……从此告别了……我不久还写信给你。"

　　他站起来了，出门了，越过大路了，暗中摸索火车站的铁栅的门，樊尼忽然两只臂膀把他拦腰一抱，叫道：

　　"至少总该同我接吻再走不迟……"

　　他给她这一搂抱，觉得身在她的梳妆衣里，这梳妆衣不曾扣上纽子，简直是裸着上身。他鼻里闻着一阵浓香，身上感觉到女人的肌肤的热气，唇边接受着热烈的、离别的接吻，真令他有几分心软了。樊尼知道他心软，低声说："再住一夜吧，只一夜，不要多了……"

　　铁道上的红灯一亮，火车来了！……

　　车站的路灯照耀着落叶的疏林，约翰把身子一挣扎，两脚一纵，早跑到车站里。他怎么会有这力量？连他自己也诧异。当他气喘喘地走进了车室坐下之后，从车窗外窥见他们的小屋子的窗子透出灯光，又见铁栅边有一个白色的影子，只听得"再会呀，再会呀"的一阵呼声。刚才他走过铁道的时候，看见他的情妇呆呆地站着，像是打定了死的主意似的，令他暗地里担心，及至她连声叫"再会",才给了他一个定心丸。

约翰把头向外看,则见他们所住的小屋子渐小渐远,窗外的灯光只变了半明半灭的星光。忽然间,他觉得一种愉快,一种非常的舒畅。在黑夜里看见麦桐一带森林,直到赛纳河边。又见万家灯火,何等美丽的夜景啊! 苊兰先在那边等候了,他夜里赶火车,怀着爱情的热望,去看那少女,找少年的生活,享纯洁的幸福……

巴黎! ……他到了城里,叫住了一辆马车,预备到王多梦广场去。但是他在路灯底下忽然看见衣服鞋袜满沾着污泥,那污泥又厚又重,使他回忆当初又污秽又重滞的生活,叹了一口气,说:"唉! 不,今天晚上不要去吧……"于是他叫车夫把他送到查各陌路的一间旅馆。这旅馆是他住惯了的,西萨尔也就住在他的房间的隔壁。

第十三章

第二天,西萨尔担任一件重大的事情,便是到沙威尔去搬约翰的书籍衣服,借此表示约翰一去不返。约翰在旅馆里等候他许久,不见回来,心里免不了种种的猜想,想得好苦。然后一辆马车到了查各陌路口,这车像枢车般重,车上载着许多小箱子——有绳子系着;还有一只大箱子,他一看便认得是他的。他的叔父也回来了,很神秘,又很伤心。

"我去了许久,为的是想要把一切的东西一次搬完,以免第二次再去……"西萨尔说着,又指着两个苦力搬进房间来摆放好了的小箱子说,"这里头是你的内衣,你的衣服鞋袜;那里头是你的执照,你的书籍……什么都齐了,只欠你的信札。她求我把信札留下,让她不时重读,算是你的纪念品……我想这也没有什么危险……她原是一个心肠很好的女人。"

西萨尔说完,深深地呼了几口气,坐在箱子上,把他那饭巾般大的手帕揩他额上的汗。约翰极想知道他去的时候她是什么样的态度,却不敢问他一个底细;西萨尔呢,也不敢告诉他的侄儿,恐怕惹起他的愁怀。他们各自缄默,许多话不曾说出口来,只好谈些闲话。说此刻天气忽变严寒,巴黎的郊外绝少行人,许多工厂的烟囱、铁厂的汽筒,都现出悲惨的景象。一会儿约翰忽然问道:

"叔父,她没有什么东西交给你转交给我吗?"

"不……你放心吧……她不会同你捣乱的,她很拿得定主意,很知自重……"

不知何故,约翰只听了这几句话,便猜想到她在责备他的严厉。

"这件苦痛事也只于那件苦痛事",西萨尔说,"我宁愿受模儿那的指爪,不愿受樊尼的眼泪。"

"依你说,她哭得很厉害了?"

"呀,我的侄儿……她哭得那么尽情,我在旁边也陪了不少的眼泪,至于没有力量去……"他说着,打了一个喷嚏,像一个山羊般地把头摇了几摇,说:"总之,你也不要后悔了。这并不是你的过错,你不能把你一辈子的生活断送给她……事情办得很妥当了,你留下银钱给她,她又有许多家具……现在你正好在爱河里游一游了……好好地把你的婚事快些办妥吧……事情太重大了,我担当不起……一定要领事先生办理……我只闲着等候喝喜酒……"说到这里,忽现愁容,把额贴着玻璃窗,看那黯淡的天空,低得几乎与屋顶相齐。

"世界也变凄凉了……我们从前的时候,别离没有这般悲惨。"

西萨尔把他的起重机运回家去了,剩下约翰一人在巴黎。他少了一个饶舌的、快活的女人在身边,须得在巴黎再住一个很长的礼拜,这种过不惯的鳏夫生活,真令他心中彷徨无主。凡人在这种情形之下,纵使不为爱情而懊恼,也不能不生孤单之感。因为共同的生活过惯了之后,便觉得独居是难堪的事情。食同桌,寝同床,二人中间有了无形的绳索系着,平时还不觉得,一到了痛苦的时候,那两相关联之处便显然了。人与人的影响,很是灵异的现象,两人在同样的生活里过了若干时候,他们的习惯与性情便不知不觉地互相仿效了。

五年的沙弗还不能使他感化到这地步,但他戴了五年的重枷,身上多少总有些伤痕。因此,有许多次,他从部里出来之后,他的脚步自然而然地要向沙威尔走去。而且每天早上醒来的时候,在他身边的枕上还要找那一头蓬松的黑发,想在那上头作清晨的第一次接吻哩。

尤其是夜里,他觉得一夜便是一年。这旅馆恰是他们初次结合的地方,令他回首前尘,宛如有一个静默的情妇在他跟前。又想起那小小的名片,上面写着"樊尼·勒格朗",摆在火橱下,香气数日不散。越想越困倦,越困倦越睡不着,只在房里踱来踱去,耳听着小戏院的歌声,眼看着窗前的月色,算是过了一夜了。直至那老布士洛允许他每礼拜可以有三天晚上傍近他的未婚妻的权利,然后他夜里才睡得安稳些。

毕竟他们两家都合得来。苡兰爱他,她的叔父也十分情愿;预定4月初旬,功课完了之后,便是婚期了。现在还有三个冬月可以常常见面,交换意见,传达情感,把他与她当初第一次遇见时的心心相印的情形,引申成为无数的佳话。

订婚之夜,约翰回到旅馆之后,毫无意思想要睡觉,却想要把房间收拾齐整些。——这是人们自然的本能,生活总跟着心理为转移。他把桌子移好,书籍摆好——原来他的书籍还堆在一个小箱子里,不曾解脱书带子;这些箱子原是西萨尔匆匆忙忙地收拾的,以致许多法律书里头夹着些短衫与手帕。他检点到他那一本常常翻阅的法律字典,忽然从书里溜下一封没有封套的信,却是他的情妇的手笔。

原来樊尼写好信后,本想交给西萨尔,却又怕他一时假慈悲,未必肯转交给约翰,所以特地夹在书里,等待约翰亲手检点出来,这种办法,还可望这信到他的手里。他起初决定不展开信笺,及至偶然看见第一页的几句话却非常和婉,非常合理,除了笔迹微颤、字的行列微斜之外,找不到她动气的痕迹,便忍不住再看下去。原来她说她只求他一种恩典,也不要怎样,只不时去看望她便够了。他们再见面的时候,她一句旧话也不提,也不责备他什么,早知迟早免不了别离,便说他结婚也不足怪。只要他去看望她!⋯⋯

　　你想想看，这是一声疾雷，出人意料之外……我觉得好像家里死了人，或受了火灾，心中彷徨无主，不知如何是好……我流泪，我等候，我眼巴巴地望着你平日所坐的地方。我到了这新的境地，除非是你自己来，才能使我的生活安稳……这是一种恩德，来看望我吧，不要让我太寂寞了……我还怕我自己呢！……

　　信里字字行行，自非自嗟自叹与哀求的语句，处处写着"来吧，来吧"。他忽然觉得身在林中隙地，在沉沉暮气之中，脚边跪着樊尼，昂头望着他，宛如娇柔无力的一个泪人儿，张着嘴只管哭。这一夜是订婚之夜，而他从苡兰处带来的陶醉的心情已消灭无余，只有这未断的情丝缠绕的他一夜不曾合眼。他未尝不想把那纯洁的少女的花般貌、雪般心，去抵抗那色衰的半老徐娘；争奈一合眼便看见樊尼的幻影，真令他无可奈何了。

　　这信写好已经一礼拜了；由此看来，可怜的樊尼已经等候了一礼拜，希望他来一封信或亲自去看一看她，鼓励她乐天安命。但是，为什么这一个礼拜以来，她再不写信了呢？也许她病了……还有他从前所顾虑的事情，说不定她也干得出来……他想何特玛先生一定可以报告他一些消息，他晓得他每天要到炮兵部里去的，便到炮兵部的门口等候他。

　　教堂里报十点钟了，只见那胖子从炮兵部前面的小通衢拐弯，撩起了颈巾，含着一支烟斗。又用两手捧着那烟斗，想要暖一暖他的手指。约翰远远地看见他走来，想起前情，十分感动，何特玛却不很着意地说道："你来了！……我不晓得这礼拜内我们咒骂过你没有！……我们到乡下去，为的是过安静的生活……"

　　何特玛先生站在炮兵部的门口，先把他的烟吸完，然后告诉他，说上一个礼拜天他们夫妇曾邀请樊尼与左赛夫——左赛夫礼拜天可以出校——到他们家里吃晚饭，希望把她的坏念头打破。果然，那一天大家吃得很快活，将散席的时候，樊尼还给他们唱了

几段歌曲。到了十点钟左右,大家散场,何特玛夫妇正预备很舒服地睡它一觉,忽然有人敲窗板,只听得左赛夫的声音嚷道:

"快来快来,妈妈要服毒了⋯⋯"

何特玛先生连忙跑过去,幸亏还来得及,把她手里一瓶鸦片药酒抢了。两人混战一场,何特玛先生两臂揽紧她的身,不让她动,她没法子,只好把头撞他的胸,用篦子抓他的脸。当混战的时候,瓶子碰破了,到处溅射,两人的衣服都沾了毒药,樊尼却因此不曾自杀。何特玛叙述到这里,又说:"你想想看,天天这样闹,花样真多,而我们却是爱安静的⋯⋯好,完了,我已经退了房子,下月一定搬家⋯⋯"他说着,把烟斗放进烟袋里,很恬静地向约翰说了一声再会,竟向院子里的廊柱间走进去了。剩下约翰一人,把刚才听了的话想了又想,心中十分难受,不知如何是好。

他的脑海里现出樊尼房里服毒的情形:左赛夫怎样呼救,胖子怎样与她蛮打,都像在他眼前。他还觉得溢出瓶子的鸦片药酒的气味把他催整着呢。他整天地想着,越想越怕,下月何特玛夫妇搬走了,只剩她一人,越发危险。她再要服毒的时候,还有谁去抢她的药瓶子呢?

然忽一封信来了,倒使他稍为放心些。樊尼感谢他,说他的心毕竟不十分狠,虽则丢了她,还关心她的情况。"人家已经告诉你了,是不是?⋯⋯我曾经想要自杀,因我觉得孤零零的太凄凉⋯⋯我试过一次不成功,固然是人家阻止我,也许我自己的手也震颤⋯⋯因为我怕痛,又怕服毒死了的容貌很丑⋯⋯唉!那小阿丽丝,为什么她有这勇气呢?⋯⋯我自杀不成,起初很惭愧,后来却快乐,因为我想我还可以写信给你,远远地爱你,也许还可以看见你。我还希望你来看我一次,像人们凭着慈悲的心肠,到丧家看一个可怜的朋友。唉,不要说爱情了,只望你大发慈悲吧。"

自此之后,每隔两三天,沙威尔一定有信来。这些信或长或短,无非是她的痛苦的日记,约翰再没有勇气把信退回。而且他果

然有了不含爱情成分的慈悲心,信多了一封,慈悲心便增加了一分
热度。这并不为的是他的情妇,却为的是一个为他而受痛苦的人。

有一天,何特玛夫妇搬家了。这是她的过去的幸福的两个见
证人,有他们在沙威尔的时候,她还可以有许多好纪念。现在他们
走了,引起她的纪念的东西便只有这几件家具,几面墙壁,还有便
是女仆与左赛夫。左赛夫只管淘气,完全不懂事,像笼中黄鸟一
般。那小鸟羽毛纷乱,感受冬天的寒气,蜷局在笼中之一角,也是
她的一种纪念物。然而,何特玛夫妇走了,到底寂寞多了。

又有一天,淡淡的日光照射着玻璃窗,她一醒来便很觉快活,
相信约翰今天一定会来!……为什么?……却不为什么,不过偶
然来了这么一个念头……她起床来,便把房子收拾齐整,穿起礼拜
天的衣服,把头发梳成他所爱看的形式,专候他来。直到晚上,直
到太阳落山的最后一暼,她还在饭厅的窗前计算火车的数目,静听
巡警路上有没有他的脚步的声音……唉!可以说是疯了!

樊尼把这些可怜的情况都写给他看,有时候却只写一行字:
"天下雨,黑得很……我孤零零的只哭你……"有时候连一个字都
没有,只把霜露沾染着的、园中最后一枝花放在信封里寄来。这在
雪下摘的一枝花可以告诉他说现在是冬天,说她很凄凉孤寂,比写
下来的千言万语还强哩。他的脑海里活现出一个樊尼在园中的小
路的尽头,花畦的旁边的空地上散步,裙子湿到腰间,走去走来,像
个失群的雁。

虽则已经绝交,因为怜悯心生,竟使他过的还是樊尼的生活。
醒里想她,梦里想她,脑海里时时刻刻有她的影像。然而他的记忆
力不知为什么这样弱,虽则他们俩分别了只有五六个礼拜,虽则他
们屋子里的事事物物都历历如在目前——黄鸟芭绿的笼子对面是
一个在乡间的赛会里赢得的木鹬鸪,梳妆室前面是一棵椬树,只要
刮起一阵微风,便把它的树枝打着玻璃窗子——但是他对于樊尼
本人却是十分模糊,记不清楚了。觉得她好像在浓雾当中,只露出

一张歪嘴、一枚断齿、一副可怕的笑容，其余都看不见了。

可怜的樊尼，他同她并头睡了这么久，现在她老了，将来不知变到什么样子？他留给她的钱完了的时候，她不知要堕落到几层地狱？他忽然忆起当年在安斯特丹路的一间英国酒店里遇着的那一个颓唐的女人，只吃一碟熏鱼，连一杯啤酒也喝不着。他受了樊尼数年的热烈而温柔的抚爱与调护，现在竟让她变成那一个酒店里的女人吗？想到这里，心中非常难受……然而，叫他怎么样呢？不知是前世的什么冤孽，竟使他遇着她，与她过了许久的共同生活。但是，谁人曾经判决，说他务必牺牲了自己的幸福，永远收留着这妇人？为什么别人可以丢了她，而他却不可以？这是哪一条法律的规定呢？

他虽则自己禁止去看望她，却忍不住还与她通信。他的信虽则冷冷地说些敷衍的话，但他劝她诸事要小心，要宽怀，令她一看便知他不曾忘情了。他劝她把左赛夫从膳宿学校里叫回家里来住，她好料理他，借此开开心。但她不肯听他的话，她的勇气没有了，她的痛苦一天深似一天，叫这孩子时时刻刻在她跟前，徒然增加她的烦恼，又有什么好处？单说礼拜天他从学校归来，已经令她心中难受。他从这椅子跳到那椅子，从饭厅里走到园子里。自从人家哭着告诉他，说他的爸爸走了，不回来了，他觉得全家布满了衰颓的气象，不敢再问"爸爸约翰"的消息。只不时叹气，说：

"所有我的爸爸都走完了，倒霉，倒霉！"

这被弃的孩子的一句话，从一封信里坠下约翰的心窝，觉得很重很重。不久以后，他觉得她住在沙威尔终久不是个结局，劝她回到巴黎来，好教她多看见几个人。樊尼对于绝交的事情很有经验，对于男人的心理很熟悉，听了约翰的劝告，觉得不外是一种自私心，想要永远地免了她的拖累。这种以爱情为逆旅的惯技，樊尼见过不止一遭，岂有不看破的道理？于是她很老实地答复他说：

你晓得从前我对你说过的话……无论如何，我永远只是你的女人，你的可爱的女人，你的无二心的女人。我们这所小屋子是我们曾经同居的地方，便拿什么高堂大厦来替换，我也不肯离开此地。……我到巴黎去干甚么呢？过去的事情，我不愿意再干……你想想看，你把我们抛弃……你自己以为了不起，是不是？来吧，来吧……没良心……来一次好了，只一次，不要再多……

约翰始终不曾去；但是，有一个礼拜天的下午，他独自一天在房里工作，只听门外剥剥的轻轻敲了两下。他吓了一跳，想起当年她到查各陌路敲门，也是一样的敲法。原来她到了楼下的时候，怕有人盘问她，所以她不问约翰在不在家，便一口气跑到楼上来。约翰走近门边，脚紧紧地盯着地毯。只听得她隔着门缝悄悄地问：

"约翰，你在家吗？……"

唉，这是很谦卑的声音！这是碎了的声音！

一会儿，又低声叫了一声"约翰……"

半晌，只听得一声长叹，一封信沙的一声从门底溜进来，还隐约地听见一声远吻。

于是又听她下楼梯，一级一级的慢慢走，像是还希望约翰叫她转来。约翰让她自己去了，只把那信拾起，拆开来看。原来因为何士哥纳的小女孩在巴黎的儿童病院死了，樊尼伴着何士哥纳及沙威尔的几个村民进城，忍不住要来看一看他；并且预先写好一封信，预备看不到人的时候，好把这封信留下。"……你信不信我的话？……假使我搬到巴黎来住，岂不是天天在你的楼梯爬上爬下吗？……再会，我的心肝，我要回家去了……"

他一面看信，一面流泪，想起当年阿尔克德路的一幕相同的悲剧：当年她的情郎被她抛弃了之后，重来敲门，把一封信从门底溜进来，只博得她的没良心的一笑；而今却轮到她来敲约翰的门了。由此看来，他之爱茵兰，还不及樊尼之爱他哩！也许因为男人们的生活的样法较繁，事务较多，不像妇人们除了爱情之外便什么都忘记,什么都不关心;所以男人们爱上一个女子还不能专心于她,而妇人们爱上一个男子便以爱情为专务,如胶似漆,至死不放松了。

约翰因慈悲而痛苦,惟有看见了苡兰的时候,才可以勉强开怀。在她的碧绿眼睛的和蔼的视线之下,胸中的块垒才融化了。他觉得十分困乏,恨不得把他的头偎着她的肩,也不说话,也不动,安安稳稳地休息一些时候才好。

"你怎么样呀?"苡兰问他说,"你不快乐吗?"

他自然说十分快乐;但是,为什么要这许多眼泪与愁容来造成他的快乐呢?有时候,他很想把她当做一个聪明而好心的女友,将他的一切心事告诉了她,也不计她那一颗全新的心灵,经不起这种暴风雨般的心腹话……唉,假使他能够把她带走了,岂不是好?他觉得如果她跟他走了之后,他的痛苦便从此告终;但那老布士洛除了规定的时间之外,不肯施一小时的恩典,说:"我老了,又多病……我的孩子走了,我便一辈子看不见她了,且留她娱乐我的余年吧……"

看布士洛心肠很硬的样子,倒是一个了不起的人物。他的心病是不可医治的症候,他自己体察,知道一天重似一天,而他与人谈起的时候,却现出视死如归的神气。他仍旧上气不接下气地去讲他的功课,仍旧诊治许多比他的病还轻的病人。他这旷达的心胸里只有一个弱点,便是羡慕贵族,羡慕头衔——真不愧是杜兰省的人氏。因此,他一听见了阿尔曼家的老头衔,记起了阿尔曼家的小城楼,约翰要他的侄女儿做妻子便容易得多了。

将来结婚决定在阿尔曼家,以免累及可怜的老母跑到巴黎来。他那老母深爱她未来的媳妇,每一礼拜寄给苡兰一封多情的信。她虽不能写信,便口授给黄蘖或她的女儿替她写。约翰很高兴与苡兰谈起他家的人,觉得王多梦广场便是他家,他的热烈的情感都用在苡兰的身上了。

只一层,他在她跟前,自觉太老了,太丑了;童心稚气的她所喜欢玩的玩意儿，他已经不喜欢玩了。她悬想共同生活的乐趣，而他却早尝此味。凡此种种，都令他自惭形秽。

　　他预备买些家具及布匹带到领事馆去，因此他先拟一张货单。一天晚上，他写到单子中间忽然停笔不写，因他想起安斯特丹路那一次购置家具，同一个妇人过了五年的假夫妇的生活，而今又为新人而购置家具，心里未免难受。

第十四章

"是的,我的好朋友,昨天夜里那蜥蜴竟在洛沙的手里死去了……刚才我把它送给人家制标本。"

说话的是音乐家菩提,在巴克路的一间铺子里出来,现出安闲无事的样子;遇着约翰,便叫住了他谈话,告诉他,说那可怜的卑尔陀给巴黎的寒气冷死了,虽则洛沙用棉絮替它做被窝,又用火酒烧着灯芯在它的窠底下烘着,好像人家保护未足月的婴儿一般——种种小心,都没有用处,它仍旧周身发抖。前天晚上,他们都环绕着它,看见它最后一次发抖,头尾都摇了一摇,便死去了。他们给它洒了圣水在它那多粒的皮肤上,丕拉举眼向天嚷道:"上帝饶恕它啊!"菩提叙述到这里,又说:

"我看见她们如此,不觉失笑,但是,到底免不了有几分伤心。因为洛沙不住地流泪,但我没法安慰她,尤其令我心中难受……幸亏有樊尼在她身边……"

"樊尼吗?……"

"是的,我们许久不曾看见她了……她今天早上来,恰巧遇着这一场惨剧,她这好心的女人便住下来安慰她的女朋友。"他说着,也不管约翰听了他的话得到什么感触,继续地说道:"你们完了吗?不在一块儿了吗?……你还记得我们在安港湖里的谈话吗?……你倒会利用人家给你的教训……"他在赞成的话里头表示羡慕约翰的意思。

约翰蹙着额,想着樊尼仍旧回到洛沙家里去,真令他十分不舒服;忽然又骂自己没道理,以为此刻他对于她的生活已经没有过问的权利与责任了。

他们走到了波纳路——巴黎古时贵族所居的旧路,菩提在一所屋子的门前停了脚步。这是菩提的家——在社会上认为他的家,实则他只常住在维利耶路或安港,不时回到家里来装个幌子,好教人家不说他的妻儿被抛弃了,如此而已。

约翰一面跟他走,一面预备同他说再会,不料他把他的粗硬的手拉着约翰的手说:

"有一件事请你帮忙……请你跟我上楼来吧。今天我本该在我的妻子家里吃晚饭,但我想到洛沙正在悲哀的时候,我不能让她孤零零的没人安慰她……你跟我上楼,好教我再出门时有所借口,以免与我的妻子讨麻烦。"

约翰上了楼,仔细看那音乐家的作业室。则见第二层楼的村民式的房子里的景象,虽则很美,却冷清清的,一看便知道主人久已不工作了。房中的家具什物十分整齐,像是不曾被人动用似的。桌子上没有一本书,没有一页纸,只剩下一个古铜的墨水池,里头没有墨水,亮晶晶的,像摆在铺面发售的一般。一具古式的钢琴,令人想见他昔日的成绩,而此刻钢琴上头竟没有一本乐谱。没有火的火橱上一个半身的白石塑像,塑的是一个眉清目秀的妇人,容貌温和,给斜阳照成淡黄的颜色,越显得火橱更冷。她的眼光好像注视着墙上的金冠与大绶、徽章与纪念证,好像菩提自身不在家,故意留下这些光荣的宝物来抵偿他妻子的损失似的。他的妻子便保存着这些东西,当做幸福的坟墓的点缀品。

他们刚进了门,作业室的门已经开了,菩提夫人出来道:

"古斯达夫,是你吗?"

那妇人起初以为只有菩提一人,后来看见一副不曾相识的脸孔,便显出不放心的神气,停止说话了。约翰看见她很大方,很标致,一看便知道她很聪明,比她的半身塑像还来得矜炼些;但只她的温和的容貌变了狂躁而坚决的样子。社会上对于这妇人的品性的批评很不一致:有些人说她在名都大市结了婚,人所共知,竟让她的丈夫公然地欺负她,只一味忍耐着,实在不对;有些人说她乐天安命,这种不怨天不尤人的品性,真可佩服。但是大家都公认她是一个安本分的人,生平只爱静养身体,虽则守活寡,一则有了俊俏的孩儿,二则有了名人的妻子的头衔,也就足以抵偿了。

菩提把约翰介绍给他的妻子,胡乱捏造些事干,以免在家吃晚饭。约翰仔细看那妇人的脸色,只见她闻言之后,吓了一跳,眼神固定,看不见东西,耳朵也听不见人家说话,好像痛苦难堪,无心视听似的。约翰因此可以见得她外貌虽则是随世俗浮沉,而她的内心,却活埋着无限的苦恼。她明知菩提撒谎,却甘心承受,只委婉地说道:

"只怕莱孟要哭了,因为我向他说过:等一会儿我们在他的床前吃晚饭。"

"他怎么样了?"菩提有心无意地问,其实只想走开。

"好些了……只还是咳嗽……你不过来看一看他吗?"

菩提假意在房里四面张望了一会子,口里喃喃地说:"此刻不行……我很忙……俱乐部里六点钟的约会……"实则他无非想要避免独自一人伴着她。

"那么,再会吧。"那妇人这么说了一句,脸色复原了,态度变为恬静,恰像石子坠水,起初是水波微起,后来石子到了水底,水波也就平静。于是她告了别,回房里去了。

"我们走吧!……"菩提说。

菩提好容易骗脱身,马上扯了约翰就走。约翰看见他先走下楼,身上那英国式的紧而长的外套把他的身体箍得直挺挺的,想见他这情场的妖魔,宁愿很热烈地把他的情妇的蜥蜴送给人家制标本,却不愿进房里看一看他的病孩儿。

　　菩提似乎猜中了约翰的心思，因说：

　　"我的好朋友，你听我说，一切都是强迫我结婚的人的罪过。他们累得我与那妇人都好苦！……要我做人家的丈夫，做人家的父亲，真是冤枉……我是洛沙的情郎，现在是，将来也是，除非我们里头有一个咽了气，否则永不分离……虽则是一种不良的习惯，但是已经上了瘾的人，却只觉得舒服，肯挣脱身吗？……便来说你们吧，你相信如果樊尼愿意……"

　　他叫了一辆马车，一面上车，一面说：

　　"说到樊尼，你知道她的消息吗？……福拉孟得了特赦，从马沙斯出来了……这是戴士赍替他请赦的……可怜的戴士赍，死了还做好事哩！"

　　约翰听了，动也不动，很热狂地想要跑到那路灯黯淡的路上去追赶那风驰电掣般的车轮。他觉得自己这样感动，倒也奇怪。但他总忍不住低声地连连自语道："福拉孟遇赦了，……从马沙斯出来了……"于是悟起数日以来樊尼不曾与他通信的缘故，原来她有了安慰她的人抚爱她，便不嗟天怨地了。那造假钞票的贼子遇赦之后，第一个念头便是想去看望樊尼，还有什么疑义呢？

　　于是他回忆当年福拉孟在狱中写给樊尼的情书。当时她随声附和地与约翰讥评她的许多情郎，偏袒护着福拉孟，可见她对于他的爱的程度了。说也奇怪，此刻她有了福拉孟，约翰正该自庆有了替身，可以放心，不怕她再来纠缠，而且有人照顾她，也教他的良心过得去；不料他的心中竟来了一种无名的苦恼，几乎一夜不曾合眼，只觉得暴躁起来。为什么呢？他固然不爱她了；只一层，他想着自己的书信还落在她的手里，也许她读给福拉孟听。再者，她受了那贼子的坏影响，安知她不会拿着这些书信做把柄，同他捣乱呢？

　　也不知真的是为着这种忧虑呢，还是夹杂有他种的忧虑，总之，他平日绝对不肯再到沙威尔去，而今却为着书信的缘故，不能不决定去走一遭了。这种艰难而机密的事件，非自己出马不可……2月的一天早上，他搭了十点钟的火车。心神安定，杂念不生，只怕到了沙威尔的时候，屋子的门关了，那妇人跟着那贼子逃走了。

火车将停了。他看见那屋子的百叶窗开着，窗内挂起布帘子，他才相信她一定在家。他记起他的感触，他看见后面的灯光，自笑他的印象的脆弱。自思此刻此地的约翰已经不是从前那一个男人，可知停一会他所看见的樊尼也不是从前那一个女人了。然而自从他们分离以来只不过两个月，沿着铁道的树林还不曾发新叶子，绝交那一天的衰颓的景象犹存，甚至当时的哭嚷的声音，似乎还可以隐约地听见哩。

在这一个车站只有他一人下车。冷雾侵肌，路上的积雪变硬了。他沿着滑溜溜的小路走去，不曾遇着一人，直到巡警路的拐弯的地方，才遇着一个男人、一个小孩，后面跟着一个火车站的杂差，推着一乘小车，车上载着几个大箱子。

那小孩颈上围着一块大围巾，鸟打帽子罩到耳朵，走到约翰的身边，张开嘴想要打招呼，毕竟一声不响地走过了。约翰自语道："这不是左赛夫吗？……"想到这孩子这般无情，又诧异，又叹息。他一转身，又正与拉着左赛夫的手的那男人四目相视。则见那男人的相貌很聪明，很细致，只在狱中把脸弄黄了。身上的一套新衣，大约是昨天出狱后才买的。金黄色的胡须在下巴丛生着，还没有工夫整理它……好！原来这就是福拉孟！而左赛夫就是他的儿子……

约翰此时恍然大悟，一切都看透彻了。起初是那小匣子里的一封雕刻匠的信，说他有一个孩子在外省，拜托他的情妇替他照料；后来那孩子神出鬼没般地突然到来，何特玛先生听说他们收留这孩子，便说了许多不愿过问的话，樊尼又与何特玛夫人丢眼色。原来他们三人都知道秘密，故意骗着约翰抚养那贼子的孩儿。唉！

好一个上当的君子！他们不知怎样笑他傻了！……这种可耻的往事惹起他厌恶的心肠，恨不得即刻高飞远走；然而还有些事情不曾明白，他又想进去问个底细：那男人与小孩都走了，为什么她不走？……再者，他的书信也不能不要；他的东西，一点儿也不该留在这污秽而倒霉的地方。

"夫人？……先生来了！……"

"哪一位先生？……"卧房里天真烂漫地问。

"是我……"

只听得一声欢呼，一声狂跳，然后说："等一等，我就起来……来了，来了……"

午时过了，还在床上！约翰猜得中是什么原因：知道她往往是第二天娇柔无力，懒得起床！他没奈何，只好在饭厅里等她。耳听上行的火车的汽笛声，还有邻居的小园子里一个山羊咩咩的叫声；眼看桌子上零乱的刀叉，想起当初每天早上赶火车时，先在饭厅里匆匆地用早点——大小旧事，都上心头。

樊尼进来了，欣然张臂向约翰便扑，忽见他冷冷的不理她，她只好停了脚步。他们踌躇诧异了一秒钟，像是自从他们的恩情断绝之后，二人中间隔着一条断桥，大家远远地对岸相望，而他们自己的心中也就起了万里的波澜。

"日安……"樊尼轻轻地说了一声，身子还是不动。

她觉得他容貌变了，脸黄了。他呢，觉得她年纪轻了许多，只胖了一点儿，却没有他的意想中那么高，又见她的脸色与眼睛都有特别的光彩，林中的草地的凉气呈露在她的温和的容貌里。由此看来，她竟往往在林中枯叶堆积的崎岖路上徘徊，他想到这里，起了怜悯的念头，心中十分难受。

"毕竟住在乡下的人起来的晚……"他带着讥讽的神气说。

樊尼道了歉，假说因为头痛。她也像他一样用些非人称的语法，也不晓得叫"你"，也不晓得叫"您"。后来看见约翰眼睛紧紧望着桌上的刀叉,像是要知道谁在饭厅里用过早点,于是她说:"这是左赛夫……他临走的时候在这里用早点……"

"他走了吗?……哪里去?"

他勉强装作毫不着意的样子,欲言又止,许多话不肯说出来,然而他的眼睛发火,已显出他的心事了。只听樊尼说道:

"他的父亲又回到巴黎来了……特地到这里讨回他的儿子……"

"从马沙斯回来,是不是?"

她吓了一跳,但也不想要撒谎。

"好,我就直说了吧……我许诺过的事,不得不做……我三番两次想把一切尽情告诉你,但是我不敢,我怕你把那可怜的孩子赶走了……"说到这里,很胆怯地加上一句:"因为当时你非常妒忌……"

他听了,很轻蔑地笑了一笑。妒忌吗?同这贼子争高低吗?……真是笑话!……他觉得脾气发了,什么都不说,气愤愤地只说明了来意。说他这一来只为的是他的书信……又说她为什么不把书信交给西萨尔带回,以免两人再见面时大家都受痛苦。

"真的",她说时,仍旧和颜悦色,"但我现在还你也是一样,你的书信都在房里……"

他跟她进了房里,则见床上被褥紊乱,草草地盖着两只枕头,香烟的气味杂着女人的脂粉气味都到他的鼻孔里。桌子上摆着一只螺钿小匣子,此时他们有同样的心思:"匣子里的信并不多,不很重。"她一面说,一面开匣子……"我们再不要冒险放火烧了……"

他不说话,心烦意乱,口干舌燥,看见那被人占据过的床,踌躇地不敢走近。只见樊尼在床前把书信作最后一次的浏览。头俯着,白色的、结实的颈窝儿披着一头绞起的头发,羊毛的、宽松的衣服裹着厚重而柔软的身体……

"有了!……所有一切都在这里。"

约翰拿到那些书信，一手塞在衣袋里，现在他的忧虑又变了，问道：

"那么，他带他的儿子走了？……哪里去？……"

"回到摩汪他的故乡去，不敢出头，将来他把他的雕刻品寄到巴黎来发售，还只用一个假名字。"

"那么，你呢，你打算还住在这里吗？……"

她的眼睛躲开了约翰的视线，吞吞吐吐地说如果她还住在这里，未免太凄凉……所以她想……她也许不久就离开此地……做一个小小的旅行。

"大约是到摩汪旅行去，是不是？……去成家立业，是不是？……"他越说，他的醋意越重，"你何不赶快干脆地说你要去跟随那贼子，去组织你们的小家庭！……你希望能实现这事情。许久许久了……好，回到你的狗窠去吧……贼子与浪妇，才是天生的配偶；我枉做好心人，想把你从污泥里提拔出来。"

她低眉闭嘴，只让他骂。他越讥诮她，越凌辱她，她越得意，越自负。只她的口角上颤动不已。此刻约翰夸奖自己的幸福，说他现在得了纯一的爱情，少年的爱情。唉，清白的女人，像一只很软的枕头，令人睡得很舒服……忽然间，他把声音放低了，像很羞愧地说：

"你的福拉孟，我刚才在路上遇见他，他在这里过夜吗？"

"是的，天气晚了，又下雪……我在沙发椅上给他临时铺了一张床。"

"胡说，他分明是在床上睡的……只消看这床，看你的样子，便知道了。"

"那么，怎样？"她说着，把脸逼近约翰的脸，眨起灰色的眼睛，表示她的放荡不羁的故态……"我晓得你会再来吗？……我既然失了你，还有什么顾忌？你想，我何等凄凉，何等寂寞，没有生人的乐趣……"

"别的还可恕，偏是这个犯人……你同一个正经的男人共同生活过后,还觉得这桩事儿好吗?啊?……大概你们已经互相温存够了……唉!贱人!……看打……"

她非但不避他的打,倒反把脸迎上来,口里嘘嘘地嚷的是痛苦,是快乐,是得意;将身向约翰一扑,两臂紧紧地揽住他说:"我的心肝……我的心肝……你还爱我……"于是他们俩滚到床上去了。

傍晚的时候,一乘特别快车的隆隆的震响把他唤醒了,吓了一跳。他张开了眼睛,觉得独自一人躺在这一张大床上,许久许久还怀疑这是不是他自己。他觉得好像走过很远的路,四肢百体都酸软了,周身骨骼像堆叠着的一堆乱柴,并没有筋肉粘连着似的。这一天的下午,下了许多雪;在静寂无人的环境里,只听见雪融了,沿着墙壁直流到玻璃窗下,屋顶也有滴沥的声音,火橱的炭火里也不时有雪点飞溅。

他在什么地方?他干什么?……借着小园子里的反照,卧房显得格外白。樊尼的大肖像呈现在他的眼前,他想起了自己堕落,却毫不诧异。自从他进了卧房,看见了这一张床,即刻觉得重新着了魔;那褥子恰似万丈深渊,却有魔鬼正在里面向他招手。他自语道:

"如果我坠下去,便一辈子爬不起来。"他毕竟坠下去了;他一面自骂脓包,一面却觉得周身松快。他自知不能再出这污秽的深潭,说也可怜,竟像一个受了伤的人,血流尽了,伤口也不再痛,很舒服地躺在藁床上等死;痛也痛够了,挣扎也挣扎够了,周身血管开着,在软而臭的、微温的稻草里蜷局着,倒觉得妙不可言。

此时他所该做的事,很可怕,却又很简单。今天的事,已经对苡兰不住,还能够回去找她,组织家庭,像菩提一样地耽误人家吗?……他虽则堕落很深,却还不曾到菩提的地步……他打算写一封信给布士洛。布士洛是一个生理学家,是研究意志病态的第一个人,约翰便要把自己的意志病态告诉他。从自己与樊尼第一次遇见的时候叙述起,直到他自以为得救,自以为幸福的时候,忽然樊尼仗着过去的魔力再拿住了他。就过去的事情而论,爱情并不占什么位置,只因松懈的习惯与上了瘾的性癖已经透入骨髓,竟至无药可医……

房门开了。樊尼悄悄地在房里走动,生怕惊醒了他。约翰把眼开了一线,看见樊尼很强壮,很活泼,似乎年纪轻了许多,她的脚被园里的雪浸湿了,正放在火炉边取暖,不时把头转向着他,像早上吵嘴时一样微笑。她回到床边取了一盒马利兰香烟,抽出一支吸着,正要走时,约翰却拉住她,不让她走。

"那么,你不睡吗?"她问。

"不……你坐在这儿……大家谈话。"

她在床沿坐下,看见约翰严辞正色的样子,倒有几分诧异。

"樊尼,我们就要起程了。"

她起初以为他说笑话,试她的口气。后来听见他详细说出原由,才知道是真的。原来部里还有一个缺,是阿里加的差事,他预备请求这一个位置。这只是半个月的事情,时间刚刚够收拾行李……

"那么,你的婚姻呢?"

"别再提起一个字……我做了的事再也没法补救了……我分明晓得事情从此完了,我再也不能离开你。"

"可怜的孩儿!"她说时,又伤心,又温和,又带几分鄙薄的神气。一会儿,叹了几口气,又问:

"远不远,你所说的地方?"

"阿里加吗?……很远很远,在秘鲁国……"又低声说,"福拉孟不会跑得到那边找你的……"

樊尼一面吞云吐雾地吸烟,一面很神秘地深思。约翰握着她的手,轻轻地抚摩着她赤裸裸的臂膀。外面雨声滴沥把他催眠着,于是他合着眼睛,在雨声中入梦了。

第十五章

　　船期将近，许多人预备出国，神经兴奋的约翰到马赛已经两天，专候樊尼到来，一同搭船到秘鲁去。一切预备好了，定了二个头等舱位，说是阿里加的副领事与他的堂妹一同旅行。约翰在旅馆房间里褪去红色的地砖上踱来踱去，这是双料的等待！一则等他的情妇，二则等船，他的焦急的心怀可想而知了。

　　他不得不在房里兜圈子，因为他不敢出门。他像一个罪犯或逃兵，不敢在马路上自由行走，生怕这五方杂处的马赛的街上随时随地可以遇见他的父亲或那老布士洛。假使他们遇见了他，一定会一手抓住他，拉他回去，秘鲁便去不成了。

　　他困守在房里，连吃饭也不敢到饭厅里，只在房里自己吃。勉强看书，却是视而不见。于是躺到床上去，看见墙上有几张苍蝇叮着的新闻纸，题目是"彼路思船遭难"与"船长古克逝世"，他两眼矇眬地随便看着消遣，其余的时间便是在阳台上，这阳台上面盖着一块布幕，千缝百补，像渔舟的布帆一般，约翰肘倚着栏杆，含愁如醉。

　　他所住的旅馆名叫阿那沙士旅馆，是当他与樊尼约会的时候，偶然在《商店题名录》里查到了这名字，便决定了的。实则这是一间小小的旧客栈，非但不辉煌，而且不很干净；只有一层好处：对面便是码头，可以看见许多海景，而且便于旅行。这旅馆的窗下便是一处卖鸟的场所。露天堆积着许多鸟笼,鹦鹉呀,八哥呀,岛上的许多种类的小鸟都叽叽喳喳地不住地唱歌。每逢太阳初升的时候,一阵噪声,恰像在一个森林里;太阳渐高,噪声渐减,但有码头的工作的声音,与嘉特圣母院的钟声相应。

在此地,各国的言语都可以听见。舟子的呼声、挑夫的嚷声、卖虾蟹的人的叫卖声、修船所的锤声、起重机的轧轹声、水冲岸声、海边的钟声、船上的机器声、唧水筒的有韵的水声、船底的戽水声、汽笛声……一切的声音都从邻近的海岸的跳跃板得到了反响。一张大船正在放洋,宛如一条长鲸,向空中嘘气。

至于这码头的气味亦可以表示别的码头更热,更当太阳,又可以表示异国的气味。檀香呀,苏木呀,柠檬呀,橙子呀,松子仁呀,落花生呀,种种气味夹杂着从外国带来的尘埃,在咸水的蒸汽与船中厨房的烟火气里升腾。

到了晚上,闹声渐静了,浊气渐消了。约翰在黑暗里不怕人家认得他,于是把窗前的布幕掀起,静望那黑暗而沉静的码头,则见桅帆的影子印地成错综的纹路。此时万籁俱寂,但闻渔舟一桨,拨浪微响;又远远地听见一阵狗吠。灯塔闪烁地放出光芒,射破长空的浓黑。小岛呀,山寨呀,岩石呀,依着灯光明灭,时隐时现。天涯的众生都靠着这一道光芒指点去路。约翰看见此景,越发惹起了航海的兴趣,似乎海上的旅客正在向他招手,风浪的激响,汽笛的长啸,似乎正在叫他去哩。

约翰还要等待二十四个钟头,因为樊尼非礼拜天不能到。他徒然早到了三天,倒不如把这三天的时间住在家里,他的亲爱的父母恐怕要数年后才得再会,也许永远不复见面了,何不把这有余的时间与家里的人盘桓一下呢?原来他回到阿尔曼家的当天晚上,他父亲知道他解除了婚约,而且猜中了原因,便与他大闹一场,闹得非常厉害,所以他不能不早离家了。

由此看来,我们心里最热烈的感情,却不是用在同血脉的人的身上。譬如这一次约翰的事,同血脉的二人伤了感情,却为的是伴着一个情妇出洋,甘心冒印度洋的飓风的危险——哪怕是老航海家,回忆起来还害怕,叫大家不要谈起,而约翰竟勇往直前,可见感情的作用很大了。

约翰虽则永不再说起,然而他一辈子也忘不了阿尔曼家的假山上的一幕悲剧,他在阿尔曼家过了很快乐的童年。而今竟在假山之上,松柏翁葱的静景之前,听到严父的责骂。他的脑海里永远现出这高大的老人,皱缩的颊,怀恨的眼与嘴,都不会失去了印象。当时老父所说,无非断绝恩情的话,把他驱逐出了家门以免污辱了家声:"滚吧,跟你那淫妇走吧,我们的约翰已经死了!……"那一对双生的妹妹放声大哭,跪在阶沿上替哥哥求情;荑蕶脸色惨白,也不看他,也不同他说再会;楼上还有病狂的老母,把和蔼而多愁的脸孔贴着玻璃窗,目送着他,问道为什么吵闹半天,为什么她的约翰临走也不同她接吻。

约翰想到不曾同母亲接吻,所以到了阿维让的半路还忍不住赶回家来。他把车子交给西萨尔,停留在那边;他自己却取小道绕到阿尔曼家,从篱笆上爬进去,像一个偷儿似的。这一夜的天色很黑,葡萄的枯苗纠纷着他的脚步,竟至于不辨东西南北,在暗地里寻觅他家的屋子,因为他离家已久,路径生疏了。结果是靠着粉刷的墙壁的白光,竟引导他摸着了屋子;但是,大门已经关了,各房间的窗子都没有灯光了。按铃吗?叫门吗?他怕他的父亲,所以没有这勇气。他绕着屋子走了两三个巡回,希望找到一个关不牢的窗子。到处遇着荑蕶的灯笼,依照每夜的习惯巡行守夜。他没法进去,只好朝着他母亲的卧房呆看了半天,又朝着他儿童时代的卧房告别,然后垂头丧气地走开,心中剩下一生的懊悔。

在平常的时候,这样的远行,去冒狂风巨浪的大危险,父母、朋友们一定殷勤送别,直到船开了为止;最后一天,大家在一块儿不分离,又到船上看他的舱位,好教魂灵儿追随他的左右。然而这一次,约翰只好眼巴巴地看别人的热闹了。他每天总有几次都见旅馆门前有许多多情的送别的人们闹哄哄地经过,尤其是他的房间底下的一层楼新来了一家人,越发使他感动。里头有一个老头子,一个老太婆,都是乡下人的随便的装束,穿的是厚呢的衣服,此次特来送他们的儿子出洋,预备等到他上船之后才回家去!此刻他们都在等船,没事干,三人并肩倚着窗子的栏杆——儿子在中间,父母在旁边,臂膀夹着臂膀,偎倚的非常亲热。他们也不谈话,只紧紧地揽抱着表示依依不舍之情。

约翰看见他们的情形,自思假使是平时,他这一次起程不知怎样热闹……他的父亲、他的妹妹们一定都来了……一只震颤的、柔和的手倚在他的肩上……船首的斜桅把他的活泼的精神与冒险的魄力吸引出来……唉,事已至此,后悔不及了!罪已经犯了,他的命运已成骑虎难下之势,只好走了,只好忘记一切了……

最后的一夜,他觉得何等长!何等残酷啊!他在小客栈的床上翻来覆去,总睡不着,只把眼睛窥探着玻璃窗,则见天色经过许久的时间才由黑色变成灰色,由灰色变成白色的曙光;灯塔还把它的一道红光注射长空,一会儿却被东升的太阳的光芒掩住了。

直到这时候,约翰方才昏昏入睡,忽然太阳射进房里来,窗下的笼中鸟的声音与马赛的礼拜天的教堂的钟声也透进房里,把他从梦中惊醒。这时候所有的机器都停止了,船桅但有旗帜飘扬……已经十点钟了!巴黎的特别快车是午时到的,他赶快穿衣去迎接他的情妇;预备在海边吃中饭,然后把行李搬到码头,到了五点钟的时候船就开了。

这一天的天气特别好,澹荡的长空里一群鸥鸟排列成一道白痕,海水的颜色变为深绿,天际的短帆与长烟,历历在目。一切海景都滉漾而生动。当此良辰美景,自然惹起知音的人的逸兴,于是旅馆的十字窗下,有人奏着竖琴,奏的是意大利的曲子,音韵非常神妙,只听他在弦上一捻一句,竟令人愁肠欲断。这非但是音乐,而且是南方的民情的显露,把生命与爱情都传达在琴韵之中,令人潸然下泪。在约翰的耳朵里听来,这竖琴声声引起他对于苣兰的回忆。唉,多么远了啊!……抛弃了大好的河山,万事成灰,无可补救,终身抱憾,奈何!奈何!……

去吧!

约翰的脚方才跨过了门槛子,陡然遇着一个听差的:"有一封信是寄给领事先生的……早上已经收到了,但是领事先生睡得太浓!……"——原来这一间阿那沙士旅馆很少有阔人光顾,所以一班马赛佬便把这领事先生当做宝贝了……

谁能够写信给他呢?除了樊尼之外,没有一人知道他的地址……他仔细看了信面之后,大惊失色,已经完全懂得了。

好吧,我不去了!这是一件十分狂妄的事情,我自问没有这勇气。我的可怜的爱人,你听我说,要干这种事情,首先要年纪很轻,而我已经不合资格;否则便要有盲目的热情,而这种热情我们俩都没有了。回想五年以前的好日子,只要你一招手,我可以跟你走遍地球;当年我爱你的热诚,你该不能否认吧?我所有一切都给了你;到了不能不离开你的时候,我很受痛苦,试问除了你之外,我曾为谁这般痛苦过来?但是,你看,我们俩这样的爱情终有霉腐之一日……我看见你太俊俏了,太年轻了,天天触目惊心,处处要提防自己!……现在我再也不能了,曾经使我有生机的是你,曾经使我受痛苦的也是你,我已经成了强弩之末了。

在这种情形之下,这一次长途的旅行与生活的变迁,实在令我害怕。你看,我生平最不爱移动,不曾到过比圣日耳曼更远的地方!再者,女人们在太阳底下晒着越发老得快,当你不曾到三十岁的时候,恐怕我已经脸黄皮皱,像洛沙的母亲一般难看了。那时节,你不免恨我使你牺牲了一切,而可怜的樊尼不免替人受罪。让我讲一个故事给你听吧。从前我在你订阅的《周游世界》看见一篇文章,叙述东方一个国家的风俗说:当一个女人偷汉子被人家发觉之后,便用一块新剥的牛皮裹着她,把她与一只猫都缝在里头。于是把这一个包裹丢在海岸上,让她与它在烈日下乱叫乱跳。猫抓人,人咬猫,外面的牛皮被太阳晒得渐缩渐硬,里面的人与猫的恶战渐息,直到最后的一呼吸为止……这故事有几分像我们将来所受的刑罚了,如果我跟你走的话……

约翰读到这里,停了一停,志气颓唐,灵机顿失。怔怔地目尽天涯,则见海水深蓝,上与碧霄辉映。十字窗下的竖琴正奏着别离的曲子,还有一人很伤心地叫一声"再会……"约翰的生命坍倒了,被蹂躏了,所余的只是些渣滓与眼泪……农事完了,田原空了,再也没有回家的希望,为的是这个妇人……

我本该早些对你说明白,但我看见你那般坚决,那般热烈,竟令我不敢开口。先是因为你兴奋,激动了我的心;再者,妇人是爱虚荣的,看见绝交之后,还再征服你一次,自然免不了有几分自负。只一层,我抚心自问,觉得事情已经不像从前,似乎完了,破了……经过一次大波动之后,还有什么法子想呢?……你也不必猜说我为的是那可怜的福拉孟。我对他也像对你,像对别人,都完了,我的心死了;不过还剩下这小孩,我舍不得他,只好跟他同到他父亲那边去。可怜的福拉孟,为着爱情受了十年的困苦,而他从马沙斯回来之后,待我还像当年一样热烈,一样多情。你想,我们再会的时候,他竟伏着我的肩头哭了一夜;而我与你再会的时候,似乎不曾有这许多眼泪吧?……所以你也不用生气了……

我的亲爱的孩子,我曾对你说过:我太爱人家了,爱得疲倦了。而今却轮到我要人家爱我,要人家抚循我,要人家欣赏我,要人家叫我乖乖。这一个,将来只晓得跪在我跟前,也不见我的脸上的皱纹,也不见我的头上的白发;现在他有意同我结婚,如果成为事实,却算是我给他的恩典。你试把你自己与他比一比看……再者,你千万不要傻里傻气地打什么主意,我已经提防好了,你再也找不到我。这一封信是在火车站一间小咖啡馆里写的;我从树林里看过去,还看见我们所住过的、经过好日子与坏日子的一所房子,但是门前已经有了招贴,专候新主人光临……好,你现在自由了,你永远不会再听见我的消息……别矣。约翰,再来一个吻吧,最后的一个,在颈窝上……我的心肝……

小芳黛

[法]乔治·桑　著

乔治·桑小传与本书略评

乔治·桑(George Sand)原名杜朋(Amandine Lucile Aurore Dupin),1804年生于巴黎,1876年殁于诺昂(Nohant)。她是一个浪漫主义的女作家,与嚣俄、大仲马、巴尔扎克诸人齐名。她早年无父母,为祖母所养育,过的是田家的生活。1822年,她嫁给杜特汪男爵(Le baron Dudevant),生了两个儿子。她原是多情多恨的人,因她的丈夫为军官,便于1830年离婚,与儿子们同住巴黎。她为人很浪漫,先后所交的情郎不少,当代名士如桑图(San dean)、缪塞(Musset)、叔鹏(Chopin)诸人都同她恋爱过。然而她的文名并不因此稍衰。她终身不离文笔,著情感小说、社会小说、田园小说、传奇小说共六十卷。其中最著名的情感小说是《安第业娜》(Indiana,1831)、《华兰亭》(Valentine,1832)、《列里亚》(Lélia,1833)、《杰克》(Yacques,1834)、《莫伯拉》(Mauprat,1837),社会小说是《丽儿琴的七弦》(Les 7 cordes da la Lyre,1840)、《孔胥克罗》(Consuclo,1842),田园小说是《霞痕》(Jeanne,1844)、《魔池》(La mare au Diable,1846)、《小芳黛》(La Petite Fadette,1848),传奇小说是《一个少女的忏悔》(La Confession d'une jeune Filie,1865)等。

她做文章下笔不能自休,她的情趣滚滚不尽之点有动人的魔力,因此之故,有时候不免冗长的毛病。她的小说写得最简洁明畅的乃是田园小说一类。她爱那恬静的乡间的太阳与明月、花木与田野、禽鸟与家畜,她自己也努力要分享这种恬静的幸福。田园小说之中又以《小芳黛》为最著,批评家都以为这是她的最优美的作品。她童年的可爱的回忆,卸载这里的不少;事情并不奇特,却把读者深深地引入家庭故事与农家日常生活的中心去。《小芳黛》之外要算《魔池》是最好的了。

　　《小芳黛》可以算是一部干净的小说,与译者前次所译左拉的《娜娜》恰恰相反。于此可以看出浪漫主义与自然主义的分野。我们当然赞成自然主义,然而浪漫主义在历史上占重要的位置,也不得不为国人介绍。译者不该以个人的好恶为选择的标准。

译者

二十年四月八日

一

歌斯村的巴尔波伯伯的事业并不坏，只看他能做自治区的议员便可证明了。他有两块田地可以赡养他全家的人们，还有其他的利益。他在草场上刈得满满的好几车的干草；除了那附近小河的一个草场稍为蒲草所侵之外，其他的都是本地的人们所公认的上好的草场。

巴尔波伯伯的屋子建筑得很好，是用瓦盖的，位置在空气很好的山坡上；屋后有一个出产很多的园子，与六亩的葡萄田。再者，他的麦仓后又有一个很好的果子园，园里的梨子、李子、樱桃……种种果子都非常之多。尤其是园边的核桃树，乃是附近二十里内最老最大的几株。

巴尔波伯伯是一个很努力的人，不凶恶，对家里的人固然很好，对邻里的人也没有不公道的地方。

他已经有了三个孩子，然而巴尔波妈妈大约以为他们的财产还够赡养五个孩子，而且以为自己的年纪不小了，应该赶快生育才是，于是她打定了主意，便在一胎里替他生了两个很好的儿子。这两个孩子太相像了，以至于人家分辨不出来；他们同在一块儿的时候，人家一见便晓得他们是一对双生的弟兄。

他们出世的时候，那收生婆子沙歇特妈妈把他们抱在围裙里，竟记得用针把初生的孩儿的臂上画了一个十字。因为依她说：如果只把一条彩带或一只颈圈做记号还是容易混乱了的，岂不令他失了做哥哥的权利吗？她又说：将来这孩子大些的时候，应该给他做一个不可磨灭的记号；后来人家也遵了她的话。那初生的名叫西尔环，因为他的大哥名叫西尔环而又做他的代父的缘故；但是不久以后人家只把他叫做西尔维纳，好教他们弟兄有了分别。那后生的名叫郎德烈，因为他的叔父名叫郎德烈而又做他的代父的缘故；但是他的叔父自小就被人家叫做郎德里歇，所以人家只好保留着他的洗礼的名字，叫他做郎德烈了。

巴尔波伯伯从市场回来，看见摇篮上有两个小人头，便有几分诧异：

"哈！哈！"他说，"这摇篮太小了。明天早上我要把它改大了才行。"

原来他虽则不曾学做木匠，却会做一些木工，所以他的家具有一半是他做的。此刻他不诧异别的事情了，便来调护他的妻子。巴尔波妈妈喝了一大杯的酒，身子比前更强壮呢。他向她说：

"我的妻子，你的工作很好，可以增加我的勇气。你看，我们并不怎样需要孩子，现在又多了两个，又要给他们吃饭了；这么一来，我一辈子只是养牛耕田，没有休息的时候了。你放心，我要努力工作去；但是下次请你不要在一胎里生出三个来，那就太多了。"

于是巴尔波妈妈哭起来，累得巴尔波伯伯的心里很不好过，他说：

"好了吧，好了吧，不要哭了吧，我的贤妻。我说这话，并不是责备你，倒反是感谢你。这两个孩儿长得五官端正，他们的身上并没有什么缺点，我是很满意的。"

"唉！天啊！"她说，"我很晓得你不责备我，但是我很操心，因为人家说养双生孩子是最幸福的事，同时也是最艰难的事。他们是互相损害的，往往是其中有一个死了然后另一个才能生存。"

"呃！"他说，"这是真的话？我呢，我是第一次看见了一对双生子。这种情形不是常有的。但是，沙歇特妈妈还在这里，她对于这事很有见识，我们就请她指教吧。"

他们把沙歇特妈妈叫了来，她便回答道：

"请你们相信我的话吧：这两个双生子一定养得长大的，而且并不比别的孩子们多病。我做了五十年的收生婆子了，镇里的孩儿们生生死死都经过我的眼里。所以我看见的双生子也不止一次了。先说，他们尽管生得相像，于他们的身体并没有妨碍。世上有些双生子很不相像,与你我的面貌一般地相差很远,然而他们当中往往有一个强壮,有一个瘦弱;因此有一个生,有一个就死了。但是,请看你们这两个,他们都长得美,身体也一样的好,竟像同是一个人似的,所以他们在母亲的怀里决不会互相妨害。他们二人都来得好,不会累母亲痛苦,他们自己也不会痛苦。他们这样好看,我包管他们生活得长久。巴尔波妈妈,请您安心吧,将来您看见他们长大了,您也就快乐了。如果他们这样继续下去,我想只有你们夫妻二人与一些天天见面的人们才能分辨得出他们;因为我从来没有看见过如此相像的双生子。这教人说是两只小鹧鸪从蛋壳里出来,它们的身上处处相同,只有那母鹧鸪才能分别哩。”

“这才好呀!”巴尔波伯伯搔着头说,“但是我听见人家说过:容貌相同的双生子一定互相亲爱到了十分,他们分别了便活不成;至少其中有一个憔悴不堪,因此就死了的。”

“这是很真的真理”,沙歇特妈妈说,“但是请你们听一个最有经验的妇人告诉你们吧。我说了的话,你们不要忘了,因为到了你们的孩子们能离开你们的时候,也许我已经不在世上,不能劝告你们了。将来这两个双生子能互相认识的时候,你们要当心,不要让他们常常在一块儿。你们带一个去工作,便留另一个守屋子;一个去钓鱼的时候,你们就叫另一个去打猎;一个去牧羊的时候,你们就叫另一个去牧牛;一个喝酒的时候,你们就给另一个喝水。然后又叫他们替换做一番。切莫同时责骂他们或惩戒他们,切莫给他们穿同样的衣服。一个有了一顶圆帽子的时候,你们便给另一个一顶鸟打帽子;尤其是他们的工衣不要同是一样的蓝色。总而言之,你们该努力设法避免他们互相混乱,不教他们养成了不能相离的习惯。我说了这一番话,生怕你们当做耳边风;但是,如果你们不遵照我的话做去,将来必有十分懊悔的一天。”

沙歇特妈妈说得这样有理,他们都相信了。他们应承照她的话做去,而且给了她许多赠品然后送她走了。因为她叮嘱不许这一双孩子同吃一个人的奶,所以他们便从事于寻找一个奶妈。

　　但是他们在本地方找不出一个奶妈来。巴尔波妈妈从前有了儿女都是自己喂奶的,而且她料不到这一次会同时生了两个孩子,所以她并没有预先准备。现在巴尔波伯伯须到附近的地方找奶妈去,在未寻得以前,巴尔波妈妈不能让孩儿们挨饿,只好暂时把奶给这双生子吃。

　　我们乡里的人的交易不是容易决定的,无论怎样有钱的人,也要讲一讲价。人家晓得巴尔波伯伯是有钱的,而且巴尔波妈妈的年纪不轻了,不见得能喂养两个孩子而不感觉疲劳。所以巴尔波伯伯所访问的奶妈,没有一个不要他给每月十八厘佛的报酬的,这竟像向一个世宦人家讨价了。

　　巴尔波觉得这价钱太贵,他只肯给十二至十五厘佛。他到处奔走议价,始终没有结果。其实这事也不必着急,这两孩子还很小,不至于使母亲疲劳,而且他们的身子很好,很安静,并不争奶,所以家中只像有一个孩儿一般。一个睡着了的时候,另一个也睡着了。巴尔波伯伯已经把那摇篮改大了,当他们二人同时啼哭的时候,人家把他们同时摇摆,他们也就同时安静了。

　　后来巴尔波终于找到了一个每月十五厘佛的奶妈,只差一百个苏的小账还在争持,于是他的妻子对他说:

　　"嗳!老板,我想我们何苦每年花费一百八十或二百厘佛呢?难道我们是先生太太不成?难道我太老了,喂养不得我的孩儿们不成?我的奶很多,两个孩儿还吃不了呢。他们出世已经一个月了,您看他们不是长得胖胖的吗?您想要雇请麦洛德嫂嫂喂养我们两个孩儿中的一个,其实她比不上我一半强健;她的奶已经是十八个月的奶了,不该叫她喂养只出世一个月的孩儿。沙歇特妈妈叮嘱不许他们同吃一个人的奶,要提防他们将来太相亲爱,她的话是不错的;但是她不是又说双生的孩儿到底比不上普通的孩儿强壮,叫我们把他们一样地好好调护吗?我宁愿他们太相亲爱,不愿牺牲了两个中的一个。再说一层，我们把哪一个交给奶妈呢？我老实对您说，无论与哪一个分离，我也是一样地伤心的。我可以说我已经非常地爱过我的一切的孩儿们，但是我不知道怎样的，我竟觉得这两个是我的手里抱过的孩子当中最可疼的两个。我对于他们，不晓得是什么心理，我常常怕丧失了他们。我的丈夫，我请您不必再打主意找那奶妈了；除此之外，其他的事情，我们都遵照沙歇特妈妈的话做去就是了。吃奶的孩儿，怎么会晓得太相亲爱呢？到了他们有了知识的时候，人家已经断他们的奶了。"

巴尔波伯伯注视他的妻子，果然见她很鲜艳，很强壮，是人间少有的体质。于是他回答道：

"我的妻，你说的话不错；但是，假使这两个孩儿渐渐肥壮，你却渐渐衰弱，怎么好呢？"

"你不要怕"，巴尔波妈妈说，"我像十五岁的时候一般地有食量。再说一层，如果我觉得身体衰弱了，我决不瞒您；到了那时候，您才把这两个可怜的孩儿当中的一个赶出屋子外面去还不算迟啊！"

巴尔波伯伯赞成她的意见，因为他也很愿意省了些无益的费用。巴尔波妈妈喂养她的孩儿们，也不嗟怨，也不害病；她的体质这样好，竟于这两个孩子断了奶的第二年又生了一个女儿。这女儿名叫娜纳德，也是由她自己喂养。但是这一次未免太过了，假使她的长女不常常来替她喂奶，恐怕她会觉得辛苦了。

这般地过去，不久之后，全家都长大了，都在太阳底下走动了。小叔叔、小姑姑、小侄儿、小侄女，和气一团，分不出谁比谁规矩，也分不出谁比谁啰唆。

二

这一对孪生儿生长发育，并不比别的孩儿多病；而且他们的气质太温和了，竟不像别的孩儿有牙痛及其他的痛苦。

他们是金发的，一辈子也是金发。他们的面色很好，一双大眼睛是蓝色的，肩是圆的，身是直的，他们的身体比那些同年的孩子们更高，他们的胆量也更大。附近的人们经过歌斯村的时候，一个个都注视他们，叹赏他们的特色，每一个人走开了的时候都说："这到底是一对标致的小孩。"

因此之故，这一对孪生儿给人们审视惯了，询问惯了，所以见人的时候并不害羞，也不糊涂。他们遇见谁都很不拘束，他们不像我们乡里的孩子们遇见一个面生的人就躲进了丛树后面，他们遇见谁都与他亲近，但是他们规规矩矩的，有问必答，也不低头，也不待人家再问。起初的时候人们看不出分别的地方，以为这是一个鸡蛋，那也是一个鸡蛋。但是，当人们仔细看他们一刻钟之后，便觉得郎德烈高了一点儿，大了一点儿，而且他的头发厚些，鼻子高些，眼睛锐些。他的额也阔些，面上更显得有决断的样子。他的哥哥的右腮上有一个痣，他的痣却在左腮上，而且更显现些。因此之故，本地的人很能辨别他们，不过总要细看一会儿；而且入夜的时候，或有了若干距离的时候，人们几乎一个个都弄不清楚，一则因为他们的声音完全相同，二则因为他们分明晓得人家容易混淆，便索性胡乱答应姓名，不耐烦说破人家的误会。巴尔波伯伯自己有时候也弄不清楚。沙歇特妈妈的话不错，只有他们的母亲永远不会迷误，哪怕是夜深的时候或很远的距离，只要她能看见他们的面或听见他们的声，没有一次不能辨别清楚的。

其实他们两人的价值也是相等的。郎德烈固然比他的哥哥乐观些、勇敢些，但是西尔维纳为人很和蔼、很聪明，所以人家对他的爱情也并不比对他的弟弟的爱情减少。在三个月以内，人家总想阻止他们兄弟太亲热了。乡里的三个月，算是很长的时间，尽可以观察某一件事是否能与习惯相抗。后来一则因为事情没有多大的效果，二则因为牧师先生说沙歇特妈妈是一个爱说废话的人，而且说上帝在自然的法则中创造的东西并不是人力所能改造的。因此之故,巴尔波夫妇渐渐地忘了他们应承沙歇特妈妈的话了。人家第一次解脱了他们的儿衣,改穿裤子,送他们赴弥撒会的时候,他们的衣服是同样的布做成的,因为这是母亲的一条裙子改做的两套衣服,而且本地方的裁缝又只晓得一种做法,所以他们的衣服的形式也是一样的了。

他们上了年龄的时候,人家注意到他们对于颜色有同一的嗜好。到了新年的时候,他们的姑姑预备赠他们一种东西;恰好有一个负贩商人驱着一匹马,马背上堆着许多杂货沿门叫卖,她就叫他们每人挑拣一条领带,他们都挑了深紫色的。那姑姑问他们是否要永远穿着二人相同的服装,然而这一对孪生儿不晓得这许多道理;西尔维纳回说他觉得那商人的杂货箱里只有这一种领带的颜色与花纹是最美丽的,郎德烈也跟着回说其他的许多领带都是不好看的。那杂货商人在旁听了,笑着问道:

"我的马的颜色呢?你们觉得怎么样?"

"丑极了,它真像一只老喜鹊。"郎德烈说。

"丑得很,这竟是不曾给人家好好地拔毛的喜鹊。"西尔维纳说。

"您看",那商人明确地向他们的姑姑说,"这两个孩子的眼光是一样的。如果其中的一个看见红色是黄的,另一个就看见黄色是红的。我们不应该逆他们的意见,因为人家说孪生儿像一种图案复印的两个模型,如果我们禁止他们这样,他们会变为糊涂的人,不晓得自己说的是什么话了。"

那杂货商人说这话,因为他的深紫的领带的颜色很坏,他还希望下次每卖一次就卖两条。

从此之后,一切的事情都是如此的。这一对孪生儿的服装太相同了,所以人家越发容易弄不清楚。不知是他们淘气呢,或是那牧师所谓不可改造的自然的法则,他们当中有一个踏破了一只靴子的时候,另一个即刻也踏破了他的靴子,而且同是左脚的或同是右脚的；他们当中有一个弄破了裤子或帽子的时候，另一个即刻也弄破了他的裤子或帽子，那裂痕非常相似，竟令人猜是同一的意外。当人家问他们怎样弄破了的时候，他们都笑着表现不知情的样子，他们的态度也绝对相同。

不知是福是祸，他们的年纪越大越相亲爱；到了他们懂得事体的时候，他们当中如果少了一个，无论同谁玩耍，都不觉得开心。巴尔波伯伯曾经试把一个留在他身边，把另一个留在他们的母亲身边，整天到晚不许相见，于是他们十分悲哀，懒于工作，以致人家以为他们病了。到了晚上，他们互相见了面之后，两个人牵手到外面散步去，不愿归家，一则因为他们团聚的时候太舒服了，二则因为他们的父母使他们悲哀了一个整天，所以他们也有几分赌气。自此之后，人家不再把他们分离了，因为他们的父母以至于叔叔姑姑哥哥姊姊们没有一个不疼这一对孪生儿，渐渐成为溺爱了。他们因为有许多人称赞这一对孪生儿，他们因此自负；其实也值得自负，因为西尔维纳与郎德烈也不丑陋，也不凶恶，也不糊涂。有些时候，巴尔波原有几分担心，怕的是他们养成了习惯，到了成年之后还不能分离，而且他又记起沙歇特妈妈吩咐的话，所以他试播弄他们，希望他们互相妒忌。当他们稍有过失的时候，他扯西尔维纳的耳朵，向郎德烈说："这一次我饶了你，因为平日的时候是你明理些。"然而西尔维纳看见人家饶了他的弟弟，他自己的耳朵热了倒也甘心；反是郎德烈啼哭，竟像是他受了惩戒似的。当他们二人同想要某一种东西的时候，人家试把那东西只给了他们当中的一个；但是如果这是可以吃的东西，他们即刻分吃了；如果是可以玩弄的东西，他们便共同玩弄，或把那东西循环地相赠，竟是不分彼此。有时候，人家故意称赞一个的品行，假装说话不公平，那另一个却欣幸他的弟兄受了鼓励，连他自己也去称赞他，温存他。总而言之，人家要分离他们的身或心，真是徒劳无功的事；本来一个人爱了他的孩子们的时候，纵使为的是他们的幸福，也不愿意常常逆他们的意,所以不久之后人家就听之自然了。其实人家作弄他们,他们也不是受骗的。他们都很有计谋,有时候他们故意争斗,好教人家不再骚扰他们;然而这在他们看来只是一种娱乐,当他们伏在身上揪打的时候并不伤损一根毫毛。假使有人看见了他们的争斗而诧异起来,他们就悄悄地笑他,后来人家又听见他们像枝上的黄莺一般地细语呢喃,而且歌唱起来了。

他们虽则这般相像,这般相亲,然而上帝造物决没有绝对相同的,所以使他们有不同的气质与不同的命运。

当他们领了第一次圣体之后,他们的恶运就来了。巴尔波的两个长女又养了两个孩儿,于是家中的人口又增加了。他的长子马尔登是一个好男子,为国家服务;他的女婿们很勤快地工作,可惜他们的入息并不多。我们的地方上有了几年不好的年冬,大家的农业与商业都不顺利,所以乡下人们的荷包里进来的钱少,出去的钱多。巴尔波伯伯虽则有两个钱,到底不能把全家赡养,不得不计划把他的孪生儿送给别人做佣工。恰好白里歇村的盖乐伯伯愿意收留这一对孪生儿当中的一个替他牧牛,因为他的田地很多,用人不少,而且他的佣人们不是太大就是太小,都不适宜于牧牛。巴尔波伯伯第一次把这话告诉了他的妻子的时候,她真是又害怕又伤心。她绝对料不到有这事情发生,不过她到底有几分担心。但是她对丈夫非常柔顺,也就不晓得怎样说了。巴尔波伯伯自己也就不放心,所以早就准备。起先的时候,那一双孪生儿同声啼哭,在树林里或牧场上跑来跑去,跑了三天,除非吃饭的时候人家才能看见他们。他们对父母不说一句话,当人家问他们是否预备顺从的时候,他们并不回答;但是当他们二人在一块儿的时候,他们却讨论了许久。

在第一天,他们都只晓得啼哭,二人手臂揽着手臂,好像恐怕人家用强力把他们分离了似的。然而巴尔波伯伯并不用强。他果然是一个乡下人,他晓得忍耐,时间久了就有效力了。到了第二天，他们看见人家并不强迫他们，只等待他们归依道理，于是他们更怕父亲的意志，甚于被威吓或被惩戒了。郎德烈终于向他的哥哥说：

"我们非把事情弄妥不可，只看我们当中哪一个去就是了。盖乐伯伯说过，他不能收留我们二人在一起，人家任凭我们自己挑选一个去。"

"既然我们反正是要分离的，我去或不去，有什么分别呢？"西尔维纳说，"我竟不想及到外面过生活去；如果我同你一块儿去呢，我便离了家庭也没有什么留恋的。"

"话虽这样说"，郎德烈说，"然而在家伴着父母的一个到底有了些安慰，省了些烦闷；至于走了的一个呢，非但看不见双生的弟兄，而且看不见父亲，看不见母亲，看不见自己的花园，看不见自己的畜牲，一切平日的娱乐都丧失了，岂不更惨吗？"

郎德烈说话时的态度颇为坚决，但是西尔维纳又哭起来了。因为他不像他的弟弟有主意，他想起不得不把一切都离开的时候，一阵伤心，忍不住又流泪了。

郎德烈也哭，但是不像他的哥哥那么厉害，而且哭的态度也不相同。他平日遇了困苦的时候，常常把最难的事放在自己的身上，先看他的哥哥能承受多少，其余的都是他自己承受了。这一次他分明晓得西尔维纳比他更怕到别的地方居住，同另一家的人相处，所以他向他说：

"喂，哥哥，如果我们决定分离的话，还是我走了好些；你是晓得的，我的身体毕竟比你强些；我们往往同时害病，但是你的身体发烧的程度总更高些。人家说如果我们分离，也许会死了的。我不相信我会死，然而我不担保你，所以我宁愿留你在母亲身边，将来她可以安慰你，调护你。老实说，在表面上似乎人家把我们同样看待，其实不免有一个小小的分别，我相信人家更爱你些，因为你其实也可疼些。你在家吧，让我走吧。我们将来相隔并不远，盖乐

伯伯的田地与我们的田地相连,我们尽可以天天见面。我爱辛苦,
辛苦倒能使我散散心,而且我跑路比你快,我每天工作完了之后可
以即刻跑来找你。你呢,你没有许多事做,你在散步的时候可以顺
便去看我牧牛。你在家,我可以放心些;你到外面去,我在家里,我
就更提心吊胆了。因此之故,我要求你停留在家里。”

三

西尔维纳不愿意听这话,他虽则比郎德烈更爱他的父母与那
小娜纳德,然而他怕把这重大的责任卸在弟弟身上。

他们争论了许久之后,只好拈阄取决,结果是那短的麦秆被郎
德烈拈着了。西尔维纳不服,又要抛钱取决。抛了三次,他所得的
都是钱面,还该是郎德烈离家。郎德烈说:

“你看,命运也要我去,我们不要忤逆命运才好。”

到了第三天,西尔维纳还哭,郎德烈几乎不再哭了。他想起了
出门,也许比他的哥哥更伤心,因为他觉得他更有勇气,而且知道
父母的意见已经不可挽回;然而他想透了害处,也就勉强自慰。至
于西尔维纳呢,他只晓得伤心,并没有归依理智的勇气。因此之
故,郎德烈已经决定离家的时候,西尔维纳还没有决定让他走。

再者,郎德烈比他的哥哥更有自负心。人家常常说他们如果
不养成了相离的习惯,他们只算一半的男子;郎德烈觉得自己已经
十四岁了,想要表示他自己不是一个孩儿。自从他们第一次上一
株树顶找一个鸟巢的时候直到现在,遇事总是他说服了他的哥哥,
所以这一次也是他劝服了他。晚上到了家里,他向他的父亲说他
与他的哥哥已经决定服从命令,而且他们拈阄的结果乃是他应该
到白里歇村去牧牛。

他们虽则高大了,巴尔波伯伯还把他们抱在膝上,向他们这
样说:

“好孩子们,你们到了识道理的年龄了,我因你们服从命令就

可以证明，所以我很喜欢。你们须知，孩子们博得父母的欢心的时候就博得上帝的欢心，将来终有一天你们得到好报应的。我不愿意晓得你们二人当中是哪一个先决定服从，但是上帝晓得，他要降福于那提议服从的一个，同时也降福于听信善言的一个。"

他说着，便把一双孪生儿领到他们的母亲跟前，让她称赞他们；但是巴尔波妈妈太伤心了，勉强忍着眼泪，说不出一句话来，只好与他们接吻就算了。

巴尔波伯伯不是一个笨人，他晓得他们弟兄当中哪一个更有勇气，哪一个更有爱情。他不愿意冷了西尔维纳的热诚，同时他又看见郎德烈已经决定了一切，只怕他的哥哥再哭，又把他弄到踌躇起来。所以他在天色未明的时候就把郎德烈唤醒，他的哥哥在他的身边睡着了，巴尔波伯伯不惊动他，只低声地向郎德烈说：

"喂，好孩子，在你的母亲没有看见你以前，我们应该到白里歇村去；你须知，她很伤心，我们要避免与她道别才好。我就拿了你的包袱，把你送到你的新老板家里去吧。"

"我不同哥哥道别吗？"郎德烈问，"如果我不告诉他就走了，他会怪我的。"

"如果你的哥哥醒来，看见你走，他更要哭得厉害了。唉！郎德烈，你是一个好心的孩子，你不肯弄到你的母亲害病吧？好孩子，我劝你做好事便做个彻底，一声不响地就走了吧。至迟在今天晚上我一定把你的哥哥送去给你；而且明天是礼拜天，你们可以在白天回来看望你的母亲。"

郎德烈很有勇气地顺从了命令，他出了门口，并不回头一望。巴尔波妈妈并不睡得怎样熟，所以她还听见了她的男人对郎德烈所说的话。那可怜的妇人，她觉得丈夫有理，动也不动，只把床帷拨开些，眼看着郎德烈走了就算了。她一阵伤心，跑下床来，想要走去吻他；她到了那孪生儿的床前，看见西尔维纳紧闭了眼睛，睡得正熟，她就停了脚步。可怜的西尔维纳，他哭了三日，而且差不多哭了三夜,疲倦极了,甚至于觉得身体有点儿发烧;他在床上辗转反侧,长叹呻吟,始终不醒。

于是巴尔波妈妈怔怔地望着那孪生儿当中剩下的一个,不禁自思假使是这一个走了,她就更伤心了。真的,他是两个当中最有情感的一个;而且上帝的自然的法律里规定二人相爱的时候必有一个比另一个的爱情更深些。巴尔波伯伯比较爱郎德烈,因为他注重工作,而且很有勇气,不拘拘于儿女的柔情。但是巴尔波妈妈更爱西尔维纳,因为他比他的弟弟更多情、更娴雅的缘故。

她把这可怜的、颓丧的孩儿望了又望,自思假使把他送给人家做佣工,岂不可怜?郎德烈有才干些,可以抵御艰难,而且他对于他的孪生哥哥与他的母亲虽则很有感情,到底不至于因此就害起病来。她想郎德烈是一个很有责任心的人;然而他的心肠未免太硬了些,否则他不至于这样毫不踌躇,不回头,不流一点眼泪。假使他不是心硬,一定先跪下来请上帝给他勇气才能开步,而且他一定走近我的床前,我假装睡着了,他只须望我一眼,吻一吻我的床帷,也就算他有心了。我的郎德烈真是一个男子。他只喜欢工作,喜欢移动位置。至于这一个呢,他有的是少女的心肠;看他这样温和多情,怎教人家不爱他呢?

巴尔波妈妈这样自言自语,回到床上,不能再睡着了;同时巴尔波伯伯领着郎德烈走过了许多草地与牧场,径向白里歇村走去。他们走上了一个小坡,下坡时渐渐看不见歌斯村了,郎德烈停了脚步,回头呆望。他的心几乎碎了,他坐在一条横倒着的树干上,不能更走一步了。他的父亲假装看不见,仍旧向前走。一会儿之后,他很温和地向他说:

"我的郎德烈,天色已经亮了,如果我们想要在太阳未出以前赶到白里歇村,就应该走快些才是。"

郎德烈站了起来,他本来向自己发过誓不在父亲跟前啼哭,所以他把眼眶里的豌豆般大小的泪珠忍耐住了。他假装把他的衣袋里的小刀遗落在地上，直到了白里歇村，并不曾哭，然而他的心中的痛苦却不小。

四

盖乐伯伯看见人家把孪生儿当中最强壮最能干的一个送来给他，他非常地欢迎。他晓得这事情决定的时候人家流了不少的眼泪，而他是一个很忠厚的邻人，对于巴尔波很有交情，所以他竭力鼓励称赞郎德烈。他赶快给他喝了些肉汤与一小瓶的葡萄酒，因为那孩子的痛苦是容易看得出来的。后来他又领他去看那些牛，并且教他牧牛的方法。其实郎德烈对于此道并不是个生手，因为他的父亲有一对牛，他常常料理它们，驱使得非常驯熟。他看见盖乐伯伯的牛养得很肥壮，本地方只有他这一家有这样的好牛种，所以他拿起了那很漂亮的牛鞭的时候，竟惹起了他的骄傲心。再者，他欣幸能够表示他自己不笨不懒，用不着人家教他。他的父亲也替他夸口。到了人们出发工作的时候，盖乐伯伯的孩子们，男的、女的、大的、小的，都来与郎德烈接吻，那年纪最小的女孩把彩带系着的一枝花插在他的帽子上，因为这是他服务的第一天，在收留他的家庭中算是一个好日子。在未与他分别以前，他的父亲当着他的新老板的面教训了他一番，吩咐他凡事依顺盖乐伯伯，小心调护他的牛，像他自己的畜牲一般。

郎德烈听了，便应承竭力做去。他做田工去了，整天到晚很勤快地工作，回来的时候肚子已经饿了。这是第一次他做这种苦工，所以一些疲劳竟是他的悲哀的良药。

然而那可怜的西尔维纳，他在孪生村里就难过了——原来巴尔波伯伯的田地与屋子都在歌斯地方，所以叫做歌斯村；自从他养了一对孪生儿之后，他的屋子里有一个女仆也生了一对孪生女儿，后来竟养不活;然而村人们喜欢绰号,便把歌斯村改称孪生村了。西尔维纳与郎德烈无论到了什么地方都听见许多儿童们环绕着他们嚷道:"看呀! 孪生村的孪生儿来了!"

　　这一天,巴尔波伯伯的孪生村里发生了一件大悲哀的事情。西尔维纳醒来的时候不见了他的弟弟在他身边。他本来很有几分怀疑,但是他不能相信郎德烈会这样不辞而别的。现在看见他的弟弟居然走了,他在痛苦的时候就埋怨起来,向他的母亲说道:

　　"我做了什么对他不起的事情? 怎样得罪他了? 凡是他劝我做的事情,我一件件都做了。他吩咐我不要在您跟前啼哭,我虽则头痛得很,也就忍住了眼泪。他应承过我,说在未走以前一定先劝我许多话,增加我的勇气,而且先同我一块儿在歇纳维耶吃中饭,因为那是我们二人常常谈笑的地方。我想要替他收拾包袱,而且把我的刀子给他,因为我的刀子比他的好些。妈妈,您在昨天晚上已经替他收拾了包袱却不向我说一声吗? 您在事前就知道他想要不辞而行吗?"

　　"我顺着你的父亲的意思做了。"巴尔波妈妈答。

　　于是她竭力找了许多话安慰他。他不愿意听她一句;后来他看见她也哭起来,然后与她接吻,请她原谅他增加她的悲哀,情愿在家伴着她算是赎罪。然而当她离开他,从事于喂鸡洗衣的时候,他忽然跑出了家门,向白里歇村走去。他甚至于不晓得想要到什么地方去,只像一只雄鸽追寻雌鸽,不计路途。

　　他没有走到白里歇村的时候,恰巧他的父亲回来,握了他的手,把他拉回家里,说:

　　"我们今天晚上再去吧。你的弟弟工作的时候,你不该去搅扰他,以致他的老板不满意。再者,你的母亲正在伤心,我正靠你去安慰她呢。"

五

西尔维纳回到他的母亲的裙边挨着，像一个小孩般地整天到晚不离开她，时时刻刻说起郎德烈，心心念念不忘他，凡是他们平日常到的地方，现在他还再经过一次。到了晚上，他要到白里歇村去，他的父亲愿意陪他走一遭。西尔维纳急于赶去与他的孪生弟弟接吻，以致不能吃晚饭。他以为郎德烈一定跑出来迎他，但是郎德烈虽则很想出来，终于不动。他害怕白里歇村那些少年们与孩子们嘲笑他们的感情，以为这是孪生儿的一种毛病，所以不敢出来；西尔维纳进去的时候看见他正在喝酒吃饭，竟像他生平只在盖乐家过生活似的。

郎德烈看见他的哥哥进来的时候，心中欢喜到了极点，假使他不忍耐着，他早就推翻了桌子椅子，好教他能够快些去吻他的哥哥。但是他不敢动，因为他的主人们怀着好奇心注视他，把这种感情看做自然界的新奇的现象。

西尔维纳奔到他的跟前，哭着与他接吻，紧抱着他，像一只小鸟在巢中为了取暖而偎傍它的弟兄。郎德烈被众人看见，十分不好意思；其实他的心中却很快乐。然而他想要表示自己比他的哥哥识事些，所以他不时丢眼色叫西尔维纳注意，西尔维纳因此十分诧异而且生起气来。这时候，巴尔波伯伯与盖乐伯伯谈天喝酒，那一双孪生儿一块儿出来。郎德烈很想在私处与他的哥哥温存，但是其他的孩子们远远地监察着他们，甚至于那年纪最小而又最狡猾的小女孩苏兰芰也小步地跟随他们走到廊子里，当他们注意到她的时候，她只很难为情地笑着，却不肯走开，因为她始终以为她可以看见些什么奇异的事情，然而她却不晓得在兄弟的情谊里有什么可怪的地方。

西尔维纳看见他的弟弟与他接近的态度如此安闲，虽则心中诧异，然而他欣幸与他相逢，也就不想要责备他了。到了第二天，郎德烈觉得身体是自己的了,因为盖乐伯伯早已免了他的一切的责任,所以他在清晨就离了白里歇村,希望在床上遇见他的哥哥,给他一个意外的欢喜;但是西尔维纳虽则是二人当中最贪睡的一个,当郎德烈穿过了果子园的篱笆的时候,他忽然惊醒,赤着脚走了出来,竟像有什么鬼神报告他,说他的弟弟来了。这一天乃是郎德烈十分满意的日子。他晓得他不能天天回家,所以他欣幸得重见他的家人与房屋,竟像得了一种报酬似的。直到上午,西尔维纳把一切的悲哀都忘了。在吃早饭的时候他自己说要与他的弟弟吃中饭;但是中饭吃完之后,他想到晚饭乃是最后一餐,于是他开始伤心,很不舒服。他非常亲热地照料他的弟弟,把最好的东西给他吃,面包的皮、生菜的心,都拿来贡献给郎德烈;后来他又关照弟弟的衣服鞋袜,好像弟弟要旅行很远,很是可怜;其实他自己乃是最伤心的一个,最可怜的一个,他倒反不觉得呢。

六

一礼拜是如此过去了,西尔维纳天天去看郎德烈,郎德烈往往与他盘桓些时候。郎德烈渐渐忍受了别离之苦,西尔维纳却丝毫不能忍受,他计算日子,计算钟点,像一个受苦的灵魂。

世上只有郎德烈能劝西尔维纳遵从道理,所以他的母亲往往求助于他,叫他劝他的哥哥安心;因为这可怜的孩子一天一天的更悲恸了。他不游戏了,非受命令便不工作了;他还抱小妹妹玩耍去,然而他并不向她说话,也没有心肠逗她欢笑,仅仅监视着她,不让她跌跤或受其他的损伤罢了。在人家不把眼睛管着他的当儿,他即刻自己躲起来,谁也不知道他的去处。沟渠里、篱笆里、小潭上,凡是他平日与郎德烈玩耍谈话的地方,都是他藏躲的所在;他坐在当初他们同坐的树根上,当初他们在水里像鸭儿般踏来踏去,现在他也到原地方踏来踏去。他每次遇见从前郎德烈用镰刀斫削过的树枝,或用做火石与铁饼的小石子,他就非常欢喜。他把那些小石子藏在一个树穴里或一个豆荚里，好教他可以不时到来看一看，竟像一些很重要的东西。他每次出去的时候都搜寻他的脑筋，希望找见过去的幸福的痕迹。这在别人不算什么，在他却算是世上的一切了。他并不顾虑将来，因为他没有勇气推想这些难堪的日子的结果。他只想念过去，把精神消磨在幻梦里。

有些时候，他幻想看见他的弟弟的面，或听见声音，于是他自言自语，以为是与他的弟弟对谈。否则他就睡在他所到的地方，在梦里与他相逢；他醒来的时候就哭了一场，自怜孤独。他并不可惜他的眼泪，因为他希望疲劳能减少他的痛苦。

有一次，他徘徊直到了尚波村，村旁的树林里在下雨的时候有一条小溪流出，现在这小溪差不多干燥了，他在溪里看见了一个小磨坊。原来我们乡里的小孩子往往用些芦苇制造些小磨坊，放在流水上旋转，这种东西做得很巧，所以有时候可以存留许久，除非有别的孩子弄破了，或被大水冲翻了。西尔维纳所看见的一个乃是很完整的，已经存留两个月了；这里的行人绝少，所以没有人看见它、摧残它。西尔维纳认得这是他弟弟的作品；在制造的时候，他们原说过再来观看的，后来他们在别的地方又做了许多小磨坊，于是便把这事忘了。

西尔维纳很欣幸能再见这小磨坊，于是把它移下有水的地方，看它旋转，借此记起当初郎德烈第一次试它的时候的娱乐。他终于把那小磨坊留在原处，到了第一个礼拜天他再领了郎德烈来，教他看这小磨坊是怎样结实，至今还能存在呢。

到了第二天，他忍不住又自己去了一遍，他看见那溪岸已经被饮水的牛践踏坏了，这些牛是人家在早上放出来吃草的。他更上前走几步，则见那些牛已经把那小磨坊踏得粉碎，以致他几乎找不见了。他的心中十分难受，以为这一天他的弟弟有了什么祸事了，于是他一直跑到了白里歇村，要看见郎德烈毫无伤损然后放心。郎德烈不喜欢在白天与他相见，因为他恐怕主人怪他分心，西尔维纳也晓得他的弟弟的意思，所以只远远地望他工作，并不让他看见自己。他悄悄地回家，不对别人说起他为什么跑到白里歇村去，因为他以为这是可羞的事情，所以许久以后才给人家知道。

他的面色渐渐黄了，睡觉很不好，吃饭也几乎吃不下，他的母亲非常伤心，不晓得如何安慰他才好。她试把他领到菜市上去，或派他跟随父亲或叔叔们到牛羊贩卖场去；但是他对于任何的事都不关心，也不觉得有趣，巴尔波伯伯对他不说什么，却暗地里央求盖乐伯伯把一对孪生儿都收留在他家里服务。但是盖乐伯伯回答了他一段话，他觉得很有道理：

"假定我就把他们二人都收容了，这并不是长久之计，因为我们这样的人家，每一件事务只用得着一个人。到了年底的时候，您不是又须把其中一个送给另一家佣工吗？您看，假使西尔维纳到了某地方，人家强迫他工作，他不会减少了许多胡思乱想，像他的弟弟一般忍受吗？迟早都不免有这一遭的。将来您把他送给人家佣工的时候，不一定就是您所希望的地方；如果将来这两个孩子相隔更远了，只能每礼拜见面或每月见面，倒不如现在就养成他们的别离的习惯，不让他常在弟弟的衣袋里还好些。老朋友，我劝您懂事些吧，您的妻子与儿女们都太溺爱这一双孪生儿了，您不必再顺从一个孩子的脾气吧。现在重要的关头已经过了，如果您不让步，其余的也就不成问题了，您相信我的话吧。"

巴尔波伯伯也承认：西尔维纳越与他的弟弟见面，越发渴想要见他。于是他预定在圣约翰节把他送给人家佣工，好教他渐渐少见郎德烈，终于像别人一般地养成了独立生活的习惯，不至于因为兄弟的情谊竟作践了身子。

但是这话还不能与巴尔波妈妈说起，因为只提起了一句，她早已流了十斛泪珠。她说西尔维纳会因此丧命，巴尔波伯伯十分为难。

郎德烈听从了他的父母与他的主人的话，常常劝导西尔维纳；

但是西尔维纳一切都应承了,并不自己辩护,只恨不能自己克服自己。他的心中另有一种心事是他所不说出来的,其实他也不晓得怎样说:原来他觉得自己非常妒忌郎德烈。他看见人人都敬重他的弟弟,他的新主人们竟把他当做自己家里的孩子看待,他实在替他的弟弟欢喜,万分欢喜。然而他一方面虽则快乐,另一方面却又伤心,因为他觉得郎德烈对于那些新人物的感情太厚了,未免对他不住。他不能忍受郎德烈那样殷勤,只要盖乐伯伯轻轻地吩咐了一句,他就连忙奔赴,以致抛弃了父母哥哥,把感情比责任看得更轻。有些事情,以西尔维纳设身处地,尽可以为兄弟的情谊而停留一会儿,然而郎德烈却服从命令去了。

于是这可怜的孩子起了一种从来未有的心理:他以为只有他爱人家,人家不爱他,他的情谊没有酬报;他想这事大约早已如此,不过当初他自己没有发觉罢了;后来他又想:也许他的弟弟在近日遇见了更满意的人们,所以对于孪生哥哥的感情便变冷淡了。

七

郎德烈猜不着他的哥哥这种妒忌心,因为在他的性情里,一辈子不曾起过妒忌心。当西尔维纳到白里歇村看他的时候,他为着使他散心起见,领他去看盖乐伯伯的大雄牛、好母牛、繁殖的羊群、丰盛的收获。郎德烈很看重这些事情,这并不是羡慕的心理,只因他生性喜欢田事与养畜,而且赞美乡村。他每天牵了一匹小牝马到牧场上吃草,很喜欢看见它清洁而有光辉。他不肯忽略一件事,凡是有利益的东西,他必不肯抛弃了。西尔维纳毫不关心地看了一遍,觉得自己很不注意的事他的弟弟却非常看重,心中十分诧异。现在他对于一切都怀疑了,所以他对郎德烈说:

"你现在很爱这些大雄牛了;我们家里那些小牛对于我们很是可疼,它们甘心受你束缚,你比爸爸更受它们欢迎,然而你却忘了它们,你竟不问一问那母牛的消息。唉!那可怜的畜牲,它给我们很好的牛乳,当我送东西给它吃的时候,它很悲哀地望着,好像它看见我孤零零地只剩一个人,想要问另一个孪生儿到哪里去了。”

“不错,它是一个好畜牲”,郎德烈说,“但是,请你看一看这些!等一会你看人家挤乳,你一辈子不会看见同时挤得出这许多牛乳的。”

“这也许是吧”,西尔维纳又说,“但是你要说它们的乳比我们那母牛的乳更好,我敢打赌说不是的,因为孪生村的草比这边的草好得多了。”

“说哩!”郎德烈说,“我相信如果人家把盖乐伯伯的大草场换爸爸的那水边的草地,包管他即刻就肯换呢!”

“不!”西尔维纳耸肩地说,“我们村里的树木比你们的更好,至于我们的干草也很好,虽则不多,却很细,当人家把草运回家里的时候,草香还落在道路上呢。”

他们往往这样因小事相争,郎德烈晓得一个人总把自己的东西看得比人家的好,西尔维纳却又轻视白里歇村的东西。但是,在这些架空的言语里,他们各有心事。一个是无论如何,无论什么地方,只要能工作就好;另一个却觉得他的弟弟除了他之外另有安心的所在,真令他不懂其所以然了。

郎德烈把他引到盖乐伯伯的园子里去的时候,一面与他谈天,一面把手折了一条接木的枯枝,或拔了一根障碍蔬菜的劣草,这种事给他看见,他又生气了。他自思他自己专候他弟弟的一言一动,而郎德烈却为别人效劳。他不愿意显示他的心思,因为他自己觉得太容易生气了,心中不免惭愧;但是他与他临别的时候,往往对他说道:

“好,今天我累你尽够了,你看见了我,你的时间太长了。”

郎德烈完全不懂这些埋怨的话,他听了只觉得伤心,后来又轮着他埋怨他的哥哥,西尔维纳不愿意而且不能向他解释。

这可怜的孩子,他非但对于郎德烈所关心的东西发生妒忌,而

且对于他所亲近的人更发生妒忌。他不能忍受郎德烈好情好意地
与白里歇村的孩子们相亲，当他看见他与那小苏兰芰温存的时候，
就怪他忘了自己的妹子娜纳德，依他说，娜纳德比苏兰芰可疼百
倍呢。

一个人的心被妒忌侵犯了之后，始终不能公平，所以郎德烈到
了孪生村的时候，他又觉得他太关心于他们的小妹妹了。西尔维
纳怪他只注意到她，对于他却毫不关心。

到了后来，他渐渐变为苛求，变为悲哀，以致郎德烈开始感觉
痛苦，不很欣幸与他相见太密了。他常常听见西尔维纳怪他顺受
命运，听久了便有几分疲倦了。他懂得西尔维纳的意思，于是想要
劝解他，说感情太大了的时候反有害处。西尔维纳不肯听从这种
话，甚至于把他的弟弟所说的话看做冷酷的心肠的表现。因此他
往往赌他的气，整个礼拜不到白里歇村，其实他渴想要去，然而他
勉强自禁。为了这种小事，他竟放出他的骄傲心来。

凡是郎德烈劝告西尔维纳的最合理的话，西尔维纳都拿来从
坏一方面解释，怒气渐积渐多，这可怜的西尔维纳在愤激的时候竟
怀恨他所最爱的人。有一个礼拜天，他特地离了家门；他分明知道
郎德烈每逢礼拜天一定来的，然而他不愿意同他消遣。

这种孩子们的淘气法子，使郎德烈十分伤心。他一天一天的
好动，爱玩，因为他的身体更强壮，更活泼了。无论哪一种游戏里，
他总是第一个，他的身体与眼睛都很灵活。所以他到孪生村来竟
是为他的哥哥而牺牲了一种娱乐；因为白里歇村的孩子们一个个
都是爱玩的，而他每逢礼拜天却整天停留在孪生村里，他的哥哥并
不同他到歌斯广场做游戏去，甚至于不到外面散步。西尔维纳的
身体与心思都比郎德烈幼稚，他只想要专一地爱他的弟弟，而且希
望郎德烈也专一地爱他。他始终只要他同他到"他们的地方"去，
原来"他们的地方"乃是一些小隅角，他们曾经在那边做过游戏，然
而这些游戏现在不合他们的年龄了。从前的时候，他们制造柳条

的小车,或小磨坊,或捕鸟机;有时候又起造小石块的房子,耕种那些手帕般大小的田,他们仿效大人们犁田、下种、耘田、收获,周年的田工都给他们学遍了。

郎德烈现在不爱这种娱乐了,他只喜欢做大人的事或帮助大人做事;他宁愿驱一辆六条牛的大车,不愿把一辆树枝小车驾在他的狗儿的尾巴上了。他希望与本地方的强壮的孩子们做撬球的游戏,因为以他的手段尽可以把球撬到三十步之外了。当西尔维纳答应同他去的时候,他自己只在一个角儿上观看他的弟弟游戏,一声不响,也不参加;如果郎德烈太高兴了,他就纳闷起来。

后来郎德烈又在白里歇村学会了跳舞。从前因为他的哥哥没有跳舞的倾向,连他自己也不曾学跳舞,现在他的嗜好虽则迟了些,但是他已经跳得很好,比那些才晓得走路就学跳舞的人们还更强呢。他在白里歇村里号称会跳舞的男子,他虽则还不以吻女子为乐事,但这是跳舞的规矩,他也就喜欢吻她们,因为这可以显得他不是孩子了。他甚至于希望她们做些态度,像对待成年的男子一般。然而她们还不曾这样做,甚至于有些很高大的女子揽着他的颈笑他,他觉得有几分难为情。

西尔维纳看见过　次他跳舞,因此更加气愤了。他看见他吻盖乐伯伯家里的一个女子,生气极了,妒忌极了,竟哭起来,觉得这是没有礼貌而且不合宗教的事情。

因此之故,每逢郎德烈为了兄弟的情谊而牺牲了自己的娱乐的时候,他所度过的礼拜天便不很有兴味;然而他不曾错过一个礼拜天,因为他要博哥哥的欢心,自己并不后悔。

西尔维纳在未到礼拜天以前已经同他吵过嘴,所以这一天他特地离了家门,不愿与弟弟讲和;这一次却轮着郎德烈伤心,大哭起来,这是他离家后第一次流泪。哭了之后,自己也躲起来,因为他始终以在父母跟前表示伤心为可耻,而且他怕增加了父母的悲哀。

假使说妒忌的话，却是郎德烈应该妒忌。巴尔波妈妈最爱西尔维纳，至于巴尔波伯伯，他虽则暗里比较地喜欢郎德烈，表面上却对于西尔维纳更殷勤些，更宽容些。那可怜的西尔维纳不很强壮，不很识事，然而人家更溺爱他，生怕惹他伤心。他是命运最好的人，他的弟弟离家受苦，他自己却安然停留在家里。

这好心的郎德烈第一次想起了这一层道理，他觉得他的哥哥对他很不公平。从前的时候，他禁止自己诿罪于西尔维纳，他非但不说他有过失，而且怪自己的身体太强健了，太爱工作与娱乐了，又比不上他的哥哥会说甜蜜的话，会细心体贴。但是这一次他实在找不出对于兄弟情谊的罪过，为着这一天到这里来，他放弃了一场很好的娱乐。原来白里歇村的孩子们在整个礼拜内商量好要在礼拜天去捕虾子，而且他们说过，如果他跟他们去，他们一定给他一场娱乐。他为娱乐所引诱，终于抵抗住了，以他的年纪而论，算是一种大牺牲。他哭了许久之后，忽然住口，因为他听见另一个人也哭。这人离他不远，而且独自说话；这是乡里的妇女的习惯，伤心的时候便自言自语起来。郎德烈听得出这是他的母亲的声音，连忙跑到她的跟前，她哽咽地说：

"唉！天啊，这孩子叫我操心不少了！他一定把我害死了，还有什么好说的！"

"母亲，是我叫您操心吗？"郎德烈说时，上前揽她的颈，"如果是我，请您惩戒我，不要再哭了吧。我不晓得怎样惹您生气了，然而我到底求您恕罪。"

到了此刻，巴尔波妈妈才知道郎德烈不像她意料中那样冷酷。她很亲热地吻他；而且她因为太伤心了，不知不觉地承认她所埋怨的不是他，却是西尔维纳；至于他呢，她有时候对他的观念不公平，她现在悔悟了。又说西尔维纳似乎变了疯狂的人，她很担心，因为天未亮的时候他就出去了，没有吃一点儿东西，现在太阳快下山了，他还没有回来。有人在午时看见他在河边，巴尔波妈妈想来想去,生怕他竟投了河,不要生命了。

八

巴尔波妈妈以为西尔维纳已经存心自杀了,这意念从她的脑里度过郎德烈的脑里,竟像一只苍蝇投进了蜘蛛网一般容易,于是他连忙从事于寻觅他的哥哥。他一面奔走,一面伤心,自己说:"从前我的母亲怪我的心冷酷,也许她怪得有理。但是此刻西尔维纳的心也太狠了,否则何至于令母亲与我如此伤心呢?"

他到处搜寻,始终找不着他;到处呼唤,始终听不见他答应;到处问人,竟没有一个人知道他的消息。末了,他走到了钟西耶草场,他走进场中,因为他记得场中有一个地方乃是西尔维纳所爱到的地方。一条河截开了草场,冲倒了两三株榛树,树根朝天,树干躺在地上。巴尔波伯伯不曾愿意把那些榛树抽开。他牺牲了这几株树,因为树根连着泥土恰有用处;那河水在每年冬天必定侵蚀了他的一块草场,累他受了许多损失,所以他保存了这些树根,就可以免受损失了。

郎德烈走近那河坎。河坎的旁边有他们二人从前所砌的阶台,这阶台是用草块搭在树根上做的。他这一次不走那阶台了,他把三步并作两步,赶到了河坎里。原来河边有些丛树与芦荻比他的身材更高,除非他进去,否则纵使他的哥哥在那里,他也找不见的。

他进去了,心中非常感动,因为他相信了他的母亲的话,始终以为西尔维纳想要寻死。他在树叶与芦荻丛中找了又找,呼唤西尔维纳,同时吹口哨叫那小狗,因为家里的人整天不见那小狗,大约它也跟了它的小主人来了。

郎德烈徒然呼唤,徒然搜寻,始终只有他一人在河坎里。他是一个会做事的少年,遇事都很细心,所以他审视各处的河岸,看有没有人的脚迹或突然崩坍的小土块。这种研究,一则很悲哀,二则很困难,因为郎德烈差不多隔了一个月不到这地方来了,虽则说他与这地方很熟,但是难保没有若干变迁。河的右岸已经生了草;河坎里的灯心草与木贼草生得很茂盛,剩不下一个脚底般大小的地方,好教他寻觅踪迹的了。然而郎德烈辗转搜寻,终于发现了一个狗的脚迹,甚至于发现了一块被睡偃了的草,大约是他家的小狗飞罗或别家的狗像它一般大小的在这里袅着身子睡了半晌。

关于这一点,他考虑了许久,又去审视那河堤。他以为他发现了一处很新的裂痕,好像一个人在跳的时候或失足的时候蹉破了的。这事本来不很显明,因为尽可以是些很大的水鼠把河堤弄破了;然而他伤心已极,他的腿酸软了,竟跪在地上,好像求救于上帝似的。

他这样停留了半晌,没有气力也没有勇气去把他的忧虑告诉别人,于是他含泪望着那河,竟像要质问它怎样把他的哥哥处置了。

这时候,那河安然地奔流,撼动了浸在水里的树枝,水声沙沙,竟像暗中嘲笑他。

这可怜的郎德烈起了祸事的念头,越想越伤心,以致昏乱起来,对于毫无预兆的事他也因此悲哀绝望。他自思道:

“这没良心的河,它不对我说一句话,它让我哭一年也不会把我的哥哥交还我。它推翻了不少的树,侵蚀了不少的田地,如果有一个人投进去,再也不能出来了。天啊!我的哥哥也许就在水里躺着,与我相隔只两步,而我不能看见他,不能在树枝或芦荻丛中找着他,纵使我走下了水里,也是枉然啊!”

他说着便哭他的哥哥,而且说了许多责备的话;他一辈子不曾有过这样的痛苦。

末了,他有了一个主意,想要去问一个寡妇。这寡妇名叫芳黛妈妈,住在钟西耶的尽头,附近那往浅滩的一条道路。这妇人没有田地,也没有别的什么,只有她的小园子与小屋子,然而她不怕没有面包吃,因为懂得许多祸福的事情,所以许多人去询问她。她晓得许多秘术,会医治种种的伤损与疾病。有时候她实在哄骗人家,譬如说你的胃吊下来了,或你的肚子崩了,其实你从来不曾有过这种病。郎德烈从来不十分相信这些话。人家又说她可以把好牛的乳度到不好的牛的身上,哪怕它是很老的母牛或调养不足的母牛,都可以由她弄到它有好牛乳,这话郎德烈更不相信了。

然而她的医治发冷症的丸药、医治疮伤的膏药、医治发热症的水药,都可以赚许多银子。她医好了许多病人。这些病人,假使他们去找另一个医生治疗,早已丧了命了。至少她是如此说的,被她医好过的病人当然相信她的话,不肯冒险去找别的医生们。

依乡间的习惯,有学问的人就有几分仙术,所以人们以为芳黛妈妈口里虽不肯尽说,其实她晓得更多的事情。于是大家说她能教人们重新获得已经失了的东西,甚至于失了的人也可以再得。总之,人家说她很聪明,可以帮助你在可能的范围内脱离种种困难,甚至于不在可能的范围内的事她也可以办到。

白里歇村的人比歌斯村的人更迷信些,他们常常谈论芳黛妈妈的仙术。孩子们是爱听故事的,所以郎德烈都听在耳朵里。他听人家说过:芳黛妈妈把些什么种子投在水里,念了一些咒语,便可以找见一个溺死的人。那种子浮在水上,沿河流去,忽然停止了,人家从它停止的地方捞寻,包管可以找得着那死尸。人家又说圣面也有这种功能,各处的磨坊里都保存一些圣面以为救人之用。但是郎德烈并没有圣面,而且芳黛妈妈住得很近,他因为伤心太过,没有工夫仔细考虑了。

于是他一直跑到了芳黛妈妈的家里,把自己的痛苦告诉了她,哀求她跟他到河坎里去,凭她的神力找着他的哥哥,生的固然很好,死的也好。

但是那芳黛妈妈并不喜欢人家替她瞎吹牛,而且不肯白白地为人家效劳,所以她嘲笑他,甚至于不很客气地把他赶走,因为从前孪生村的孩子有了疾病的时候人家只用沙歇特妈妈而没有用她。

郎德烈本来是一个骄傲的人，假使是在别的时候，他一定生气，甚至于嗟怨她；但是此刻他太悲哀了，所以一言不发，走回到河坎旁边，他虽则不会泅水，也决定到水里去寻找了。然而当他低着头把眼睛盯着地走路的时候，忽然觉得有人拍他的肩，他回头一看，乃是芳黛妈妈的孙女。本地方的人把这女孩叫做小芳黛，一则因为芳黛是她的姓，二则因为人家也希望她有些仙术。原来"芳黛"是一种很客气的鬼，只有几分狡猾。我们那边的人又把人们不很信仰的仙女叫做"芳黛"。小芳黛的身体很瘦，头发很乱，胆子很大，所以人家把鬼的名字叫她。她是一个多话而善嘲的孩子，活泼像一只蝴蝶，奇异像一只红颈鸟，黝黑像一只蟋蟀。

我把小芳黛与一只蟋蟀相比，意思是说她长得并不美丽，这田间的蟋蟀比灶上的蟋蟀还更丑呢。但是如果你记得在孩子时代同她玩耍过，你曾经故意惹她生气，你便知道她不是一个糊涂虫，并不惹你生气，甚至于惹你发笑。歌斯村的孩子们不比别的孩子更呆，他们竟替小芳黛想了一个很适当的绰号，叫她做"小蟋蟀"。他们叫她这绰号的时候，当然是故意惹她生气，然而有些时候却是友谊的表现。他们虽则怕她狡猾，却不恨她，因为她常常为他们讲故事，而且凭她的聪明，发明了许多游戏，教他们玩耍。

这些名字一来，竟令我几乎忘了她在受洗的时候所得的名字，这名字，等一会儿也许你们想要晓得的。她的小名叫做佛兰沙史，她的祖母叫她做芳中。

许久以来，孪生村的人与芳黛妈妈不和，所以那一双孪生儿不很与小芳黛说话，甚至于与她疏远，不很高兴同她游戏。她有一个小弟弟名叫"小蝗虫"，比她更无情、更狡猾，常常在她身边。当她走路不等待他的时候他就生气，当她嘲笑他的时候他就向她扔石子；她本是风流善笑的人，他偏惹她生气。人们对于芳黛妈妈的印象很不好,尤其是巴尔波伯伯家里的人,所以他们以为如果与那小蟋蟀或小蝗虫要好便是招祸。虽则如此,西尔维纳兄弟不免同他们谈话,因为他们并不觉得可耻;小芳黛也常常与他们亲近,远远地望见他们的时候就同他们说了许多笑话,叫他们做"孪生村的孪生儿"。

九

这时那可怜的郎德烈有几分讨厌人家拍他的肩,回头见是小芳黛,她的后面不远乃是那"小蝗虫"约翰。那小约翰蹒跚地跟着她,因为在出世的时候他的腿已经坏了。

起初的时候,郎德烈想要不管她,仍旧走路,因为他此刻没有功夫开玩笑了。但是小芳黛又拍他另一个肩,说道:

"嘻!嘻!可笑的孪生儿,现在他失了他的一半了。"

郎德烈在此刻非但不受侮辱,而且不受戏弄,所以他又回身向小芳黛一拳打去,假使不是她躲避得快,这一拳就够她受了,因为郎德烈已经上了十五个年头,而且不是个笨人;她呢,她上了十四岁了,因为她长得太矮小,人家不会猜她有十二岁。人家一眼看见她的时候,以为她禁不得一摸就会破碎了呢。

但是她灵活得很,人家休想打得着她,她虽则气力输给人家,她的手段却比人家强。她向旁边一闪,郎德烈的拳头与鼻子险些儿碰着他们的前面的一棵大树。那可怜的孪生儿气愤地向她说道:

"没良心的小蟋蟀,你的心在哪里去了?像我这样伤心的一个人,你还要来同我啰唆。你欺负我很久了,常常叫我做'一半的孩子'。今天我很想要把你与你的'小蝗虫'打成四截,看你们二人分成了四个之后又有什么好处?"

小芳黛始终冷笑,回答他说:

"是的,孪生村的漂亮的孪生儿,您真糊涂,不肯同我要好;我这一来,为的是向您报告您的哥哥的消息,而且告诉您在什么地方可以找见他。"

"这又另是一样说法了",郎德烈即刻息怒说,"小芳黛,如果你晓得,请你告诉我,我就喜欢了。"

"此刻您叫小蟋蟀也好,叫小芳黛也好,我不能告诉您了。您已经向我说了些糊涂话,假使您不是这样笨重,我竟吃了您的打呢。既然您很高明,就请您自己找去吧。"

郎德烈听了,掉转了背,仍旧向前走,同时说道:

"没良心的女子,我真糊涂,竟信了你的话。你也像我一般地不晓得我的哥哥在什么地方,而且你对于此事也并不比你的祖母高明。你的祖母专会撒谎,其实没有什么了不起的。"

这时那"小蝗虫"已经追上了小芳黛,缠在她的肮脏的裙边。小芳黛却跟定郎德烈,始终冷笑地说如果不要她,他一定找不见他的哥哥。郎德烈不能脱离她的缠扰,心中又想她的祖母或她自己与河神有来往,能阻止他寻见西尔维纳,于是他决意离了钟西耶,回到孪生村去。

那小芳黛直跟他到了草场的栅栏旁边,当他走下去的时候,她伏着栅栏像一只喜鹊,向他嚷道:

"告别了,你这没良心的孪生儿,把哥哥丢在后面。你尽管等候他吃晚饭,他今天不会回来,明天也不会回来的。因为他在他所在的地方像一块石头不动,此刻大雨快来了,今夜河里一定还有许多树,这河要把西尔维纳搬运得很远很远,你永远看不见他了。"

郎德烈不由自主地听了这些冷酷的言语,出了一身冷汗。他固然不绝对地信她的话,然而芳黛家的人素来是著名与魔鬼交通的,不能说她的话完全没有根据。于是他停了脚步说:

"嗳呀,芳中,你不再缠扰我好不好? 如果你真的知道我的哥哥的什么消息,请你告诉我好不好?"

"假使在天未下雨以前我教你找见了他,你给我些什么呢?"她说时站在栅栏上,身子摇动,像是要飞起来似的。

郎德烈不晓得允许她一些什么才好,他以为她这样磨炼他,为的是要讹诈他的银子。但是树上的风吹了,雷也鸣了,吓得他非常害怕。这并非他怕大风雨,只因这风雨来得太唐突了,所以他才吃惊。其实他在河坎里徘徊了两个钟头之久,当然要到了上面来才能望见天空。但是他在小芳黛同他说起的当儿才觉得有大风吹来,她的裙子即刻膨胀了,她不好看的黑发冲出她的发网来了,竟像马鬃一般。那“小蝗虫”的鸟打帽也被一阵大风吹落了,郎德烈竭力把帽子擒住,才不让它飞去。

在两分钟之间,天空变为浓黑,小芳黛站在栅栏上,似乎比平日高大了一倍。老实说,此刻郎德烈是魂飞魄散的了,他说:

“芳中,如果你把我的哥哥还我,我就投降你了。你也许看见了他,晓得他在什么地方。我劝你做个好心人吧。我不懂你看见我伤心你有什么乐趣。请你把你的好心给我看吧,我相信你的心比你的态度与言语都好些。”

“我对于你,怎么能够做一个好心人呢?”她说,“我并没有得罪你,你已经把我当做一个没良心的女子看待了!你们这一双孪生儿像雄鸡一般地骄傲,从来不曾向我表示一点儿友谊,叫我有好心也无处用啊!”

“那么,小芳黛”,郎德烈说,“你想要我允许你一点儿东西,请你快告诉我,我就赠给你。你要不要我的新刀子呢?”

“你给我看。”小芳黛说时,像一只田鸡在他的旁边跳跃。

她看见那刀子实在不坏,郎德烈的代父花了十个铜子在最近一次的市场上买来的,她的心动了一下子;后来她又觉得这太微小了,于是问他肯不肯在最近把他的小白母鸡送给她。这母鸡只有鸽子一般大小,而且鸡毛直生到脚趾上。郎德烈回答说:

“我不能允许你,因为这鸡乃是我的母亲的;但是我应承代你向她要去,包管她不推辞,因为她也欣幸得见西尔维纳,出什么报酬都是甘心的。"

"好!"小芳黛又说,"假使我有意要你们那黑鼻的小羊,巴尔波妈妈也肯给我吗?"

"天啊! 天啊! 芳中,你真不容易打定主意! 呃,我只有一句话说:如果我的哥哥此刻正在危险之中,你马上把我引去见他,那么,我敢断定,母鸡也好,小鸡也好,母羊也好,小羊也好,我的父母一定不会推辞的。"

"好,郎德烈,我们看吧",小芳黛说时,把她的干枯的小手递给郎德烈,好教他与她握手表示事情已经议妥了;他握手时不免有几分发抖,因为此刻小芳黛的眼光闪烁,竟像真的魔王,"此刻我不说我要你什么东西,也许我还不晓得;但是请你谨记此刻你所应承的话,如果你失信呢,我就告诉一切的人们,说孪生儿郎德烈的话是靠不住的。我在这儿与你告别了,你不要忘记,在我未决定以前,我什么都不向你要;将来我再去找你,命令你一件事,你要依我的话做去,不许延迟,也不许后悔。"

"这才好啊! 小芳黛,这事是应承的了,是签了字的了。"郎德烈说时拍她的手。

"好吧!"她很满意而又很自负地说,"请你即刻回到河边;你一直走下去,听见了羊叫的声音你就止步,在那里你就看见一只黄色的羔羊,再一会儿你就看见你的哥哥了。如果我的话不灵验,我就不要你履行你所应承的话。"

那"小蟋蟀"说着,把那"小蝗虫"挽了就走,那"蝗虫"极不愿意,像泥鳅一般地挣扎,她也不管,竟把他拉向丛树中去了。郎德烈不见他们,不闻他们的声音,竟像做了一场大梦。他即刻自问那小芳黛是否作弄他。他一口气跑到了钟西耶的下边,直到了河坎,但是他不打算下去,因为他早已审视许多次,不见西尔维纳的踪迹,相信他一定不在下面了。但是,他正要走开的时候,忽然听见一只羔羊叫起来。他自思道:

"天啊,那女子已经把事情预先告诉我了;我听见了羊叫,我的哥哥一定在这里了。至于他是否生存,我却不知道。"

于是他跳下了河坎,冲进了荆棘里。他的哥哥不在这里,但是他仍旧听见羊叫,他放眼望去,则见十步以外,他的哥哥坐在对面的河岸上,把衣服圈着一只羔羊。真的,这羊的颜色果然自头至尾都是黄的。

西尔维纳非常生动,他的脸孔没有伤损,衣服也没有裂痕。郎德烈一时快乐,竟在心中感激上帝,其实他曾求救于魔术然后得到这幸福,却不请上帝恕罪。这时西尔维纳还没有看见他,而且似乎听不见他的声音,因为这地方的水冲击石子有声,所以他暂时不高声呼唤,且先注视他。他一看时十分诧异,原来果然应了小芳黛的话,西尔维纳坐在树林之间,狂风把他吹得很厉害,他只不动,竟像石头一般。

然而人人晓得大风起的时候在河边停留是很危险的事情,因为所有一切的河岸的下面都是掘空了的,而且大风到来的时候那些榛树往往倒了几株,原来除了那些很老很大的树之外,其余的树根都是很短的,所以它们尽可以不动声息地倒落在你的身上。西尔维纳并不比别人糊涂,然而他似乎注意不到危险,竟像躲在一个谷仓里一样安全。他奔走了一个整天,到处乱撞,以至于疲倦极了;虽则侥幸他还没有溺在河里,我们尽可以说他溺在悲愤的心情里,所以他的眼睛紧紧地望着流水,面色淡白,张着嘴像一尾小鱼朝着太阳喘气,他的头发被风吹得很乱,甚至于不注意到他的羔羊了。这羔羊在草场上迷了路,给他遇见,起了怜悯之心,便把它包在衣服里,预备送它回家;不料一路走了,竟忘了询问这羊是哪一家的。此刻他把它放在他的膝上,它叫他也听不见。这可怜的小羊的声音很悲哀,它把一双明亮的眼睛四面张望,看不见它的母亲,甚至于听不见一只羊的声音,觉得十分诧异;而且它看见这地方有许多阴影,有许多野草,不像牧场,那奔流的大河也许竟令它的心中害怕呢。

十

假使郎德烈不是与西尔维纳隔了这样阔的一条河，他一定毫不考虑地上前揽住他哥哥的颈了。但是西尔维纳竟不看见他，于是他有时间思索一个好法子把他唤醒，而且把他引回家里。因为如果西尔维纳不愿意归家，他尽可以赌气跑了，郎德烈怎能即刻找着一处浅滩或一条桥梁，过河去追赶他呢？

于是郎德烈自己设想：如果他的多谋的父亲处在他的地位又将如何处置？他以为巴尔波伯伯一定假作没事人儿，不让西尔维纳看见他的痛苦，尤其是不教他十分自怨自艾，同时又不鼓励他在下次气愤的时候再逃走才好。

他打定了主意，便吹口哨子，好像是要逗黄莺儿歌唱似的。西尔维纳听了，便抬起头来，看见是他的弟弟，一时惭愧，连忙站了起来，还以为郎德烈没有看见他。于是郎德烈假作瞥见他的样子，并不大声向他说话，因为河水的声音并不很高，他们还可以互相听见。

"呃？我的哥哥，你在这里吗？我今天等候了你一个上午，看见你出去这样久，所以我到这里来散步，等候吃饭的时间，我以为晚饭的时候你一定回家的。但是，现在我遇见了你，我们就一块儿回家去吧。我们可以沿着河岸走，走到了罗濑的浅滩才会合就是了（这浅滩恰在芳黛妈妈家的右边）。"

"好，我们走吧。"

西尔维纳说时，扶起了他的羔羊，那羊认识他不久，所以不很愿意跟他走。他们沿河走下去的时候，不很敢互相注视，因为他们恐怕被看出了他们因不和而生的痛苦与因相逢而生的快乐。郎德烈始终要表示他不知道他的哥哥赌气，一面走，一面对他不时说一两句话。他先问他在哪里捉了这羔羊来，西尔维纳不能说得很清

楚,因为他一则不愿意承认自己走了很远的路,二则他所走过的地方连他自己也不知道名字。郎德烈看见他这样为难,便说:

"等一会你再告诉我吧。风太大了,天气不好,我们不该久留在河边的树木的下面。幸亏雨快来了,不久风也可以息了。"

他说着,同时心中自思:"那'小蟋蟀'的话真是灵验,她说我在雨未下以前就可以找见他。那女子晓得的事情一定比我们晓得的更多了。"

其实他去求那芳黛妈妈的时候耽搁了整整一刻钟,他出了门口才遇见小芳黛,她尽可以在他与她祖母说话的当儿看见了西尔维纳。后来郎德烈想到了这一层,但是他又怀疑:既然当他与她的祖母说话的时候她不在旁边,为什么她一走近了他就知道他正在伤心呢?其实他在钟西耶已经向许多人探问西尔维纳的消息,尽可以有一个人把这事告诉了小芳黛;再者,小芳黛是一个好事的人,往往偷听人家说话,也许他与她的祖母所说的话的后半截已经被她偷听去了;然而郎德烈想不到这一层。

在西尔维纳一方面,他也在心中打算怎样向他的弟弟与母亲解释他自己这一次的脾气。他料不到他的弟弟竟假作不知,于是他不晓得编造些什么话告诉他才好,因为他生平不曾说过谎,尤其是不曾隐瞒过他的弟弟一件事。

他一直走到了浅滩,还想不出脱离困难的计策,所以他在走过浅滩的时候心中很不舒服。

他刚刚走到了河岸上,郎德烈就与他接吻。郎德烈这一次接吻,不由自主地比平日更加亲热,然而他忍着不质问他,因为他分明看见他不晓得怎样说才好。他把他领回家里,一路上只谈些别的话头,避免提及他们的心事。当他经过芳黛妈妈的屋子前面的时候,他注意看小芳黛是否在那里,他很有意想要向她道谢。但是那屋子的门是关着的,里面只有那"小蝗虫"叫喊的声音;原来他无论有罪无罪,每晚必被他的祖母痛打一顿。

西尔维纳听见那顽皮孩子的哭声,不觉伤心起来,向他的弟弟说:

"你看这不好的家庭,人家只听见里面的鞭声与哭声。我很晓得那'小蝗虫'是一个最坏的孩子;至于那'小蟋蟀'呢,两个铜子我也不买她。但是这种孩子也可怜,他们没有父亲,也没有母亲,只受那老妖精的管辖;她常常存心害人,却不给他们一点儿好处。"

"我们的家里却不是这样的",郎德烈说,"我们的父母从来不曾打过我们一鞭,甚至于责骂我们不受教训的时候也是低声平气的,所以邻人们听不见一点儿声音。世上有些这样的人,他们不晓得他们有福;至于小芳黛呢,她是世上最不幸、最受虐待的一个女子,而她却笑口常开,从来不曾嗟叹过一声。"

西尔维纳懂得他的责备的话,心中十分后悔。其实他在上午已经后悔,有好几次想要归家,只因觉得惭愧,所以始终没有回去。此刻他很伤心,一声不响只管哭,他的弟弟却握着他的手说:

"我的哥哥,大雨来了,我们赶快跑回家里去吧。"

于是他们二人作势飞跑,郎德烈努力要惹西尔维纳欢笑,西尔维纳也勉强欢笑,令他满意。

然而到了进门的时候,西尔维纳想要躲在谷仓里,因为他恐怕他的父亲责骂他。巴尔波伯伯并不像他的妻子把事情看重,只同他说几句取笑的话就算了。巴尔波妈妈受了丈夫的教训,也努力隐藏她的苦恼。不过,当她教两个孩儿烘火,而且给他吃晚饭的时候,西尔维纳看得很清楚她是哭过了的,她不时把眼睛注视他,现出忧虑与伤心的样子。假使他只独自一人伴着她,他早已向她请罪,与她温存,她就得了安慰了。但是巴尔波伯伯不很喜欢这种事情,西尔维纳吃了晚饭之后只好一声不响地就睡去了,因为他实在疲倦不堪了,他整天没有吃一点儿东西,肚子很饿,一时把晚饭吞了下去,便觉得好像醉了似的,所以他只好让他的弟弟替他脱衣服,扶他睡下。郎德烈停留着陪伴他,坐在他的床前,把手握着他的一只手。

　　郎德烈看见他熟睡之后，才向父母告别，他的母亲吻他，比平日更加亲热，而他并不觉得。他始终以为她不能像爱他的哥哥一般地爱他，但是他并不妒忌，只以为自己实在比不上西尔维纳可疼，也怪不得人家多爱他些。他如此着想，非但为的是尊敬母亲，而且为的是兄弟之情，因为西尔维纳比他更需要温存与安慰。

　　到了第二天，西尔维纳在巴尔波妈妈未起床的时候就跑到她的床前，向她坦白地吐露哀情，表示他的懊悔与惭愧。他对她说：近来他十分悲哀，非但为的是与郎德烈分离，而且他以为郎德烈不爱他。当他的母亲细问他的时候，他自己也说不清楚，因为这于他好像一种疾病，他自己也不能抵抗。他的母亲表面上不说什么，其实她十分了解他，因为妇女的心肠，越发容易妒忌，所以她每次看见郎德烈做事如此有勇气，她自己也觉得伤心。但是这一次她却承认在种种的感情里妒忌都是不好的，所以她不肯鼓励西尔维纳。她向他陈说他所给予他弟弟的痛苦，又说郎德烈是一个好人，所以他并不嗟怨，也不表示生气。西尔维纳也承认这一层，说他的弟弟比他自己的道德更高。他决定从此改过自新，这确是他的真情。

　　但是，他虽则勉强自慰，虽则他的母亲揩了他的许多眼泪，当他嗟怨的时候教训了他许多有理的话，虽则他努力想要很公平地对待他的弟弟，然而他不由自主地在心里留下一种苦恼的根苗。他自思道："我的弟弟是我们二人当中最明理的一个，我的母亲这样说，其实也是真情；但是如果他像我爱他一般地爱我，一定不能做他所做的事了。"他又想起郎德烈在河边找见他的时候乃是安然无事的样子，几乎可以说是无情。在他真的想要投河的当儿，郎德烈去寻找他，竟有闲功夫吹口哨子逗黄莺儿唱歌。当他离家的时候，还没有意思投河，后来到了傍晚，他竟想要自尽了，因为他以为他第一次赌气躲开郎德烈，郎德烈一定不会原谅他的。他自思："假使是他这样欺负我，我一定永远不得安慰。现在他原谅了我，我固然喜欢,但是我料不到他这样容易原谅我啊。"他这样想来想去,叹息了一会儿又自己责备,责备了又自己叹息一番。

但是如果我们稍为存心做好人,一定有好的报应,所以到了下半年,西尔维纳变为识事些了。他安静地爱郎德烈,不再与他吵闹,也不再赌他的气,他的身体也因此渐渐强壮了。巴尔波伯伯叫他工作多些,因为看见他越不偷闲,身子越好。但是父母的工作无论如何总比不上别人吩咐的工作艰难。郎德烈周年辛苦,不曾安逸,所以这一年他比他的哥哥更高大更强壮了。平日人们所注意到的他们二人不相同的地方,现在更显明了,他们的性情与容貌都有很大的差别了。他们上了十五岁的时候,郎德烈已经是一个美男子,而西尔维纳只是一个漂亮小后生,身体瘦些,肉色也不像郎德烈的好。因此之故,人家不至于分辨不出他们了,虽则他们还像两弟兄,却不致令人一看就知道他们是孪生儿了。郎德烈比西尔维纳后出世了一个钟头,所以人家把他认为弟弟;然而初次看见他们的人却以为郎德烈比西尔维纳大了一两岁。巴尔波伯伯是一个农人,非常注重体格与气力,所以他更爱郎德烈了。

十一

自从郎德烈与小芳黛有了那一场事故之后,起初的时候他还关心于他所应承的话。在她救他免了忧虑的当儿,他很愿意劝他的父母把孪生村里所有的最好的东西赠送给她。但是他看见巴尔波伯伯并不看重西尔维纳那一次赌气的事情,而且没有表示一点儿忧虑的样子,于是他生怕小芳黛来索报酬的时候被他的父亲驱逐出门,一则瞧不起她的法术,二则瞧不起他的约言。

为了这一怕,竟令郎德烈十分惭愧;到了他的痛苦渐渐消灭的时候,他就自以为太呆,其实不该相信那一次的事情里头有什么法术。他不敢断定小芳黛是作弄他的,但是他总觉得这事可疑,而且他找不到什么同他的父亲说,好教他不责备他应承了一种很大的报酬。另一方面他又不晓得怎样能破坏自己的约言,因为他在应承的时候乃是神志清明的人,决不能有所推诿。

但是他诧异得很,事情发生的第二天小芳黛不到孪生村里来,一个月内也不来,一季之内也不来。她不到白里歇村盖乐伯伯家里找郎德烈说话,也不到巴尔波伯伯家里要求什么;当郎德烈在田野间远远地望见她的时候,她并不走近他,而且似乎并不注意到他。这与她的习惯恰恰相反,因为她在平日专爱走近人家,有时为的是好奇,要观看人家,有时却为的是开玩笑。她遇见了快活的人们便与他们谈话、游戏,遇见了不快活的人们便嘲弄他们。

芳黛妈妈的家里同白里歇、歌斯都很相近,所以郎德烈不能不在路上与小芳黛对面相逢;道路并不很大,他们不得不握一握手,说一句话,然后走过去。

有一天晚上,小芳黛把她的群鹅驱赶回家,她那"小蝗虫"仍旧在她的裙边。这时郎德烈也到牧场上找他的群马,安然地把它们驱回白里歇村。因此之故,他们在罗濑滩上的一条小路相遇,这路两旁都是险岸,他们没有法子躲避。郎德烈的两颊飞红,生怕她催他践约;他不愿意鼓励小芳黛,于是远远地跳上了一匹马的背上,把脚踢那马,要它飞跑;但是所有的马都在脚上加了镣铐,他所骑的一匹当然也不能因此就飞跑。郎德烈眼看着小芳黛来得很近了,他不敢望她,假意回头望那些小马是否跟着他走。当他把眼睛向前看的时候,小芳黛已经走过去了,他不知道她是否注视他,是否用眼睛或微笑示意要他向她道个晚安。那蝗虫小约翰仍旧很淘气,他拾了一块石头,竟扔到他的马的腿上来。郎德烈很想要打他一鞭,却又不敢停步,生怕与他的姊姊争论,所以他假作不曾看见,并不回头,便一直走了。

此后郎德烈每次遇见小芳黛,差不多是一样的情形。他渐渐敢望她了,因为他的年纪渐大,阅历渐深,对于这样的一件小事便不介意。但是,当他有了胆量,安然地望她,预备她向他说什么都不要紧的时候,则见她特地把头掉过一边,竟像他当初一般害怕她似的,他心中十分诧异。这么一来,他的胆子更大了。他原是一个明理的人,于是反心自问:无论是法术或是偶然,她总给了他一场快乐,他没有向她道谢,岂不是大错特错吗?他打定了主意,下次他遇见她的时候一定走近她,向她道个日安,而且同她谈话。

但是当他走近去的时候,小芳黛有骄傲的样子,几乎像生气似的;到了她肯注视他的时候,又是藐视的态度,所以郎德烈十分气短,不敢向她说一句话。

这一天郎德烈与她遇见很近,这是最后一次了。从今天起,小芳黛不晓得起了什么新奇的心理,竟避免与他相逢;她远远地望见了他便转身走进田中,或绕了一个大圈子,不肯与他相见。郎德烈以为她因他忘恩而生了气;但是他十分瞧她不起,也就不肯弥缝自己的罪过。原来小芳黛并不像别的孩子,她不是怕事的人,她高兴逗人家辱骂或嘲笑她,因为她自恃嘴利,足以应付人家,到了最后的时候她还有最伤人的字眼。人家从来不曾看见她与别人赌气不说话,所以人家说她没有志气,假使是另一个女子,到了十五岁已经晓得自尊了。她常常有淘气的孩子的态度,甚至于往往惹西尔维纳生气;西尔维纳有时候想入非非,一时出了神,被她撞见,她便去骚扰他,窘迫他。每次她遇见他的时候,一定跟随他走了一段路。她故意说郎德烈不爱他,令他伤心,而她倒反自鸣得意。西尔维纳比郎德烈更相信她有法术,怪她猜中了他的心思,因此把她恨入骨髓。他瞧不起她,也瞧不起她的家庭,所以他像她躲避郎德烈一般地躲避她这没有良心的蟋蟀。他说她的母亲从前行为不端,离了她的丈夫,跟一些兵士走了,她迟早也要学她的母亲的榜样的。原来她的母亲自从那"小蝗虫"出世后不久就到军营里做女商人去,后来竟没有人知道消息了。她的丈夫一则伤心,二则羞惭,因此死了,所以芳黛妈妈不得已只好抚养这两个孩子。但是她把他们调理得很不好,一则因为她悭吝,二则因为她的年纪老了,不能照顾周到,以致孩子们的身体不得清洁。

为了这许多理由,郎德烈虽则不像西尔维纳那样骄傲,却已嫌弃小芳黛;他后悔与她发生过关系,所以绝对不肯告诉人家。甚至于对他的哥哥也不说起,因为他不愿意使他的哥哥知道他为了他而有了忧虑。在另一方面,西尔维纳也不肯把小芳黛对他的坏处告诉他的弟弟,因为他害羞,不肯说她猜透了她的妒忌心。

但是时间过得很快。在这一对孪生儿的年纪,正是身心变化得很快的时候,人家的礼拜就像他们的月,人家的月就像他们的年。不久以后,郎德烈竟忘了那一场事情——起初想起了小芳黛还有几分担心,后来只当做一场春梦了。

郎德烈进白里歇村已经十个月了,这时将近圣约翰节;去年盖乐伯伯在圣约翰节聘他做工,现在将近周年了。盖乐伯伯非常满意他,所以情愿增加他的工钱,不愿让他走。郎德烈一则因为白里歇村离家很近,二则因为他与村里的人们合得来,所以他巴不得继续下去。他甚至于与盖乐伯伯的一个外甥女儿发生了友谊,她名叫玛特琅,是一个美女子。她比他大了一岁,还把他当做小孩看待。但是她这种心理一天一天的消减了。在年头的时候,她笑他在跳舞的时候不很敢与人接吻,到了年尾,她非但不敢招惹他,而且脸红起来。她不敢独自一人与他同在马棚里或谷仓里了。玛特琅不是一个穷女子,他们二人尽有结婚的可能。这两家都很有声名,都受地方人敬重。后来盖乐伯伯见这两个孩子往往互相寻觅,互相顾虑,他便向巴尔波伯伯说他们很可以成为一双好配偶,不妨让他们互相亲近,好教他们得到很深的了解。

因此之故,他们在圣约翰节前一周便决定叫郎德烈仍旧在白里歇村做工,西尔维纳仍旧在父母家里。西尔维纳渐渐老成了,巴尔波伯伯往往有寒热病,所以西尔维纳在家很可以帮他做田工。他生怕他的父亲把他送到很远的地方去,因为这一怕,竟于他有了益处;原来他因此便勉强制胜他对郎德烈的热情,至少可以说现在他不很露出他的热情了。这一对孪生儿现在每礼拜只见面一两次，然而他们都很满意，孪生村里重新得了和平了。圣约翰节乃是他们的幸福的日子，他们一块儿进城去看人家雇请佣人们，后来又在广场上看城里的人庆贺佳节。郎德烈与那美丽的玛特琅跳了好几次舞，西尔维纳要博他的欢心，也勉强跳舞。西尔维纳跳得不很活泼，但是玛特琅表示很尊重他，所以拉着他的手帮助他检点他的脚步；西尔维纳看见自己在他的弟弟跟前出丑，也就说要学会跳舞，只免伤了郎德烈的脸皮。

他觉得自己不十分妒忌玛特琅，因为郎德烈对于她很守规矩。再者，玛特琅也能奖励西尔维纳。她对他毫无拘束，不晓得内容的人会说她所爱的却是他呢。假使郎德烈不是天性不妒忌的人，尽可以同他吃醋；也许他的心里以为玛特琅如此做事无非为的是博他的欢心，好教她与他有相见更密的机会。

在三个月之间，一切的事情都好好地过去了，直到了9月终的圣安朵思节——这是歌斯村的大节日。

在平常的时候，这一双孪生儿始终认这节日为一个很好的日子，因为在那些大核桃树下有跳舞与种种的游戏；然而今年他们却在这一天得了好些新痛苦，乃是他们所意料不到的。

盖乐在头一天就给了郎德烈的假，许他到孪生村里过夜，好教他在第二天一早就可以看人家庆贺佳节。于是郎德烈不吃晚饭就回家来，以为他的哥哥只等候他在第二天回家，现在他可以给他一个意外的欢喜了。在9月的时候，正是日渐短夜渐长的时令。郎德烈在青天白日之下从来不生恐怖之心；但是，他一则是年纪的关系，二则是地方的关系，他很不愿意在夜里走路，尤其是在秋天。人家说秋天雾重，妖精与魔鬼正好藏身。郎德烈因为牧牛的缘故，往往在夜里把牛驱赶回白里歇村，所以这一夜他也并不比平日更加害怕；但是他走得很快，口里歌唱着，因为人家说人类的歌声可以惊走恶兽与恶人。

当他走到了罗濑滩的时候,他把裤子撩高些,因为平日滩里的水浸到他的踝骨。他又注意不向前直走,因为这滩是斜的,滩的左右都有些窟窿。郎德烈过惯了那滩,所以他是不会弄错了的。再者,从那些开始落叶的树丛中望过去,可以望见芳黛妈妈的屋子里露出的灯光;他望着这灯光走去,决不会迷了路的。

然而天色很黑,郎德烈在未下滩以前先把一根棍子测量那滩。他诧异起来,因为他觉得滩水比平时深些;原来人家把水闸开了一个钟头了。他看得清楚芳黛家的窗子里的灯光,所以他冒险前进。但是他走了两步之后,觉得水比他的膝更高,他以为错了,便又退了回来。他又向上流与下流试探,他觉得别处的水更深。天没有下雨,而水闸的水声汹汹:这事情更可怪了。

十二

郎德烈自思道:"我大约是走错了路,芳黛家的灯本该在我的左边,现在为什么却在我的右边呢?"

于是他一直走上了利耶佛,闭着眼睛兜了一个圈子;后来他认清楚了周围的树木与荆棘,觉得他走的路不错了,然后仍回到河边。但是那滩虽则似乎方便了些,他再也不敢上前三步,因为他看见那芳黛家的灯光本该在他的前面的,现在却在他的后面了。他又回到岸上,则见那灯光又回到了对岸了。他又下滩,另向一方面斜走去,这一次滩里的水几乎到了他的腰。但是他仍向前进,因为他以为这只是一个窟窿,如果他再向灯光走去,就可以出了这窟窿了。

幸亏他上步得快,因为他越走,滩水越深,直到了他的肩。那水冷得很,他停留了一会儿,自问是否应该回步;原来他觉得那灯光又换了方位了,他甚至于看见它活动、奔跑、跳跃,从此岸到彼岸,末了又映在水里成为两个,像一只鸟儿在空中翱翔,又窸窣作声,像松脂着火的声音一般。

这一次郎德烈害怕起来,险些儿魂飞魄散,从前他听见人家说过,最凶恶的乃是这一种火;说这火会把看它的人们弄迷了路,引他们到最深的水里去,并不管他们心惊胆怕。

所以郎德烈把眼睛闭了不看,连忙转身,出了窟窿,回到岸上。他倒在草地上看那磷火在笑着跳舞。这真是一种不好看的东西。它时而飞掠像一只小鸟,时而完全消灭。时而变为牛头一般大,时而变为猫眼一般小。它跑到郎德烈的身边,绕着他旋转得很快,以致他的眼睛花了。末了,它看见他不肯跟它走,于是它进了芦荻里跳跃着,像是生气而要骂他似的。

郎德烈不敢再动,因为退逃并不是躲避磷火的法子。原来人们逃走的时候那磷火一定狠狠地追来,拦住他们的去路,直弄到他们吓得发昏,跌倒在地为止。他一则受冷,二则害怕,正在发抖的当儿,忽然听得背后有人娇声唱道:

> 磷火儿,磷火儿,
> 鬼先生都有鬼太太;
> 请你点起你的蜡烛,
> 我也披起我的外套来。

那小芳黛预备过河,并不怕鬼,但是她走过草地上的时候却碰着了郎德烈。郎德烈站起来说:

"是我,芳中,你不要怕。我不是你的仇人。"

他说这话,因为他怕她几乎像怕鬼火一般。他听见了她的歌,知道她与那鬼同党,那鬼在她跟前回旋跳舞,竟像欢迎她似的。小芳黛注视了一下子,向郎德烈说:

"标致的孪生儿,我看见你这样,我可以自负了,你害怕得要死,你的声音震颤,竟像在我的祖母跟前似的。可怜的孩子,夜里的人比不上白天的人骄傲了,我敢打赌,没有我你就不敢过河。"

"老实说,我险点儿淹在水里,我是在水里出来的。小芳黛,你还要冒险吗?你不怕找不着滩路吗?"

"呃！我怎么会找不着呢?"小芳黛笑着答,"但是我晓得你担心的是什么。好,没胆量的小子,请你把你的手握着我的手吧,那鬼火并不像你意料中那样凶,你怕它呢,它就害你;你不怕呢,它就不管你了。我看惯了它,我们已经相熟了。"

她说着,便拉郎德烈向前走,他料不到她有这许多的气力,竟夹着他的臂膀,飞跑地走下滩来,同时唱道:

> 请你点起你的蜡烛,
> 我也披起我的外套来。

郎德烈与这小妖精接近,也像与鬼火接近一般地害怕。但是他宁愿看见一个人形的妖精,不愿看见火形的魔鬼,所以他并不抗拒她。后来他觉得小芳黛引导得很好,竟从干燥的石头上面走过,于是他就放心了。但是他们二人都走得很快,鼓动一阵空气,那鬼火越发紧追着他们。据学校里有见识的教师们说,磷火只是自然界的现象,人们不应该怕它。

十三

芳黛妈妈也许晓得这个道理,所以她教她的孙女不必怕夜里的磷火;或因罗濑滩的附近往往有磷火出现,郎德烈虽则侥幸不曾看见过,小芳黛已经见惯了,也许她以为这种鬼并不凶恶,而且有益于人。此刻她看见鬼火越近,郎德烈发抖得越厉害,于是她说:

"呆子,这火是烧不着的,如果你很灵巧,摸得着它,你就知道它是不留痕迹的了。"

郎德烈听了,心中自思:"那更糟了!烧不着的火,还有什么好说的!上帝的火乃是预备做燃烧之用的,烧不着的火便不是从上帝处来的了。"

但是他不让小芳黛晓得他的意思;当他平安地到了岸上之后,他很想要丢开了她,即刻走回李生村去。但他不是忘恩的人,不愿意不向她道谢就走。于是他向她说:

"芳中,这是第二次你于我有恩了,假使我不向你说我终身不忘你的恩惠,我就是没有人格的人了。当你来看见我的时候我已经吓得发昏,那鬼火正在播弄我,迷惑我。假使没有你,我绝对不能过河,或坠在河里不能出来了。"

"假使你不是这样呆笨,也许你可以过了河,没有艰难,也没有危险。你已经上了十七岁,不久就在下巴生胡子了,我料不到你这样大的一个孩子竟这样容易受惊,而且我喜欢看见你这样。"

"为什么你喜欢看见我这样呢,小芳黛?"

"因为我不爱你。"她很鄙薄地说。

"又为什么你不爱我呢?"

"因为我瞧不起你。非但你,连你的哥哥,你的父母,我都瞧不起。他们因为有钱就骄傲,以为人家好心帮他们的忙只是人家的义务。他们已经学会了忘恩。除了没有胆量之外,忘恩也是人类的短处。"

郎德烈听了这女子的责备的话,心中十分难为情,因为他承认她的话并非完全没有道理,所以他回答道:

"小芳黛,如果我有了罪过,您只责备我一人好了。我的哥哥,我的父亲,我的母亲,以及家中任何人,都不知道前次你已经救助了我一次。但是这一次呢,我一定告诉他们,您要什么报酬都可以。"

"呀!您真是骄傲的人",小芳黛又说,"因为您以为有了礼物便可以把我们二人的账勾销了。您以为我像我的祖母,只要人家给她两个钱,便可以受人欺负吗? 好,我不需要您的礼物,也不希望您的礼物,我瞧不起您家一切的东西,因为自从我医治好了您的大痛苦以来,至今差不多一年了,而您没有一句话向我道谢,或表示一点儿友谊。"

郎德烈第一次听见她这样的理论,不禁诧异,于是说道:

"小芳黛,我是有过失的人,我已经承认了。但也有几分是你的错处。你教我找着了我的哥哥,这并不是什么法术,大约在我与你的祖母说话的时候你已经看见了他;你骂我没有良心,然而如果你是有良心的人,就不必要我的约言,竟可以即刻告诉我说:'你在这草场走下去就可以看见他在对岸了。'这么一来,你毫不费心,何苦把我播弄,张扬你的功劳呢?"

小芳黛本来是应对敏捷的人,这一次却沉思了半晌,然后说:

"我分明晓得你努力要拔除你的感恩的心理,因为我要你允许过我一句话,所以你常常要设想你不曾受我的恩。但是我再说一句,你实在太没有良心了,你并没有注意到我从来不曾催问你的报酬,甚至于不曾责你忘恩呢。"

"这是真的话,小芳黛",郎德烈很诚恳地说,"我做错了事,我自己感觉到,所以我很羞惭;我本该向你说起,其实我也有意向你说起,但是我看见你怒气满面,就不晓得怎样开口了。"

"假使您在第二天就来向我表示友谊,我决不至于那样发怒;而且您即刻可以知道我是不要报酬的,我们就成为好朋友了。现在我对您的感想很坏,我本该让您自己与鬼火争持。晚安,孪生村的郎德烈,请您回去把衣服烘干,而且对您的父母说:'假使没有那小蟋蟀,老实说,我早已在河里喝了不少的水了。'"

她说着便掉转了身子,向自己的家里走去,同时唱道:

孪生儿郎德烈·巴尔波,
没有我,你能不能就过了河?

这一次郎德烈觉得灵魂里非常懊恼,这并不因为他与她有什么友谊;这女子有聪明而没有良心,所以人人都不喜欢她,甚至于借她开怀的人们也不喜欢她的态度。然而他的心境很高,不肯让良心上有什么不安,所以他追上了她,扯住她的外套说:

"嗳呀,芳中,此事须在我们二人当中谈妥了才好。你不满意我,我也不很满意我自己。请你把你所希望的东西告诉我,至迟明天我就送来给你。"

"我的希望乃是永远不与你相见",小芳黛狠狠地说,"随便你把什么送来给我,我包管把那东西扔在你的脸上。"

"呀!人家愿意与你讲和,你却说了这些恶狠狠的话。如果你不愿意要礼物,也许人家有别的法子报你的恩,显得人家希望你好。好吧,请你告诉我,我该怎样做才可以满你的意?"

"您不晓得向我请罪而且要求我的友谊吗?"小芳黛停了脚步说。

郎德烈听了,心中自思:她这样大的年纪了,还受人们看轻,而且她并不常常明理,他自己比她高尚,岂有请罪之理? 于是他回答道:

"请罪吗? 你太苛求了。至于友谊呢,你的性情这样古怪,我实在不很信任你。请你向我要求一件事,是即刻可以给你的,而且我不必再来找你。"

小芳黛听了,用冷淡而明朗的声音说:

"好,那么,我就照您的希望,要求您一件事。我愿意恕您的罪,而您却不肯。现在要催您实行你的约言了。我们有了约:遇必要的时候,我命令您,您不得不服从我。明天是圣安朵思节,就是必要的时候了,我的要求乃是:您在弥撒会完了之后同我跳三次舞,在晚课之后再跳两次,在三钟经之后又跳两次,一共七次。而且,您自从起床的时候直到睡觉的时候,整天到晚,不得同任何的少女或妇人跳舞。如果您不做此事,我就晓得您有三种恶德:第一是忘恩,第二是没有胆量,第三是失信。晚安,郎德烈,我明天在教堂门前等候您。"

她说了就走,郎德烈直跟她到家,她进了门,即刻把门关上了,竟不让他向她再说一句话。

十四

起初的时候,郎德烈觉得小芳黛的意思很滑稽,他非但不生气，而且觉得好笑。他自思道："你看，这女子，与其说她没良心，不如说她疯狂，而且人家料不到她这样不谋利益，她所要求的酬报不至于使我家破产。"但是他仔细思量，觉得这债并不是容易还的。小芳黛的舞跳得很好；他看见过她在田上或路上跳跃，像一个小鬼一般地活泼，令人很难追随她的步伐。但是她长得很不美，而且不曾打扮，甚至于礼拜日的衣服也不漂亮，所以像郎德烈这样的少年们没有一个愿意同她跳舞，尤其是在许多人的跟前，越发觉得与她跳舞为可耻。唯有那些牧猪童子与一些没有领圣体的孩子们才肯请她同舞，至于乡里的美女们便不高兴要她同在一处跳舞了。所以郎德烈一想起他有这样的一个舞侣便自己觉得气短，而且他记得曾经要求玛特琅同他至少跳三次舞，她已经答应了，他自问如果他明天不请她跳舞，她怎能忍受这样的侮辱呢？

　　他一则受了冷，二则肚子饿，三则恐怕那鬼火还跟着他，所以他走得很快，不敢多作考虑，也不敢回头望后面。当他到了家里之后，烘干了衣服，便告诉家里的人，说他因为天色很黑，看不见浅滩，以致很不容易过河，但是他心中惭愧，不肯说他曾经害怕，所以他也不提及那鬼火，也不提及小芳黛。他睡觉的时候，自以为天大的事情也等到明天再考虑不迟，然而他无论如何总是睡得不舒服。他做了五十余个梦，梦见小芳黛跨在一个小妖精的身上，那妖精像一只红色的大雄鸡，把一只鸡爪抓住了一只角制灯笼，灯笼里的烛光照耀着钟西耶的全境。后来芳黛忽然变了一只大蟋蟀，像母羊一般大小，用蟋蟀的声音唱歌，他虽则听不懂，却不时听见"小蟋蟀、小芳黛、鬼火、孪生儿、西尔维纳"等语。他听得害怕起来。他觉得那鬼火十分耀眼，所以当他醒来的时候，眼前还现出许多光芒，像一些小黑球、小红球、小蓝球。我们在很注意看太阳或月亮看了许久之后，眼前也有这种现象的。

　　郎德烈过了这样坏的一夜，身体非常疲倦，所以他在弥撒会里只管打瞌睡，甚至于听不见牧师称颂圣安朵思的道德。出了教堂

之后,郎德烈困倦已极,竟忘了小芳黛;然而小芳黛恰在长廊之下,
站在那美丽的玛特琅身边。玛特琅自恃长得好看,以为人家一定
先请她跳舞;但是,当郎德烈走近她,正要向她说话的时候,只见那
"小蟋蟀"上前一步,很大胆地向他高声说道:

"喂,郎德烈,你昨晚邀我跳第一次的舞,我们不要错过了
才好。"

郎德烈听了,脸色像火一般红;玛特琅看见了这一场意外,一
则诧异,二则愤激,所以她的脸也红起来。他看见了这情形,只好
大着胆与小芳黛作对。他向她说:

"小蟋蟀,我也许真的已经约你跳舞,但是我在未请你以前先
请了一个女子,请你等我先同她跳了,才同你跳吧。"

"不是的",小芳黛说,"郎德烈,你记错了。没有一个人能比我
更早的,因为这是去年的约言,昨晚只是旧话重提罢了。如果玛特
琅今天想要同你跳舞,现有你的孪生哥哥与你相同得很,她用他替
代你,岂不是一样吗?"

玛特琅听了,很骄傲地握着西尔维纳的手说:

"小蟋蟀的话有理,郎德烈,既然您的约言是这样旧的了,就应
该守约才是。我同您的哥哥跳舞也是一样快乐的。"

"对了,对了,这是一样的,我们四个人一齐跳舞吧。"西尔维纳
天真地说。

他们恐怕被众人注目,只好依了小芳黛的话。那"小蟋蟀"很
自负,很活泼,所以众人都留心看她。其他的美女子没有她这样轻
盈,所以她跳得非常之好,假使她的衣服艳丽,人们也就喜欢她了。
但是这可怜的"蟋蟀"的服装很坏,所以她比平日更显得丑了十倍。
郎德烈因为伤心短气,不敢再看玛特琅,只好望着自己的舞侣,觉
得她比平日穿破旧衣服的时候更丑;她自己以为打扮好看些,其实
她越打扮越令人失笑了。

她的帽子给霉气熏黑了;那时本地方的人趋尚小帽,而她却有

掩耳的两个大帽兜;她的头发垂到头上,恰像她的祖母;这么一来,弄得她头大如斗,颈子却小得像棍子一般。她的裙子太短了;她在一年来长大了许多,所以她那被太阳晒黑了的一双瘦手露出袖子外面像蜘蛛的脚爪。她有一件围裙,她因此自负,然而这却是她的母亲的东西;十年以来,少年人已经不用涎挡了,而她却还保留着。原来世上有许多女子太讲究穿衣了,而她却太不讲究;她像一个男子过生活,一心只爱游戏与玩笑,并不念及她的容貌。所以她像一个过礼拜的老妇,人人都瞧不起她的服装;其实这并不因为她家道贫寒,只因她的祖母悭吝,她自己又不会妆饰,以致惹人讪笑罢了。

十五

西尔维纳觉得他的弟弟偏高兴同这小芳黛跳舞乃是奇怪的事情,因为他比郎德烈更憎恶她。郎德烈不晓得如何解释这事,只恨不得躲到地下去。玛特琅十分不满意,虽则小芳黛跳时他不得不跟着也跳,但是他们的容貌很是悲哀,教人猜说他们有鬼物附在他们的身体。

第一次的跳舞完了之后,郎德烈匆匆地走开,躲到他的果子园里。但是不到　会儿,小芳黛山那"小蝗虫"护送着,又来找他;同时她又引了许多比她年轻的女子来,预备他如果拒绝她,她还有人见证。他只好顺从她,把她引到核桃树下,希望找一个安静的地方同她跳舞,好教别人不注意他们。幸亏玛特琅与西尔维纳都不到这一边来,本地的人们也不来,他想要趁此机会完成他的义务,再与小芳黛跳三次舞。在他们的身边有的只是些面生的人们,不至于十分注意他们二人了。

他一跳完之后,即刻跑去找玛特琅,要请她到树荫下一块儿吃麦粉。但是她已经同别人跳舞,他们都请她吃东西,她已经答应了,所以她有几分骄傲,竟拒绝了他。此刻她一则自负,二则愤激,比平日更显得美丽,人人都瞻仰她的风采,郎德烈停留在一个角儿

上,满眼含着泪珠。她看见了,便连忙吃了东西,站了起来,高声说道:

"晚课的钟响了,我同谁跳舞好呢?"

她说着,转向郎德烈,以为他一定连忙说道"同我跳"。但是,他还不能启齿,别的男子们早已自荐,她也不暇送给他一种可怜的或责备的眼光,竟同那些男子们上晚课去了。

晚课完了之后,玛特琅与丕耶尔、约翰、伊甸三人即刻同去跳舞,因为她一则美丽,二则有钱,所以三个男子轮流与她跳舞,没有一个肯放松的。郎德烈把眼角注视她,同时那小芳黛还在教堂里祈祷,比别人后走。每逢礼拜日她都如此,有人说她十分虔诚,有人说她与魔鬼私通,借此掩饰。

郎德烈不得已而侮辱玛特琅,却见她毫不在意,而且兴高采烈;这令他非常伤心。他第一次起了这么一个念头:他以为她未免太卖风流,而且没有恋他的心,所以她能少了他而自寻娱乐。

真的,他自知理屈,至少在表面上对她不住;但是她分明看见他在树荫下伤心,她应该猜得着他有话要向她解释。然而她毫不关心,竟像小山羊一般快活,同时他的心肠几乎断了。

当她同那三个舞侣跳完了之后,郎德烈走近她,希望同她说些私话,努力洗雪自己的冤枉。但是他不晓得怎样才能把她引到一边去说私话,因为他的年纪太轻了,没有这胆量,所以他找不着一句适当的话对她说,只拉了她的手,要她跟他走。她一半愤激,一半原谅,说:

"好,郎德烈,你毕竟肯来请我跳舞吗?"

他不晓得说假话,而且不愿失信于人,所以答道:

"不是跳舞,我只想同您说两句话,您是不可不听的。"

"唉!郎德烈,如果你有话同我说,请你下次再说吧",玛特琅说时摆脱了他的手,"今天乃是跳舞玩耍的日子,我的腿还有气力,你的腿既然被小蟋蟀弄酸软了,请你就回去睡觉吧,我却要停留在这里。"

她说着,恰好吉尔曼来请她跳舞,她就答应了。当她转背之后,郎德烈听见吉尔曼向她谈论他说:

"看这孩子倒希望这一次跳舞轮着他呢。"

"也许是吧?"她点头说,"但是,纵使轮着他,也不为的是他的脸孔!"

郎德烈听了这话,心中老大不舒服,他停留在旁边观看她跳舞的态度;她并没有什么不合规矩,只是那骄傲的样儿令他十分气愤;当她回到他的一边的时候,他用藐视的眼光望她,她也用挑战的口气说:

"喂,郎德烈,今天你找不到一个舞侣了,你没奈何,只好再找'小蟋蟀'去吧。"

"我甘心再去找她",郎德烈说,"因为她虽则不是这里最美的一个女子,却算是最会跳舞的一个。"

他说着便走到教堂的周围去找小芳黛,把她领到跳舞场上来,当着玛特琅的面同她跳舞,连跳三次不曾移位。这时那"小蟋蟀"是何等自负,何等喜欢!她并不掩饰她的快乐,她把一双黑眼四面望人,昂着头颇像一只高冠的母鸡。

但是不幸她的胜利却惹起五六个男孩子的愤怒,这些男孩子平日常常请她跳舞,现在却不能近她。他们从来不曾为她而自负,只觉得她的跳舞很好。此刻他们看见她如此骄傲,便叽叽喳喳地批评她:"你看,那'小蟋蟀',她以为她能迷惑郎德烈了!"同时还骂了她许多绰号。

十六

后来小芳黛从他们的身边走过的时候,他们或拉她的袖子,或把脚绊她跌倒,甚至于有几个把她的帽兜从左耳移到右耳,同时嚷道:

"芳黛妈妈的大帽子!"

那可怜的"小蟋蟀"向左右打了五六个巴掌,但是因此更引起人们注意她。本地的人们相向说道:"你们看我们这'小蟋蟀',她今天的运气真好,竟得郎德烈·巴尔波时时刻刻请她跳舞!她跳得很好,是的,不错;但是她自以为美丽,竟像喜鹊般扬扬得意了!"

又有些人向郎德烈说:

"可怜的郎德烈,她注定了你的命运吗? 否则你为什么只看到她一人呢? 也许你想要学法术,不久我们可以看见你在田野间牧狼了。"

郎德烈听了,十分气短;西尔维纳看见弟弟做事并不高明,以致人人笑他,比他更气短了。这时有些面生的人们也注意到了,于是互相询问,而且说道:"这自然是一个标致的男孩,但是他的思想很奇怪,何苦找女子队里最丑的一个同他跳舞呢?"玛特琅来了,听见人们嘲笑的话,她并不起怜悯之心,自己也说:

"您有什么法子? 郎德烈还是一个孩子,在他这样的年纪,只要找得着一个人就好,也不管是人头呢还是鬼脸。"

于是西尔维纳握着郎德烈的手,低声说道:

"弟弟,我们走吧,否则我们非生气不可了。人家都说嘲笑的话,从小芳黛的身上笑到你的身上来了。我不晓得今天你起了什么兴头,竟同她一连跳舞四五次。你竟像故意惹人嗤笑似的!我请你不再开这玩笑吧。在她原是好的,因为她专爱招惹人们的笑骂,这是她的嗜好,然而这却不是我们的嗜好。我们走吧,等到三钟经念完后再来,你可以请玛特琅跳舞,因为她是一个很规矩、很有体面的女子。我早就说过,你太爱跳舞了,以致做些没有道理的事。"

郎德烈跟他走了两三步,忽听见一阵喧嚣,便停了脚。原来玛特琅与其他的女子们都嘲笑小芳黛,有些男孩给大家鼓励着,竟一拳把她的帽子打落了。她的一头黑发散在背上,她又悲又怒,在人丛里挣扎。其实这一次她并没有说话得罪人家，人家竟这样虐待她，有一个恶作剧的男孩拿一根棍子把她的帽子撬去了，她保不住帽子，便气愤地哭起来。

郎德烈见了，很抱不平，便擒住了那男孩，抢了那帽子与棍子，顺手把棍子在他后面打了一棍，然后回到人丛里，其他的男孩一眼看见他来，纷纷走散，他把手挽住了小芳黛，奉还她的帽子。

郎德烈的激烈与群童的怯弱令在场的人们都大笑起来。大家喝郎德烈的彩；然而玛特琅怪他多事，那些与他同年或年龄较大的男子都似乎在取笑他。

郎德烈的惭愧的心理消灭了，他觉得自己很勇敢，很刚强；这女子无论美丑大小，既然他要了她做舞侣，而且人人都晓得了，他觉得他的责任在乎不让人家欺负她。他看见了玛特琅一方面的人注视他的态度，于是他挺着身子直到约翰、伊甸诸人跟前，向他们说：

"喂，你们有什么话说？我高兴留心于这女子，怎么会得罪了你们？而且你们看不过眼就不妨明说，何苦叽叽喳喳地低声说话呢？难道我不在你们的跟前吗？难道你们看不见我吗？人家说我还是一个孩子，然而竟没有一个人向我当面说这话！我等候人家向我说话，试看我这小孩子所请的舞侣受不受人家欺负？"

这时西尔维纳还不曾离开他的弟弟，他虽则不赞成他与人寻仇，然而他预备帮助他。在他们当中有四五个少年男子比这一双孪生儿高了一个头，但是他们看见西尔维纳与郎德烈都很坚决，便不再作声，你望我，我望你，好像是问谁敢与郎德烈计较短长。结果是没有一人出头。这时郎德烈还拉着小芳黛不放手，说：

"芳中，快把帽子戴上，而且同我跳舞，我试看人家来不来拉开你。"

"不"，小芳黛拭泪说，"我今天跳舞已经够了，而且我不要你守约就是了。"

此刻郎德烈一则勇敢,二则自负,便说:

"不行,不行,我们非再跳舞不可。不见得你同我跳舞就一定要受人家欺负的。"

于是他再同她跳舞,没有一个人敢向他说一句话或斜眼望他一望。玛特琅早已同她的男子们到别处跳舞去了。小芳黛跳完了这一次之后,低声向郎德烈说:

"现在够了,郎德烈。我很满意你,我奉还你的约言了。我要回家去。你今晚同谁跳舞都可以了。"

她说着便去找她的弟弟同回家,则见那"小蝗虫"正在与别的孩子们打架。她走得很快,郎德烈竟看不见她从哪里溜走了。

十七

郎德烈同他的哥哥回家吃晚饭去;他看见西尔维纳十分关心于今天经过的事情,于是他便向他叙述昨晚他与鬼火争持,幸亏小芳黛救了他,不知是她有勇气呢,或是她有法术;后来她要求他在圣安朵思的节会里同她跳舞七次作为报酬。其他的话他完全不提及,因为他不肯对他说去年他恐怕他投河的一件事。他这样做乃是很有见识的,因为孩子们曾经有过不好的念头,我们就不该再同他们说起,以免他们重新又起那个意念。

西尔维纳赞成他的弟弟守信,说他因此惹起烦恼越显得他这人可敬。但是他听说郎德烈在河边遇险的时候虽则吃惊,他对于小芳黛却没有感激的心理。他因为与她太疏远了,所以他不肯相信她是偶然在河边遇着他而且凭着良心救他的。他说:

"这原来是她召唤那鬼火来扰乱你的精神,希望把你淹死;但是上帝不曾允许她,因为你并没有犯该死的罪孽。于是那没良心的'小蟋蟀'却利用你忠厚与感恩的心理,令你答应她一件事,她分明晓得这事是不利于你的。这女子真是一个坏人,一切的魔女都喜欢害人,没有一个是有良心的。她累你与玛特琅不和,使你辜负了人家的好处。她又想要你同人家打架；假使上帝不曾保护你，也许你早已同人家打起来，而且受了伤损了。"

郎德烈注视着他的哥哥，自思也许他有道理，所以他并不替小芳黛辩护。他们大家谈论那鬼火，西尔维纳从来没有看见过，他虽则不希望看见，却为了好奇心，喜欢听见人家说起。但是他们不敢告诉他们的母亲，因为她很怕鬼，只一想起就惊慌。又不敢告诉他们的父亲，因为巴尔波伯伯不把鬼火当一回事，他看见了好几十次，却毫不在意。

他们可以跳舞到夜深的时候，但是郎德烈因为得罪了玛特琅，心中着实悲伤，所以他不愿利用小芳黛所还给他的自由，他只帮助他的哥哥到牧场上找畜牲去。这么一来，他已经走近了白里歇村，只差一半的路，而且他觉得头痛，所以在钟西耶就同他的哥哥告别。西尔维纳不愿意他从罗濑滩经过，恐怕那鬼火或那"蟋蟀"又播弄他，所以他要他应允多走些路途，从那大磨坊的小板桥上回去。

郎德烈遵从他的哥哥的话，不从钟西耶经过，却沿着叔莫华山坡走去。他并没有什么恐怖，因为节会里种种的声音还传到他的耳朵里。他隐隐地听见风笛与跳舞的人们的声音，而他晓得鬼怪须等待本地的人们都睡着了才敢出头作祟，所以他就不怕了。

当他到了山坡下的时候，他听见呻吟啼哭的声音，起初他还以为是一只古力鸟。但是，他越走近，越觉得这很像人类的哽咽；他原是一个好心人，喜欢救人家的灾难，所以他大着胆子，走到最洼下的地方去。

然而那人听见他来，便住口不哭了。

"是谁在这里哭呢？"他镇静地问。

那人并不回答一声。

"这里是不是有一个病人？"他又问。

那人只不开口，他想要走开。在未走以前，他想要看一看那些芦荻与乱石丛中；他在月光里看见一个人挺直地躺在地上，脸孔向前，不动一动，竟像死了一般；不知是病了呢还是伤心太过，故意不动，希望人家不看见。

郎德烈生平不曾见过或摸过死人。他以为这也许是一个死人，所以他的心突突地跳；但是他强作硬撑，因为他以为救人乃是他的责任，于是他毅然地去摸那人的手。那人见自己被他发现了，等到他走近的时候即刻爬起了一半身子，于是郎德烈认得是小芳黛。

十八

起初的时候，郎德烈觉得自己到处与小芳黛相逢，心中老大不高兴；但是看她像是有痛苦的样子，于是他又怜悯她。这下面是他们交谈的话：

"怎么，小芳黛，是你这样哭吗？又有人打你追你，所以你躲起来哭吗？"

"不是的，郎德烈，自从你很勇敢地保护我之后，再也没有人欺负我了。我躲起来哭，只因我以为把痛苦给人家知道乃是愚蠢的事情，并不是别的缘故。"

"但是为什么你有这样大的痛苦呢？是不是因为今天人家欺负了你？这也有几分是你的错处；但是你只该因此自慰，不必生气才是。"

"为什么您说这有几分是我的错处呢，郎德烈？难道我希望同您跳舞乃是侮辱您吗？难道世上只有我不能像别的女子一般地有娱乐的权利吗？"

"我说的不是这个，小芳黛。关于您希望同我跳舞一件事，我并不责备您。我已经满足了您的愿望，而且我尽我的义务对待您。您的错处并不是今天的事，乃是从前的事；并不是对我不住，乃是对你自己不住，你是晓得的。"

“不,郎德烈,我不晓得我有这种错处。我并没有想起我自己;我的良心上有几分不安,却是因为我在无意中累您受了一场杀风景的事情。”

“请您不必提起我,小芳黛,我并不埋怨您,我们只谈论您吧。既然您不晓得您的短处,让我尽我的友谊指点给您知道好不好?”

“是的,郎德烈,我要你告诉我;我无论是有恩于你或害了你,这总算是我所受的惩罚。”

“好,芳中,既然你说得这样有理,而且我第一次看见你如此温良,让我就告诉你为什么人家不把你当做十六岁的女子一般地尊敬你。这因为你的态度没有一点儿像女子,一切都像男子,而且你不知道注意你自己。先说,看你的样子就不干净,不整齐,人家看见了你的衣服,听见了你言语,就似乎觉得你长得丑。你晓得吗?孩子们还替你起了一个绰号,比‘蟋蟀’一个名称更为不雅。他们把你叫做‘雄女’。你想想看,十六岁的女子还没有女子的态度,这是不是合理的?你爬树像一只松鼠;当你骑马的时候,不要鞍子,不要缰绳,竟像一个魔王。强壮未尝不好,活泼未尝不好,胆子大也未尝不好,但这都是男子特有的美德。至于妇女呢,太强壮,太活泼,胆子太大,就未免太过了,而且你又似乎有意惹人注目。所以人家注意你,作弄你,呐喊着追赶你,像追赶一只狼。你倚恃你有聪明,对任何人都说狡猾的话,所以人家笑。有聪明也是好的,但是太显露了却惹人家仇视你。你是一个好事的人,人们的秘密都被你知道了,当你恨他们的时候便狠狠地当面骂了出来。这么一来,人们很怕你。你须知,人们怕某人就恨某人,报仇的时候的手段也就更毒。总之,无论你是不是有魔术的人,我以为你多少总有些见识,但我希望你不与恶神接近才好。你故意装神装鬼,想要恐吓那些得罪你的人们,其实你因此就弄坏了声名。芳中,这就是你的错处,因为你对你自己不住,所以人们才对你不住。请你反心想一想,如果你肯稍为像众人一样,人家就比较地喜欢你了。”

小芳黛很虔诚地听了,然后正色地答道:

"我谢谢你,郎德烈。你说的话,与众人责备我的话差不多;然而你的话很忠厚,不肯伤我的脸皮,比别人好多了。现在你愿意我答复你吗?你在我的身边坐一会儿好不好?"

"这地方不很舒服。"郎德烈说。

原来他不愿意同她逗留在一块儿,而且他听说如果人家不提防她,她就可以使人家倒运,所以他更不放心了。只听得她又说:

"你不觉得这地方舒服,因为你们是富家子弟,不容易相与。你们在外面,非草畦不坐;你们的园子里还有许多很好的树荫。至于没有财产的人们就不晓得这样苛求,他们随便遇着一块石头就可以做他的枕。荆棘不能伤他的脚,天地间的美丽的东西都给他们观察出来。郎德烈,在认识自然的美景的人们看来,天下没有不舒服的地方。我虽则没有魔术,然而你的脚底所践踏着的草有何用处我都知道。当我晓得它们的用处之后,我不藐视它们的颜色与气味。郎德烈,我说这话,为的是想要再告诉你一段关于人类的议论,使你知道人类与花草荆棘没有什么不同;人们轻视那些野草闲花,以为它们既不好看,又不芬芳,谁知它们竟是救世的良药呢!"

"我不很懂你的话是什么意思。"郎德烈说时,在她的身边坐下。

他们隔了一会儿不说话,因为小芳黛想入非非,郎德烈猜不着她的用意。他虽则脑筋有几分昏乱,毕竟喜欢听这女子说话,因为此刻芳黛的声音乃是世上最好听的声音,她的言语也是世上最有理的言语。她说:

"郎德烈,你听我说,与其说我可责,不如说我可怜;纵使我对不住我自己,至少我不曾真的对不住别人。如果人类是公平的、明理的,他们就该注意我的好心肠,不专注意我的丑陋的容貌与不好的衣服。你想想看,我自出世以来,所遇的是什么命运?我对你的面,不会说我母亲的坏话;其实人人都责备她,辱骂她,她自己不在这里替自己辩护,我也不能替她辩护,因为我不很晓得她做了什么坏事,也不晓得她为什么所驱使而做了那坏事。唉!人类原来是凶恶的!我的母亲刚刚抛弃了我,我还在痛哭她的时候,人家早已骂她了。别的孩子往往与我寻仇,有些事情,在他们相互间是可以原谅的,在我却不可原谅,于是数说我的母亲的过失,希望我为她而羞惭,假使另一个你所谓识事的女子处在我的地位,也许她忍气吞声,以为宁可让人家辱骂她的母亲,以免人家辱骂她本人。我呢,我却不能如此,我想要做也做不来。我的母亲始终是我的母亲,哪怕她变成了什么人,将来我是否能再见她,我都不管,我只晓得尽我的心力爱她。所以当人家骂她做私奔妇或杂货商人的时候,我就生气。我生气不为的是我,因为我不曾做坏事,这些话都不能侮辱我;但是我的责任乃是辩护我那可怜的母亲,我不晓得怎样辩护,于是我就替她报仇,把别人所做的坏事的真相揭露出来,显得他们并不比他们所唾弃的人更有价值。因此之故,他们说我好事,说我放肆,说我调查人家的秘密揭露出来。真的,不错,我生来就有求知欲,喜欢认识隐秘的事情。但是,假使人家忠厚地对待我,我也不至于损害别人以满足我的求知欲。我的祖母教了我许多医治人体的秘术,我有了这种知识,也就够我娱乐了。我是一个爱散步、爱搜寻的人,花草石头与苍蝇以及自然界种种的隐秘也就够我研究,够我消遣。我尽可以独往独来,全无烦恼,我的乐趣乃在乎往来于无人的地方,潜心考究几十种动植物,是那些自称最有知识的人们所不曾知道的。我所以同人们接触者,因为我从祖母处得了些小知识,想要以此救人。好,与我同年的孩子们受了伤,害了病,都是我医治好了的,而且我教了他们许多药方,不要他们的报酬,他们非但不感激我,倒反把我当做魔女看待。当他们用得着我的时候便和颜悦色地来恳求我;到了后来,他们却随便地把我大骂一场。

他们实在惹我发怒,我很可以谋害他们,因为我既然能替人造福,也就晓得为人招祸。然而我生平不晓得恨人,所以我从来不曾下过毒手。我所以用言语报仇者,因为我觉得言语到了唇边,非吐出来不得舒服。其实我说了之后也就忘了,并非不晓得原谅别人。至于说到我不注意我的身体与态度,这因为我不疯,我不自以为是一个美女;我分明晓得我长得丑,谁也不会看我的。人家常常对我说起,难道我还不晓得吗?我看见人们的心肠这样狠,专爱轻视那些不美丽的人,所以我故意惹他们憎厌;我又自己安慰,以为我的面貌不至于被上帝憎厌,上帝不怪我,我也不怪他。所以我不像别的孩子一眼看见一条毛虫便说:'这是一条毛虫。唉!它丑得很!非杀了它不可!'我呢,我不肯伤害上帝创造的生物,当我看见一条毛虫坠在水里的时候,我把一张树叶递给它,让它逃生。因此之故,人家说我爱那些不好的动物,又说我是一个魔女,因为我不喜欢虐待一只田鸡,或拔脱了黄蜂的脚,或把一只蝙蝠活钉在树上。我向它说:'可怜的蝙蝠,如果世上一切丑陋的生物都是该杀的,我也像你一般地没有生存的权利了。'"

十九

郎德烈听见小芳黛谦虚地、安静地谈说她自己的丑貌,令他非常感动;他在黑暗里看不见她的脸孔,然而他还记得清楚,于是他对她说——并不想要谄谀她:

"但是,小芳黛,你并不像你所说的那样丑陋。世上还有许多比你更丑的人,人们却不责备他们。"

"郎德烈,我十分丑也好,七分丑也好,总之你不能说我是一个漂亮的女子。请你不必想法子安慰我,我并不因此伤心。"

"说哩!假使你的衣帽能像别人的一般,谁晓得你会变成怎样呢?只有一句话是人人口里所说的:人家说,如果你的鼻子不像这样短,嘴不像这样阔,皮肤不像这样黑,你就没有一点儿坏处了。

而且人家说在本地方上没有像你的一双眼睛,假使你不是眼睛灼灼地像一个大胆的男人,人家很喜欢看见你这一双眼睛呢。"

郎德烈这样说下去,自己也不知所以然。他正在回忆小芳黛的长处与短处,这是第一次他这样关心于她,是以前他所料不到的。她注意他的话,然而她不让他知道她注意,因为她太聪明了,不肯把事情认真。

"我的眼睛看见好的东西就觉得好,看见不好的东西就觉得可怜。所以那些我不喜欢的人们,他们不喜欢我,我毫不在意。我常常看见有些美女子被人家追求,她们就向人人都卖弄风流,竟像人人都合她们的脾胃似的,我实在莫名其妙。我呢,假使我是一个美貌的女子,我只愿意在我所爱的男子的跟前显示我的美貌,而且只有他值得我献殷勤。"

郎德烈听了,便联想到玛特琅,但是小芳黛不让他再想,早已说了下面的一段话:

"郎德烈,我的一切的罪过乃在乎我不求人们可怜我的丑貌,原谅我的丑貌。我对于他们不加掩饰,把我的真面目全露出来,所以得罪了他们,以致他们忘了我对他们有恩无仇。再说一层,纵使我要注意我的身体,我有什么可以鼓励我呢?我虽则没有财产,谁见我求乞过人家来?除了食物之外,我的母亲给过我些什么东西?我的母亲留下的衣服,我不晓得利用,这并不是我的罪过;其实有没有人教过我?自从十岁以来,我受过一个人的爱情或恩惠吗?我晓得人们责备我的话,你太忠厚了,不肯全说出来。人家说我已经十六岁了,尽可以替人家做佣工,博得些薪水来供给我自己;而我生性疏懒,只晓得依赖我的祖母,其实她并不怎样爱我,而且她有雇请一个女仆的能力。"

"呃,小芳黛,这不是真的话吗?人家怪你不爱做工,你的祖母也说她如果雇请一个女仆来替代你,还更有利益呢。"

"我的祖母说这话,因为她喜欢骂人,而且喜欢埋怨。然而当

我说要离开她的时候她却留我，因为她口里虽不肯说，心里却知道
我于她有益。她不是十五岁的人了，眼睛花了，腿也不坚了，她找
不着药草来制药水与药粉，而且有些药草在很远而且很不容易到
的地方。我认识了些药性，是她所不认识的；我制造了些药丸，她
看见有效力，竟诧异起来。至于说到我们的畜牲，人们看见了没有
不赞赏的，因为我们只靠公共的牧场牧养牲口，养得这样肥壮也就
是难得的了。我家的羊有这样好的羊毛与羊乳，我的祖母未尝不
知道是谁的功劳。你放心，她并不想要我离开她，我替她赚来的，
比累她费去的更多呢。她虽则虐待我，不供给我的需要，我始终爱
她。而且我不离开，还有另一个理由，郎德烈，如果你愿意，我可
以告诉你。”

“好，就请说吧。”郎德烈这样回答，因为他不讨厌小芳黛的话。

“这因为我在十岁的时候，我的母亲就把一个很丑很可怜的孩
子留在我的怀抱里。这孩子像我一样丑，而且更少风度，因为他生
来就是一个跛脚，又瘦弱，又多病；可怜的孩子，他三天有两天是病
的，所以他很痛苦！我的可怜的‘小蝗虫’，人人都藐视他，播弄他！
我的祖母也很虐待他，假使我不假意替她打骂他，她早已把他打坏
了。我始终留心，不肯真的打他，他自己是知道的！所以当他做错
了一件事之后，他跑来躲在我的裙脚下，向我说道：‘请你打我吧！
不要让祖母捉了我去！’于是我假意打他，他也假意哭喊。再者，我
又料理他。可怜的孩子，我不能使他不穿破旧衣裳；但是，当我有
一些布块的时候，我想法子替他做一件衣服，当他病的时候，我又
医治他；我的祖母不晓得料理孩子，假使只有她，‘小蝗虫’早已死
了！我不能使我的父亲不死，我却要救护我的弟弟的性命；没有我
呢，他一定很不幸，不久就到地下找父亲去了。他是这样曲背，这
样丑陋，我不晓得我救他的性命是否于他有恩；但是我想要不做也
不能够，郎德烈。当我想要替人家佣工，赚几个钱，脱逃了穷关的
时候，我即刻起了怜悯之心，自己责备自己，竟像我是‘小蝗虫’的

母亲,他死了便是我的罪过似的。郎德烈,你看,这就是我一切的罪过与短处。现在我听候上帝裁判,至于那些不了解我的人,我却原谅他们。"

二十

郎德烈聚精会神地听小芳黛的话,对于她的理由,觉得没有可以批驳的。最后他看见她说到"小蝗虫"的时候那种态度,他忽然感动起来,觉得对她发生了友谊,竟像想要入她的党,与社会为仇,他说:

"小芳黛,谁说你的过失的,他先有了过失;因为你所说的话句句都有道理,再也没有人怀疑你的良心与你的见解。为什么你不直说出来,教人们了解你呢?人家不会再说你的坏话,而且有人替你主持公道。"

"郎德烈,我已经向你说过,我不须要博取我所不喜欢的人的欢心。"

"但是,你既然同我说起,可见得……"

郎德烈说到这里忽然住口,自己诧异他那险些儿说了出来的一句话,后来他改口说道:

"那么,你把我比别人更看重了,是不是? 然而我始终没有对你好,我以为你恨我呢。"

"是的,也许我有几分恨过你",小芳黛说,"但是从今天起我就不恨你了,你让我告诉你这是什么缘故,郎德烈。我起初以为你很骄傲,其实你也是骄傲的人;但是你晓得克制你的骄傲心来尽你的责任,你就有了你的价值。我从前以为你忘恩,这因为人家教你骄傲,以至于使你忘恩;然而你很有信用,无论如何不肯失信。我又以为你是一个懦弱的人,因此我就轻视你;现在我晓得你有的只是迷信,至于危险当前的时候你却能有很大的勇气。今天你请我跳舞,虽则因此气短,到底算你守信。在晚课之后,我祈祷过了,我的心已经原谅你，不再想要缠扰你了，而你却自动地到教堂的旁边去找我。你曾经压服了那些凶顽的孩子，又同那些少年男子挑战，为的是保护我；假使没有你，他们不知把我虐待到什么地步了。今天晚上，你听见我哭，便来安慰我。郎德烈，你不要以为我会忘了这些事情，我一辈子都保留着这一个回忆；现在轮着你可以要求我的酬报，无论何时，无论何物，随你的便。先说，我晓得今天我累你受了一种大痛苦。是的，郎德烈，我不是笨人，我已经猜着了你的心事；可惜今天早上我还不曾料到。你放心，我虽则狡猾，却不凶狠；假使我早已晓得你爱上了玛特琅，我决不至于逼你同我跳舞，以致你与她伤了感情。我老实说，我高兴开玩笑，看见你抛弃了一个美女在一边，与我这样一个丑丫头跳舞，我觉得有趣得很，但是我以为这只算丢一丢你的面子。后来我渐渐懂得这真的是你的心上的重伤，你不由自主地向玛特琅所在的一方面望去，看见她愤激，你就伤心堕泪，我呢，我也堕泪，真的！我看见你想要与那些向玛特琅献殷勤的男子们打架，所以我哭起来，你还以为我流的是懊悔的眼泪呢。刚才你撞见我在这里痛哭，就为的是这个缘故；我现在承认你是一个好男子，我要哭到我能补救你的痛苦的时候为止。"

她说了，重新流泪。郎德烈十分感动，说：

"我的可怜的芳中，假定我爱她，又假定你累我与她不和，你有什么法子使我们重归于好呢？"

"郎德烈，请你信任我吧。我不很糊涂，还可以规规矩矩地向人家解释两句话。我要把一切真相告诉了玛特琅，使她知道一切的罪过都是因我而起的，就把你弄得雪一般白了。如果她明天不还给你的友谊，就是她不爱你，而且……"

"而且我就不应该懊悔。芳中，其实她也不曾爱过我，你这么一做，乃是劳而无功的。请你不必做吧，我虽则稍为伤心，你不必介怀。现在我已经好了。"

"这种痛苦不是这样快就好了的"，小芳黛说了，又改变了意见,说,"至少人家是这样说的。郎德烈,现在你说这话,因为你有了一肚子气。等到你静睡了一夜之后,明天你就变为很悲哀,非等到与那女子讲和之后不得安宁。"

"也许是吧",郎德烈说,"但是,我向你说良心话,此刻我完全不晓得,而且我完全不想到这一层。我以为是你勉强说我对她有很多的友谊,其实我对她的感情很平常,几乎忘记了。"

"这就奇了",小芳黛叹说,"依你说,你们男子爱人是这样爱法吗?"

"说哩!你们女子也不见得胜过我们男子,你们很容易生气,而且随便遇到一个男子就得了安慰。但是也许我们还不配谈论这种事情,尤其是你,小芳黛,你还嘲笑恋爱的人们。我想此刻你还拿我寻开心,想要调停我与玛特琅的事情。我请你不要做吧,因为她尽可以误会,说是我拜托你去的。再者,她会因此猜想我自命是她的情人,以致她怪我无礼;其实我从来不曾向她说过一句恋爱的话,虽则我喜欢在她的身边或请她跳舞,然而她从来不曾鼓励我说恋爱的话的勇气。由此看来,我们还是随她去的好。如果她愿意,她自己会回心;如果她不回心,我想我不至于因此就死了。"

"郎德烈",小芳黛又说,"我比你更晓得你的心事。你说你从来不曾用言语向她表示你的友谊,我是相信的;然而除非她的脑筋简单,否则她可以在你的眼神里看出来,尤其是今天。既然是我累你伤心,也该是我使你满意,而且这是令玛特琅懂得你爱她的好机会。你让我做去吧,我要做得很巧,使她不能说是你指使我去做的。郎德烈,请你信任我这'小蟋蟀'吧,我的外貌虽则丑陋,而我的内心未必丑陋。而且请你原谅我缠扰你的罪过,其实你因此可以得到很大的利益。将来你会晓得:美女的爱情固然甜蜜,丑女的友谊也有益处。因为丑女做事是没有作用的,她并不愤怒,也不记仇。"

"芳中",郎德烈握着她的手说,"你美也好,丑也好,我相信你的友谊是很好的东西,也许爱情比它还坏呢。你为人很忠厚,现在我承认了。今天我很侮辱你,而你不曾注意;虽则你说我做得对,我却觉得我做得很没有道理。"

"这是怎么说的,郎德烈? 我不晓得你说的是……"

"芳中,我说的是我在跳舞的时候不曾同你接吻过一次;然而这是本地的习惯,也就是我的义务与权利。我把你当做十岁的女孩看待,人家不肯低头吻一个女孩;但是你差不多有我的年纪了,我们相差不到一岁。由此看来,我已经侮辱了你,假使你不是这样忠厚,你早已觉得了。"

"我甚至于没有想到这上头。"小芳黛说。她说着便站起来,因为她觉得她说的是诳语,不愿意给他看出来。

后来她勉强装作快活的样子,又说:

"喂,你听,那些小蟋蟀在麦场里歌唱了。它们呼唤我的名字,而且明星在天,枭鸥向我们报时候了。"

"我也听见了,现在我非回白里歇村去不可;但是,在我告别以前,小芳黛,你肯不肯恕我的罪呢?"

"但是,郎德烈,我不怪你,你并没有罪,用不着宽恕。"

郎德烈自从听她谈论了爱情与友谊之后,她的声音是像丛树里的黄莺的啼声一样和婉,所以他莫名其妙地动了心,又说:

"哪里话? 你应该宽恕我。你应该要求我同你接吻,以补偿今天我所不曾做的事情。"

小芳黛的心有几分震撼,不久仍旧恢复了原来的精神,说:

"郎德烈,你想要我惩戒你,好教你知悔吗? 好,我饶了你吧。请一个丑女跳舞已经太过了,还要接吻吗?"

"唉! 你不要说这话了!"郎德烈说时,把手与臂都伸向她,"我想接吻不是一种惩罚……除非你觉得我与你接吻乃是可憎的事情……"

他说了这话之后,非常希望同她接吻,生怕她不愿意。

"郎德烈,你听我说",小芳黛说时,声音和婉,"假使我是一个美女,我一定说这不是接吻的时间与地点,我们不该偷偷摸摸的;假使我是一个卖弄风流的女子,我又一定以为这乃是接吻的时间与地点,因为夜色把我的丑貌掩藏了,而且这里没有一个人,你不至于害羞。但是,我既不风流,又不美丽,我只好向你这样说:请你握一握我的手,作为友谊的表示,我就很喜欢了。我从来不曾得过人家的友谊,而且此后我也不希望别人的友谊了。"

"是的,小芳黛,我非常愿意握你的手。但是我对你的友谊乃是最诚恳的友谊,我们不妨接吻。如果你否认我这友谊的表示,我就以为你还有多少芥蒂在心。"

他想要出其不意地吻她,但是她抗拒他。当他再三要求的时候,她竟哭起来,说道:

"请你放手吧,郎德烈,你使我十分伤心了。"

郎德烈住了手,十分诧异。他看见她眼泪双流,于是他自己也流泪,好像是因气愤而哭似的。他说:

"你说你只愿意要我一人的友谊,我分明晓得你的话是假的。你另有更大的友谊,所以你才不肯同我接吻。"

"不是的,郎德烈",她哽咽地说,"但是我恐怕你在夜里看不见我而同我接吻,到白天的时候你再看见我就恨我了。"

"难道我没有看见过你吗?"郎德烈躁急地说,"此刻我看不见你吗? 呃,请你走到月光里来,好,我看得很清楚了,我不晓得你丑不丑,我只爱你的脸孔,这只因为我爱你,没有别的缘故。"

他说着便吻了她,起初他的心中还在震撼,到后来他再吻时竟十分热烈,累得小芳黛害怕起来,把他推开,说:

"够了,郎德烈,够了! 这竟像发怒的接吻,否则你就是心里想着玛特琅。请你放安静些,我明天就同她说;你明天吻她所得的快乐,比我所给你的快乐好多呢。"

她说着,早已走出了牧场,两脚轻盈地走了。

　　郎德烈很是吃惊，想要追赶她。他踌躇了三次，然后决定主意向河边走去。后来他觉得似乎有魔鬼随身，于是拼命奔跑，直跑到白里歇村为止。

　　到了第二天，郎德烈在清晨就出去牧牛，想起了他在叔莫华与小芳黛的一场长时间的谈话，竟像片刻以前的事情。他昨天所遇的事情太不平常了，所以他的精神紧张，睡得不好，今早还觉得头昏。他的心中震撼非常，眼前常有那容貌丑陋、衣服不整的女子的影像。有时候他又回想昨天他渴望同她接吻的心理，原来他把她拥抱在心胸之前的时候觉得十分快乐，她竟像忽然变为天下最美丽最可爱的女子似的。他自思道：

　　“人家说她有法术，她自己不承认，我想她一定会迷惑人，昨天我一定是被她迷惑了的。我生平对于我的父母我的兄弟姊妹，都没有这种情绪；不要说那美丽的玛特琅，就说我的孪生哥哥，也比不上这女妖，使我在两三分钟内有这样热烈的友谊。我的可怜的西尔维纳，假使他看得出我那时候的心情，他岂不妒忌死了！我对于玛特琅的友谊，并不妨碍我对于西尔维纳的感情；至于小芳黛呢，假使我给她迷了一个整天，我就觉得世界上只有她一人存在了。”

　　郎德烈一则惭愧，二则疲倦，三则烦躁，觉得十分难堪。他坐在牛槽之上，心中在忧虑那女妖褫夺了他的勇气、理智、康健。

　　天色渐明，白里歇村的农夫都起来了。他们笑他昨天同“小蟋蟀”跳舞，把她形容得很丑陋，很不知礼，很不会装饰，弄得他没地方藏身。他并非为着他们所看见了的事情而惭愧，却为着他不肯说出来的心事而惭愧。

　　然而他并不生气，因为白里歇村的人都是他的好朋友，他们虽则取笑他，其实没有恶意。郎德烈甚至于向他们说小芳黛不是人家意料中的人，说她并不比别人坏，而且能施恩于人。说到这里，人们又嘲笑他道：

"我不说她的母亲；至于她呢，她是一个全不懂事的女孩，如果你有一只畜牲害病，我劝你不要她医治，因为她只晓得嘴里哗啦，其实她不懂得一个药方。但是她似乎有把男孩催眠的法术，所以你在圣安朵思节会里不曾离开过她。郎德烈，我劝你当心，将来人家会把你叫做'雄蟋蟀'或'雄鬼'呢。将来魔鬼附在你的身上，我们不得已，只好把你驱逐了。"

"我想"，那小苏兰芨说，"昨天早上我一定把他的一只袜子穿反了。穿反了袜子就可以招邪，小芳黛晓得了，所以有昨天的事情。"

二十一

天明之后，郎德烈正在工作，又看见小芳黛走过。她很快地走向一个蕨林里，原来玛特琅就在那蕨林里采嫩叶喂羊。这是放牛的时候了，郎德烈把牛群赶到牧场去，同时注视小芳黛走路。她走得那样轻快，令人看不见她践踏青草。他很想要知道她向玛特琅说些什么话，所以他暂时不忙吃饭，竟悄悄地沿着蕨林走去，听她们的谈话。他看不见她们，玛特琅嘟哝地说了些含糊的话，他听不出她说的是什么；至于小芳黛的声音既和婉又清朗，虽则她不高声说话，他却听得清楚，不漏一字。她依照她允许了他的话，向玛特琅谈起他，说她在十个月以前就同他有了约，约定将来她可以任意要求他一件事。她说得那样客气，确能令听话的人喜欢。后来她虽则不说郎德烈怕鬼火，却说他在圣安朵思节前一日误入了罗濑滩，以致险点儿淹死了。总之，她完全从好的方面说话，后来她又说一切的罪过都在她的身上，她因为一时好奇，又为虚荣心所驱使，以为她从前仅仅同小孩们跳过舞，所以她想要同一个年纪很大的童子跳一次舞方才甘心。

玛特琅听了便生气起来，提高了声音说：

"这与我有什么关系？'小蟋蟀'，你尽管同孪生村的孪生儿跳舞,这并不妨害我,而且我也不羡慕你。"

小芳黛又说:

"玛特琅,请您不要对于那可怜的郎德烈说这种无情的话。郎德烈已经把他的心给了您,如果您不要他呢,我不晓得他要痛苦到什么地步了。"

她的话娓娓动听,尽量地颂扬郎德烈,他听了这样好的颂词,不禁为喜悦而脸红;他恨不得学会了她的口才,以备他日应用的机会。

玛特琅看见小芳黛如此会说话,心中也自惊讶;然而她太藐视她了,所以不肯赞许她,她说:

"你的胆子很大,也很会吠,教人猜说你的祖母曾经教你用言语诱惑世人;但是我不喜欢同魔女们说话,一说就要倒霉。请你不要扰我吧,'小蟋蟀'。我的小乖乖,你已经找着了一个男子,你就该守着他,因为世上喜欢你的一副丑嘴脸的人,他是第一个,也就是最后一个。至于我呢,我不愿意要你的嘴里的残余,哪怕他是一个王子,我也不管了。你的郎德烈也是一个糊涂虫。你看,你以为从我的手里夺了他去,现在又来求我收回,可见他没有价值了。小芳黛也不稀罕的男子,竟是我的意中人吗?"

小芳黛听了,便回答了一段话,她的措辞真令郎德烈感激涕零,她说:

"如果你以为我的话伤了您,如果您骄傲到这地步,要令我气短然后甘心,那么,玛特琅,我就请您任意压倒我这田野的小蟋蟀吧。您以为我瞧不起郎德烈,否则便不至于求您宽恕他。好,我老实告诉您,我爱他已经很久了,我生平只想他一个人,也许我一辈子都忘不了他。但是我一则太识事了,二则太自重了,所以从来不曾梦想求爱于人。我晓得他是什么人,也晓得我是什么人。他是美的、富的、受人敬重的男子,我是丑的、穷的、受人藐视的女子。所以我分明晓得他不是我的人,您看他在节会里那瞧不起我的神

情就知道了。那么,我请您满意了吧。小芳黛所不敢望的一个男
子,他却脉脉含情地望您了。您如果要惩戒小芳黛,最好的法子乃
是瞧不起她,把她的爱人夺去了,使她不敢与您相争。纵使您不爱
他,至少可以儆戒我的放肆;请您应承我:等到他再来向您道歉的
时候,您好好地接待他,安慰他一下子吧。"

　　小芳黛这样低首下心,这样诚恳,终于不能打动玛特琅的心。
玛特琅仍旧是很无情地叫她走,说郎德烈是她的人,至于她自己
呢,她觉得他太愚蠢了,太孩子气了。但是,玛特琅虽则厉声拒绝
了小芳黛,其实小芳黛的大牺牲已经发生了效力。原来妇女们有
这么一种心理:她们看见一个童子被别的女子敬重而且疼爱的时
候,即刻就觉得这童子变了成年的男人。玛特琅从来不曾认真地
想过郎德烈,自从她把小芳黛赶走了之后竟十分想念他了。她忆
起了小芳黛所说郎德烈的爱情,以为小芳黛迷恋他到了那地步竟
承认出来,可见她自己已经对小芳黛报了仇,她因此更以为光
荣了。

　　她的住所离白里歇村只有两三弹丸之远,于是她在当晚就到
白里歇村里去,借口说她有一只羊混进了她的舅父的羊群里,其实
她夫给郎德烈看见,而且向他丢眼色,鼓励他来同她说话。

　　郎德烈晓得很清楚,因为自从小芳黛出头之后,说也奇怪,他
的精神已经复原了。他自思道:"小芳黛真是有法术的人,她已经
使玛特琅与我重归于好了。她只谈了一刻钟的话,我运动一年还
比她不上呢。她实在聪明,她的良心也是人间少有的。"

　　他想着,同时注视玛特琅;但是她安静地走了,他竟没有决定
同她说话。这并不因为他在她的跟前惭愧,他的惭愧不知在哪里
去了;只因他一则见了她就心中快乐,有意求爱,所以一时害羞,说
不出话来。

　　他一吃了晚饭就假装睡觉去。但是他在床上爬起来,从小路
上走出,沿着围墙,径直地向罗濑滩而来。这一天晚上,那鬼火仍

旧在那里跳舞。然而郎德烈自思："这才好啊! 有了鬼火,小芳黛就不远了。"他也不害怕,也不误会,竟过了河,直到了芳黛妈妈的住宅,四面搜寻。但是他停留了半晌,并不看见灯光,也不听见任何的声音。一切的人们都睡着了。他晓得那"小蟋蟀"往往在晚上她的祖母与弟弟睡着了之后出来,所以他希望她在附近的地方散步。于是他自己也去散步。他走过了钟西耶,直向叔莫华走去,一路上吹口哨,而且唱歌,好教人家注意:然而他仅仅看见猪獾跑进了茅屋里,听见黄莺在树上啼唱。他不得已,只好回白里歇村去,没法子向那大恩人道谢。

二十二

　　过了整整的一个礼拜,郎德烈始终不能遇见小芳黛,他因此很诧异,又很担心。他自思道："我恐怕她又以为我忘恩了。然而我寻找她的时候不少了,终于找不见她。这大约因为我在叔莫华勉强吻她,她因此伤了心;但是我用意并不坏,也并非有心侮辱她啊。"

　　他生平不曾像这一个礼拜一般地多思多虑。他不很晓得脑筋里有了什么,然而他镇日想入非非,心神不定。他虽则勉强工作,再也不能像从前瞻仰那些大雄牛与白犁红土便心满意足了。

　　礼拜四的晚上,他去看望他的孪生哥哥,觉得西尔维纳也像他一样发愁。西尔维纳的性情与他的性情很有差别,但是有时候反了过来,却十分相同。他好像猜着了他的弟弟有了心事以至于烦恼,然而他却猜不着究竟是什么原因。他问郎德烈是否已经同玛特琅讲了和,郎德烈答应了一个"是"字,这是第一次他有意向他的哥哥说谎。其实郎德烈不曾同玛特琅说了半句话,他以为有的是时间,不必匆忙。

　　礼拜日到了,郎德烈很早就赴弥撒会。他在钟未响以前先进了教堂,因为他晓得小芳黛平日乃是在这时候来的。原来小芳黛祈祷的时间很长,人人都嘲笑她。这时郎德烈看见一个少女跪在圣母堂里,背朝外方,双手掩面,专心祈祷。这分明是小芳黛的身段,然而她的衣帽却不相同。于是郎德烈又走出了教堂,看她在不在长廊之下。

他在长廊下看不见衣服不整的小芳黛,弥撒的钟响了,他仍旧不见她来。弥撒经念到首段的时候,他再看圣母堂里那虔心祈祷的少女,则见她抬起头来,认得她是"小蟋蟀",在他看起来,她的衣服与容色都焕然一新了。她仍旧穿的是粗布的裙子,戴的是没有花边的帽子;然而她在这一个礼拜之内已经把这一切都洗濯过,裁剪过,重新缝过了。她的袍子长了些,直垂到了袜子上;她的帽子也改了新的样式,罩在光溜溜的黑发上;她的颈巾是新的,而且是黄色的,与她的棕色的皮肤陪衬相宜。她又把上衣改长了,显出袅娜的蜂腰,不复是披衣的木偶。再者,不晓得她在这一个礼拜之内用什么药草洗了她的脸孔与她的手,现在她的脸孔变白了,手变润泽了,竟像春天的白蔷薇一般。

郎德烈看见她改变到这地步,不觉他的手里的经文坠下地来。小芳黛听见了声音,把身子完全扭转来看他,同时他也注视着她。她的脸孔有几分发红,只像丛树中的小玫瑰。这么一来,她差不多像一个美女,更兼她那一双没有人不赞赏的黑眼睛灼灼地放光,竟是另一个人了。郎德烈又自思道:"她真是一个妖精,她想要从丑容变为美貌,现在竟灵验了。"他想到这里就害怕起来,然而他不免想要走近她而且同她说话,所以到了弥撒会完场的时候他早已等得不耐烦了。

但是她却不看他了。这一次她并不在祈祷后与孩子们开玩笑,竟悄悄地走了,以致人们没有时间注意她的容貌与服装的变更。郎德烈因为西尔维纳紧紧望着他,所以不敢追随她;但是,在一个钟头之后,他竟想法子逃了出来。这一次他的心灵感通,竟找见了小芳黛在宪兵坪牧羊。原来从前某国王增加苛税,派兵下乡收粮,有一个宪兵被歌斯村的人杀害了,所以本地人把宪兵被杀的地方叫做宪兵坪。

二十三

因为这是礼拜日,所以小芳黛在牧羊的时候并不缝纫,也不纺绩。她从事于一种游戏,这是我们乡里的孩子们往往做的。她在寻找四叶的苜蓿;平常的苜蓿只有三叶,人家说谁能采取一枝四叶的苜蓿,谁就有喜事临头了。郎德烈走到她的身旁,即刻问道:

"芳中,你找着了吗?"

"我往往找得着",她说,"但是这并不像人家说的能替人招福,我的书里放着三枝,于我毫无益处。"

郎德烈在她的身旁坐下,像是要同她谈话似的。但是他忽然觉得害羞,比之在玛特琅跟前更甚;他本来有千言万语要同她说,此刻却找不出一句话来。

小芳黛也觉得害羞,因为郎德烈虽则不说话,却用奇异的眼光望着她。末了,她问他为什么看见了她就有诧异的神情。

"除非因为我改了服装",她说,"我是从了你的劝告的。我以为要做合理的人须先有合理的服装。但是我不敢给人们看见,因为我怕人们还责备我,笑我想要减少丑貌却不成功。"

"人们要说,尽管他们说去;我不晓得你用了什么方法,今天你实在变为漂亮了,除非把自己的眼睛挖了,否则谁看不见呢?"

"请你不要取笑吧,郎德烈",她说,"人家说美女因美貌而发狂,丑女因丑貌而伤心。我习惯了令人害怕,我不愿意做呆子,以为我能令人喜欢。但是,你这一来,并不为的是向我说这话,我在静听你说玛特琅是否原谅了你。"

"我这一来,并不为的是说玛特琅的事情。她原谅我与否,我不晓得,而且我也不求晓得。不过我知道你同她说了话,说得很好,所以我应该十分感谢你。"

“你怎么知道我同她说了话呢？她告诉了你吗？这样说来，你已经同她讲和了吗？”

“我们并没有讲和，我们还没有爱到成仇的程度，用不着讲和。我知道你同她说了话，因为她告诉了一个人，那人又转告了我。”

小芳黛听了，满脸飞红，显得越发艳丽了。她从来不像今天这样羞怯，这样快活。凡是因羞怯与快活而脸上发红的女子，哪怕她丑到了十分，也显得美丽起来。但是她同时又担心，以为玛特琅已经把她的话告诉了别人，别人知道她承认她爱郎德烈，便成为笑柄了。

“玛特琅是怎样说我的？”她问。

“她说我是一个笨人，没有一个女子喜欢，甚至于小芳黛也不爱我。她说小芳黛瞧不起我，逃避我，躲了整个礼拜不肯见我的面；我徒然到处寻觅，竟找不见小芳黛的踪迹。芳中，你看，我才是人们的笑柄呢，因为人们都知道我爱你而你不爱我。”

小芳黛听了，十分诧异，因为她料不到此刻郎德烈比她更为狡狯，她说：

“你的话实在令人伤心，我料不到玛特琅这样负心而且说谎。但是，郎德烈，你应该原谅她，她因为愤激而至于如此，愤激就是爱情了。”

“也许是吧，所以你对我毫不愤激，芳中。你原谅我的一切，因为你藐视我的一切。”

“我不值得你说这话，郎德烈。真的，我不值得你这样说我。我并没有发疯，怎肯说像她所捏造的那一种言语呢？我向玛特琅说的话乃是另一种说法的。我的话都是为她设想的，却不至于得罪你；恰恰相反，我还说我敬重你呢。”

“芳中，你听我说，我们不必再争论你所说过的是什么话了。你是一个有见识的人，我要问你一件事。上一个礼拜日，我在叔莫华遇见了你，我不知何故，竟对你发生了友谊，后来我隔了整整一

个礼拜不吃饭不睡觉。我不愿意瞒你,因为你太聪明了,瞒你乃是
徒劳无功的。我承认我在礼拜一的早上以为对你发生友谊乃是可
耻的事情,竟想要走得很远,不愿再堕落这种感情的圈套里。然而
到了礼拜一的晚上,我仍旧不能忘情,竟不怕鬼火,在夜里渡过罗
濑滩。那鬼火在滩上,像是要阻止我找你似的,它嘲笑我,我也嘲
笑它。自从礼拜一以后,每天上午我像一个愚人,因为人家笑我爱
你;每天晚上我又像一个疯人,因为我觉得我的嗜好比我的羞耻更
强。直到了今天,我看见你如此美丽,我想将来人人也有同样的感
想,如果你继续下去,不出半个月,非但人们原谅我爱你,而且追求
你的人还多着呢。我没有什么胜人之处,不值得你特别注意,也就
不值得你爱。但是,如果你记得圣安朵思节会,也就该记得当天晚
上我在叔莫华请你允许我同你接吻。我曾经很诚恳地吻你,忘了
你是著名的丑而可憎的女子。我的权利就在这一点,小芳黛。我
请问你:这算不算数? 我这话说服了你呢,还是得罪了你呢?"

小芳黛把双手掩着脸孔,只不作声。郎德烈自从听见了她向
玛特琅所说的话之后,以为她爱他了;因为他知道她爱他,然后他
对她发生了爱情。但是此刻他看见她含羞带愁的样子,又怕她把
今天的事告诉了玛特琅,为的是存心善良,要完成他与玛特琅的好
事。他想到这里,越发爱小芳黛,因此也伤感起来。他拉下了她的
双手,则见她的面色惨白,竟像一个临死的人;他不客气地责备她
不该不顾他的热情而不答复他,忽见她倒在地上,合着双手只管喘
气,原来她一时气窒,竟昏倒了。

二十四

郎德烈大吃一惊,连忙拍她的手催她醒来。她的手像冰一般
冷,木一般硬。他把手搓她的手,把温气度给她。当她醒过来之
后,才向他说道:

"郎德烈,我想你是播弄我的。但是世上有些事情是不应该开

玩笑的啊。我请你让我安静，永远不再同我说话；除非你有事要求我，我始终愿意帮你的忙。"

"小芳黛，小芳黛"，郎德烈说，"你的话不是好话，恰是你播弄我呢。你恨我，然而你又把别的话哄骗了我。"

"我吗?"她悲伤地说，"我把什么话哄骗了你？我给了你友谊，与你的孪生哥哥给你的友谊一样，也许还更好些；因为我不像你的哥哥妒忌，我非但不妨碍你的爱情，而且赞助你的爱情。"

"这是真的话"，郎德烈说，"你实在像上帝一样慈善，我原不该责备你。请你原谅我，芳中，而且请你让我尽我的能力爱你。我也许不能像爱我的孪生哥哥或我的妹妹娜纳德一般安静地爱你，但是我情愿此后不再同你接吻，如果你觉得可憎的话。"

郎德烈回心一想，以为小芳黛的友谊的确只是安静的友谊；她不是夸大的人，所以他没有向她进攻的勇气，竟像他不曾亲耳听见她向玛特琅所说的话似的。

至于小芳黛，她原是一个聪明的人，分明晓得郎德烈实在爱她爱到发狂，所以她刚才因快乐过度，竟昏倒了一会儿。但是她恐怕容易得来的幸福也容易失去，所以她想要激他一激，她暂时不露真情，等候他的愿望沸腾到了极度为止。

他陪她坐到黄昏，虽则不敢向她说些绮语，然而他迷恋着她，喜欢看见她的容貌与听见她的声音，竟不能离开她一会儿。那"小蝗虫"也离不了他的姊姊，所以走来会合他们，郎德烈便同他玩耍。他好情好意地对待他，不久就觉得这一个被人欺负的孩子在同他要好的人跟前并不愚蠢也不凶恶，甚至于在一个钟头之后他同郎德烈熟了，很感激他，便吻他的手，把他叫做"我的郎德烈"，好像他把他的姊姊叫做"我的芳中"一般。郎德烈看见他这情形，心中十分感动，觉得从前人们与他自己都把芳黛妈妈的两个孩子欺负乃是有罪的事情，因为他们只需人们把他们像众人一般地看待，已经比许多人优胜了。

从此以后,郎德烈天天都能看见小芳黛。有时是在晚上相见,于是他就与她稍为谈话;有时是在日里,他看见她在田野间工作。她因为不愿忽略她的职务,所以不能与他盘桓很久;但是他欣幸能与她说四五句心腹的话,而且饱看她一顿。她继续地检点她的身体,整理她的服装,改良她待人的态度,以致人人都注意她,不久以后就另眼看她了。她再也不得罪别人,所以人家不再骂她,她因为人家不再骂她,也就不回骂人家,不再惹人伤心了。

然而社会的意见不是容易变更的,人们对于小芳黛,不能一时就从藐视改为敬重,从仇恨改为好感,所以此刻人们并不十分注意小芳黛的变迁。有四五个老翁与老妇,他们是对于少年人不求全责备的,他们在本地方像是众人的父母,有时候他们在歌斯村的核桃树下谈天,眼看着少年们与孩子们打球或跳舞。这几个老人议论纷纷,说道:

“你们看这一个孩子,如果他这样生长下去,将来一定是一个好兵士,因为他的身体太好了,人家不会免除他的兵役的。那边那一个,将来一定像他的父亲一样聪明;另一个将来一定像他的母亲一样安分守己。你们看那绿赛德,她将来必做一个田庄的女仆;又看那肥胖的鲁意丝,将来一定不止一个人爱她;至于那小玛丽央呢,你们让她长大了些,也就像别人一般识事了。”

他们说到这里,轮着小芳黛给他们批评了,他们说:

“你们看,她不愿意唱歌,也不愿意跳舞,匆匆就走了。自从圣安朵思节之后,人家不再看见她了。大约因为这里的孩子们揪落了她的帽子,所以她十分失意,现在她改了一顶大帽子,似乎再也不比别人更丑了。”

“你们注意到她的皮肤在最短的时间内白了许多吗?”古都利耶妈妈说,“从前她的脸孔像一只鹌鹑的卵,有许多赭色的斑点;但是最近我亲近她一次,看见她的面色很白,我竟诧异起来,问她是不是害了寒热症。依现在她的容貌看来,她是可以改造的。谁晓得？有许多丑陋的女子达到了十七八岁就变为美丽的了。”

"再者，她也明理了”，诺邦伯伯说，“她后悔起来，竟变了大家的风度，而且客气地待人了。这‘小蟋蟀’，到现在才知道她自己不是男子，未免迟了些。天啊，从前人家以为她越变越坏，竟是本地方的羞耻。但是她现在渐渐变好，与别人一样了。将来她会晓得她有了一个这样可责的母亲就应该求社会上的人们恕罪，将来人家再也不说她了。”

"是的”，古尔第耶妈妈说，“一个女子像一匹溜缰马，实在不成体统。我也希望小芳黛学好，因为我前天遇见了她，她非但不像从前跟在我的后面摹仿我的跛脚，而且她向我问安，很客气地请求我把我手里的东西给她代我拿呢。”

"你们所说的女子，与其说她不善良，不如说她疯狂”，亨利伯伯说，“她不是没有良心的人。何以见得呢？譬如我的女儿害病的时候，她往往献殷勤，替她在田野间照管我的孩子们；她对待他们很好，他们还不愿意离开她呢。”

"人家告诉我的话不晓得是不是真的”，古都利耶妈妈又说，“人家说巴尔波伯伯的一个孪生儿在最近一次的圣安朵思节会里爱上了小芳黛哩。”

"哪里！诺邦伯伯答，“我们不要把这事认真。这只是孩子们开玩笑，巴尔波夫妇不是呆人，那一双孪生儿也不是呆人，你们懂吗？”

这是人家议论小芳黛的话，但是因为人家差不多是不能再见她了，所以往往也不想起她了。

二十五

然而最常见她的、最注意她的，乃是郎德烈·巴尔波。当他不能很舒服地同她谈话的时候，他几乎发热发狂。当他与她相聚了一会儿之后，他即刻变为安静而且满意自己，因为她把道理劝他，又安慰他。她稍为作弄他，也许显得几分风骚——至少他是这样想的——然而她的动机乃是光明正大的，她要等待他的爱情成熟之后才肯接受他的爱，他没有怪她的道理。他这样热烈地爱她，她不能再怀疑他了。原来乡下人与城里人的恋爱不同，乡下人能忍耐些，不像城里的人着急。恰好郎德烈又是一个有耐心的人，谁也料不到他有这样热烈的爱。如果人家知道了，不知是如何惊奇呢。但是小芳黛看见他忽然把全身献给她，恐怕这是一时的烈火，又怕事情做得太过了，超过了孩子们的本分。他们二人还没有达到结婚的年龄，至少是不合父母的意而且不合道理的；但是，爱情是无所等待的，当两个少年人的心里发生了爱情之后，怎能等待别人的赞同呢？

　　小芳黛在表面上虽则还像一个女孩，然而她的内心里的理智与意志都超过她的年龄。她的心非常热烈，也许比郎德烈更甚，然而她的理智也很强。她爱他爱到发狂，但是她又很守规矩。她不分昼夜，时时刻刻想念他，要看他，要同他温存，及至她看见了他之后，即刻持镇静的态度，同他说道理，甚至于假装不晓得他的热情，握手时不许他握到手腕以上。

　　郎德烈与她往往在偏僻的地方，甚至于天色很黑了，他很可以一时忘情，不顺从她，因为他迷恋她太厉害了；但是，他一则恐怕她不喜欢，二则不敢自信被她爱上了，所以他只同她过很清白的生活，把她看做他的姊妹，把自己看做"小蝗虫"。

　　她晓得他的心事，却不肯鼓励他，于是找别的话来散他的心。原来她很聪明，许多事情是她的祖母所不晓得的，她都晓得了，于是她凭着她的见识指教他。她对于郎德烈不肯装神扮鬼，她晓得他有几分害怕魔术，于是告诉他，说她的见识与魔鬼毫无关系。有一天，她对他说道：

　　"郎德烈，我劝你不必怕恶神。世上只有一个善神，就是上帝。律西费乃是牧师捏造的，卓庄乃是乡里的女巫们捏造的。当我年纪小的时候我也相信,我也怕我的祖母祸害我。但是我的祖母嘲笑我,她说鬼神都是假的。最不信鬼的人偏劝别人信鬼,所以一班道士们一开口就请萨丹。他们分明知道他们没有看见过萨丹,也没有萨丹来赞助过他们的道术。那些脑筋简单的人们信鬼,要呼唤鬼神,却从来没有人真的把鬼神呼唤了来。我的祖母告诉我,说有一次狗坪村里有一个磨坊老板拿着一根棍子到处呼唤魔鬼,说要打他一顿。人们听见他在夜里喊道:'你来不来,天狼?你来不来,天狗?你来不来,卓庄?'卓庄始终不来。于是那磨坊老板骄傲到了发狂,说魔鬼也怕他,不敢见他呢。"

"但是",郎德烈说,"小芳中,你以为世上没有鬼神,这未必很合于基督教吧?"

"我对于这一层不能同你争论,"她又说,"但是,纵使世上有魔鬼存在,他也不至于到尘世来作弄我们,在上帝手里夺取我们的灵魂。他决不能这样放肆,因为这世界是上帝的,只有上帝能裁制世上的万物。"

郎德烈听了,恍然大悟,不禁赞赏小芳黛是一个好教徒,她甚至于比别人更虔诚。她把许多祈祷的话告诉了郎德烈,他真是闻所未闻,因此越发敬重她了。

二十六

他同她一面走,一面谈话,他因此知道了许多药性与药方,晓得了医人及医畜牲的法术。恰巧那时盖乐伯伯家里有一头母牛因为吃草太多肚皮肿胀,兽医说它再挨不得一个钟头。郎德烈试用小芳黛的药方,那牛竟被他医治好了。他是在夜里悄悄地做的,第二天早上那些农人们很伤心,以为这样肥壮的一头母牛竟死了,想要把它投进一个地窖里去,谁知他们竟看见它站了起来,张开了一双大眼睛,在嗅那些食料,它的肚子几乎全消了。又有一次,一匹小马被毒蛇咬伤了,郎德烈又依了小芳黛的药方,很敏捷地把那马救活。他又医治白里歇村的一只疯狗,后来又被他医好了,不再咬人了。他尽量地隐藏他与小芳黛的关系,所以他不自夸有见识。人们只以为他尽心调护那些畜牲,因此那些畜牲就痊愈了。盖乐伯伯也是一个有见识的人——其实好庄家都应该有见识——他自己也诧异地说:

"巴尔波伯伯不会养畜,而且他也没有福气。去年他丧失了许多畜牲,而且这还不是第一次。但是,郎德烈对于畜牲,却有一双福手。福手乃是与生俱来的,有呢就有,没有呢,就一辈子也没有了。哪怕你在学校里研究,终是没有用处的。郎德烈却是一个有手段的人,他要怎样就怎样。这是天赋的大本领,有了这本领就会管理田庄,比资本还更要紧呢。"

盖乐伯伯的话并非完全没有道理,不过他把天赋的本领归属于郎德烈,这就错了。郎德烈的本领只在乎谨慎地把小芳黛所传授的药方施用。但是天赋的本领也不是虚言,譬如小芳黛就当得起这一句话。她的祖母教了她那样少的知识,她竟自己发明了许多药性,而且晓得施用的方法。她说得有理,她对于此事并没有什么魔术;只因她会观察,会比较,会试验,这就是天赋的本领,谁也不能否认。盖乐伯伯把这事推想得更远。他以为某牧童或某农人的手或是福手或是祸手,只要那人到了兽棚里,就可以赐福或降祸给那些畜牲。然而在迷信里也有几分是真的,譬如小心调护的人总比疏忽的人的手有福气些。

郎德烈在平日很注重这种事情,所以他很感谢小芳黛的教训,而且钦佩她的本领,以致他对她的友谊越发增加了。这时候,他乐得迫她躲避他的词锋,好教她撇开爱情的话,改说医药的话。他现在晓得她要把她的爱人造成有用之材,不高兴顺从他的愿望,由他不住地向她献殷勤了。

不久以后,郎德烈十分迷恋她,竟不顾人们笑他爱上了一个著名丑陋、凶恶而且不知礼的女子,他并不因此害羞。他所以守着秘密者,无非为的是他的孪生哥哥。他晓得他是一个妒忌的人,从前郎德烈爱上了玛特琅的时候,费了不少的气力才弄得他忍受了;现在郎德烈觉得自己对小芳黛的爱情胜于对玛特琅的爱情十倍,怎敢让西尔维纳知道呢?

郎德烈虽则想要守秘密,但是他的情感太兴奋了,很有露泄的危险。幸亏小芳黛是一个善守秘密的人,而且她不愿意令人们嘲笑,尤其是不肯让他家里的人责备他,所以要求他谨守秘密,经过了差不多一年之久,还没有人知道。郎德烈已经使西尔维纳养成了不再步步相随的习惯,而且本地方的人口并不多,又有许多树林与山坳,越发便于守恋爱的秘密了。

西尔维纳看见郎德烈不再与玛特琅往来,心中十分快乐,以为郎德烈不忙把他的心转给了一个女人;他没有妒忌心之后,每逢假期,他也让他的弟弟自由些,任凭他做他的事情去了。郎德烈一往一来,不怕无所借口。尤其是礼拜日,他很早就离开了孪生村,却在半夜才回到白里歇村来。他觉得方便得很,因为他可以在屋外的收拾房里睡觉。这么一来,他随便什么时候回来都可以,不至于惊动一个人。他的假期是算到礼拜一的上午的,因为盖乐伯伯与他的长子都是老成的人,生平不喜欢到酒店去,每逢安息日他们也不享乐,却在这一日检察田庄,亲自工作。依他们说,庄里的少年人工作了整整的六天,应该让他们游玩去了。

冬天的时候,夜里很冷,人们很难在田野间谈话,所以郎德烈与小芳黛找到了夏各德塔,作为避寒的地方。这是一个旧时的鸽塔,久已没有鸽子了,但是还可以避风雨,又在盖乐伯伯的地界里。盖乐伯伯用这塔子贮藏他家所藏不下的农作物,郎德烈有塔门的钥匙。塔在白里歇村的边境,又离罗濑湾不远,塔的四面都是稠密的苜蓿,最灵敏的鬼也不会撞见这一双爱人谈话。天气暖的时候他们却到蘗林里去,树林很阔,正是盗贼与情人们躲藏的地方;我们乡间没有盗贼,所以情人们就把这树林利用了,非但不愁寂寥,而且没有恐怖呢。

二十七

但是，秘密不是永远守得住的，有一个礼拜天，西尔维纳沿着墓田的墙走去，在转角的时候，忽听得他的弟弟在两步之外说话。郎德烈的声音很轻，但是西尔维纳听惯了他的话，纵使听不清楚，也猜得着是他。只听得他向一个西尔维纳所看不见的人说道：

"为什么你不愿意来跳舞呢？许久以来，弥撒会完场之后，人们不曾看见你停留，而且人家以为我几乎不认得你了，我再请你跳舞，人家不会再说坏话吧？人家不说我爱你，只说我忠厚；而且我想要晓得你隔了这许久不跳舞，还会跳不会跳。"

"不，郎德烈，不。"这回答的声音，西尔维纳是分辨不出来的，小芳黛与众人隔别了许久，尤其是他，所以他不再认识她的声音了。只听得她继续地说道："不，不要让人家注意我，这样才好。假使你与我跳一次舞，将来每逢礼拜日你都要再跳了，岂不令人家议论我们吗？郎德烈，请你相信我常说的话吧：将来人家知道你爱我的一天，就是我们的痛苦开始的一天。你让我走吧，你先去同你家里的人以及你的孪生哥哥相聚半天，再到我们约定的地方来会我。"

"不跳舞毕竟是不快乐的事情！"郎德烈说，"乖乖，你爱跳舞，而且跳得这样好！我握着你的手，揽着你的腰，使你打回旋，这是多么快乐的事！你这样轻盈，这样漂亮，我看见你只同我一人跳舞，岂不妙吗？"

"这恰是不该做的事呢"，她说，"我很晓得你可惜你不得跳舞，但是我不晓得你为什么不再跳了。你就去跳几次吧，我一想起你有开心的事情，我就快乐了，而且我更耐心等候你。"

"唉！你太有耐心了！"郎德烈说时，显得自己没有耐心，"至于我呢，与其叫我同我所不爱的女子跳舞，我宁愿给人家截断了两腿。哪怕人家给我一百法郎,我也不肯同她们接吻呢。"

"好!"小芳黛说,"假使我跳舞,不能专与你跳,我非同别人跳不可。那么,我不得不让别人吻我了。"

"嗳!嗳!我不愿意别人吻你!"郎德烈说。

此刻他们不说话了,西尔维纳只听得他们的脚步渐走渐远;又听得他的弟弟回身走向他一方面来,他恐怕被他撞见以至怪他偷听,于是连忙躲进了墓田里,让他走过。

西尔维纳这一次的发现竟像在他的心上砍了一刀。他也没有工夫根究郎德烈所热爱的女子是谁,他只想起世上有一个人占住了郎德烈的整个的心,以至冷待哥哥,不肯向哥哥推心置腹,这一点已经够他难堪了。他自思道:"他一定不信任我,而且他所爱的女子一定能使他怕我、恨我。怪不得他在家里是那样烦闷,当我想要同他散步的时候他又是那样担心。我以为他爱孤独,所以终于让他自己散步去;现在我知道了真相,更不肯缠扰他了。我绝对不肯同他说起,这是他所不肯告诉我的事情,假使我说了出来,他岂不恼我吗?我宁愿自己受痛苦,好教他不受我的缠扰而享受他的幸福。"

西尔维纳依照他自己的话做去,甚至于做得太过了:他非但不勉强挽留他的弟弟在他身边,而且为着不妨碍他起见,他先离了家,到他的果子园里去想入非非。他不愿意到田野间去,因为他自思:"如果我在田野间遇着了郎德烈,他会以为我侦探他,而且怪我搅扰他了。"

他的心病差不多已经好了,现在渐渐复发,他的痛苦比前更甚,不久人家就在他的面上看得出来。他的母亲和婉地责骂他,但是他以为自己有了十八岁,不像十五岁的童子了,再像从前胡闹乃是可耻的事情,所以他不肯把他所受的痛苦告诉人家。

他因此救了他的痛苦。原来自弃的人然后为上帝所弃,有勇气忍受痛苦的人,比嗟怨的人强多了。这可怜的孪生儿悲哀成了习惯,他不时有一两次发热症,而且他虽则再高了些,仍旧有几分瘦弱。他不很经得起工作,然而这不是他的罪过,他分明知道工作是好的。他因为悲哀,已经令他的父亲讨厌,所以他不愿意躲懒,以致惹他生气。他努力工作,自己催迫自己。他所做的工程往往超过了他的能力,到第二天便疲倦起来,不能再工作了。巴尔波伯伯常常说道:

"他永远不会是一个有能力的工人,但是他尽他的能力做去,甚至于休息不够。因此之故,我不愿意把他送给人家做工,我怕他怪我虐待他。而且他这样瘦弱,不久就会辛苦死了,我岂不懊悔一辈子吗?"

巴尔波妈妈很赞成这个道理,所以她尽量地使西尔维纳开怀。她把他的健康问题询问了许多医生,有些医生说应该让他多休息,而且不许他喝酒,只许喝牛奶,因为他的身体太弱了;又有些医生说应该让他多工作,而且给他喝些好酒,因为他太弱了,所以有滋补的必要。巴尔波不晓得听从哪一方面好。当一个人征求多方面的意见的时候,往往有这情形。

幸亏她因为怀疑,无论哪一方面的意见她都不遵从。西尔维纳顺着上帝开给他的道路,虽则常有小病缠身,还不至于十分劳瘁。直到后来,郎德烈的恋爱事件发作,西尔维纳看见他的弟弟有了痛苦,自己就更痛苦了。

二十八

揭露了秘密的人乃是玛特琅。她虽则做这事的时候没有害人之心,毕竟害了人了。郎德烈与她疏远,她很能自慰,她并没有花许多的时间爱他,也就等不到许久已经忘了他。然而她的心头不免存留一些旧恨,一逢机会就要泄恨的。原来妇女的愤激比懊悔的时间更长。

事情是这样发生的:那美丽的玛特琅对于男子们虽则显得很

规矩很骄傲的样子,其实她很风骚,比不上"小蟋蟀"对于爱情那般诚恳。人家虽则嘲笑"小蟋蟀",其实玛特琅比她相差一倍。除了郎德烈之外,玛特琅已经有过两个情人,现在她又有了第三个,乃是她的表兄——盖乐伯伯的次子。但是她已经给了另一个人希望,被那人监视着,她生怕闹出事来,要找一个地方与她的表兄幽会。她的表兄劝她到鸽塔里谈话去,她不晓得鸽塔恰是郎德烈与小芳黛约会的地方,所以她答应了她的表兄。

盖乐二郎找了许久那鸽塔的钥匙,只找不见,因为钥匙在郎德烈的衣袋里。他不敢向任何人问取钥匙,因为他找不着言语去解释他的理由。除了郎德烈之外,没有一个人知道钥匙在什么地方。盖乐二郎以为那钥匙是失去了的,否则就是在盖乐大郎的手里,所以他不顾一切,竟决定捣开塔门。当他实行的一天,郎德烈与小芳黛恰在塔里,他们四个情人相遇,一个个都十分难为情。因此之故,他们都不说话,也不声扬。

但是,玛特琅一则妒忌,二则愤怒,因为郎德烈是本地方最美而且最受敬重的男子,而他自从圣安朵思节以后至今还诚恳地恋着小芳黛,怎不令她着恼?她决意报仇,但是她不把这意思露给盖乐二郎知道,因为盖乐二郎乃是忠厚的人,不会顺从她的。于是她告诉了一两个女友,这一两个女友看见郎德烈从来不曾请她们跳过舞,也有几分怀恨在心,所以她们开始监视小芳黛。用不着许久,她们已经晓得她实在爱上了郎德烈了。她们看见郎德烈与小芳黛在一块儿两三次之后,便在地方上大肆宣传,说郎德烈结识了小芳黛了。

于是一班少年妇女都来参预,因为一个有钱有貌的少年关心于一个女子就像侮辱了其他的女子,如果人家对于这女子有疵可指,也就不肯放松。我们也可以说,凡是妇女们所造的坏话都是很快而且去得很远的。

因此之故,鸽塔事发半个月后,本地方的人无论老幼大小,都知道了孪生儿郎德烈与"小蟋蟀"芳中发生了恋爱。玛特琅虽则是第一个揭露秘密的人，却很小心，不肯自己出头，甚至于假装听见别人传说消息呢。

这话一直传到巴尔波妈妈的耳朵里，她十分伤心，却不肯对她的男人说起，然而巴尔波伯伯也在别处知道了。尤其是西尔维纳，他曾经替他的弟弟谨守秘密，现在他看见人人都知道了，便替郎德烈伤心。

有一天晚上，郎德烈照常预备在很早就离开孪生村，他的父亲当着他的母亲、姊姊与他的孪生哥哥的面向他说道：

"郎德烈，你不忙离开我们，我有话对你说；但是我要等待你的代父到来再说，因为全家都关心于你的命运，我想在众人的跟前要求你一种解释。"

等到他的代父——即他的叔父郎德里歇——来了之后，巴尔波伯伯这样说：

"郎德烈，我要向你说的话会惹起你多少羞耻；我不得已，在全家的跟前说出来，我自己也有几分羞耻，而且有几分抱歉。但是我希望这一场羞耻乃是一剂良药，你的性癖会妨害你的前途，这一剂良药可以医治你。

我似乎知道，你在去年的圣安朵思节之后结识了一个女子，至今差不多一年了。在第一天人家就对我说起，因为人家看见你与一个最丑、最脏、名誉最坏的女子跳了一个整天舞，乃是奇怪的事情。我不曾愿意关心，因为我以为你只借此开怀；但是我已经不很赞成你那事，因为坏人是不可亲近的；你亲近他们适足以使他们害羞，而且使人人恨他们，竟是给他们的不幸。但是我一时疏忽，不曾同你说起，因为我看见你在第二天很纳闷，我以为你已经反心自责，不愿再做了。最近一礼拜以来，我又听见人们说别的话。虽则说话的人乃是些忠厚的人，我还不轻易相信，除非你自己对我承认。如果我错怪了你，你也应该原谅我有监视你的行为的义务，而且我关心于你的利益。再者,假使事情是假的,只要你说人家迷惑了我,你以人格担保了,我就大大地喜欢了。"

"父亲",郎德烈说,"请您说出您所责备我的是什么事,我就依照我对于您应有的敬意答复您,一定不肯隐瞒。"

"郎德烈,我以为我的话已经够你猜想了。人家说你同芳黛妈妈的孙女往来,而那女子却是一个坏妇人。再者,她的亲娘离了她的丈夫、她的子女、她的本乡,跟从兵士们走了。人家说你与小芳黛到处散步,我因此恐怕她诱你到恋爱的路上去。你须知,你如果做了那事,你一辈子都要后悔的。你听懂了吗?"

"我听懂了,我的亲爱的父亲",郎德烈说,"但是,在我答复您以前,请您容许我再问一句。您认为我结识小芳黛是一件不好的事情,这是为的她的家庭呢,还是为的她的本身?"

巴尔波伯伯初以为郎德烈听了就会难为情,不料他十分镇静,像是决定了一切似的,所以巴尔波伯伯的神色变为严厉了些,说:

"这当然是为的她的家庭而且为的她的本身。先说,丑陋的亲戚乃是一种污点,像我们这样有名誉的人家决不肯与芳黛家联姻。再说,小芳黛自己也得不到任何人敬重与信任。我们看见她长成,知道她的价值。我听人家说——而且我最近也亲眼看见过她两三次,说她已经自己检点些,不再追赶男子们,也不再说人们的坏话了。你看,我承认这一层,因为我要说公平的话;但是这不够使我相信一个那样不知礼的女子会变成一个善良的妇人。再者,我认识芳黛妈妈的为人,恐怕她们摆下骗局,骗取你的约言,将来累你羞惭,累你为难。人家甚至于说那女子已经怀孕了,我不愿意轻易相信。但是,假使事情是真的,我就非常伤心了,因为人家可以归罪于你,累你打官司,而且失了体面。"

郎德烈起初还在静听着,预备好好地解释,后来听到这里,竟忍不住气,满面通红,站起来说道:

"父亲,说这话的人们乃是畜类,他们乱造谣言。他们侮辱小芳黛到了这地步,假使他们在这里,我一定要他们改口,否则就要与他们决斗,等到我们当中只剩一人在世上为止。请您告诉他们,说他们是没有人格的人。他们向您造谣,将来我们就闹得好看了!"

"你不要如此生气,郎德烈",西尔维纳很伤心地说,"父亲并不说你害了那女子,只恐怕她为了别的男子遇着难关,又因你昼夜同她在一块儿,她就归罪于你,要你给她赔礼。"

二十九

西尔维纳的话使郎德烈的气平了些,但是郎德烈回答时,他的声音又渐渐高起来了。他说:

"哥哥,你完全不懂这个。你受了人家的话的影响,先存了成见反对小芳黛,其实你不了解她。人家无论怎样批评我,我都不管;至于小芳黛呢,我不许人家反对她。而且我要劝父亲与母亲放心,请听我说,地球上再也没第二个女子比她更善良、更忠厚、更有见识、更无私心的了。她虽则不幸生在不好的家庭里,但是她本身却很有道德,我料不到基督教的人们竟会怪她生在不好的家庭里,以致把她的好处都抹杀了。"

这时巴尔波伯伯也站了起来,表示他不愿在父子之间再争论了,他向郎德烈说道:

"郎德烈,您自己也像要责备我似的。我晓得你愤激了,你努力维护小芳黛,出乎我意料之外。既然你不惭愧也不懊悔,那么,我们就不再说了吧。我要考虑我所应该做的事情,要把您这少年的狂妄念头挽回。此刻你该先回你的主人家里去了。"

巴尔波伯伯说了就走,西尔维纳拉住了他,劝道:

"你们不能如此就分离了的。父亲,郎德烈得罪了您,他不晓得怎样说话才是。请您恕他的罪,同他接吻,否则他要哭一个整夜,为着您的不满意而自己受罪呢。"

西尔维纳哭了,巴尔波妈妈也哭,他的姊姊与叔父也哭,只剩巴尔波伯伯与郎德烈二人不流泪;但是他们二人都很伤心,众人便迫着他们互相接了吻。巴尔波伯伯不要求郎德烈的一句约言,因为他知道在爱情上头这种约言乃是靠不住的,而且他不愿意多开口,恐怕失了自己的威严。但是他向郎德烈表示这事还不算完结,他将来还要提起。郎德烈赌着气,伤心地走了。西尔维纳很想跟他走,但是他不敢,因为他料定他要去把他的痛苦告诉小芳黛。这一夜西尔维纳整夜睡不着,想起了家庭的不幸,只是长吁短叹。

郎德烈果然去敲小芳黛的门。芳黛妈妈是耳聋的人了,所以睡着了之后什么也不会惊醒了她。原来最近郎德烈看见鸽塔事发,只能在晚上与小芳黛在卧房里谈话,而这卧房却是芳黛妈妈与那"小蝗虫"睡觉的地方。他这么办也很冒险,因为假使那老女巫知道了,非但不赞赏他,还要拿扫帚驱逐他呢。郎德烈把他的痛苦告诉了小芳黛,则见她很柔顺,同时也很有勇气。起初的时候,她努力劝他只顾自己的利益,顺从了父亲,不必再念及她。后来她看见他十分伤心,而且渐渐愤激,于是她在劝他服从的时候同时又许他希望将来,她说:

"郎德烈,你听我说,我早已料到今日,而且我往往想及事发之后我们应该怎样做。你的父亲做事不错,我并不怪他;因为他十分爱你,所以看见你爱上了一个像我这样无价值的女子他就害怕起来。他那样骄傲,而且对我的批评不公,我都原谅他,因为我在小的时候原有几分狂妄,这是我们所不能否认的,你在开始爱我的那一天也把这话责备过我呢。一年以来,我虽则改过,然而时间太短,不能令他相信我,他今天向你说的话不错。所以我还需要的是时间,将来人们对我的成见渐渐消灭了,现在人们所造的谣言也自然地消灭了。你的父母将来就知道我是一个规矩的人,不愿意引你到淫邪的路上去,也并非有意骗取你的金钱。那时节,他们知道我们的友谊乃是清白的,我们就可以常常相见,不必躲避人们了。

至于现在呢,我敢断定你的父亲就要禁止你同我往来,你非服从父命不可。"

"我永远不会有这勇气,我宁愿投河死了。"郎德烈说。

"好!"小芳黛说,"如果你没有这勇气,我就替你有这勇气。我要走了,我要离开这地方一些时候。两月以来,人家已经向我说起城里有一个好位置。我的祖母的耳朵聋了,年纪老了,几乎不能再制药卖药,因此也就不能诊治病人。她有一个很好心的亲戚,她愿意与她同居,而且可以调护她;至于我的可怜的'小蝗虫'呢……"

小芳黛说到这里,顿了一顿,因为除了郎德烈之外,那"小蝗虫"是她所最爱的人了。但是她鼓起了勇气,又说:

"他的年纪大了些,用不着我了。他不久就领第一次的圣体,同别的孩子们到教堂里听教理问答,可以供他消遣,不致因我走了而十分伤心。你大约也注意到的:他近来识事了些,别的童子们不再激他生气了。总之,这是不得不然的,郎德烈。我要人们先忘了我,因为此刻本地方的人对我都有很大的怒气与很大的嫉妒心。我在外面居住一两年,比在这里容易博得好声名,等到我有了名誉之后,再回到这里来,人们不会再搅扰我们了,我们可以做很好的朋友了。"

郎德烈不愿意听从她这种提议,他只垂头丧气地回白里歇村里去,他那种伤心的样子,铁石心肠的人见了也会可怜他哩。

两天之后,他把葡萄桶运去收获葡萄,盖乐二郎向他说道:

"郎德烈,我晓得你恼我,近来你不再同我说话了。你大约以为是我露泄了你与小芳黛的爱情,你竟会猜我做这种坏事,我的心里实在不舒服。真的,我从来不曾露泄过半个字,我甚至于因为看见人家给你这许多烦恼而替你伤心;原来我始终敬重你,而且从来不曾侮辱过小芳黛。我可以说自从鸽塔事发之后我更敬重这女子,因为她尽可以向人们乱说,而她谨守秘密,谁也不曾知道。她分明知道事情是玛特琅露泄了的,她尽可以宣传玛特琅的秘密,借此报仇;但是她始终不做这事,可见外观与声名都是靠不住的了。小芳黛号称坏女子,却是一个好心人;玛特琅号称好心人,其实她很负心,非但对小芳黛不住,而且对我不住,因为此刻我也怪她不诚恳对我了。"

郎德烈很愿意听受盖乐二郎的解释,盖乐二郎也努力安慰他的痛苦,说:

"我的可怜的郎德烈,人家累得你好苦,但是你应该为小芳黛的德行而自慰。她这一去,可以使你的家庭息怒,算是她的好处,刚才我在路上遇见她,同她道别,还赞赏了她几句呢。"

"你说的是什么话,二郎?"郎德烈惊问,"她走了吗?"

"你不晓得吗?"二郎说,"我以为这是你们商量好了的,你不送她,为的是怕人家责备你。她当然是走了的,她从我们家里的门前走过还没有一刻钟之久,她的手里拿着一个包袱。她要到魏阳府去,此刻大约只到了旧镇,至多只能到了吴尔蒙。"

郎德烈听了,即刻丢了牛鞭,向前飞跑,直跑到了吴尔蒙,赶上了小芳黛,方才止步。

他一则心中痛苦不堪,二则跑得疲倦了,于是横倒在路上,拦住了她的去路,他不能说话,只表示她在离开他以前非踏在他的身上不可。

当他的精神回复了些之后,小芳黛向他说道:

"我的亲爱的郎德烈,我本想要避免你这一场痛苦,现在你却努力剥夺我的勇气。我劝你做个男子,不要阻止我有良心。唉!我一想起了我那可怜的小约翰正在找我、叫我,我就觉得丧失了勇气,我不难把我的头碰在这些石头上死了。郎德烈,与其阻止我尽我的责任,不如帮助我做个好人!因为如果我今天不走就永远不能走,我们就都完了!"

"芳中,芳中,你不需要很多勇气",郎德烈说,"你只可惜一个孩子,其实他不久就可以自慰,因为他只是一个孩子。你并不顾虑我的失望,而且你不晓得什么是爱情。你对我毫无爱情,不久你就忘了我,也许永远不再回来了。”

“我一定回来的,郎德烈。我请上帝为证,至早一年,至迟两年,我一定回来;而且我不会忘了你,也不会有别的男友、情人。”

“芳中,你将来没有男友,这是可能的,因为你将来再也找不到像我一样顺从你的人做你的朋友了;至于说到情人呢,我却不晓得,谁敢担保你?”

“我自己担保自己!”

“小芳黛,你自己也不晓得。你从来不曾恋爱过,等到将来你有了爱情的时候,你就记不得你的可怜的郎德烈了!唉,假使你像我爱你一般地爱我,你就不至于如此离开我了。”

“你以为吗,郎德烈?”小芳黛说时很悲哀地注视他,现出严重的样子,“也许你不晓得你说的是什么话。我呢,我以为我并不是受友谊的命令,却是受爱情所驱使。”

“好,假使是爱情驱使你,我就不至于有这许多痛苦了。唉!是的!芳中,假使这是爱情,我相信我可以为不幸而快乐!我可以相信你的言语而且希望将来,我可以有你的勇气,真的!……然而这并不是爱情,你同我说过了许多次,而且我看见你对我的态度那般的冷静,也就相信不是爱情了。”

“因此你就以为这不是爱情吗?你敢断定吗?”小芳黛问。

她始终注视着他,她的眼睛充满了泪珠,直流到脸上,同时又微笑,现出一种奇异的样子。

“唉!天啊!天啊!假使我是误会了的,岂不是好!”郎德烈一面嚷着,一面把她拥在怀里。

“不错,我相信你误会了”,小芳黛说时,仍旧微笑流泪,“我相信‘小蟋蟀’自从十三岁起就注意郎德烈而从来不曾注意别人。我相信,当她在田野间或道路上追随他、播弄他、令他注意到她的时候,她是莫名其妙,不知是什么鬼神在推她倾向他。我相信,有一天,她晓得郎德烈因为失了哥哥而伤心,于是她特地替他去寻找西尔维纳,后来她看见他抱着一只小羔羊,在河岸上想入非非,于是她故意向郎德烈说了些神秘的话,好教他感她的恩。我相信,当她在罗濑滩上辱骂他的时候,无非为的是他自从那一次的事情之后不再同她说话,所以她愤激而且伤心。我相信,当她想要同他跳舞的时候,无非为的是她爱他爱到了发狂,要借活泼的跳舞来博取他的欢心。我相信,她在叔莫华痛哭的时候,无非为的是她因失了他的欢心而懊恼、悲哀。我又相信,当他想要同她接吻的时候,她拒绝了他,当他同她谈爱情的时候,她只同他谈友谊,这只因她恐怕令他满意太快倒反失了他的爱情。末了,我又相信这一次她捣碎了她的一颗心而离开他,无非希望将来她回来的时候人人都以为她配得起他,可以做他的妻子,不致使他的家人气短而且伤心。"

这一次郎德烈以为他要完全变为狂人了。他笑,他哭,同时又叫嚷起来。他吻芳中的双手与衣服,假使她允许他,他还要吻她的脚呢!但是她把他扶了起来,给了他一个真的恋爱的甜吻,他险点儿因此死了,因为他从来不曾受过恋爱的吻,这是她第一次给他的,所以他如醉如迷,在路旁呆立着。她的脸上起了红晕,拾起了她的包袱,向他说一声再见,而且发誓说一定回来,只不许他再送她。于是她竟去了。

三十

郎德烈顺从了她,仍旧去收获葡萄,他心中诧异,觉得他并不像意料中那样悲哀;因为一个人晓得自己被爱,便是甜蜜的事情了。他一则诧异,二则快乐,便向盖乐二郎说起,盖乐二郎也很诧异,而且他很赞叹小芳黛自从爱上了郎德烈之后能够那样克制自己的弱点,处处谨慎,真是一个有见识的女子。他对郎德烈说道:

"我看见她有这许多美德,我也喜欢。因为我从来不曾认她是一个坏女子,我甚至于可以说,假使她注意到我,我决不会不喜欢她。因为她的眼睛之故，我总觉得与其说她丑不如说她美；尤其是最近以来，假使她愿意博取人家的欢心，竟有许多人会向她献殷勤呢。然而她只爱你一人，郎德烈，她只求不得罪别人，也就算了；她只希望博得你的赞许，我老实说，这样一个女人，真配得上做我的妻子。再者，我自小就认识她，始终以为她是一个好心人；假使你要人们凭着良心与真理说话，我相信人人都不得不承认她的好处；不过，世情是这样的，当两三个人说一个人的坏话的时候，便惹得人人都来参预，轻视人家，辱骂人家，自己也莫名其妙；竟想把欺压不能抵抗的人当做一种乐事似的！"

郎德烈听见盖乐二郎这一番议论，心中顿觉松快了许多。自此之后，他与他十分亲热，常常把心事告诉他，自己也就减少了许多烦恼。甚至于有一天他对他说：

"我的好二郎，我劝你不必再想念玛特琅了，她没有一点儿价值，而且我们二人都被她累得好苦。你与我同年，并不忙着结婚。我呢，我有一个妹子名叫娜纳德，很美丽，很知礼，很温和，很可疼，今年十六岁了。请你常常去看望我们，我的父亲很敬重你，将来你十分了解我们的娜纳德之后，你就知道最好的意见莫若变成我的妹夫了。"

"老实说，我并非不肯"，二郎说，"如果你的妹子不曾许了人，我可以每逢礼拜日都到你家去。"

小芳黛动身的晚上，郎德烈想要去看望他的父亲，把他所错认了的女子的好德行告诉他，同时向他说明现在自己愿意服从他的命令，只保留着将来的希望。他在经过芳黛妈妈的门前的时候未免十分伤心，后来他又鼓起勇气，自谓假使小芳黛不走，也许直到现在他还不知道她爱他呢。他看见芳歇特妈妈，这是芳中的代母，芳黛妈妈的亲戚，她特来替她调护芳黛妈妈与那"小蝗虫"。她正坐在门前，把"小蝗虫"抱在膝上。那可怜的小约翰只管哭，不愿意睡去，因为他说他的芳中还没有回来，而平日却是芳中教他做晚祷而且扶他睡下。芳歇特妈妈努力安慰他,郎德烈听见她的温和的言语,晓得她有慈爱的心肠,也就替"小蝗虫"喜欢。但是那"小蝗虫"一眼看见了郎德烈经过,即刻挣脱了芳歇特妈妈的手,跑去投入郎德烈的两腿之间,吻他,询问他,求他把芳中还给他。他把他拥在怀里,一面流泪,一面尽力安慰他。恰好盖乐妈妈交了一筐葡萄给他带回送给巴尔波妈妈,于是他拣了一团好葡萄给小约翰吃。那"小蝗虫"平日本是贪吃的孩子,此刻却不要葡萄,只要郎德烈允许他去寻找芳中回来。郎德烈长叹了一声,答应了他,然后他顺从了芳歇特妈妈,睡觉去了。

巴尔波伯伯料不到小芳黛竟下了这一个大决心。他因此满意了,然而他毕竟是一个好心而且公平的人,看见小芳黛如此做事,未免可惜她,于是他向郎德烈说:

"郎德烈,我可惜你没有勇气与她断绝往来。假使你尽了你的责任,便不至于累她走了。上帝保佑这女子在她的新境地里不受痛苦,而且她的祖母与她的弟弟不至于因她走了而有什么妨害。其实虽则有许多人说她的坏话,也未尝没有几个人维护她,说她是个好心人,很有益于她的家庭。如果人家说她怀孕的话不是真的,我们将来一定知道,而且我们就依理替她伸一冤;如果不幸而是真的,并且是你的罪过,那么,我们就尽力救助她,不让她受苦。郎德烈,我只要求你不娶她,如此而已。"

"父亲",郎德烈说,"您的见解与我的见解不同。假使我像您所说,是一个罪人,那么,我恰要您容许我娶她。但是小芳黛像我的妹子娜纳德一样清白,所以此刻我并不要求您别的,只求您宽恕我累您伤心之罪。您说过我们将来再谈这事,那么,现在我们暂且不谈吧。"

巴尔波伯伯只好依了郎德烈的话,不再开口。他是一个有见识的人,不肯把事情闹翻了,现在他已经得了胜利,也就应该满意了。

从此之后,小芳黛在孪生村里竟不成为问题了。人们甚至于避免提起她的名字,因为小芳黛的名字从别人的嘴里溜了出来,传进了郎德烈的耳朵的时候他就满脸通红,可见他始终不曾忘了小芳黛。

三十一

起初的时候,西尔维纳知道小芳黛走了,便惹起他的自私心,快活起来,以为将来郎德烈只会爱他一人,不会离开他另找别人了。然而事情不是这样的。除了小芳黛之外,西尔维纳实在是郎德烈所最爱的一个人;然而郎德烈同他在一块儿的时候并不快乐,因为他不肯放弃了仇视小芳黛的念头。每逢郎德烈关心于小芳黛,同他说起的时候,他就十分伤心,怪他的弟弟有这念头,一则是父母所憎恶的,二则是他自己所痛心的。自此之后,郎德烈不再同他哥哥说起;但是他不说小芳黛就活不成,所以他往往同盖乐二郎往来,又携带小约翰散步去。他使小约翰背诵教理问答,而且努力安慰他。当人家遇见他同那孩子在一块儿的时候,人家便暗暗嘲笑他,只不敢说出口来。然而郎德烈做事非但不怕人们嘲笑,而且他觉得与小芳黛的弟弟亲热乃是可骄傲的事情。因此,当他听见人家说巴尔波伯伯打消了他的爱情算是有见识的时候,他便拼命同人家辩驳。西尔维纳看见他的弟弟不常常回来就他,心中十分失望,又看见他同盖乐二郎与小约翰亲热,越发起了嫉妒心。在另一方面,他又看见他的妹子娜纳德在平日很能安慰他,调护他,博他的欢心,现在却开始与盖乐二郎要好,而且两家的人都赞成他们二人恋爱。可怜的西尔维纳,他的怪癖在于独占他所爱的人们的友谊,于是他落在致命的苦恼之中,一天一天的瘦弱起来,他烦懑得那样厉害,人家竟不晓得怎样使他满意。他再也没有笑容了,什么也不喜欢做了,他瘦弱得那样厉害,竟至不能工作。末了,大家虑及他的生命,因为他的身体差不多常常发烧,而且当他比平日发热更厉害的时候,他便说了些不很有道理的话,累得他的父母很伤心。他原是一家中最受宠爱的人,却说没有一个人爱他,他说他是一个无用之人,情愿早死;又说人家看见他长得瘦弱,所以可怜他,其实他累父母负担很重,现在上帝所能给他的最大的恩典乃是令他的父母脱卸了他。

有时候,巴尔波伯伯听了他这种无理的话,往往严厉地责备他。然而责备也毫无用处。又有些时候,巴尔波伯伯哭着求他承认家人的爱情。这么一来,更弄坏了:西尔维纳哭起来,自己后悔,向父亲、母亲、弟弟,与全家的人们请罪;他这病人的心,怎经得起这种大感触?所以他的身体更发烧了。

人家又去请教于医生们,医生们也没有什么法子。人家看他们的面色,知道他们以为一切疾病都因为他是孪生儿,孪生儿是相克的,当然是二人当中最弱的一个应该死了。这时沙歇特妈妈已经死了,芳黛妈妈又开始发痴,所以人家去询问克拉维耶的洗儿妇人,因为除了芳黛妈妈与沙歇特之外,要算她是本地方最有见识的了。这巧智的妇人答复巴尔波妈妈说:

"只有一件事可以救您的儿子,这就是教他爱女人。"

"这恰是他所不能忍受的一件事",巴尔波妈妈说,"从来没有人看见过一个男子像他一般老成,一般自负,自从他的弟弟起了恋爱的念头之后,他就只晓得说我们所认识的一切的女子的坏话。他以为那一班女子当中有一个——不幸这一个恰不是好的——把他的弟弟的心抢去了,所以他就恨一切的女子。"

那洗儿妇人对于人类的身病心病都很有见解,于是她又对巴尔波妈妈说道:

"呃,将来有一天,您的儿子西尔维纳爱上了一个女人的时候,要比他爱他的哥哥更甚十倍。我预先告诉您,他是一个感情充溢的人,只因他把感情放在他的弟弟身上,便忘了自己是男性,在这一点,他不合上帝的规律,因为上帝要男子恋爱一个女人,甚于爱父母兄弟姊妹。但是请您放心：他这念头无论延迟到什么时候，终于逃不了自然的法则，不久他就会爱女人了。将来他所爱的女人，穷也好，丑也好，凶恶也好，你们应该赞成他的婚姻，切莫游移；因为在表面上观察起来，他一辈子不能爱两个女人。他的心太会粘着了，他离开了一会儿他的孪生弟弟便觉得难堪，然而他将来如果离开了一会儿他的爱人，他就活不成了。"

巴尔波伯伯觉得那洗儿妇人的见解很对，所以努力把西尔维纳派到有美丽温良的女子的人家里去。但是西尔维纳虽则美貌而且知礼，然而他那冷淡而愁闷的面容实在博不得女子们的欢心。她们并不逗引他，而他又是一个胆怯的人，因为怕她们，便自以为恨她们了。

盖乐伯伯是巴尔波家的一个好友，常常劝告许多事情，这一次他又另出一种意见，说：

"我常常对您说过，别离乃是一种良药。您看郎德烈，他迷恋着小芳黛，但是自从小芳黛走了之后，他并不失了理智，也不失了健康。从前我们常常观察到他的悲哀，不晓得是什么来由，现在小芳黛走了，他的悲哀倒反减了许多，竟变为十分识事、十分服从的人了。假使西尔维纳隔了五六个月不见他的哥哥，他也会像郎德烈一样的。让我告诉您一个法子，使他们好好地分离。我的白里歇村的农业很好，然而阿尔东那边我的田产却渐弄渐坏了。这因为差不多一年以来，我的庄头病了，一时不能复元。我不愿意赶他走，因为他实在是一个好人。但是如果我差遣一个能干的工人去帮助他，他一定可以复元，因为他这病只是疲劳之过。如果您赞成，我就把郎德烈派去那边做下半年的工作。我们叫他走时，不必告诉西尔维纳说他是去住很久的。我们只说叫他住一礼拜。一礼拜过去之后，又说一礼拜。这样说下去，直到他养成了习惯为止。请您听从我的忠告吧，您太纵容了您的儿子，令他在家中做主，现在请您不必再顺从他的性癖了。"

巴尔波伯伯有意遵从这一个忠告，但是巴尔波妈妈却大大地惊慌。她生怕这么一来，就断送了西尔维纳的性命。巴尔波伯伯只好同她妥协，她要求他先试把郎德烈留在家里半个月，看他的哥哥时时刻刻与他相见之后能不能痊愈。假使他的病势更重，然后她遵从盖乐伯伯的主张。

事情是这样照办了。郎德烈很愿意回孪生村来住半个月，人家叫他回来时借口说是西尔维纳不能工作了，要他回来帮助巴尔波伯伯打麦。郎德烈尽心调护他的哥哥，希望他满意于他。他时时刻刻与他见面，夜里与他同床睡觉，把他当做一个小孩看待。第一天西尔维纳非常快乐，但是第二天他就说郎德烈在他跟前纳闷。郎德烈不能破除他这意思。到了第三天，他竟大怒起来，因为"小蝗虫"来看郎德烈，而郎德烈没有勇气赶他走。总之，一礼拜之后，西尔维纳渐渐不讲道理，往往无故妒忌，无故苛求，以致人家不得不放弃了这一个办法。于是人家想要实行盖乐伯伯的话。郎德烈虽则很爱他的地方、他的工作、他的家庭与他的主人们，不愿到阿尔东去与面生的人们相处，然而他为着哥哥的利益，只好遵从人家的劝告了。

三十二

这一次，西尔维纳在第一天险些儿死了；然而第二天就安静了些，到了第三天，他的寒热症竟离了身。他先是忍耐，后来却决定了主意。一礼拜之后，大家承认他的弟弟离开他比之亲近他好得多了。他妒忌的私心计较起来，觉得他差不多满意于郎德烈这一行。他自思：至少在郎德烈所到的地方没有他的一个熟人，他不能即刻同人家发生了新的友谊，他渐渐纳闷起来，渐渐会想起我，可惜离开我了，将来他回来的时候，岂不更爱我吗？

郎德烈去了三个月，小芳黛差不多去了一年，她忽然归来，因为她的祖母已经疯瘫了。她非常热心地调护她，可惜高年绝症，不到半个月,芳黛妈妈不知不觉地就把灵魂还给上帝了。三日之后,小芳黛把那可怜的老妇人的尸体送到了墓田去了,把屋子收拾好了,替她的弟弟脱了衣服,看他睡下了,又同她的代母接吻,送她到另一个房间睡去了,然后很愁闷地坐在黯淡的炉火之前,听着壁炉上的小蟋蟀唱歌,似乎是这样唱着:

　　　　蟋蟀,蟋蟀,小蟋蟀,
　　　　小芳黛,你的男子在哪里去了?

　　天在下雨,電子打窗,芳中想念她的情人,忽听得有人敲门,而且问道:

　　"芳中,您在家吗?您听得出我的声音吗?"

　　她连忙去把门开了,她是多么快乐,让她的爱友郎德烈把她紧贴在他的心上!原来郎德烈听说芳黛妈妈病了,又听说小芳黛归来了,他忍不住要来看她,预备在夜里来,在早上就回去。于是他们就在炉火旁边谈话,他们很规矩,很正经,因为小芳黛说她的祖母死去未久,枕席未寒,这并不是享乐的地方,也不是享乐的时候。他们虽则守着规矩,然而同在一块儿,比前更加亲爱,也就觉得幸福了。

　　天色将明的时候,郎德烈竟没有勇气回去,他求小芳黛把他藏在她的谷仓里,好教他在第二夜可以再与她相见。但是小芳黛仍像从前一般地把道理劝他。她说他们不久可以相聚,因为她已经决定停留在本地方了。她又说:

　　"关于这一层,我有我的道理,将来我再告诉你,总之,这不至于妨害我们所希望的婚姻。你应该去完成你的主人付托给你的工作,因为据我的代母对我说,你再离开你的哥哥一些时候,很可以医治他的疾病。"

　　"是的,只有这理由可以使我离开你",郎德烈说,"我的哥哥累我受了不少的痛苦,我相信他还要再令我伤心呢。小芳中,你是一个有见识的人,你应该找得到一个法子医治他。"

"我没有别的法子,只晓得把道理劝他",她说,"因为他的身病由于心病而起,医治好了他的心病,他的身病自然好了。但是他对我十分仇视,我绝对不能有机会同他说话,怎好安慰他呢?"

"但是,小芳黛,你是一个绝顶聪明的人,你很会说话,只要你费心些,你即刻可以说服人家。你有这种特别的天才,假使你只同他说了一个钟头的话,我包管有效果的。我求你试一试吧。你不要怪他骄傲,也不必怪他脾气不好,你强迫他听从你吧。芳中,我请你为我而勉强做了这事,这也为的是我们的恋爱的成功,因为如果你把他医治好,我的父亲便不再反对我们了。"

芳中答应了他,于是他们珍重地说了二三百次誓相亲爱的话,然后分别了。

三十三

谁也不知道郎德烈已经回来了一次。假使有人知道,告诉了西尔维纳,他一定会越发病重,他决不能原谅郎德烈回来看小芳黛而不看他。

两天以后,小芳黛穿了很干净的衣服,因为这时她不穷了,她的丧服乃是轻呢做的。她经过了歌斯村,因为她长大了许多,所以人们一眼看见的时候竟认不得她了。她在城里实在长得美了许多;她吃的好些,住的好些,于是她有了好颜色,而且肌肤也适合她的年龄,人家再也不会误说她是一个男子所假扮的,因为她的身体发育,居然是一个女子了。爱情与幸福助成她的丰采,有一种可以意会不可以言传的妙处。总之,小芳黛当然不像郎德烈所幻想的世上最美的女子,但她却算是本地方最有风度、最有体格,而且也许是最令人爱慕的了。

她的手臂上揽着一个大筐子,进了孪生村去,请求与巴尔波伯伯说话。是西尔维纳先看见了她,他十分扫兴,便掉转了身子不看她。但是她很诚恳地问他的父亲在哪里,他只好回答她,把她引到谷仓里,看见巴尔波伯伯正在工作。小芳黛请求巴尔波伯伯引她到一个可以说心腹话的地方,于是他把谷仓的门关了,叫她要说什么尽可以说了出来。

小芳黛并不因为巴尔波冷淡的态度而失了自己的条理。她坐在一束麦秆上,他坐在另一束之上,于是她这样地对他说:

"巴尔波伯伯,虽则我的先祖母赌您的气,而且您也赌我的气,然而我始终承认您是我们本地方最公正、最可靠的一个人。我的祖母怪您骄傲,同时也对您有公正的批评。再者,您是晓得的,我与您的儿子郎德烈有了很久的友谊。他往往对我说起您,他说得比别人的话更清楚,我因此知道了您的价值。所以我今天来把一件要紧的事情告诉您,而且求您帮忙。"

"请您说吧,小芳黛",巴尔波伯伯说,"我生平遇着别人求助于我的时候,从来不曾拒绝过;如果是我良心所容许的一件事,您尽可以信任我。"

"事情是这样的",小芳黛说时,把筐子举起,放在巴尔波伯伯的脚边,"我的先祖母一生听诊卖药,赚得的钱竟出人意料之外;她并不用什么钱,也不存放别处,人家不晓得她把许多金银存在她的贮藏室的壁洞里。她常常指给我看,说道:'将来我不在世之后,你就在这里得到我的遗产。这是你的钱财,同时也是你的弟弟的;我所以使你们现在挨苦者,无非为的是将来有一天你们可以多得一些钱财。但是你千万不要让律师们摸着这些钱,他们计算种种的手续费,你的钱便给他们吃了。将来你得钱到手之后应该把它保留起来,收藏一辈子,好教你年老的时候有所倚靠,而且毫无危险。'

"当我的可怜的祖母出殡了之后,我就依了她的吩咐,取了贮藏室的钥匙,开了门,撬开了她常常指给我看的壁砖,果然得了许多银子,我都放进了这筐子里。巴尔波伯伯,我特地把筐子送到你这里来,求您依您的意见替我存放这一笔款子;我不认识法律,请您代我依照法律;我恐怕要用许多手续费,请您代我设法节省些。"

"小芳黛,您肯这样信任我,我很感谢您",巴尔波伯伯说时,虽则很想看一看,却忍着不打开那筐子,"但是我没有权利收您的银子,也没有权利监督您的经济,我不是您的保护人。您的祖母大约已经立了一个遗嘱吧?"

"她没有立遗嘱,依法律说,我的保护人该是我的母亲。但是,您须知,我已经许久没有她的消息了,我还不晓得她的死活呢!除了她之外,我只有一个代母名叫芳歇特的,算是我的亲属。她原是一个好人,可惜她不能管理我的钱财,甚至于捏不紧。她忍不住告诉人家,给一切的人们都知道了;而且我恐怕她存放的地方不妥当,又怕她把钱交到了多事的人们手里,渐渐减少了,她还不知道呢。因为我那可怜的代母是不会打算的。"

"那么,这是一件要紧的事情了?"巴尔波说时,不由自主地把眼睛盯着那筐盖。

他又拿着筐耳,掂了一掂,觉得很重,便诧异起来,说:

"原来是些碎铁。这差不多够一匹马搬运了。"

小芳黛是一个聪明人,知道他渴想看一看,她觉得有趣,于是假装要开筐的样子;但是巴尔波伯伯以为如果让她开筐,就失了自己的体面,因此又说:

"这是与我没有关系的。既然我不能替您存放,我就不应该看您的东西。"

"巴尔波伯伯",小芳黛说,"至少要请您帮我这一个忙:我也像我的代母,算到一百以上就不会算了。再者,我也不认识新旧货币的价值,我只能拜托您告诉我实在有多少财产,好教我知道我是穷人呢还是富人。"

"我们看吧",巴尔波说时不能自持了,"您这一种要求却是小事,我不应该拒绝您,让我就替您算一算吧。"

于是小芳黛轻轻地把筐盖揭开,取出两个大口袋,每一个口袋里约有两千法郎。

"好,这很不错,您有了这一份嫁赀,将来就有许多人向您求婚了。"巴尔波向她说。

"这还没有完",小芳黛说,"筐底还有一些小小的物件,乃是我所不认识的。"

她说着便又抽出一个小小的荷包,倒在巴尔波伯伯的帽子里。原来这荷包里有一百个金路易,是古代铸造的,竟令那老头子瞪起了一双大眼睛。当他检算过了,放回荷包里之后,她又抽出第二个荷包,又是一百个金路易,后来又抽出第三个、第四个。末了,把金子、银子、零钱,一概计算起来,这筐子里差不多共有四万法郎。

这竟是巴尔波伯伯的一切的不动产的三分之一的价值;乡下人是不容易赚钱的,他一辈子也不曾看见这许多现钱。

哪怕是一个很忠厚、很不谋利的乡下人,看见了钱总不会哭起来的;所以巴尔波伯伯的额上竟流了半响的汗。当他算完了之后,说:

"你只差二十二法郎就有了四万法郎,换一句话说,你本份就承受了光溜溜的二千金圆的遗产;因此之故,你就是本地方最有嫁赀的女子;而且你的弟弟"小蝗虫"尽可以一辈子做一个瘦弱的跛脚:他可以坐车子去观看他的产业了。我劝你快乐吧,小芳黛,你可以说你是一个富人,而且到处宣传,如果你想要很快地找得一个丈夫的话。"

"我并不忙着找丈夫",小芳黛说,"恰恰相反,我请您替我守秘密,巴尔波伯伯。我虽则是一个丑女子,但是我有我的狂性,我不愿意人家为我的钱财而娶我,只愿人家为我的好心肠与好名誉而娶我;我在本地方有很坏的名誉,所以我希望再住几时,让人们知道我是不该受坏的名誉的。"

巴尔波伯伯的眼睛始终盯着那筐子,及至听见了小芳黛的话,才把眼睛举起来看她,说:

"至于您的丑貌,我可以对您凭良心说,亏您还记得,现在您到城里住了许久,变化了许多,人们竟可以把您当做一个漂亮女子看待了。至于您的坏名誉呢,纵使您是不该受的,我也赞成您暂时守着秘密,不必宣传您的财富,恐怕将来有些人并不尊重您的人格,只希望为您的钱财而娶您。

至于说到您想要把钱交给我存放一层,这是不合法律的,将来我有被人怀疑或被人告发的危险,因为人们的舌头乃是坏的居多。再说一层,假定您有权利处置您的财产,您却不能轻易支配您的未成年的弟弟的财产。我所以能做的事乃是替您去询问别人,不必说出您的名字。将来我告诉您用什么法子可以存放到安全的地方,不必经过讼棍们的手里,因为他们并不个个都是忠心的人。请您把钱先拿回去,在未得我的答复以前,您先把它藏起来。将来有机会的时候,我愿意向您的共同继承人的律师证明我们所算过的数目;让我先在谷仓的角儿上写了下来,以免遗忘。"

这已经遂了小芳黛的一切的愿望,因为她只希望巴尔波伯伯知道就好了。她所以在他跟前有几分自负者,因为他此后不能说她企图郎德烈的钱财了。

三十四

巴尔波伯伯看见她那样谨慎、那样聪明,他不忙替她存放钱财,且先去调查她在魏阳府居住一年所得的名誉。他看见她有了这一份大嫁赀,固然愿意不计较她的恶家庭,但是当他希望要她做媳妇的时候就不能不顾她本人的名誉。于是他自己到魏阳府去着实调查。调查的结果,他知道小芳黛非但不曾怀孕,不曾在那边生孩子,而且她自治很严,没有一点儿可以责备的。她服侍了一个贵族的女教徒,那女教徒很喜欢与她亲近,不把她当做奴仆看待,因为她觉得她的品行端正,而且识事明理。她很可惜小芳黛走了,据她说小芳黛乃是一个完善的基督教徒,她很知努力,很节俭,很清洁,很知检点,性情又好,她将来不会找得着这样的一个女佣。那老妇人颇为富有,所以她大大地布施,小芳黛也就帮助她调护病人,烹制汤药。她在革命以前已经在教养院里学会了许多秘方,她把那些秘方都传给了小芳黛。

巴尔波伯伯十分满意,他回到歌斯村里来,便决定索性把事情弄个明白。他召集他的家人,吩咐他的几个大儿子与他的兄弟侄儿们很谨慎地调查小芳黛自从上了理智的年龄以后的行为。假使人家所说她的坏处只是些淘气孩子的过失,他就不必管它了;假使有人能证明她做了什么不合道德或失礼的事,他仍旧应该禁止郎德烈与她往来。大家依照他的吩咐调查去了,却不曾传扬嫁赀的问题——原来巴尔波伯伯不曾提起半个字,甚至于他的妻子也不知道。

在这时期内,小芳黛在她的小屋子里隐居不出。她也没有修改她的屋子,只把它弄得很干净,以致那些旧家具都有光辉。她把"小蝗虫"的衣服也弄得很鲜明,而且他与她以及她的代母的食物也都很好。不久之后,"小蝗虫"竟受了滋养的效力,他的容貌渐好,身体也渐强壮了。幸福也把他的性情改良了,他不再受祖母的威吓打骂,所遇着的都是甜蜜的言语与慈善的待遇,于是他变为一个很可疼的童子,很滑稽,很客气,虽则他是跛脚扁鼻的人,也不至于惹人憎厌了。

再者,小芳黛的本身与她的习惯起了这么大的变化,以致大家忘了从前的恶言。而且有许多男子看见她走路如此轻盈有韵,都希望她的丧期快满,好请她跳舞呢。

只有西尔维纳还不肯回心转意。他分明看见家里的人鬼鬼祟祟地做些关于小芳黛的事情,巴尔波伯伯往往谈起她,当他听见人家否认当年污蔑小芳黛的话的时候,他就极力赞同,说他不能容许人家造谣,说他的儿子郎德烈曾经害了这一个无辜的女子。

这时大家又谈起郎德烈不久就回来,巴尔波伯伯似乎希望盖乐伯伯赞成。总之,西尔维纳看见人家不像从前反对郎德烈的恋爱,于是他又伤感起来。舆论是随风转变的,近来社会上又赞许小芳黛了;人们并不以为她有钱,但是人人喜欢她;西尔维纳越发憎恶她,因为她是他的情敌,他怕她把他的郎德烈夺去了。

有时候巴尔波伯伯又在他跟前露出婚姻二字,说他的孪生儿子到了想要结婚的年龄了。西尔维纳生平最怕郎德烈结婚,以为这是他们兄弟情谊的终点,因此他又害了发热症,他的母亲又去询问医生们。

有一天,她遇着了芳歇特妈妈。芳歇特妈妈听见她很凄凉地说了许多担心的话,于是问她为什么去这么远寻找医生,花费了这许多钱。说她眼前就有一个女医生,比本地方的医生都有手段,而且她不像她的祖母要靠医生赚钱,她只凭着博爱的心去替人们医病。这女医生的名字叫做小芳黛。

巴尔波妈妈把这话告诉了她的丈夫,他也赞成。他说小芳黛在魏阳府以医病著名,四方的人士都去请她诊治,她与她的主妇一样受人信仰呢。

于是巴尔波妈妈请求小芳黛来看那卧病的西尔维纳,而且医治他。

芳中应承过了郎德烈,屡次找机会看西尔维纳,终于未能如愿。所以现在她不待巴尔波妈妈恳求,即刻跑去看望那可怜的孪生儿。她看见他的热症发作,沉沉地睡去了,她请他的家人让她独自伴着他。女医生秘密治病,乃是本地方的习惯,所以没有人违拗她,一个个都出房去了。

西尔维纳有一只手垂在床沿上,小芳黛先把自己的手抚着他的手;虽则他睡得不熟,一只苍蝇飞过已经可以惊醒他,然而她的手放得这样轻,他竟完全不觉得。西尔维纳的手像火一般热,到了小芳黛的手里,越发热了。他稍为动了一动,却不挣脱她的手。于是小芳黛又轻轻地把另一只手放在他的额上,他越发摇动身体了。

但是他渐渐安静起来,她觉得他的颈与手渐渐变凉,他竟像一个小孩般熟睡了。她停留在他的身边,直到他快要醒来的时候,然后躲在他的床帷后面,出了房来,向巴尔波妈妈说:

"请您去看您的儿子,给他吃一点儿东西,因为他已经不发热了。您千万不要说起我,如果您希望我医好他的话。今天晚上,我依着您所说他的病势发作的时候再来,我要再设法消除他这不好的热症。"

三十五

巴尔波伯伯看见西尔维纳不发热了,十分诧异,连忙给他东西吃,他也就吃了些。他已经六天不曾脱了热症,又不曾吃一点儿东西,所以人家十分嗟叹小芳黛的高明,说她并不惊醒他,也不给他服药,只念了几句咒语,已经把他医治得这样好了。

到了晚上,热症再来,比前更甚。西尔维纳打瞌睡,口里喃喃地说了许多吃语,当他醒来的时候,又畏惧身边的人们。

小芳黛再来了,也像早上一般地独自陪伴他一个钟头,也没有法术,只轻轻地抚着他的头与手,向他那火一般的脸孔嘘着清凉的气。

像早上一般,他再也不昏迷,再也不发热了;她走的时候仍旧吩咐人家不要向西尔维纳说是她来医治他。她去了之后,大家看见他安静地睡着,脸孔不再发红,不像一个病人了。

不晓得小芳黛在什么地方得了这种见解。她一则是偶然,二则也是经验。原来小约翰有好几次几乎死去了,她只把她的手与她的呼吸感应他的肌肤,使他清凉;当他发冷的时候也用同一的法子使他温暖,这么一来,竟能把他救了。她以为一个人如果十分信服上帝,而且身体健康,便可以把洁白的手放在所爱的病人的身上驱除疾病。因此之故,她把她的手放在病人的身上的时候,同时在心中祈祷上帝。她为她的弟弟而做的事,现在她又为郎德烈的哥哥做,然而假使是她所不很亲爱与不很关心的人,她决不肯轻易尝试。因为她以为这种治病的方法的根本在乎把自己的诚恳的情感传到病人的身上,否则上帝也就不许发生效力了。

当小芳黛医治西尔维纳的热症的时候,也像医治她的弟弟一般地祈祷。她说:"上帝啊,请您把我的健康度给病人吧。从前耶苏把他的生命献给您,为的是赎去人类的灵魂;如果您愿意夺取我的生命交给这病人,您就拿了去吧。我要求您许他痊愈,我愿意把我的生命作为交换就是了。"

当她的祖母害病的时候,小芳黛也曾想用这一个方法,但她终于不敢用,因为她觉得老人病死乃是自然的法则。小芳黛是一个非常信教的人,生怕把上帝从来不肯做的事情要求他,就得罪他了。

这方法的本身不知是有用无用,然而三日之内,她竟免除了西尔维纳的热症。到了最后一次,他竟醒了过来,看见她俯身向他,轻轻地拉他的手。

他起初以为只是一种幻觉,所以他闭了眼睛不看;后来他问他的母亲:小芳黛是否摸他的头、诊他的脉,否则便是他做的梦。巴尔波妈妈知道了她的丈夫的计划,又希望西尔维纳不再憎恨小芳黛,所以她回答说在最近三天小芳黛早晚都来看他,秘密地医治他,果然消除了他的寒热了。

西尔维纳似乎不肯相信,他说他的热症是自然消灭了的,小芳黛所说的话都是夸张狂妄的话。他安静了好几天,身体也很舒服,巴尔波伯伯以为应该利用这时间向他说起他的弟弟的亲事,只不提出女的名字就是了。

"您用不着把您所预定的媳妇名字隐藏着了,我晓得小芳黛把你们一个个都迷惑了。"

真的,巴尔波伯伯的秘密调查实在很有利于小芳黛,现在他并不迟疑,很想把郎德烈召回来。他心中只怕西尔维纳妒忌,所以努

力想要医治他这怪性情,向他说他的弟弟没有小芳黛就永远不得幸福。西尔维纳听了便回答道:

"请您做去吧,我应该要我的弟弟幸福。"

但是人家还不敢做,因为西尔维纳赞成了这事之后即刻又害寒热症了。

三十六

巴尔波伯伯生怕小芳黛还记恨他当年做事不公平,又怕郎德烈去了这许久,她已经有意于别人了。当她到孪生村来调治西尔维纳的时候,他设法对她谈起郎德烈;但她故意不听见,他自己觉得很难为情。

末了,有一天上午,他打定了主意,便去找见了小芳黛,说:

"芳中,我要向您提出一个问题,求您凭着您的人格与事实的真相答复我。在您的祖母未去世以前,您料到她有这许多的财产遗传给您吗?"

"是的,巴尔波伯伯",小芳黛答,"我早已料到了几分,因为我常常看见她点算金子银子,而我却只看见她花费了许多铜子。再者,当人家嘲笑我的破旧衣服的时候,她往往向我说:'好孩子,你不要担心这个。你将来要比她们个个都富些,将来有一天,你可以穿绸缎自头到脚,如果你高兴的话。'"

"那么",巴尔波伯伯又说,"您曾经把事情告诉了郎德烈没有?是不是因为你的金钱,所以他才假意爱恋您?"

"至于这一层呢,巴尔波伯伯",小芳黛答,"人们常常说我丑,只有我的一双眼睛没有一人不赞美,所以我想要靠我的眼睛去博取男子的爱情。我虽则糊涂,不至于告诉郎德烈,说我的一双美丽的眼睛乃在荷包里,但是,纵使我向他说了也没有危险,郎德烈很诚恳地爱我,他的意念很是高尚,他何曾介意于我的贫富上头呢?"

"我的亲爱的芳中",巴尔波伯伯又说,"自从您的祖母去世之后,不曾由您或别人把那事告诉了郎德烈吗？您能以人格担保吗？"

"是的,我能以人格担保",小芳黛说,"除了我之外,世上只有您一人知道了那一件事情。"

"至于郎德烈的爱情,芳中,您以为他还给您保留着吗？自从您的祖母死了之后,您有没有什么证据,证明他负心呢？"

"我得了很好的证据",她答,"我对您老实说,我的祖母去世三天后他回来看我一次,他向我发誓,说他如果得不到我做她的妻子,他就痛苦死了。"

"您呢,小芳黛,您怎样回答了他?"

"巴尔波伯伯,关于这一层,我不一定要告诉您,但我说出来使您满意吧。我回答他说我们年纪不大,不必忙着想到婚姻上头；而且一个男子逆了父母的意来向我追求,叫我一时也难决定。"

小芳黛说话的态度颇从容,颇自负,弄得巴尔波伯伯担心起来,说:

"芳中,我没有权利盘诘您,我不晓得您是否有意使我的儿子一生幸福或一生痛苦,我只晓得他爱您爱得厉害极了。您是希望人家为您而爱您的,假使我是您,我一定说:郎德烈爱我的时候我穿的是破旧的衣服,一切的人们都鄙薄我,连他的父母也说他犯了大罪。他觉得我美丽的时候一切的人们都以为我没有变为美丽的希望。他为爱我便不顾痛苦,他为爱我便把千里当做眼前。总之,他如此爱我,我决不能怀疑他,我不要别人,只要他做我的丈夫。"

"我说这话已经许久了,巴尔波伯伯",小芳黛说,"但是,我再对您说,我生怕进他的家庭,因为他的家人为我而害羞,只因可怜我而让步罢了。"

"如果您只因此而踌躇,请您就决定了吧,芳中",巴尔波伯伯又说,"郎德烈的亲属尊重您,也希望要您。您不要以为他们看见您有钱就改变了意见。从前我们憎您,并不因为您穷,只因为人家说您的坏话。假使人家的话是真的,哪怕我的郎德烈死了,我也不肯把您叫做我的媳妇,但是我要审查这些话的真假,我特地到魏阳府去,那边的事与这里的事,一件件都经我调查清楚了。现在我承认人家骗了我,您原是一个正气的女人,怪不得郎德烈拼命替您辩护。因此之故,芳中,我特来请求您嫁我的儿子,如果您说一个'是'字,他在一礼拜内就到这里来。"

小芳黛早就料到他有这一个提议,现在她听了自然是很喜欢;但是她不肯给他看出来,因为她希望受她的未来的亲属的敬重,所以她只含糊地答复。于是巴尔波伯伯对她说道:

"亲爱的,我晓得您心上对于我与我的家人总有几分不舒服。您不必苛求一个年老的人向您请罪吧。您只听我说一句好话就够了。我说我们家里的人将来一定爱您敬您,巴尔波伯伯从来不曾说谎,请您听从他的话吧。好吧,请您同您所择定了的保护人或您的未来的公公接吻好不好?"

小芳黛不能再抵抗了,于是她伸手揽住了巴尔波伯伯的颈,他的老心因此喜悦了。

三十七

婚约不久就订立了,等到芳中服满就可以结婚,只消把郎德烈召回来就是了。但是当天晚上巴尔波妈妈去看望芳中的时候,却说西尔维纳因听见了弟弟快要结婚的消息又害了病,她要求再等候几天,好医治他,或安慰他。

"巴尔波妈妈",小芳黛说,"您做错了事了。当他醒来看见我在他的身边的时候,他以为做梦,您为什么要说是真的呢?现在他的意志与我的意志冲突了,我不是从前那一种性质,不能在他睡着的时候医治他了。也许他甚至于抵抗我,我在他的身边倒反可以增他的病势呢。"

"我以为不是这样的",巴尔波妈妈说,"刚才他觉得不好过,睡了下去,说:'小芳黛哪里去了?我以为从前是她使我松快了的。她还再来不来呢?'我对他说我来找您,他很喜欢,竟至于等得不耐烦呢。"

"我就去",小芳黛说,"不过,这一次,我要用另一个法子。因为当他不晓得是我的时候我所用的法子,现在再用可不灵验了。"

"您不用药丸,也不用药水吗?"巴尔波妈妈问。

"不",小芳黛说,"他的身体并不害病,我只该治他的心灵。我要把我的心灵感应他的心灵,但是我不敢说一定成功。我所能允许您的乃是:我耐心等候郎德烈,在我们没有把他的哥哥医治好以前,我不要求您把消息通知他。郎德烈很诚恳地吩咐我看望他的哥哥,所以我晓得将来他也不怪我误他的归期。"

当西尔维纳看见小芳黛坐在他的床前的时候,他现出不高兴的样子;她问他觉得怎样了,他不愿意答复她。她想要诊他的脉,他把手缩了进去,竟把脸孔朝着墙壁。于是小芳黛示意叫人家让她独自伴着他;等到众人都出去了之后,她便把灯吹熄了,只让月光进来,原来这时正是月圆的时候。她又回到西尔维纳的身边,用命令式说话,使他像孩子一般地遵从她,她说:

"西尔维纳,请您把您的双手放在我的双手里,而且据着事实答复我;你须知,我并不为着金银而来,我这样辛苦来看护您,应该受您冷待吗?请您注意我要问您的话,又注意您所要答复我的话,您须知,您是不能向我说假话的。"

西尔维纳从前轻视小芳黛,往往很怠慢地答复她,现在听见她说话这样严厉,一时失了主意,便回答道:

"小芳黛,您要怎样问我就请问吧。"

"西尔维纳·巴尔波,您似乎希望死去。"她说。

西尔维纳心中打稿,一时答复不来;小芳黛把他的手握紧了些,表示她的意志坚强,他很惭愧地说:

"死,岂不是我的一件乐事吗?我分明晓得我妨碍我的家庭,累我的亲属伤心,为的是我的身子不好,又为的是……"

"请您都说了吧,西尔维纳,您对我不该有点儿隐瞒。"

"为的是我有多愁多虑的心,而我不能改变。"他说时觉得十分难过。

"又为的是您没有良心。"她说时乃是冷酷的语调,令他一则生气,二则吃惊。

三十八

"为什么您骂我没有良心呢?"他说,"您看见我没有气力替自己辩护,您就辱骂我了。"

"我说的是您的事实,西尔维纳",小芳黛说,"我还要说您别的事实呢。我并不可怜您的病症,因为我不是没见识的人,我看见您的病并不是严重的;如果说您有危险的话,您只有变成疯人的危险,因为您努力要变疯人,不晓得您的恶根性与您的弱心灵要把您弄成什么地步。"

"请您责备我的弱心灵吧",西尔维纳说,"至于我的恶根性,我,却不该受这种责备。"

"请您不必努力替您自己辩护了",小芳黛答,"西尔维纳,我了解您,比您了解您自己还强,您的弱点产生您的虚伪,因此您就成为自私而忘恩的人。"

"芳中,您对我的印象这样坏,这大约是我的弟弟郎德烈在言语中把我形容坏了,而且他把他对我的些少的情谊向您夸张;您了解我——或自以为了解我,这都是他的影响。"

"西尔维纳,我早料到您这话。我晓得您说不到三句话就不免嗟怨您的弟弟,冤枉您的弟弟;因为您对于他的情谊太没有裁制了,以致变为愤激,变为仇恨。因此之故,我晓得您是一半疯痴,并不是个好人。好! 我老实对您说,郎德烈之爱您,比您之爱他更甚十倍! 哪怕您怎样使他伤心,他从来不曾嗟怨过您;至于您呢,哪

怕他怎样顺从您,怎样帮您的忙,您还事事嗟怨他。您怎教我看不
出你们二人的不同的地方呢? 因此之故,郎德烈越对我说您的好
话,我越从坏的方面想,我以为一个这样好心的弟弟只有不要良心
的人才能否认他的好处。"

"因此您就恨我,是不是,小芳黛? 我从来不曾误会,我分明晓
得您对他说我的坏话,把他的爱情从我的手里夺去了。"

"我也早就料到您这话,西尔维纳;您终于骂了出来,我倒觉得
喜欢。好! 我要再答复您。您有的是凶恶的心肠,您是一个说谎
的孩子;您不晓得世上有一个女子分明晓得您仇恨她,她始终爱护
您;这女子自己舍弃了她的唯一的快乐,把郎德烈迫回来同您亲
近,她自愿牺牲了与他相聚的幸福。其实我并没有受您的恩。您
始终是我的一个敌人,据我的记忆所及,您对于我,算是最无情、最
骄傲的一个孩子了。我尽可以设法报仇,而且我并不是没有报仇
的机会。我所以不曾报仇,我所以暗地里把好处酬答您的坏处者,
只因我以为一个善良的基督教徒应该宽恕同类以博上帝的欢心。
但是,当我说到上帝,您大约不会听见,因为您是上帝的敌人。"

"小芳黛,我让您骂我什么都可以,至于您这一句话却太厉害
了,您竟骂我做一个外教的人。"

"刚才您不是说您希望死去吗? 您以为这是基督教徒的思
想吗?"

"我没有说这个,芳黛,我只说……"

西尔维纳想起了他说过的话便恐怖起来,加上了芳黛的讥讽,
他觉得他刚才做了轻慢上帝的事了。

但是她并不让他安静,还继续地教训他,说:

"也许您的心并不像您的话那么坏",她说,"我以为您并不怎
样希望死去,您只说这话骗人,希望在家里称王,希望恐吓您那可
怜的母亲。您的弟弟的脑筋也简单,以为您真的想要了结您的性
命。我呢,西尔维纳,我是不受您骗的。我相信您比别人更怕死,

您只播弄那些爱您的人们,希望他们怕您。您高兴看见最必要的
许多决议都因为您以性命要挟而打消了。这法子方便得很,一句
话就使一切都顺了自己的主张,是多么快乐的事! 这么一来,您竟
是这里的主人。然而这是不合自然的事情,您的方法乃是上帝所
不许可的,所以上帝惩罚您。假使您只知服从,不肯发号施令,您
就不至于这样不幸了。您的生活,是最甜蜜的生活,而您却不舒
服。西尔维纳,您让我告诉您缺少了什么,以致做不成一个好男
子。这因为您没有严厉的父母,而且您不受穷苦,不常常被人打
骂,也不至于没有面包吃。假使您像我与我的弟弟小约翰一般地
在一个苦恼的地方生长,您非但不至于忘恩,而且得了一点儿好处
就感激不尽呢。喂,西尔维纳,您不要借口说您是一个孪生儿。我
晓得人家常常在您跟前说孪生儿的情谊乃是自然的法则,如果违
拗了这法则,你们就会死了;因此之故,您以为您的爱弟过度乃是
顺从您的命运。但是上帝不至于这样不公平,在我们的母亲的肚
子里就注定了这一种不良的命运。他并不凶恶,不至于给我们一
种不能堪忍的思想;您是一个迷信的人,您因此污辱了上帝,以为
您已经有了不良的命运,不是您的理智所能抵抗的了。除非您疯
了,否则我绝对不相信您不能战胜您的妒忌心。但是您不肯克服
您的妒忌心,因为人家纵容了您的性癖,您只尊重您的性癖,不知
尊重您的义务。”

　　西尔维纳一言不答,让小芳黛教训了他许久,不肯饶他一句。
他觉得她其实有道理,只在一点上头她不算是宽宏大度的人:她
似乎以为他从来不曾压制他的毛病,又以为他知道他是自私心重
的人。其实他不知不觉地到自私的路上去,自己并不愿意。他因
此伤心短气,恨不得把心肠剖开给她看。她呢,她分明晓得她的
言语是说得太过了的,然而她故意惹他伤心,然后和婉地安慰他;
因此她勉强同他说了许多无情的话,表示自己生气,其实她的心
里怜爱他,一面假装冷酷,一面自己伤心,所以她走的时候,她比

他更疲倦呢。

三十九

西尔维纳虽则喜欢自称害病，其实他并没有一半的疾病。小芳黛诊他的脉的时候，知道他的热症并不厉害，而且神志也不昏迷，只他的心灵比他的身体的病势更重，所以她以为应该在再来的时候使他怕她，教他的心灵改变。他昨晚不曾好好地睡觉，但是他很安静，似乎疲倦的样子。他一眼看见了她，就伸手给她，不像昨天把手缩进去了。

"为什么您伸手给我，西尔维纳？"她说，"您要我诊您的脉，审察您的热症吗？我看您的脸孔，知道您已经没有热症了。"

西尔维纳很惭愧，因为她不肯摸他的手，他不好意思缩进去，只得说道：

"这为的是向您道个日安，芳黛，而且谢您为我而辛苦。"

"这样说来，我就接受您的日安"，她说时拿了他的手握在她的手里，"因为我从来不曾拒绝过人家的诚意；我以为如果您不关心于我，决不至于假意向我表示情谊的。"

西尔维纳虽则很是清醒，仍旧觉得自己的手放在她的手里的时候十分舒服，于是他非常和婉地对她说道：

"芳中，昨天晚上您算是很无情地对待我了，我不晓得是什么缘故，我并不恼您。我甚至于觉得您是一个很忠厚的人，您嫌我有这许多短处，而您还肯来看我。"

芳黛坐在他的床前，说了许多与昨晚不相同的话。她的话很忠厚、很和婉、很多情，弄得他十分快乐，足以抵偿她昨天的生气话了。他哭了又哭，承认他的一切的过失，甚至于请她恕罪，很诚恳地请求她的友谊，她因此知道他的心比他的脸好多了。她让他倾吐哀情，有时候还责骂他几句。当她要走的时候，他把她留住，因为他似乎觉得她的手非但医治好了他的疾病，而且同时医治好了他的悲哀。

当她看见他达到了她的愿望之后,于是向他说道:

"我要出去了,您也该起来了,西尔维纳;因为您已经没有热症了,不应该自己娇养,以致您母亲辛苦地服侍您,又花费了许多时间陪伴您。等一会儿您的母亲给您吃东西,说是我吩咐的,您就吃了吧。我要您吃的是肉类。我知道您说您憎厌肉类,只肯吃一些菜类;但是我不管,您应该勉强您自己;纵使您不喜欢,也不要露出样子来。您的母亲看见您吃些滋养的东西,她就高兴了。至于您呢,您第一次是勉强吃下去,第二次就好了些,第三次您就不嫌了。将来您看我的话错不错? 告别了,西尔维纳,您不要教人家即日又去催我再来,我知道您不再病了,如果您不想要害病的话。"

"今晚您不来吗? 我以为您会来呢。"西尔维纳说。

"我不是要钱的医生,西尔维纳。我有别的事情做,而您又不病了,我何苦来调护您呢?"

"您说得有理,芳黛;但是我希望看见您,您以为这也是一种自私心吗? 这是另一个道理,我同您谈话就得了安慰。"

"好,那么,您不是残废的人,而且您认识我的家门;我现在对您的感情很好,而且您也晓得我是您的未来的弟妇;您尽可以去同我谈天,并没有什么可责备的。"

"既然您允许我,我一定去",西尔维纳说,"再见吧,芳黛,我要起来了。可惜昨夜我整夜睡不着,又很伤感,所以现在觉得头痛得很。"

"我愿意替您再医治头痛",她说,"但是您须知,这是最后一次了,我吩咐您今夜要好好地睡觉。"

她把她的手放在他的额上,不到五分钟,他觉得非常清凉,非常舒服,没有一点儿毛病了。他说:

"芳黛,我当初拒绝您,乃是我错了。您原是一个好医生,您很会减除人家的疾病。别的医生都用他们的丸药害我受苦,您呢,只要摸我一摸,我就好了。我想,假使我能常常在您身边,您可以阻止我害病,而且阻止我做错事。但是,芳黛,请您告诉我,您不呕我的气吗? 我已经允许过您,说我完全服从您的劝告,您相信我吗?"

"我相信您,除非您改变了意见",她说,"而且我把您当做我的孪生哥哥一般地爱您。"

"芳中,假使您的话是真情,就请您把我叫做'你',不叫做'您'①;因为在孪生兄弟之间用不着这许多礼数。"

"好吧,西尔维纳,你快起来,吃东西,谈话,散步,睡觉",她说时站了起来,"这是我今天的吩咐。明天你就该工作去。"

"而且我要去看望你。"西尔维纳说。

"好吧。"她说。

她临走的时候把眼睛注视他,表示原谅而且表示友谊。这一望忽然给了他许多力量令他消除了怠惰的心理,很想即刻离了那灾难的床。

四十

巴尔波妈妈把小芳黛的本领赞不住口,到了晚上,她对她的男人说:

"半年以来,西尔维纳的身子没有像现在这样强壮;今天我们给他吃的东西,他都吃了,并不像从前蹙眉撅嘴;最奇怪的乃是他说起了小芳黛竟像说起了上帝一般。他把种种的好处都归到她的身上,一心只希望郎德烈早日回来同她结婚。这好像一种灵异的事情,我不晓得我在睡着呢还是醒着。"

"灵异也好,不灵异也好,这女子实在很聪明",巴尔波伯伯说,"我相信把她娶进门来一定可以召福。"

三天之后,西尔维纳启程,到阿尔东去迎他的弟弟。他曾经请

---

① "您"字表示敬意,却不如"你"字亲密。

求他的父亲与小芳黛容许他去做报告幸福的第一人,算是人家对他的报酬。

郎德烈得了消息,快乐得几乎发昏,拥抱着他说:

"那么,我的一切的幸福同时都来了:竟是你来迎我,而且你也像我一样喜欢。"

他们一块儿回家,并不在路上玩耍,到了孪生村里,则见小芳黛与小约翰正在就席,预备同他们吃晚饭,大家喜气融融,世上再没有人能比他们快乐了。

在半年之内,他们的生活非常甜蜜,因为娜纳德也许配了郎德烈的好友盖乐二郎。大家决定把二家的婚礼同时举行。西尔维纳对小芳黛的情谊太厚了,每做一件事必先询问她的意见;她对他很有权威,他把她当做姊妹看待。他再也不病了,妒忌也不成问题了。有时候他似乎悲哀或想入非非,小芳黛便责备他,他即刻变为笑容满面,好好地谈天了。

两家的婚礼同日举行,而且同一个弥撒会,因为两家都有的是钱,所以他们大大地庆乐一场。盖乐伯伯生平不喜欢喝酒胡闹,这一次他却一醉三日。郎德烈与他的全家都快乐无涯,本地方的人们一个个也都欢天喜地;因为两家都是富的,小芳黛却有巴尔波与盖乐两家相加的资财,他们对本地方的人都很客气,而且常常救济贫穷。芳中为人太忠厚了,对于从前错怪了她的人们,希望以德报怨。后来郎德烈买了一处好产业,他与他的妻子都是有见识的人,把产业管理得很好。芳中又在那边起造了一所漂亮的房子,收容本区的不幸的孩子们来读书,除了礼拜日之外,每天四个钟头,她自己辛辛苦苦地偕同她的弟弟小约翰去教训他们,把真的宗教传授给他们,甚至于供给穷困的小孩们的衣食。她记得自己曾经是不幸而被人冷待的女孩,所以等到她生了孩子的时候,趁早就教他们很客气地对待贫穷而没人疼爱的孩子。

但是,在这一家幸福的环境里,西尔维纳怎么样呢?他有了一件事,是人们所不了解的,巴尔波伯伯因此很费思量。他的弟、妹结婚之后差不多一个月,巴尔波伯伯就劝他去找爱人,娶妻子,他回说他丝毫没有结婚的兴趣,但是最近他起了一个念头,想去投军,希望能成为事实。

我们乡下的家庭里男人并不多,而且田地多人口少,所以人们几乎没有看见过志愿投军的人,因此人人都很诧异他这一种决定。西尔维纳也说不出什么理由来,这大约是他对于兵事的嗜好,从来没有一个人知道。他的父亲、母亲、哥哥们、姊妹们,甚至于郎德烈本人劝阻他,什么话都说尽了,他也不回心转意,后来大家不得已,只好报告芳中,因为她是全家信仰的人。

她同西尔维纳谈了长长的两个钟头,后来他们分别的时候西尔维纳哭了,他的弟妇也哭了;但是他们的态度都很安闲,很坚决,不容再有异论。西尔维纳说他坚持要走,芳中说她赞成他的主意,而且说他将来有许多好处。

大家不很知道她是否没有先见之明,所以不敢再劝阻西尔维纳;巴尔波妈妈流了许多眼泪,也就肯了。郎德烈十分伤心,垂头丧气,但是他的妻子对他说道:

“就上帝的意志说,就我们的责任说,都应该让西尔维纳出门。你只相信我有我的见解就是了,不必多问我了。”

郎德烈把他的哥哥送得很远很远,他把他的包袱还他的时候,珍重地放上他的肩头,竟像把自己的心交给他带去了似的。他归来会见他的亲爱的妻子,她只得调护他——原来郎德烈因伤心太过竟病了整整的一个月。

至于西尔维纳呢,他并不伤心,继续地走他的路,直走到了边境。这时恰是拿破仑大肆战争的时候。他虽则没有战争的嗜好,然而他知道尽责任,所以不久便被上官赏识,说他是一个好军人。打仗的时候,他像一个只知寻死的男子,而他又服从军纪像一个小孩,他比那些旧军士更强。他受过很好的教育,渐渐升级。十年之后,因为战功与品行兼优,他便变为一个司令,而且受了徽章。

他往往写很好的书信回来,给巴尔波夫妇,给郎德烈,给芳中,总之,一家老幼都受他问候。每逢有信来的一天晚上,巴尔波妈妈就说:

"唉!假使他能回来,岂不是好!他差不多是一位将军了,也就是休养的时候了!"

"他的官职已经很漂亮,不要说再升了",巴尔波伯伯说,"一个农家出了这么一个军人,算是非常荣耀的了!"

"小芳黛早已说他能如此的,她真有先见之明啊!"巴尔波妈妈说。

"这个我不管",巴尔波伯伯说,"我只不懂为什么他的思想忽然转到这一方面来。他是一个爱安静爱舒服的人,为什么忽然改变了气质呢?"

"我的老头子",巴尔波妈妈说,"我们的媳妇对于这一层十分明了,她只不肯说出来;但是像我这样的母亲是瞒骗不得的,我也像我们的小芳黛一般地知道真相呢。"

"你这时候才同我说,太早了!"巴尔波伯伯说。

"好,让我说了吧",巴尔波妈妈说,"我们芳中乃是一个专会诱惑男子的女人,她在无意中又迷了西尔维纳。当她看见她的诱惑力来得太厉害的时候,她希望自己节制;但是她不能够。我们的西尔维纳觉得自己太想念弟弟的妻子了,所以为荣誉而长征,芳中也就赞成他,帮他说话了。"

"如果是这样的",巴尔波伯伯搔着耳朵说,"那么,我恐怕他永远不会结婚了。因为从前克拉维耶的洗儿妇人说过:当他爱恋了一个女人的时候,要比爱他的弟弟更加发狂;但是他一生不爱第二个女人,因为他的感情太丰富、太热烈了。"

二十年四月七日译完

贫之初遇

[挪威]温玳瑟夫人　著

　　我记不清楚是哪一年我的生日,人家给我一个女娃娃,名叫嫋儿达。但这一定是在入学年龄以前;而稍后于我母亲教一个不愿学习的小孩学念 A、B、C,学习缝纫的时期。那时,我大概是七岁了。

　　但我却记得很清楚那一天的早上,不知人家为着些什么理由,大约已经禁止我几天不许外出;何以见得是几天不外出呢? 因为那些枫树的芽好像是头一天晚上忽然地一齐张开了。

　　那时节,我们住在利得沙庄路。路的一边,有些房子,带着小小的花园。其他的一边,只有一片旷地。然而,这片旷地多么好啊! 旷地的一部分,一些已经大了的儿童在那里打球。再远些,在大小石头的堆儿上面,我们盖了些小房子;房子的旁边,便是一条污秽而臭的水沟,我们常在那里洗脚,又有一簇丛生的苎麻远在下面,近于哥蒙登的牧场。苎麻丛里有些可怜的覆盆子长出来。自从圣约翰节以后,我们天天在那里弄得手伤脚破,为的是找些不曾熟的覆盆子。其后,我们望着哥蒙登的园子,他没有孩子,所以我们里头没有一个能够到过那里。然而他的园里,有的是苹果树、梨树、樱桃树,以及许多萝卜。这园子真闹! 里头果子真多! ——关于这类的历史,我们常常谈起,觉得这是了不得的事情。

有一次牧场里的木桩上系着一匹马,又有几次甚至于有几只牛在那里散步。我们对于这些奇怪的动物,大家小心谨慎地守着远远的距离,一面同声唱着一首歌儿:

　　　小牛儿,小牛儿,
　　　一个猎人快要来捉你去了!
　　　然而,不,决不,一个影儿都没有,
　　　妈妈倒非常地留意啊!

我们里头有几个年纪大些的说,有一年的秋天,甚至于有一群猪在那里好几天。但我们毫不相信,而且我们也不以为将来会遇着这样非常的事情。因为我们里头有一大半没有看见过猪的——我们都是城里的孩子,最年幼的几个绝对不曾看见过乡村。我们只天天在牧场里叫小牛儿,呼吸着兽类的乳臭,幻想着大世界——这世界是从教堂的路以外起首的,远远的那边,我们是不许独自过去散步的。——那边有的是厂屋,谷仓,马棚,牛栏,成群的牛、马、猪……呵,还有的是小山羊!

3月里一个天气晴和的早上,正是人家给我一辆小车子一个女娃娃的那一天,我穿着一件衣服,一件我还没有时间弄脏的衣服。我推着那一辆颠动的车子,走到路上来。这里的堤岸,像奥斯罗路一样,只一边有房子。这堤已经不很好了。车子在大小石头上面打滚,印出一道美丽的痕迹在泥上。轻云航行天空,水沟里反映着春的蔚蓝色。园里的枫树枝头的嫩叶新长出来,恰像黄蜡的颜色。但路的尽头,却是哥蒙登的园子,一带绿色的围墙,荆棘丛生,像一带树林。太阳把它的光辉注射到万物的上头:污秽的水沟上、牧场的金扣子上。千数的小树叶,因树液上升,致成白色;太阳的光辉,也照到这上头。

于是我遇见两个女朋友,她们告诉我说牧场里一匹马在夜里已经产了一匹小马。我本打定了主意要把我的小车子和女娃娃显给她们看,然而我们三个都忘记了,我们都只顾跑向牧场去。她们的话果然是真的,绝对真的。同一条路住的小孩都会集在那里,正谈论这件灵异的事情。我们看见了那小马的小小尾巴卷缩着,瘦得可怕的小脚竟载得起它的身躯,实在令我们觉得奇怪。我们又看见它的颜色格外鲜明,因它的母亲是黑的。当我们看见它抬起头在母亲身下吃奶的时候,我们忽然觉得身体燥热,几乎可说是怕;因为觉得自然的神秘近在眼前了。

我们的女仆来叫我们吃小餐了——正在这当儿,我看见我的小车子已经空了。嫋儿达已经不见了。我们到处寻觅,所有的孩子都问过了,所有的房子都走遍了。美厘与迈雅,两个已经大了的小女孩子,很有些胆量,想去找警察局;但我们不让她们去。于是她们便自己当警察,那女仆便是个助手。她们严厉地审问妮娜——她素来名誉不大好——只害得她尖声地哭起来。她母亲来了,恫吓我们说要去见美厘、迈雅与我的父母,告诉我们刚才所做的事情。总之,怎样办都没有用处。嫋儿达再也找不着了。

我很流了几滴眼泪,但也不当作悲惨的事情:我得到这女娃娃不过几天,还没有把她放在心上。而且,她没有真的头发,只在她那瓷头上画了些。我母亲给她缝的衣服,用的是朴素的棉布,然而这衣服,像雪一般白,上面也有些花,镶着的是花边,还有丝的带子!此刻剩下来的只有一辆小车子,我把另一个女娃娃放在车子里睡着,唉,只好教她永远地睡着,因为她头发手脚都没有了,人家要笑煞了。

如果没有下面我所叙述的那一件事情发生,也许我早已忘记我的女娃娃嫋儿达了。

数月后,我们的女仆带我到巴尔克比去。我记不清楚她是干什么去的,或者是看望她的朋友。后来,我们到了一所木房子,只有一层楼。虽然两面夹着有些新房屋,但已有快要坍了的样子。这房子自我这一次来了之后,也许不久便坍了,后来我去找过,已找不着了。然而,如果它真的还在,终有一天我会找得着的。它的墙是用棕色涂的,稍为带点灰色:墙上的颜料经久了,起一层泡;趁着我们的女仆去乳酪店买糕团的当儿,我挖着墙上的颜料玩耍。楼下是两家店铺,其一是乳酪店,其二是小小的鞋店。后来我们便到这鞋店里去。

一个鞋匠坐在一张凳子上,围着一幅蓝色围巾,脸上灰黄,露出性情不好的样子。我们的女仆和他说了几句话,我们便进到旁边一个房间里。空气非常地坏,我觉得这房子太新奇了。里头有两张床,我绝对不曾看见这样的床——红的床沿,乱七八糟的褥子和垫子,堆起非常之高,我不懂这些人晚上要睡觉的时候,怎样爬得到上面去。一张薄薄的被单盖在床上,代替了毯子。一条红网眼的呢布围着大镜子,躺柜的上面放着两个瓶儿,像是银制的,但也有是玻璃的可能。

停一会儿,一个妇人进来了。紧抱一个小孩靠着她的胸膛。我至今还把她记得非常清楚。她的牙齿差不多全没有了。面色很黄,但她的粗布衣服里面露出来的两乳和两个臂膊却很光滑而洁白;蓝色的筋脉,一条条像些黑线,在皮的里面走动。

赫连——我们的女仆——和她谈了好些话,忽然间她说:"苏尔韦怎样了?"

我记不清楚那鞋匠的妻子对赫连怎样回答;但赫连却对我说他们也有一个女儿,和我同年。她又问我愿不愿看见她和她谈谈。我依她的话,起身去找苏尔韦去了。

她睡倒在厨房里。里面的空气几乎不可以呼吸,我感觉得胆怯而不舒服。一个鑫黄头发的女孩,面无血色,睡在大床上,背靠着一个墙角,穿着玫瑰色的夜汗衫。

我问她的名字和年纪——实则我早已晓得了,她叫苏尔韦,和我同年;然而教我说什么好呢? 她却没有问我的名字,这使我很奇怪。

"你病得很厉害吗?"我问。

"正是,我的屁股患了结核症,为着我这病,已经到医院去两次施手术了,你瞧!"她带着些骄傲的样儿说了。

"这是不可能的",我说,"痛不痛?"

苏尔韦不答应我。我找不到话说了。我把放在椅子下面的双脚摇了几摇,又把草帽的树胶带吮了几口。闷人的空气令人欲呕——厨房的门开着,牛皮与松脂的气味和那妇人预备的咖啡的气味相混合。那妇人,在厨房里东奔西走,还有小小的孩儿,挂在干瘪的两乳下面。又有一种气味是因为所有的人都睡在这小房间里,而那些窗子从来没有开过。但我那时却以为苏尔韦害了结核症,又在医院内施过两次手术,自然会使空气变坏了。我的喉咙似乎有些东西紧塞住。——我愁,不晓得到底为什么愁。

我想总要找些话说才好,于是我问道:

"你整天地躺着,不觉得讨厌吗?"

苏尔韦不即刻回答我。她在垫子堆里掏出些物件来。

"爸爸给我这个",她说,同时指着一个采集植物的小匣子,画着绿的颜色,缚着一根小绳子,"妈妈又给我那个。"

所谓那个,乃是一个女娃娃。她的瓷头上画着金黄的头发,虽然已经弄脏了,我即刻认得出白的衣服带着些花儿和些丝带儿。原来这就是嫋儿达。

我脸红了,一滴滴的眼泪涌上了眼帘。我有一个感觉,觉得这是我犯了可怕的非理。我不敢抬起头,不能说出一句话。

同时,那妇人进来,见我涨红了脸,她忙把女娃娃拿起,撂在一边。

"这个不该给有钱人家的女儿瞧见的",她说,一面装着微笑,"你有更美丽的女娃娃在你家里,我想……"

我略抬一抬头。她的视线巡察房间的周围,她无齿的嘴边,双唇紧闭。半响,她变了一种腔调,甜蜜的、恭敬的腔调。我听了,一面讨厌,一面觉得莫名其妙的害怕。

"一定的,你有更好的女娃娃,然而苏尔韦,可怜的孩子,觉得这个好。——老实说,我在俄尔门花了两个古兰纳买了来。"

那妇人详述她买这女娃娃的经过。我觉得她的一双眼睛不住地在我俯着的头上打转。

我记得其后她请我到卧房里喝咖啡。我尽管把我母亲禁止我喝咖啡的话来拒绝她,她只管坚持要我喝,我只好依她。喝空了一杯咖啡,还吃了两个赫连从乳酪店买来的糕团。

沿着归途,我哭得很厉害。我不愿说为什么哭。赫连却说我不像那可怜的女孩的卧病,正该欢喜。她又说我看见了别的女孩的生活,正是可以使我学好。我只管哭,越哭越厉害。她害怕起来,许给我些糖果,并禁止我告诉母亲说她曾带我到巴尔克比去。

一路走着,一面想着尽我的能力为苏尔韦做些好事,于是我自己安慰了。我可以再去看她,娱乐她。总之,我想就了好些事情。想到我将来会成为她的恩人时,我渐渐安静了,脾气照常了。

然而,我所计划的事情,我何尝做了一件!先说我身边便只有七个奥尔,这是我唯一的财产。再者,我母亲已经知道了真情,因为当我母亲来教我晚祷的时候,她看见我的眼眶里又来了好些新泪。但我永不曾把女娃娃的事情告诉过一个人。赫连受了严厉的责备,而我永远地再不能到巴尔克比去见那个害结核症的苏尔韦了。

纵使没有这种强力的障碍,我的好计划也不见得便能实现吧。

这是我的贫之初遇。数年之后,有一天,我母亲告诉我说我们自己也变了穷人了。我记得那时候,心头震荡,身子冷了半截,我的童年的面孔起了不少的红晕。我们既然穷了,不是也被处分到一所满布疫性空气的房子去住了吗?不是也须在人家的面前低首下心,眼带惧色,和声降气地说话了吗?……

我变了年纪大的女子了。我变了妇人了。我对于生活的认识,一天深似一天;对于贫穷的认识,也一天深似一天。

但是较甚的贫穷,却是我的孩子幻想的本能所感触到的那一种贫穷——低首下心是穷人的本份——当那一天,我看见巴尔克比鞋匠的妻子把女娃娃嫋儿达藏起来的时候,我感觉到一种犯罪的心灵。

十七年十一月二十三夕译完

原载《小说月报》1929 年第 20 卷第 2 号

待嫁的少女

[法]Matei Roussou 著

　　媲尔德从小受教育得来的人生观乃是结婚。结婚是她的目的,结婚是她的理想的乐园,结婚是她所认为应尽的天职。她到巴黎已经许多年了,她的衣服与她的思想完全和在外省的时候一样。我们一看她那些朴素而耐用的衣服,便可以联想到她的村气的程度了。

　　她不算很美很美的女子,但也找不出丑的地方来。对于巴黎的时髦的妆束,她没有采用的胆量。人家看不出她的聪明,而她却不是笨人。但她生活在巴黎的环境里,总免不了时常大惊小怪。

　　她的父母在巴黎开一间小小的食品店。他们自然都觉得他们的女儿很聪明,很动人。然而他们看见她的廿二岁的生日快到了,似乎总觉得天空常常现出结婚的典礼。这一桩心事未完,他们两位老人家毕竟还不快活。

　　嘉赉夫人——媲尔德的母亲——镇日价带着哭丧的脸孔说:

　　"一班小丫头们都找着丈夫了,只剩下我们的媲尔德……她太正经了:除了她的工作与她的父母之外,再没有什么。我们过的是什么生活啊!"

　　原来媲尔德在一间裁缝店里做工。

　　说到嘉赉先生,他却专找安慰的话;但只口里说说罢了,未必是从内心流露出来的,他说:

"我的亲爱的,不要愁。我们的媲尔德的好运气就会到来的。每人总得轮着一遭……"

然而一天又一天,媲尔德的女友差不多都结婚了——甚至于有一个正在提出离婚——但是,还始终轮不着媲尔德。

于是嘉赍夫人自思道:

"怪不得我们的小媲尔德找不到丈夫!一个人要结婚,势必先学交际,多认识几个人才行。死守在炉灶旁边,一辈子不会有希望的。"

因此,她决定教媲尔德去学跳舞。媲尔德果然聪明,一学便会,父亲母亲都非常地欢喜。

真的,每人总得轮着一遭。有一天,礼拜六的晚上,媲尔德伴着她的女友罗丝到跳舞场里跳舞。一个少年男子特别向媲尔德献殷勤,弄得媲尔德心痒难搔。这少年男子名叫丕耶尔,是一间大公司的伙计。他这人长得还不错,谈话也很有趣。他邀她到跳舞场旁边的一间咖啡店里吃一点儿东西,她晓得这事儿不很合规矩,不敢答应他。然而她却愿意同那少年男子约定第二天礼拜日两点钟在共和广场的地道车站门口相会。

她伴着平日相随的女友罗丝,竟自回家去了。

她忽然有了奥妙的心情。一涡一涡的微笑冲唇而出,她自己也找不出笑的真确的意义来。她的心头跳得比平日厉害,不知不觉叽叽喳喳地自己说起话来。她觉得自己好像喝过香槟酒的人,一种神妙的醉态把她平日的黯淡的生活加上了好几分光彩。

媲尔德与罗丝原是同一层楼住的。她们同到了第三层楼的平台上方才分手,这一次媲尔德与罗丝接吻道别时,把她拥抱得格外有情。后来,她很想要唤醒她的母亲,为的是……为的是什么?大约为的是要告诉她,说自己已经平安到家了。依平日的习惯,她回来得晚,一定轻手轻脚地归房,千万分小心,生怕惊醒了父母。这一遭却不然了,她非但不肯轻手轻脚的,而且故意弄出些声音来,连她自己也有些莫名其妙……

世上的人，再没有像这一夜的媳尔德难于睡觉的了。她重新看见那可爱的少年丕耶尔在拥抱着她跳舞。又回忆他邀请她到咖啡店里去，而她很有礼地推辞，以及大家约定第一天相会，种种情形，历历在目。大约结婚的希望不会再落空了。

第二天早上，媳尔德连忙把这件大事告诉了她的母亲。嘉赉夫人聚精会神地听她的话，又仔细盘问那少年的面貌、衣服、言语、举动等等。结果是向她丈夫说道：

"绿湘，你看，幸亏我叫她去学跳舞，如今她不愁没丈夫了。"

于是大家商量定妥，嘉赉夫人陪伴她的女儿去会那少年，一则因为恐怕孤男单女相会不很合礼，二则她老人家想要亲眼看一看那可爱的少年——说不定就是她的未来的女婿。

事情照计划办去了。

两点钟前五分，母女二人齐到了共和广场的地道车站门口。这一天，媳尔德穿的是顶漂亮的一件衣服，而且，在这特别情形之下，她破例地画一画眉，点一点唇。天气很好，大家的心花都开了。等到了两点钟，那少年也就来了。一气跑到媳尔德的跟前，猛不防她的身边还有一个女人陪伴着，教他觉得很有几分难为情的样子。后来听说是她的母亲亲自出马，他越发不像先前那么殷勤了。然而在嘉赉夫人看来，却以为这少年真是一个受过好教育的人。古话说得好："爱其女必敬其母。"有母亲在跟前，他是明理的人，自然不敢放肆啦。

这一场谈话的时间并不很长，因为一起头那少年便对媳尔德说：

"姑娘，我险些儿就要失陪：我有一个叔父忽然害了病，他要我在家守着他。但是我已经答应了你的约会，我不能失信，是不是？……"

嘉赉夫人听了这话，越发钦佩那少年。自思：他这样爱他的家庭,可见他是一个识道理的人了。

他们三人散步了一会儿,谈一会儿天气,又谈一会儿她的女友罗丝,那少年便匆匆地告别了。临别时大家再订一个约会,乃是第二天一点一刻在原地方相见。

嘉赉夫人对于那少年丕耶尔,得了很好的印象。然而因为他太能够动人了,生怕她的女儿同他做出什么坏勾当来。所以她决定每次陪伴她的女儿赴会,直到那少年正式求婚为止。第二天,她与媲尔德同到了共和广场。母女二人的心头都扑扑地跳,大家静默地等候,五分钟,十分钟,一刻钟过了,那少年还不曾来。忽然远远地来了一个男子,媲尔德以为一定是他,及至他在她跟前经过,扬扬不睬地去了,她才知道认错了人了。嘉赉夫人说:

“一定是他那病了的叔父不放他来。”

等到了一点三十五分,嘉赉夫人决定了主意,对她的女儿说:

“我的小媲尔德,你该做工去了,不要迟到才好;我也该回家去了。”

此后每天一点一刻的时候,媲尔德到了共和广场的地道车站的门口,一定停了脚步,在那里呆等几分钟。丕耶尔的踪迹始终看不见了。他病了吗?他离开巴黎了吗?……说不定竟是她自己得罪了他,谁敢担保不是呢?……

她想要仍旧回到跳舞场里去,希望因此再找着了丕耶尔,但是她的女友罗丝却不肯陪伴她去了。

“不,我再也不肯去了,跳舞只会使我头昏。”

自此之后,媲尔德有了不可告人的隐痛,似乎觉得丕耶尔与罗丝常相往来。但是这一种意料不到的捐弃,她实在百索不得其解。

她不很肯把这事告诉她母亲,只觉得自己渐渐地瘦起来,双睛一天天地加上了一层浓雾。有一天的晚上,她正在揉眼睛,却给她母亲撞见了……又有一天,将近一点钟的时候,她偶然出去买些东西,忽然遇见一件伤心的事情:原来她正在瞥见那少年丕耶尔满面春风,笑容可掬,揽着罗丝的腰,从从容容地在马路走,没有一个母亲跟着他们……

媲尔德停了脚步,好像前面是万丈深潭似的。她呆立了半晌,然后走过了对面的马路。于是这一个待嫁之女,只好伴着影子走。

大好的春光,到了媲尔德的眼前,徒然增加了她的惆怅。

原载《女子月刊》1933 年第 1 卷第 2 期

父与女

[法]Fréderic Boutet

十一点多钟了,奥里维耶才离开了宴会厅。他刚才正在那里大演其说,这一次演说与他别的演说一样能够动人。真动人也好,假动人也好,一阵拍掌欢呼,使他不得不用和蔼的微笑来做个答礼,然而他的脸孔还保持着庄严有威的态度。他与一班要人一一握过手之手,满面春风地走了出来。看他像年纪很轻的样子,因为他虽则做了一个政治家,一个著名的律师,天天免不了操心,免不了辛苦,然而他却天天运动,好好地保养他的身子。

"回家去。"他吩咐了那汽车夫。

到了奈依的一个小公馆门前,汽车停了。

他进了门,把大氅与帽子交给一个仆人,那仆人跟他走到作业室里。只见桌子上堆着一叠很高的文件,是书记们预备好了等候他回来办理的。

奥里维耶换过一件粗绒短衫,问那仆人说:

"夫人小姐们自然是不曾回来的了?"

"老爷,小姐不曾回来,刚才夫人却回来了。此刻她在梳妆室里。"

"是了,你去请她……"

说到这里,忽又住口。一阵轻微的脚步声来了,门开了,一个妇人,年纪还轻,身子还轻盈,脸孔还好看,只是风韵凋残……走进来了。

"奥里维耶，我听见你回来了，于是我就下楼来……我不搅扰了你吧？……"

"不，并不搅扰我……你可以上去了。"

"我回来，因为我头痛"，他的夫人等到仆人出去之后，说，"爱梵林还在那边。夜宴之后，德双府里会把她送回来的。"

"好……恰巧你提起爱梵林，我正想告诉你一个消息。伯赍芬想要同她结婚，这一头亲事，我很满意。伯赍芬很聪明，很用功，很耐苦，很有计划，很出色，我把他认为一个上等人物。我看见过他做工，我很晓得他的价值。我敢断定他的前程远大，将来的政界上的要人里头，他自然是其中的一个了……"

奥里维耶住了口。他的话是命令式的，声音发得很清楚，字眼咬得很响亮，表示他的坚强的意志。他并不征求他妻子的意见，只把他自己的意见发表。

她带着几分胆怯，说：

"爱梵林……她的意见如何？"

"还不曾告诉过她。伯赍芬先问我反对不反对，以为这样才算是尊重我。但是我想爱梵林也巴不得有这么一个丈夫。"

"那么，亲爱的，你希望我告诉她吗？"

"不。我睡得很迟，等到爱梵林回来的时候我就同她说，因为明天我没有工夫……现在你可以休息去了，让我自己在这儿吧。"

"晚安，奥里维耶，不要太辛苦了！"

她走上前，把脸送上去，他有心无意地吻她一吻。她悄悄地走开了。他走到桌子前面坐下，燃着一支香烟，展开一本记录簿子……时间是这样过去了。

二点半钟响了。他抬头，侧耳听着外面，听见公馆门前有一辆汽车停了。他站起来，走到通过室里，恰巧他的女儿进门来。

"呀！爸爸，原来是你……我很晓得你还在工作，但我不敢进去搅扰你……妈妈睡了吧?"

"是的。"

"可怜的妈妈,她偏头痛……她硬要我停留在那边,我觉得那边倒还有趣,所以我也就不跟她回来了。"

"你这样倒很好。现在,如果你不很疲倦的话,你到我的作业室来,我有话同你说……"

"我不疲倦。有什么事情?"

"你就会晓得的。"

到了作业室里,爱梵林把外套向椅子上一丢,转身向爸爸说:

"好,爸爸,我在静听你的话了,……你给我一支香烟好不好?"

爱梵林很风流地、很内行地燃着一支香烟。奥里维耶放眼看她。她的身材细长,配着一件夜服恰是十分谐和。她很美,很出色,她的样子固然像她的母亲,但她的风韵却不凋残。看她的外貌,看她的态度,很像她父亲有决断的样子。他真为她而骄傲了!

"我的小爱梵林,人家向我请求与你结婚哩。"

她笑了。

"爸爸,从10月里到现在,已经是第四次了。一次是向你,一次是向妈妈,两次是向我……"

"爱梵林,你该把事情认真,这一次却不是儿戏的了。我先对你说,这一头亲事我非常满意。从前求婚的那一班人都是没有价值的人,你拒绝了他们原是应该的。你很美,很聪明,可以说是天分很高。我说这个,并不是因为你得了什么大学预科本科的好成绩,我只就你的真价值而言,你爸爸不是没有眼睛的。你是我的女儿,我总该替你找到相当的命运。现在求婚的那人恰是给你相当的命运的人。他就是伯赍芬。你晓得,伯赍芬是一个……"

奥里维耶像对他的妻子一样,替那求婚人大吹其牛,而且还更说得详细些,表示务必成全的意思。

爱梵林低着头,直听到她父亲说完了之后,举目望着他,用刚才奥里维耶那种决断的神气回答道：

"爸爸，我不能嫁伯赍芬。"

奥里维耶生平是很镇静的，此刻也给女儿说得现出诧异的样子来。

"你不愿意嫁他吗？为什么？你不喜欢他吗？"

"不，爸爸，我倒很喜欢他……他有许多动人的好品行……假如他不是他，我也许能够爱他……"

"我不懂……"

"好，那么，我老实说了吧：我不愿意嫁他，恰恰因为他有刚才你所说的种种美德。我不愿意嫁他，因为他有成绩，因为他有远大的志气，因为他有远大的前程……一个男人，为他的工作而努力，为他的职业而效劳，早上想要得到光荣，晚上想要得成绩，他一定不顾我，把我撩在一旁，他的时间可以给全世界的人，只不给我！我做一个天下闻名的人的妻子，也就是一个被抛弃的妻子——自然不得不抛弃啦！——这么一个妻子，不许嗟怨！一嗟怨，人家还说你不知足！这么一个妻子，断没有垄断那大人物的时间的权利……我不愿意嫁一个大人物，我只想嫁一个平常的人。他爱我，他不把他的时间花了去旅行，去办事，去赴宴会商议大事，去当主席行典礼。我想要一个人，他不至于每天只有几分钟同我在一块儿。他有时间陪伴我，同我出去玩，我嫁了他，他不至于使我自己觉得是一个寡妇或一个离了婚的女人……等到我遇着一个平常的人的时候，他没有远大的前程，然而他能够博得我的欢心，我便嫁他。假使伯赍芬没有那些大人物的美德，我也就肯嫁他……他有了，所以我不肯！"

她住了口。大家静默了一会。奥里维耶怔怔地望着他的女儿，说道：

"那么，你以为你的母亲嫁了我，也就很苦了？"

爱梵林游移了一下子，答道：

"爸爸,她不曾同我说过……但我也并不相信她怎么苦……我只以为她不曾得到她意料中的快乐罢了……至于我呢,爸爸你看,我想要顺着我的嗜好,快快乐乐地过一辈子的生活。只求不苦,我还不愿意哩……"

大家重新又静默了一会。奥里维耶的脸孔现出不舒服的样子,后来渐渐地变为缓和。他把手放在他女儿的肩上,说:

"我的乖乖,你有道理。我明儿回了伯赉芬就是了。他同你合不来……真的,你自己就是女界的大人物,所以不能同一个大人物过共同的生活。你只知道有你自己。我们生在世上,该支使人家,指挥人家,顺着自己的嗜好,顺着自己的意志,自由自在地做事情……我们要替你找一位好好先生,很忠厚,很正经,他为妻子而骄傲,再不敢发展自己的意思;他因为你肯嫁他,便感激你,永远地让步,永远地陪伴着你……是不是,爱梵林?……这么一来,他也一定很快乐的。匿迹销声,自有好处,你相信我的话吧……"

"我不晓得,爸爸,你也不晓得……晚安,爸爸……"

原载《女子月刊》1933 年第 1 卷第 2 期

牺　牲

[法]Roné Lehmann 作

细儿在戏院的化装室里,天天晚上都看见一束很美丽的玫瑰花,附带有一张很精致的明信片,片上写着绿湘的名字,还加上几句多情的话头。

"今天他写给你的是什么话?"她的女友若兰问。

她耸了一耸肩,答道:

"这个画家真啰唆……我不爱他,他偏要来歪缠。"

"你这人真是眼高心大。"

"我晓得你不讨厌他。好朋友,我让给你吧。"

"我吗,我生平不肯夺取朋友的爱人。"

"别胡说。我对于他没有什么。我们有时候大家开开心。他虽有心,我却无意。"

"你很侥幸……而你却不爱一个人!"

"也许有一天我会爱上一个人吧!"

细儿读那明信片:

"今天晚上,我可以仍旧把您送回您家去吗? 半夜的时候,我在伶人们的外面街道上等您。我恨不得即刻看见您的容貌,听见您的声音!"

"第一号登台。"一个人这样喊。

细儿是属于第一号的,于是她丢开了那明信片,跑上楼梯去了。

"她永远不会了解人生的。"若兰喃喃地自语。

半夜里的马路上,绿湘不停地踱来踱去,每一分钟都把他的头掉转来看那戏院的门。他二十五岁了,是一个前途很有希望的画家,每年也有小小的入息。他长得很俊俏,为人很怕事,同时又很大胆。数月以来,他非常地爱恋着细儿;而细儿偏不肯接受他的爱,除了平常的友谊之外,真叫他有可望不可即的感想。

当是时,心痒的绿湘正在自思:今天是礼拜五,明天是礼拜六……天气这么好,假使我能够怂恿她明天同到奉天濮洛去逛一狂,多么妙啊!她很高兴坐汽车,而她又还不讨厌我……

"喂,绿湘?"

"哦,细儿!"

他不曾看见她出门口,却突然看见她娉婷地像风吹的杨柳般站在他的跟前,令他想到将来的妙处。

"绿湘,我已经同您说过,叫您不必再送玫瑰花来了……"

"您不爱花了吗?"

"我哪里不爱花呢? 我只恨人家用献殷勤的手段来高压我。"

"您太冷酷了。"

"您这人太固执了,我有几分讨厌您。"

"都因为我太爱您的缘故啊。"

"您看我的戏不止一百次了。我见您那么殷勤,那么有礼,所以我肯同您认识,接受您的友谊。您往往把我送到家里,还不时给我吃一块蛋糕或喝一杯巧古力。我对于你的热情,实在非常地感动,但我不愿意您从普通的友谊里更进一步。"

"细儿,您有了爱人吗?"

"我爱我的父母,我爱我的妹妹,我还爱我那杜克。"

"杜克吗?"

“是的，这是我的狗的名字。”

“您不想要结婚吗?”

“哪里不想呢? 只不想同您结婚。”

“您一定是觉得我长得太坏了!”

“嗳呀，绿湘，您又来说呆话了! 我肚子里饿得很，我们去吃两块儿肉面包吧，再不要提起您的苦衷了。”

她的几啭莺声，一番巧笑，弄得绿湘不好再说什么。

细儿是一个小女伶，没有什么靠山，她自己想要同人家讲恋爱，但是她同时又希望一种很荣耀的婚姻，变成一位富家的太太，满足她的奢望。因为现在大家专讲金钱，如果她只讲爱情，愿意过清茶淡饭的生活，未免太不合时宜了。

绿湘眼紧紧地望着细儿吃面包。看她吃东西的模样儿也就够令人销魂。于是他用一种不响亮而微顿的声音向她说道:

“细儿，您好好地听我说，我晓得您这人还很自由;然而您对我老是很冷淡，令我非常痛苦。我现在预备不再歪缠您了。我只要求您的一种最后的牺牲，如果您答应了我，我再也不来扰您，您再听不见人家说起我了。”

她停止了吃面包，现出难为情的样子，说:

“您打算自杀吗?”

“不，请您放心。我只努力想要避免同您相遇罢了。”

“哪一种牺牲? 请说吧。”

“明天是礼拜六，我们一块儿坐汽车到奉天濮洛去过一夜，第二天是礼拜天，我们再整整地玩它一天。我们一块儿住在一间很精致的旅馆里——自然也只是普通的友谊，请不要误会。我向您赌个咒，我以我的人格来担保，决不欺负您。我只要能够望着您睡觉，听着您打鼾，望着您吃饭，同您一块儿散步，同您很畅快地作长时间的谈话，便算是我一生的大幸福了。”

她思忖了半晌,觉得倒很开心。

"这种玩意儿倒很危险呀。"

"您怀疑我吗?"

"不,但是这么一来,于您有什么好处呢?"

"细儿,这一场快乐,我一辈子也不会忘记了的!"

她耸一耸肩,溜眼偷看绿湘多情的样子,忍不住微笑了……

"我许可您了……坐汽车,走得不太快了吧?"

"细儿,您不晓得我心里是何等快乐啊!"

这一个礼拜六,绿湘用尽了开汽车的本领,把汽车开得又快又不令人疲倦。时当晚秋,斜阳可爱。车开到河边的时候,绿湘故意开慢一点儿,让她欣赏游鱼与一切的河上的风景。她忍不住叫道:

"多么美的风景啊!"

这一天的晚饭,不用说是很丰盛的。他们二人游玩久了,肚子很饿,大家很痛快地吃一顿。

"真的吗? 您不曾爱过人家吗?"绿湘问。

"您呢?"

"我自从一眼看见您之后,我觉得我第一次尝着了恋爱的滋味。我觉得恋爱这东西真厉害,真有权威,真……"

"您听我说,不要再提这个吧。看,这淡妆浅抹的天空,不值得您画一画吗?"

"是的,但我如果画的时候,先要把您这美人儿画在里面。"

细儿蹙着双眉说:

"请您赶快改变了谈话的方向,否则我要搭第一班火车回去了。"

绿湘即刻依了她的话,让步了。他们二人开了一架留声机,大家静听音乐。唱片完了之后,他们并肩睡下。绿湘哪里睡得着?一味地把身子挨近去逗她,她只打了几个呵欠,嘲讽地笑了一笑,便呼呼地睡着了。剩下他独自醒着,怔怔地望着那腻嫩的身子,听着她调匀的呼吸;又细看那一堆波纹的美发之下,耳目口鼻,没有一处不整齐,没有一处不动人。他瞻仰了半晌,几乎失声哭起来,想起自己不中用,忍不住泪流盈腮了。结果是他自己也睡着了。第二天早上醒来,只听得细儿说道:

"请您躲到阳台上去,我好起来穿衣。"

他没奈何,这一天还不得不装快乐,唱呀,兜风呀,吸香烟呀,勉强装个没事人儿。

"绿湘,我真爱住乡村。你看,巴黎有的只是烟尘、垃圾与吵闹的声音。"

他们作一次清晨的散步,后来却在水边用午饭。他们的邻桌上是一对对的爱人,正在说些不着边际的话。其中有一对老夫妇很留心地望着绿湘与细儿。

"你看,多么美的一对儿!"那妻子对她丈夫说。

"又多么脱俗!"那丈夫随声附和地说。

"当您不讲爱情的时候,您真是个可人儿。"细儿对绿湘说。

"您不讨厌我吧?"绿湘问。

"什么话? 您这般高尚的人,我还讨厌您吗?"

他忍不住微笑,而他的心中却起了十斛的闲愁。他一面不得不压下他的洋溢的爱情,一面又不得不应酬他所爱的人的无聊的谈话。尽管她谈天说地,他只是不快活。他的眼里只有这一位冷淡的、快活的然而很古怪的女子。

他们决定在黄昏以前回巴黎。在汽车上,细儿用一种颇奇怪的声音对他说道:

"我们这一游真是快乐极了。您已经实践了您的话,很好很好。我希望从今以后您可以忘记我了。"

"细儿,您放心吧。"

绿湘把汽车慢慢地开,无精打采地把细儿送回巴黎来,这一行非但得不到快乐,而且心上的伤痕,越加发作了。

"再会,绿湘,谢谢您。"

"再会,细儿。"

他怔怔地望她走了。她头也不回,他捏着拳只是恨。

几个礼拜之后,戏院里编了新剧,细儿仍旧登台。她仍旧与若兰同在一个化装室里。

一天晚上,若兰注意到一件事:

"奇了,你没有花收了。你同你那画家不和了吗?"

"不是的,但他已经晓得我不爱他了!"

话虽如此说,然而她却心如刀割,自思道:

"傻瓜!他偏要实践了他的话!他不会想到他的玫瑰怎样博得我的欢心,他不会想到他的玫瑰不来时,我怎样苦恼!我天天只等候他的玫瑰!唉!这么俊俏的少年……这么忠实的少年……可惜可惜!"

原载《女子月刊》1933 年第 1 卷第 2 期

电话号码

[法] Heuri Falk　著

有一天的晚上,六点半钟的时候,我到了俱乐部里。因为整天工作疲倦了,想要到游泳池里振刷精神。我从廊下走过的时候,恰遇着李嘉出来。他匆匆地跑,面色变了,眼神像个疯子,周身不自在。他抓住了我的手臂,骤然说道:

"随我来,我有事情用得着你!"

"怎么,你用得着我?"我温和地回答,"我们偶然遇着的,有什么用得着我的地方呀?"

"偶然!"他苦笑地说,"偶然的权力大极了!来吧!如果你是我的朋友,非随我来不可!"

我虽则怀疑他,同时看见他那么感动,又很担心,于是我跟他上了汽车。

他把汽车开得颠颠簸簸的,我只有一半高兴——走路的人连一半的高兴也没有哩!他咽着喉,用沈着的声音向我说:

"不曾到十分钟以前!……我从淋浴室出来,穿着浴衣,在游泳池边的咖啡座上坐着。很舒服,很安适,想的只是快乐的事情!……呀!老伙计,我说你就晓得了!……我的邻座有一班朋友正在那里打扑克……他们很快活,很喧哗……我呢,你是知道的,我不愿观场……"

"当心,呆子!"

“你几乎要了他的命了！”我说着,同时指着一个老头子,他正在惊魂未定地走到步道上去了。

“这是他自己到我的车轮下来的……幸亏我还有眼睛……”

“对了,我请你当心啊！”

“于是那一班朋友中间有一人嚷道:‘我要打电话才行！……’另一个对那人说道:‘那么,你须等一等……此刻休烈还在电话室里呢……休烈此刻到电话室里去,还有什么好说的? 一定要同人家约时刻了！’于是他们都大笑起来。一直笑到那所谓休烈的出了电话室为止。这休烈我是不认得的,他已经戴上帽子,穿好衣服,一出来便跑。有一个名叫史华的问他道:‘喂,你那亲爱的电话号码:巴西七十八,三十二,叫通了吗?’”

我眼收到收到地望着李嘉。看见他说到这电话号码的时候,显然是受了很大的刺激。我连忙叫道:“停车！停了车还妥当些。”

他从了我的话,紧握着我的手说:

“唉！这恰是樊尼的电话号码！你想,我的心怕不碎了！我站起来,只听得那休烈说道:‘不要说混账话！你们大家晚安！我要迟到了！’于是他像箭般地飞跑了。我呢,我第一个动作就是跳过了铜栏杆去追赶他……但可惜我穿的是浴衣。再者,我自己也不许自己走,因为若要晓得一切的真相,追赶并不是一个顶好的法子……我勉强走到史华跟前,假装没事人儿,问他说:‘他打电话到巴西七十八,三十二,干什么的?’那胖子史华瞅了我一眼,微笑地回答道:‘呀！干什么的！’于是他仍旧打扑克。我想如果再根究下去,越发给人家笑话。我匆匆地穿了衣服,像一个疯子般地跑了出来,恰好遇着了你……喂,老朋友！樊尼这人,我十分爱她,她也说她爱我,她做了我五年的情妇,自己以为绝对没有二心……唉！谁知她竟爱上了这一个黄发鬼！……”

“你错了,你错了……不要说过份的话吧……”

“我不会错的。她不曾同我谈过那人的名字……而他却在电话里叫她！他打了电话之后，马上去找她；一定是她对他说过，说我在八点钟以前不会回家的！因为我在俱乐部里有一个约会……唉！一切都像火般透明了，休烈是她的情郎，毫无疑义了！……我要回去把他们双双捉住，特请你来做一个见证人。"

他又把汽车开了，从潮湿的细沙路上开过去……我虽则想到一会儿会有事变发生，有几分害怕；但我看见汽车到了他的情妇的门口停下了，我倒放心了。

"我不乘电梯，恐怕人家听见我们上楼……"

于是我们步行走上了四层楼。

"嘘！不要作声……我有钥匙！"

他把钥匙轻轻地开了门，三步并成两步地跑进屋子里。也许他手上有了兵器，我紧紧地跟着他跑进去，预备拦阻他的激烈的举动。我们看见樊尼正在她的房间里擦鞋子，给李嘉吓得一跳：

"原来是你！……唉，你吓杀我了！……晚安，你们两位……"

李嘉捺住气，问道：

"你一个人在家吗？"

"大概是吧？为什么？"

"半点钟以前，没有人打电话给你吗？"

"没有人，你怎么样了？"

"我现在晓得你是一个说谎鬼了！休烈先生呢？"

"休烈？什么休烈？"

"你的情郎！你不敢同我说起过他的名字，不是情郎是什么？"

一场大闹。樊尼始终不肯承认。

"来！你来！"李嘉向我嚷道，"我们只该去迫那先生承认。我已经把他的住址抄来了。我们去吧。"

我跟着他走，樊尼哀求我说：

"请你提防他，不要让他闹乱子。他疯了！他疯了！"

我向天祷告，但愿那休烈不在家就好。谁知他偏在家。我们

进了他家之后,李嘉即刻问他道:

"刚才您在俱乐部的游泳池边的咖啡座上打电话,是打给您那少年的情妇,是不是?"

休烈听了很诧异,说道:

"这与您有什么相干?"

"有什么相干! 我是她的爱人——五年的爱人了,先生!"

"吓? 您是马克丽德的爱人吗?"

"哈! 哈!"李嘉作苦笑,说,"她又自称马克丽德了!"

"什么自称? 先生,这本是她领洗礼时的名字啊。"

"不是的,先生!"

休烈怔怔地望着我,像是不相信李嘉的话有道理。

"这话太凶了! 我的未婚妻的名字,难道我还不晓得不成?"

"现在是你的未婚妻了吗? 您想要娶她吗?"

"呀! 不! 我不要了! 既然您是她五年来的爱人,我马上就要同她说清楚……"

他很生气地把电筒拿下来,叫道:

"阿咯! 巴西十七八,三十九!"

"您说的是什么?"李嘉嚷道,"该叫巴西七十八,三十二才对啊。"

"呀! 不要胡说了……我的未婚妻的电话号码,我还不晓得不成?"

李嘉失色道:

"但是……那胖子史华向您说的是'你那亲爱的电话号码:巴西七十八,三十二'! ……"

"这大概是他记错了一个数目字了……阿咯! 姑娘……阿咯! ……"

李嘉听了,又惭愧,又快活,连忙哀求道:

"先生! ……我的亲爱的朋友! ……对不起……一千个对不

起！……"

　　……于是两人变为极好的朋友。那胖子史华却给他们罚了六席香槟酒,——因为要请樊尼姑娘与马克丽德姑娘吃饭。

　　　　　　　　　　原载《女子月刊》1933 年第 1 卷第 3 期

罪 过

[法]Fréderic Boutet　著

"嗳呀,老保,这有什么要紧呢?……以你这样的境地,而我又是你的童年的朋友,是你的妹夫,你救一救我的急,总还可以吧?"

"我的亲爱的嘉斯坦,刚才我在电话里已经说过,现在我再说一遍:我不能够……"

"我晓得你在电话里说的是什么,但我同时又晓得你是撒谎……嗳呀,保罗,为着这小小的数目,你愿意看见你的妹夫受困吗?"

嘉斯坦的声音显示出他的怒气。他很高大,很结实,在保罗的办事室里走来走去。而保罗很瘦,坐在靠背椅上,勉强装作单据自若的样子。他后悔不该接见他的妹夫,但是,有什么法了避免呢?当他同他的妻子吃完午饭之后,仆人已经来报告,说嘉斯坦来了。他的妻子玛玟琏看见他这妹夫常来吵闹,莫名其妙,有几分担心,于是问保罗道:

"他这一来,想要打你的什么主意呢?"

"我不晓得,让我去看他再说。"

他接见了嘉斯坦之后,二人吵起中级来,一个硬要满足他的要求,一个自以为让步太多了,这一次决不肯再让步。

嘉斯坦静默了一会,忽然在保罗的面前停了脚步,说:

"嗳呀,保罗,总之,你不能眼巴巴地看我受困。我全靠你帮助,你的妹妹也说全靠你帮助。"

"好,那么,请你向我的妹妹说:我十分抱歉,我不能够……"

"撒谎! ……以你的境地而论……赚这么多的钱……花这么多的钱……"

"你不也是一样吗? 你也赚钱,你也花钱……何苦只说我……"

"呀,我劝你少教训我几句好不好? ……这都没有关系……但是,我借这一笔小款子,代不该拒绝……而且我在几天内就还你的……"

"不会的,从前所借的不曾还过,这一次你也不会还的……而且这并不是一笔小款子。"

"以你而论,这自然是小款子啦。"

"不行,我不能借钱给你,你可以向别人借去。"

"谢谢你吧! 我向别人借钱,岂不是给人家笑我敲竹杠?"

"是的,我懂得,你以为向我借就不要紧了……把你的汽车卖了吧。"

"好,亏你说得出口! 卖了汽车,岂不教人家看轻我? ……唉! 一个人靠一个朋友帮助,靠一个亲戚帮助,真是受不了气!"

"不要嚷……"

"我不嚷! 你老实说一句,你肯不肯借!"

"我不能够……"

"你不能够吗? ……好,老保,算你有胆量,敢拒绝我……你晓得没有钱用的人的苦处吗?"

"假使我能够的话……"

"你怎么不能够呢? 而且……"

"嘘! ……玛玳琏来了……"

门开了,一个娴雅的妇人进来。嘉斯坦的吵嚷的声音到了她的耳朵里。

"你们有什么事情?"她愕然地问。

"没有什么,你不必管我们吧。"保罗说。

但是嘉斯坦却忍不住嚷道:

"有的是:我来请您的丈夫帮我一个忙,他竟有胆量敢拒绝我,而且教训我……哈,哈,哈!说起金钱的问题,他还没有人教训他呢!"

"嘉斯坦!……"保罗喊。

嘉斯坦因为钱不到手,太生气了,继续地嚷道:

"我说的是真话……你太厉害了。叫我卖汽车,叫我少用些钱!……好,老朋友,你该晓得,一个人做了你曾经做过的事情,便不该再有面子责备人家……我这人很浪费,不错,但是,我不曾做过下流的事情。我呢,我只借钱,我不偷钱!"

嘉斯坦说到这里,住了口不说,也许他自悔失言,虽则他是一个凶恶之辈。

保罗面变土色,踌躇良久,忽然恢复了精神,用一种很低而很涩的声音对他的妹夫说道:

"快出去!……你已经说了出来,倒很好!……几年以来,你总拿恐吓的手段来高压我,说是要当我的妻子跟前说了出来……你的敲竹杠的伎俩,难道我不懂吗?……好,她就可以知道了,我马上自己一一地告诉了她……哪怕惹起怎样人的风波,而我因此不致再受你的威吓,不致再天天提心吊胆,倒算得了一个解放……快出去,迟一刻我是不依的!"

他说话时的神情这么凶,他的面色变得这么厉害,嘉斯坦竟自屈服了,一言不发地出去了。

保罗转身向玛玳琏。他的面色也变得很厉害,呆呆地站着不动。保罗同她说话,却不敢抬头望她:

"玛玳琏,让我来把真情告诉你。我老早就该告诉你的……在结婚以前,我就该承认给你听了……然而我很没有勇气,我太爱你了……生怕你不再爱我,生怕你鄙薄我……你不理我,我便没有生活的乐趣了……于是……我只好忍住不说……然而……我的良心多么不安啊！……一天又一天，我越发爱你，越发怕说出来之后也许你会离开我，同时，却又觉得不说出来乃是很可耻的事情。我往往想要告诉你，不止千百次了，但是到了最后一刻我还是没有这勇气。我自语道：'不行……我还不肯让她离开我呀！'你不晓得我的心里是怎样难受啊！……玛玳琏，你听我说，嘉斯坦这坏蛋刚才的话却是真情：我实在做过贼……让你不要打断我的话头，让我好好地解释给你听……十年前……从我认识你的时候溯上去七年之前，我有二十三岁了，在我父亲的朋友杜赍先生的银行里做工……那时节，我没有什么钱……而我想要多些钱……我爱乱逛……不久就负债了，于是我就赌钱……越赌越糟……而东家往往差我去收钱票子……好，于是我暗地里用了好些钱……那一天是礼拜六，我预备礼拜天去买跑马票赢得钱来就好偿还了……结果又赌输了……于是我知道我做错了事……我想要自杀，却又没有这勇气……后来事情发觉了，杜赍先生倒很可怜我。他知道我自怨自艾了，于是他设法弥缝，还不曾把我辞退……自此之后，当然，我已经偿还了那一笔款子……但是有两三个同事已经知道了……嘉斯坦就是其中的一个。许久以后，我承受了遗产，我的生意又发达之后，他才告诉我，说他知道我偷钱的事……他要娶我的妹妹。他同我赌过咒，说永远不告诉人家。后来，玛玳琏，我认识了你……于是我十分追悔当日的事情……我不敢说出来……时时刻刻怕人家告诉了你……玛玳琏啊！你鄙薄我吗？你不再爱我了吗？唉！你不晓得我惭愧到什么程度……痛苦到什么程度啊！"

他说到这里，住了口不说，仍旧不敢抬头看她。忽然间，一只手搭在他的手上。他举眼一望，看见他那少年妻子的神情，令他喜出望外。只听得她微微冷笑，连嘲带讽地说道：

"你以为世界上的人个个都是隐恶扬善的君子吗？你自己到了这样的境地，还以为没有人妒忌你，与你为仇吗？……当我们的婚约宣布了之后，便有人写匿名信，把你那事情告诉了我的父亲……还举出了许多证据……我父亲想要悔婚……我不肯……因为我爱你……我替你辩护,说这是少年人的坏习惯……自从那事情发生之后,你已经变了好人,很忠直、很勤俭了……我又说我爱你,无论如何,我一定要嫁你。"

"玛玳琎!玛玳琎!……你晓得了……你还是爱我!"

"是的。哪怕你的罪过比这个更大千倍,我还是爱你!这也许是不道德的事情,但是,不论有罪无罪,你总是我所爱的男人……世界上有许多女人,只为爱情而颠倒,不知道天下还有第一件事……我就是这类女人里头的一个。我爱你,我对你的爱情一天比一天增加。我也与你一样。我也想要向你说出真情:我要说我晓得……我晓得一切……我不敢……现在我很快乐了……我爱,你为什么怕我同你分离呢?无论如何,我们决不失了和气……你偷了那钱,你不是已经还了吗?……而且你为这个也就受够了痛苦了……"

"唉!我爱……现在算是完了……但是,真的,我曾经为此受了不少的痛苦……我一则追悔我不该做那事……二则追悔我不该勾搭上那女人……"

"什么女人?"

玛玳琎挺直了身子,面色大变,气得只是发抖。

保罗愕然望着她,说:

"什么?……既然人家把一切都告诉了你……你分明晓得……"

"人家只告诉我,说你赌钱负债……依你说,还有一个女人,是不是?……那么,你为一个女人而赌钱吗?你为一个女人而做贼吗?……你爱一个女人,至于偷钱去供养她!后来你却来向我求爱,绝口不提你这可耻的事情!真可恼!你这坏蛋!"

于是她倒在一张沙发椅上,哽咽地哭起来。

原载《女子月刊》1933 年第 1 卷第 3 期

干面包与清水

——根据 1932 年 7 月报载的一段事实

波多·吴士(Bodo Uhse) 著

将近半夜的时候,安多尼①骤遇暗礁,全船震撼,因此停止进行,大家想了种种法子,终于不能使船再开行;但是,后来大家倒觉得这是幸事,因为狂风暴雨掀起了臣波,那陈旧而沉重的船身已经东颠西簸了四个钟头,加以暗礁一碰,碰起了很厉害的裂痕,如果船再离礁前进,就非全船覆没不可了。在那时,吸水机毫无用处;水路是那样阔,虽则岩尖冲入船身,塞住了水路,却还有够大的罅隙,让海水滚了进来,海水震荡者,四千吨半的船的底层已经被它侵入了。船上载着大麦、小麦、玉米及许多谷类,现在都给水浸渍着,那水就变了黏汁,吸水机更无法可施了。那些谷类本是干的,遇了液体就膨胀起来,软起来,增加了重量。吸水机是不能用了,然而恰因不能用吸水机面获得安全;船中所载的物品既增加了重量,就不至于离了它的位置,而它所触的岩尖也与它很接近。但是,反过来说,也有另一种危险;海水在船的后面增加重量,就容易使它离开它的位置了。

到了天明,风息了,雨也止了,三四千米之外,显出了美丽清明的海岸,绿色的橄榄树与白色的沙显得海岸特别安静,似乎它并不知道昨天经过了一夜的暴风雨。许多木柱木桶,以及船上种种用

---

① 安多尼(Antonis),船名。

具,都被海水飘流到了岸,成为奇怪而悲惨的点缀品。

当船长把望远镜瞭望海岸的时候,他看见了一个男子,倚着一根大棍子,直立不动,只把眼睛紧紧望着这船。水手们也瞥见了那人,于是做了种种信号,努力要使他知道他们在向他求救。依船长的望远镜观察,水手们用尽了法子也不能使那人动心;他很冷淡地站在原来的地方,脸上并无感动之色。

贝利·克列斯离开了梅特莎的家,梅特莎的丈夫在近日运了满满的一车羊皮到雅典去了。在深夜里,贝利·克列斯穿过了那睡着的乡村,重复走向他的羊棚;正在暴雨之际,他注意到了绿色与红色的星灯,原来就是遇难的船求救的信号。他真不愧一个海滨的居民,怀着残酷的本能,看见了求救的信号反而幸灾乐祸,当夜他睡得很熟,并不念及遭难的人们的命运;但是,天色初晓时,他连忙赶到了海岸;原来依劫掠的章程,先到的人是有特别权利的。他所意料的事并没有完全实现,因为船上的人们始终守着那船;但是,依他看起来,假使他们要保全他们的生命,等一会儿他们就不得不放弃了他们的船只。果然,当引船人报告船长,说船上所载的货物都滚到船的后面去了的时候,他们就预备好了第一只小汽船,差不多全体船员的一半——十二个人——都上了小汽船,开到海岸来了。

贝利·克列斯等不到他们登岸,早已如飞地踏着白色的沙,穿过了绿色的橄榄林,再穿过了种烟草的田,直奔回村里去。有些女人正从井里汲水归家,肩上一条扁担,挑着一桶一桶的水;走起路来,显得很沉重,很笨,很辛苦。贝利·克列斯把沉船的事告诉她们,话没说完,她们早已把桶子突然放了下来。桶里的水猛溅,把路上的尘都溅得湿遍了。除了负担之后,她们一口气就跑回家去,把她们那些脾气不好的丈夫都从梦里拉了起来,在这些丈夫当中,捕鱼的就拿了他们的铁锚,种烟草的就拿了他们的镰刀、大斧或其他的器械,或单身,或结队,逐向海岸走来,寻见了那一只小汽船与那些水手。有些水手因为一夜辛苦,就在沙上躺着,另有几个走近这些居民,请求他们给他们一些烟草。

引船人是与他们一同来的,现在他向农民们求见村长。恰巧村长也在农民们里头,是一个干瘪的小老头子。引船人向他请求救助。引船人越说越迫切,那小老头子越听越摇头,渔人与农民们干预他们的谈话,嚷着打断他们的话头,越嚷越凶。说到把人从船中救出来的时候,大家嚷着说非常愿意。但是,他们的目的并不以此为止境;他们这一来,并非依照基督教义来实行博爱人群,只为的是取得一些战利品。如果船长与其余的船员们离开了那船,那船就没有主人,于是成为他们的战利品了。

引船人提出抗议,说只要还有一块木板在船里,船长还不肯放弃了那船。引船人的话与船长的意思恰恰相符。船长的意思,并不像从前那些动人的故事里所载的船长们对于他们的船怎样效忠——当然,这破旧的船也不值得船长留恋——但是,还有些关于航海的法令,与规程,船长不尽职是是要犯刑律的;再者,不幸而生为悭吝的人,凡是应该救护的东西,决没有不努力救护的;这是一只旧船充其量而言,船主们还可以闭了眼睛不管;但是,那些保险公司,为了希望卸责之故,往往挑剔船长的过失。到了这地步,船主也就会把船长辞退了。从表面看来,船长的行为很有英雄气概,其实他只纯然从物质方面着想,才决定如此做的。农民们因为这行为障碍着他们的愿望,所以越发不能了解了。

我们若要认识这海岸所属的一带地方,先该知道现在这地方与古代的大事业毫无相似之点。学校里的先生们往往指着今日尚存的古迹以证明祖先的丰功伟绩,然而与现代的事实相差太远了。假使我们援引拜伦所做的美而多情的诗句来使人们悬想这地方是什里地方,那么,我们就完全不能接触今日的真相,昔日的哲学家,在今日已变了卑鄙的政客。奴隶的地位已经被失业的饿夫佔去了。从前的土耳其人的思想在乎脱离专制,现在却只好寻觅独裁的人们以统治他们的国家了。

邻近的乡村的居民不停止地跑了来与这威第加的海岸的农民们集合,因为沉船的消息经过了妇女们的口,就比风还传达得快些。这些农民都是穷光蛋。他们所耕种的田地并不是属于他们的,而是在雅典大马路上坐着汽车兜风的富翁们的财产。为了条约的关系,农民们须以收获所得的四分之三奉献给那些大地主;地主大到那地步,甚至于不屑亲自到来收租,只把收租的事嘱托给一个使者。这些田地出产的是烟草、橄榄,还有一点儿玉米。去年的天气很坏,风灾水灾齐来;农民们辛苦了一场,终于没有收获。政府准予拨款赈济灾区的人民,然而实际上那些赈款并不入于农民之手,而是入了地主之手。因此,农民们没有麦与玉米可吃。他们没钱去买麦,因为近年来的烟草跌价,收获又少,卖不到几个钱。这些乡村本来就很穷苦,现在又闹饥荒;农民们遇着这两位不速之客——穷神与饥神——真没法子款待了。

此刻那老头子仍旧与那引船人谈判,然而,农民们早已与水手们交谈起来,从他们的口里知道了船上所载的是些多么可贵的货物:"谷类!麦!玉米!"他们一个向一个这样嚷着。起初的时候,他们还静听村长与引船人的谈话;此刻他们都兴奋起来反对他们二人了。后来那些妇女们听说海水浸入了船底,把谷类都浸坏了,又听说他们所最缺乏的东西还有为波浪所吞的危险,于是她们也嚷起来,大家闹得更凶了。男人的声音还沉着些,被女人的声音掩盖了。他们齐声嚷着:"面包!面包!"一面流泪,一面吻她们的孩子,又嚷:"面包!面包!"嚷时对着她们的丈夫,双唇为愤怒而颤动。"面包!面包!"

她们用她们的一双瘦手,把她们那些肮脏而面带菜色的孩子从地上抱了起来。那些孩子的头面显得很老,几根骨头支撑着一块干瘪的皮。她们把他们抱起,转交给她们的丈夫。那些孩子们都惊颤得可怜。跟着便是一片呼声:这是一种信号,一种反叛的命令。

　　引船人身旁的一个水手首先受了一斧,倒在地上;第二斧就轮到了那引船人,引船人连忙躲开,拿出了手枪,一枪打倒了那老头子,就与两个水手逃走了。枪声起后,接着是一阵很短的沉寂;忽然又听见,海岸传来贝利·克列斯的呼唤声:“船! 船!”他们都赶去观看,看见那船已经渐渐沉下去,其余的船员都上了小汽船。他们连忙掉转了身子,奔向他们停船的海湾。那老头子的血色黯淡,染透了白色的沙;他们就从尸身上踏了过去。他们跳上了他们的船,张起了帆,拼命把他们的桨去拨那海水。到了最后,引船人与逃走了的两个水手竟领了警察赶了来。他们迅速地追赶到了海湾。水面上乱石打来,他们只好退走。引船人咬牙切齿,既恨强盗的凶恶,又恨警察的懦弱无能。

　　在这时期内,威第加的舰队奋勇进行,希望不错过了谷麦等物。从那海湾到那沉了的船,其路程比从海岸直到那船更远,因为渔船颇重,不能不循着一条深狭的水道前进,于是就绕了一个大圈子。因此之故,那些海贼不曾遇着那从安多尼下来的小汽船;在这颇短的程途中,没有什么大变故,而且他们又要专心一志地划船,所以他们那些冲动的情绪渐渐安静下去了。但是,他们那一双看惯了穷苦状况的眼睛为前途的万分美妙的宝藏所引诱,仍旧觉得心里有什么在推动着,以致手里的桨还不肯慢一点儿摇。在受饿的人看来,面包乃是一种希望。许多的面包,多至不可计算的面包,就是更可靠的希望。他们觉得这是世界的全数的宝藏,他们觉得这是财神的现身,这个还胜于许多山里的黄金。遭遇饥荒的农民,非但缺乏食物,而且荒芜的田地还缺乏种子;非但明天要再捱饿,而且明年一个整年也要再捱饿;而安多尼船上非但有谷类,并且是很多的:这竟是他们的生命,是他们的安慰,是他们的工作,是他们的收获了。

　　他们到了安多尼的前面,划然停住了桨,忽然瞥见安多尼的船边还站着一个人,靠着防身垛向下望,对他们装了一个鬼脸,大笑了几声,嚷着说他们尽可以滚回去吧,他在他的船上还有说话的权利,谁敢不服他的命令而上了船来,他就要立刻打死了谁。岸上的妇女们看见众船停止不进,又愤怒叫嚣起来。她们这一嚷,就等于鞭策她们的丈夫。于是众船都向安多尼猛扑;在船长没有开第二枪以前,甲板已经被海贼侵入了。安多尼发了遇难的信号之后,船长相信邻近的一只巡洋舰已经看见了,所以停留在船上;贝利·克列斯一上了甲板,先把船长手里的枪打落地上,二人揪打了一会儿,贝利·克列斯把船长抱起来,往水里一扔。船长落了水之后,他以为完全没有危险了。但是,船长的眼光很敏锐,一看就认得他的仇人是清晨在岸上站着不动的;而且他立刻联想;农民们都是他招引来的,一切的举动都是他捣的鬼。

因为那船的这一边是很倾斜的,所以船长落水之后并没有一点儿伤损。他浮到了水面,没有一个人注意到他。他泅着水去找了一只小船,割断了缆,用桨划船,迳自去了。

在这时候,农民们蜂拥地冲进了船舱里,像一班疯了的魔鬼。他们把谷麦一铲一铲地放进了箱子里、袋子里、桶子里、纸包里,然后运到了甲板上。每一个人都拼命要多抢一点儿给自己,于是大家汹汹地争吵起来。那些小船装载得太重了,几乎要沉了下去;直到众船都装满了,然后停止了争吵的声音。忽然一件事重新引起了争吵,因为众船所载的货物已超过了他们它们载重的力量,以致来时容易去时难,不能回到陆地去。他们又争论咒骂了一阵,然后决定谁可以回去,谁应该停留。停留的人们狐疑地望着那船,后来他们又往船里搜寻,找不出什么重要的东西,只发现几瓶烧酒,他们把酒喝干了,为船长祝福。他们在甲板上站着,因为没有动作,就意识到他们所处境地的危险。在他们的脚下,他们听见了流水潺潺的声音,从千万个孔隙渗进了船底。他们眼巴巴地望着众船慢慢地拼命开行,直向海湾去了,他们当中有几个人说出了大众的意思:"我们在这里喝酒真是失计,等一会儿他们就可以在那里大吃一顿了!"

在船的另一边,忽然起了一声汽笛。贝利·克列斯恰在另一边,他把手一指,众人跟着他所指的地方看去,则见一个狭长的半岛之后转前了一只铁甲巡洋舰,烟囱正在冒烟哩。海贼们周身起了寒战,呆呆地站在动摇的甲板上。从那巡洋舰里忽然又分出来一只小汽船,这小汽船开向安多尼与巡洋舰之间的一只小艇,一个人从那小艇出来,走过了那小汽船。这人就是安多尼的船长,他希望阿斯皮斯①快些来救,所以他努力把小艇划近那巡洋舰。现在那小汽船把他载到巡洋舰上。他对着那些骄傲而表同情的海军军官叙述大风雨及海贼来劫,尽量地表示他的盛怒。他的态度既表示愤恨,又表示忧伤,还有他本人所带的伤痕,都足以证明他的话是真的。于是阿斯皮斯开向那遇难的船,同时舰长下令预备好舰头的大炮,因为在众军官看来,当然他们就要与海贼相遇了。但是,人家并未报告舰长,说他的命令已经施行,于是他就生起气来,特派第一个军官去调查事情怎么样。那军官一会儿就回来,脸上露出愁容,因为他看见了巡洋舰的水手们正在吸烟,双手插在衣袋里,对军官们的命令作无言的反抗。他向舰长报告,同时,舰头发出了些信号,表示要安多尼船上的人投降,而且要他们离开了遇难的船。巡洋舰上的水手也向安多尼船上的人做手势表示友谊。安多尼的船长看见了这情景,只好苦笑着,惹得阿斯皮斯的舰长大怒起来。阿斯皮斯的舰长唤了几个军官来,吩咐他们领了些亲信的水手,佔住了舰尾的大炮,作开炮的准备。大炮准备好了,舰头的乱党也不曾来阻挡。于是舰尾的炮台的几尊大炮对准了安多尼。刚才安多尼船上的人们初见阿斯皮斯的时候,固然大吃一惊;现在他们却兴奋起来,忙于求救。他们努力向岸上的妇女们做手势,叫他们把达到了海湾的那些帆船再划出来,所以他们没有看见后面人家怎样算计他们。他们把那些麦袋堆起在后面当做护身的沙

---

① 　阿斯皮斯(Aspis)就是那巡洋舰的名字。

堆，当中也有几个跳下海去，想要泅着水赶到岸上，另有几个喝醉了酒，东歪西倒地躺在甲板上。其余的人却像看把戏一般地看着那巡洋舰的动作。其中有几个人在想：近岸的水这样浅，阿斯皮斯大约不能再开近安多尼，距离既远，大炮瞄击也就不会准确。再者，他们注意到舰头水手们的手势，使他们从绝望变为有希望，于是他们都揭帽扬巾。贝利·克列斯从前也做过水手，他向巡洋舰上的水手们做了个手势，请他们拯救安多尼船上的人们；于是大家更相信有了救星了。

后来舰尾的炮台掉转了身子，他们重新又担心起来；正在绝望之际，忽然看见一群水手蜂拥地奔向舰尾，要夺占了舰尾的炮台。但是，水手们来得太晚了，非但炮台夺不到，反而促成了舰长开炮的决心。舰长下令开炮了。第一炮超过了安多尼，海湾入口处的水被掀起了高高的一大块，恰巧第一只帆船正从海湾划向安多尼而来，被炮弹打得粉碎，卷入波涛里。第二炮的钢弹子把安多尼打破了，全船覆没在滚热的海水里；数千吨的谷麦，百余个农民，同归于尽。

阿斯皮斯的乱党被镇压住了；威第加海岸上那些被抢去了的谷麦也被警察们夺了回来，因为他们的勇气已经回复了。此后妇女们大天到海上寻找丈夫的尸首，一共找了好几个礼拜。梅特莎的丈夫因在雅典未归，所首以不曾遇难，然而梅特莎也跟着她们到了海边。贝利·克列斯的尸首不曾找着。直到现在，据威第加附近的村民说，每逢入夜，如果有人到海岸去，还可以看见他倚着一根大棍子，眼睛紧紧地望着海。梅特莎完全不相信这话，因为她已经在夜里去过一次了。

二十三年七月十九日译完

猎　狗

维尔特拉克（Uildrac）　著

　　我在阿尔干森林中看见过一所漂亮的府第，这府第虽则不为战事所毁灭，却因战事而留下了一个很可悲痛的伤痕。请看下文就知道了。

　　当战争开始的时候，主人早已逃到巴黎去了，卫队与园丁们也都跟了去，只剩下两个人看守府第：第一个是管猎狗的，名叫安东尼，村气很重；第二个是喂马的小厮，名叫嘉德，只有十五岁。

　　那时的嘉德大约是一个很粗壮、很聪明活泼的孩子；四年以后，我认识他时，他已经是一个兵士，这一段故事就是我从他的口里得来的。

　　除了安东尼与嘉德之外，府第中还有十四条猎狗。嘉德料理它们，常常把它们一对一对的依次牵出去走动。这孩子专爱学打猎，他的号角已经吹得很不错。他不懂得战争是怎么一回事，非但不愁闷，而且觉得快乐极了；因为主人们平日是使他一看见了就胆怯的，仆人们也往往把些苦工派他去做，现在他们都走光了，他自然觉得幸福了。安东尼很爱他，把他当做心腹。从前嘉德是很少机会进府第里去的；现在他去把里面的窗子一个个都打开了；从地窖至屋顶，他都敢去参观；他踏在白滑而响亮的楼梯上，一面走，一面吹着哨子，觉得妙不可言；他大着胆子跨进了一切的门户，看见书房里的桌子上有一本主人遗下来的军用品目录，他很内行地在那里翻阅；有时候，他在饭厅里坐下，眼怔怔地欣赏一块古代的地毯，毯上织的是圣吴贝尔（Saint Hubert）在阿尔丹森林中跪在神鹿跟前的故事。从此时起，嘉德每到花园里的小路上散步，一定背了一枝猎枪；又每逢安东尼到市镇去买东西的时候，他就用棍子去打草畦上的茂草，惊走了那些兔子；否则他就昂着头，鼻孔朝天，审察榉树上有没有野鸽或松鼠，预备开枪打它。

有一天，黄昏的时候，兵士们来了，大约十五六个军人，各种等级都有；他们到这府第来住宿。是法国兵呢，还是德国兵呢？不管是哪一国的，总之，这是正在上沙场的战士们。

他们占住了府第之后，首先就去察看地窖里的酒。地窖里所藏的酒很多，除了葡萄酒之外，还有许多烧酒。看见了酒，他们当然大喝一场，直喝了一个整夜；安东尼不肯放弃了看守的义务，所以反对他们喝酒。这种反对，似乎是孩子气，又似乎是不应该。

嘉德也像安东尼一般地生气，但他毕竟是一个孩子，觉得他们喝酒也很有趣；再者，还不到半夜，他已经上床睡去了。

天快亮的时候，有一大半的醉汉都躺在长沙发上及床上，和衣睡着了。但是，其中有三个还很清醒，他们喝了酒之后，却到外面散步去。他们不愿意远离那些酒瓶子，所以只绕着府第兜圈子。于是他们直走到狗窝的前面，看见铁栏里有十四条猎狗；它们齐声狂吠，算是欢迎他们，几乎把他们的耳朵震聋了。

这三位先生在先觉得奇怪，后来竟生起气来，折了许多树枝，从铁栏透过去打那一群猎狗的头与脚。恰巧地上放着一桶冷水，一个排长就提起桶来，往群狗的嘴脸上一泼。那些猎狗因此吠得更厉害了。

"这可恨极了"，一个半醉的胖司令说，"我们非把这班脏畜牲赶走了不可！你们瞧吧！我们每人先拿一根棍子在手，防备它们。"

那司令一手拿着棍子,另一手便去开那铁栏的门。那一群猎狗都冲了出来,很快活地分散了。在这当儿,马棚的门开了,安东尼直跑到那司令的跟前,气喘喘地嚷道:

"好!你们做的好事!是不是因为你们喝醉了?"

他也不等那司令回答,一口气跑到府第的前面,站在阶沿上。阶下是一道很阔很绿的草畦,只见几条狗翘着尾巴,嘴脸向地,正在热心地寻找。于是安东尼拿起一个木号角,凑在嘴上,吹出疏而长的声音,去唤回那一群猎狗。这时那三位军官已经赶到,连嘉德也因外面喧闹睡不着,从床上爬了起来,远远的跟着军官们;他们看见已经有四五条狗围着安东尼乱叫了。

"我不许您唤它们!"那司令嚷道;"您把这号角给我吧!快给我!"

"不行",安东尼说,"我该唤它们回去,非唤它们回去不可!"

"不行吗?他竟敢说不行!——喂,你知道我们正在打仗时期吗?你希望我把你关起来吗?"

安东尼走开了几步,仍旧把号角吹了长长的两声。

"等一等,等一等,你等着瞧吧!"胖司令一面说,一面往府第里跑。不一会儿,他带了他的手枪出来,惹得他的两个同伴笑了,安东尼却悄悄地远离了他们。

"我要你让这些畜牲走开,否则我就开枪打它们了!你听见吗?——喂,先生们,你们也去拿了你们的手枪来吧!这是一些很好的靶子,让你们练习练习!"

军人们遇着这一种的冲突是不愿意退让的;在另一方面,安东尼又是一个只知服从主人的奴隶:哪怕你是一位司令,你想要无故地欺负他,是不行的。他咬定了他的号角,拚命地吹,后来竟闭了眼睛,越吹越响。忽然他的身边枪声一轰,一条狗尖声地叫了一叫,就倒在地上,狗嘴大开,满嘴是血。

于是安东尼举起一双拳头,突然转身向那司令,当面破口骂道:

"您真是禽兽,不要脸的禽兽! 您真是……"

他还没有说完他的话,那司令早已气得满脸通红,把他一推,同时把手枪指定他的胸膛,也不知是有意无意,竟自开枪。这时嘉德远远地躲在一株黄杨树的后面,看见了这景况,吓得大叫了一声。

安东尼在未倒地以前,先退后一步,转身向着他的朋友,像是要他作见证似的,于是微弱地喊道:

"嘉德!"

在这一刹那间,嘉德的眼睛遇着安东尼的眼睛,看见他双睛倒视,又大又白,现出他的痛苦。

那童子吓得魂飞魄散,拚命拔起两腿向树林里奔逃。先离了大道,后离了小路,冲进了树丛中,把树枝都碰断了,直到气喘不过来,然后倒在一堆落叶之上,头伏在弯曲的臂上,呜咽地哭了许久。

那些军人们就在这一天早上离开了府第。在未离开之前,先由几个兵士把这"吹号角的奸细"埋葬在一棵树的旁边。依他们说,这是敌人的侦探,因被发觉了,自知活不成,就索性辱骂他门的司令。

到了下午两三点钟,嘉德已经在落叶上打了半天的瞌睡,一则因为肚子饿了,二则因为耽心府第的安全,三则因为好奇心所驱使,于是悄悄地走向府第来了。

他竟敢在沿着草畦的大路上走;四面寂无人声,像平日一般幽静。黄地上散布着太阳的热烈的流光。一只喜鹊在草畦上,一面跳着,一面喞啾地似乎在欢笑着。一只熟了的苹果恰恰落在嘉德的脚边,嘉德是拾惯了苹果吃的,于是把它拾起来,连皮咬着就吃了。早上的悲剧,是不是梦里的? 唉! 可惜不是梦! 然而嘉德为暖日所温存,吐了一口气,心里又起了几分希望:他想,安东尼虽则受了伤,大约不会就死了;而兵士们却因畏罪而避走了!

拐了一个湾,他走到了后院,也看不见一个人影子。马棚的门开着,只剩有安东尼的一匹马。兵士一个也没有了。嘉德跑进了他与安东尼同住的小屋子里,再也看不见安东尼躺在床上了。嘉德到处找他,叫他,最后竟跑进府第的正屋里去寻觅。找不着他,又听不见他呻吟,于是他放心了,以为人家已把他那受伤的同伴送到市镇医治去了。一个人才十五岁,身体又格外健康的时候,几乎不知人间有痛苦,更不会相信世上有不可救药的灾难。嘉德想了一想,就决意赶到市镇去看他。但是,当他走进了饭厅的时候,看见阳光映着的食桌上狼藉地摆着盛馔的残余。有一块面包,差不多还是整块的;有几块红色的牛肉,肉上有几只黄蜂盘据着;有一筐子的梨;此外还有许多许多的酒瓶子,并不完全是空了的。

于是嘉德在饭厅里吃喝起来。他虽则肚子很饿,而且他素来是个乐观的人,但是,他想起了市镇里的医生与那看护妇马利亚,在病榻前守着他那受伤而呻吟痛苦的老友安东尼,他竟觉得很难吃得下去。然而等到第二杯布尔干老葡萄酒喝下去之后,他就断定安东尼不曾受了重伤,只在肩上被子弹穿了一个洞。这有什么关系呢?车夫兰生的妻子被她的丈夫开枪打伤了肩膊,不是很快就医治好了吗?

嘉德撑开了肚子只管大吃特吃,好几种的美酒都给他喝干了瓶子。吃喝已完之后,他忽然骄傲起来:觉得现在他是府第的主人翁了。他曾看过些奇情小说,此刻他自比于那勇壮的水手,一时行了好运,变了全舰的总指挥。他觉得现在他的责任大极了,于是他大踏步巡视一周,阖上那些门户,察看屋宇与花园,把一切的钥匙都塞在他的衣袋里。

最后他看见了狗窝的门大开,把他赫得一跳:猎狗还没有回来！非找它们不可！非唤它们不可！他跑到安东尼的房子里，照例拿了一枝猎枪，又从墙上取下了一个号角，放开了脚步，在露水沾湿的草畦上跑过，直奔向外面去。

他跑进了树林里的一个岔路口，一共六条小路集中在黄昏的微雾里。这乃是树林里的重要地点，当中竖着一块白色的界碑。嘉德右脚踏在界碑上，就把号角吹起来。当他第一次停下来暂时不吹的时候，他忽然觉得周围寂静得十分可怕，他又着急起来，拿起号角又吹，吹得更久，更高声；他尽量地吹得很密，务必使猎狗能够闻声归来。

他变了方向又吹，下意识地吹出了嘎声呜咽的调子，把树林都充满了悲哀的气象。

后来他吹得无力了，稍为休息，忽然很清楚地听见了群狗的声音。他侧耳静听，知道他的号角吹得有了成绩，惊喜欲狂。不错，吠声渐渐近了；现在他得意洋洋，再把号角放在嘴上，从容地吹着。

他知道它们是从哪一条小道来的：他远远地看见了许多白色的东西在跳动，于是他就迎上前去。奇怪！回来的不仅是那一群猎狗；一个深色的大东西比它们先来，而且相离很远：原来那一群猎狗正在打猎，而且每隔一秒钟它们就距那岔路口更近了。

嘉德的心里突突地跳，站在路的中心，丢了号角，打算举起了猎枪去瞄击。但是，一只大鹿已经冲到了他的跟前，太近了，他本能地张开两臂，拦住了它的去路。

那鹿疲倦极了，四只脚颤巍巍地靠着嘉德站住，双眼怔怔地望着他。那孩子忽然叫了一声，躲在一旁：原来那鹿的眼神恰似清晨安东尼临死时的眼神。安东尼临死时，叫了一声嘉德，双眼悲惨地望着他：现在他回忆起来了。

那鹿见嘉德让开，连忙又向前奔跑，那一群猎狗蜂拥地追来。

嘉德一则惊惶,二则惭愧;他忽然又深信安东尼是死了,于是扔了号角与猎枪,一口气跑向市镇去了。

廿三年四月廿六日译完

原载《新文学》1935 年第 2 期